纷舞妖姬 作品

# 弹雨

生死游戏

CMS
PUBLISHING & MEDIA
中南出版传媒

湖南文艺出版社
HUNAN LITERATURE AND ART PUBLISHING HOUSE

博集天卷
CS-BOOKY

# 目 录

Contents

弹 雨

第一卷

# 明星与保镖

# 第一章　镇场神兽

客机平稳落地，空姐站在舱门边，对着头等舱的客人们，露出甜美的微笑。

谢澄澄披上刚刚在巴黎时尚周舞台上亮相的 Dior（迪奥）外套，拎起爱马仕限量版皮包，昂然站起。

一百七十六厘米的身高，堪称黄金比例的身材，让她可以把任何一件时装的内涵与风格展现得淋漓尽致，就算是站在 T 形台上，面对世界级超模，也能分庭抗礼，甚至是犹有过之；纤细却绝不纤弱的腰肢，完美支撑起一个成功女性的自信与骄傲，而她那几欲裂衣而出的丰满，更足以让任何一个正常男人看得目不转睛。

更让人为之注目的是，谢澄澄一看就绝不是花瓶，在她的身上仿佛有一种无形的气场。当她站立而起，顺手将一副硕大的墨镜戴到鼻梁上时，气场被张扬到极限，头等舱里的另外几个男性乘客，都不约而同地放慢了取行李的速度，目送着谢澄澄昂首挺胸，率先走出了机舱。

虽然只是错身而过，但是头等舱的客人们都认为，和谢澄澄相比，那个容貌至少也能打个八十分的空姐，只能沦落到绿叶的位置。

"她是一个明星吧？"

"没错，我好像在哪部电视剧还是电影里，曾经看到过她。"

身后传来了男人们的交谈声，谢澄澄没有回头，接受过严格体形塑造和礼仪培训的她，腰肢依然挺得笔直，无论是走路的动作还是速度，都完美得无懈可击，只是在别人看不到的角度，谢澄澄脸上露出了一丝笑意。

"抱歉，抱歉，麻烦让让。"

背后传来道歉的声音和急促的脚步声，在谢澄澄走出机舱时，一把太阳伞及时撑开，遮住了头顶并不算毒辣的阳光。

打伞的生活助理，是一个非常善解人意的小姑娘。她年龄不大，却非常细心，还有着轻柔的嗓音："澄澄姐，您小心点，不要摔着。"

谢澄澄略略点头，带着女王般的高傲挪动脚步，意大利顶级工匠手工缝制的大红色高跟皮鞋，踏在铁制的扶梯上，发出一连串清脆的声响。在她的身后，是由一名工作助理，一名生活助理，四名统一穿着黑色西装的职业保镖组成的工作团，犹如众星拱月，让谢澄澄显得更加张扬而美丽得不可一世。

在走出机场贵宾通道时，谢澄澄停下脚步，脸上露出灿烂的笑容。几乎在瞬间，她面前的闪光灯就闪成了一片。

上百名粉丝，手里高举谢澄澄的画像，对着她发出兴奋的欢呼。有几个年轻的女生冲上来，想要让谢澄澄签名，却被面无表情的保镖伸手拦在外面。谢澄澄走上前，从其中一个女生手中接过马克笔，在一件T恤衫上龙飞凤舞地签下自己的大名。终于得偿所愿的女生，拼尽全力呐喊："谢澄澄姐姐，我爱你！"

"姐姐？"谢澄澄停下脚步，回首望着这个脸色涨红，眼睛里都在闪着光的粉丝，"你多大？"

面对偶像的询问，女生声音都打磕巴了："十……十七。"

谢澄澄对着女生眨了眨眼睛，一种只属于花季少女的懵懂无邪，随之在她的脸上绽放，如汤泼雪般地将她身上那股生人勿近的女王气息冲得干干净净。"我才十六，姐姐。"

"啊……"

面对这信手拈来的出神入化的演技，全场的少男少女们发出疯狂的尖叫声。

　　谢澄澄对着粉丝挥着手，在助理的簇拥下，离开了机场，登上了一辆早已待命的 GMC 保姆车。就在汽车发动的时候，几个粉丝突然冲出来，其中包括刚才那个请谢澄澄签名的女生。他们一边喊着谢澄澄的名字，一边追在汽车后面，直至汽车越开越快，再也无法追上，才怅然若失地停下了脚步。

　　GMC 汽车快速而平稳地在机场高速上奔驰，谢澄澄将自己的身体都埋在座椅中，脸上露出一丝疲态。生活助理小田知机地走到她身后，给谢澄澄轻轻按摩着肩膀。

　　工作助理站在一边道："澄澄姐，您先休息一下，半个小时后您需要补一个妆，两个小时后，参加电影《弹痕》的新闻发布会，六个小时后，您还有一个饭局，参加饭局的有交旅集团的副总，还有舞梦成影业公司的……"

　　谢澄澄闭上眼睛，有些疲倦地挥挥手，工作助理知机地停止了汇报。

　　一分钟后，谢澄澄就陷入了熟睡。两个助理对视一眼，用尽可能轻柔的动作坐回座位。

　　只有亲密如她们，才会明白，谢澄澄有多累。

　　面对摄像机她在表演，参加各种聚会她在表演，面对粉丝她在表演，就连坐在飞机上，身边只有五个乘客，她都在表演。

　　她强撑着把自己最美丽的一面展现出来，一会儿气质冷傲如女王，一会儿天真无邪似少女，一会儿张扬放肆得犹如一个被家里宠坏了的不知天高地厚的白富美……只要有观众，她就无时无刻不在表演！

　　也只有在这种封闭的环境中，她才能短暂地做回自己—— 一个疲惫而慵懒，只想穿着最舒适的睡衣，抱着大大的抱枕，一觉睡他三天三夜，早餐、午餐、晚餐都要赖在床上，找人喂着吃的小女人。

　　没有任何理由，谢澄澄霍然睁开了双眼，她就着车厢内微弱的壁灯灯光，看了一眼手腕上的宝玑手表，她已经睡了三十五分钟。"为什么没准时叫我？"

　　生活助理小田迅速站起，声音中透着忐忑："我看澄澄姐您睡得正香……"

　　谢澄澄的目光落到小田的手上，小田手里拎着沉重的化妆箱，反应这么迅速，唯一的解释就是，她就算是坐在座椅上，都一直抱着化妆箱，等着谢澄澄自己醒过来。

谢澄澄已经冲到嘴边的严厉斥责，最终化成了温和的提醒："对一个演员来说，守时是基本的职业素养，立刻补妆。"

…………

电影新闻发布会，说白了就是一场预热式宣传，把一些业内人士，还有媒体记者、微博大 V 集中在一起，告诉大家又一部大制作、大阵容的电影进入筹备期，不出两年就会和大家见面了。

新闻发布会结束后，会有一个酒会，这对一个演员来说，就是结识更多投资人、导演和制片人的最好时机。这种场合，对谢澄澄来说，当真是游刃有余。她在"江湖"中打滚四五年，早就炼就了一双火眼金睛，轻而易举就能分辨出哪些人有用，哪些人没用，哪些人有害无益。

要知道，在北京影视圈，有九成都是大忽悠，不信的话，你去北京的漫咖啡坐坐，那里到处都是在谈影视项目的人。他们吃着四十块的商务套餐，喝着三十块一杯的咖啡，旁若无人地聊着侃着，张口就是四五六七八九亿的大项目，找的演员不是一线流量大咖，那肯定是拿不出手，见不得人的。

有人曾经做过一个统计，在漫咖啡谈的影视项目，最受欢迎也是张口必提的四个内地演员，如果所有项目都是真的，一个月内谈的内容，就足够他们四个人拍二百年！所以，在影视圈内，出现了一个老资格影视人心照不宣的名词——漫咖啡四大镇场神兽！

抛开这足足占九成的漫咖啡四大镇场神兽，避开那些打着拍片子的旗号，纯粹想潜规则的渣子，躲开那些赚了几个臭钱，自我膨胀得厉害，想要给自己拍个自传，竟然还想要在电影院播放，把别人都当成白痴的乡镇企业家，剩下的人，就是谢澄澄真正想要结识的目标。

两个小时后，谢澄澄的微信列表中，又多了两个"好友"，而想要通过他们，让自己的事业更上一层楼，则需要更多次的接触与熟悉。

但谢澄澄已经心满意足了，她向身边每一个人打着招呼，带着惯有的优雅与美丽，走出宴会厅。

　　几名保镖和生活助理小田都坐在酒店大厅的沙发上。在机场带着保镖那叫派头，在大咖云集，老板、富二代扎堆的宴会上带保镖和助理，那就纯粹是不知进退的嘚瑟，是无知的脑残了。

　　看到谢澄澄出现，几个保镖和生活助理小田一起站起迎了上去，但是谢澄澄却并没有立刻离开，她脚步一转，走向了酒店的公共卫生间。

　　几个保镖当然不可能跟着进去，他们自然而然地在公共卫生间门前左右两侧，负手肃立，就连生活助理小田也停下了脚步。

　　就算是在高档酒会，也并不是每一个人都能保持绅士风度，里面总会有几个仗着老子有权有势的官二代，或者是用不光彩手段赚了人生第一桶金，又想跑进娱乐圈洗白，显得豪气逼人，也的确拥有造星能力的土豪商贾。像谢澄澄这样美丽而自信，几乎全身发着耀眼光彩，对这些富贵阶层的人又有所求，需要通过社交来增加人脉关系的女人，不被多灌几杯，几乎是不可能的事情。

　　谢澄澄扭开了水龙头，洗手间里传来哗啦哗啦的水声。她张开嘴巴，把右手食指探进了自己喉咙，只是几下她的脸上就露出难受的表情，然后趴在洗手台上开始呕吐。

　　就是在这个时候，一个头戴鸭舌帽的女生，左臂夹着一个文件袋，双手握着手机，一边低头飞快地打字，一边径直走向了洗手间。

　　四名保镖立刻移动脚步，横成一排，用自己的身体挡住了通向洗手间的路。

　　但是这个女生大部分注意力都放在了手机上，前方视线变暗，她下意识地避开两步，绕开挡在自己面前的保镖，又走向了洗手间。

　　保镖领队眉头一皱，横移一步，再次用身体挡路，女生这才把视线从手机屏幕上挪开，疑惑地抬头，望了保镖领队一眼。

　　看到这一幕，生活助理小田脸上露出浓浓的嘲讽，轻哼道："装得不错嘛。"

　　听到生活助理小田的冷嘲热讽，女生脸上的不解更加明显了。她只是想上一下洗手间而已，至于一个个对她虎视眈眈吗？

　　生活助理小田走上前，打量着面前这个年轻女生，脸上除了浓浓的嘲讽，又多了几分同类相斥的敌意。

　　就算同样是女性，生活助理小田也必须承认，这个拿着手机，冒失地向洗手间闯，明显是想要偷拍，不对，是明显想要强闯进洗手间抓拍明星隐私的家伙，是一个非常有魅力的女人。

　　她的年龄应该也就二十岁出头，正处于一个女人的黄金阶段；在洗得微微发白的帆布鸭舌帽下，留着一头假小子式的齐耳短发，显得精神奕奕的同时，也透着浓浓的野性难驯；一百七十六厘米的身高，让她在女性群体中显得鹤立鸡群，但是她的身材，绝不是模特那种瘦弱。她的肩膀很宽，甚至比很多男人都要宽，这原本会大大影响她的外在形象，但是上半身那绝对有料的挺拔，盈盈一握却充满爆炸性力量，透着难以言喻的敏捷与动感的腰肢，还有足以让绝大多数女人羡慕忌妒到死的修长大腿，组合在一起，却让她身上散发着与众不同的美丽。

　　至于她的皮肤，是健康的小麦色，在崇尚一白遮百丑的中国，仿佛并不是那么受欢迎，但是再加上她脸部那立体的深深轮廓，象征性格坚韧的高挺鼻梁，以及那双犹如暗夜星辰般明亮的眼睛，让她特立独行地拥有了让人一见难忘的奇异魅力。

　　这样的女人，就算是和谢澄澄并肩而行，大概也不会逊色多少。

　　生活助理小田用毫不客气的审视目光，上下打量着对方，语气中满是教训："做什么都应该讲规矩，要人人都像你这么乱来，那不全乱套了？"

　　年轻女生目光跳过保镖领队的肩膀，又看了一眼公共洗手间标志，她的声音有些低沉，但并不难听，带着一种磁性："我很急，麻烦让让。"

　　生活助理小田脸上的不屑意味更浓，以她的经验可以一眼确定，这个装得像煞有介事的年轻女生，要么是比牛皮糖还要烦人的狗仔队成员，要么就是谢澄澄的狂热粉。两者不同的是，狗仔队在跟踪拍摄方面，手法更专业、更隐蔽，所以这个年轻女生，九成九是一个狂热粉。

　　生活助理小田上上下下打量着年轻女生，说："看你这样子，是个'资深私生饭'吧?!"

　　年轻女生莫名其妙地望着一脸高傲与不屑拦在自己面前的生活助理小田，以及那四个长得高大魁梧，一看就不好惹的保镖，她不知道对方为什么会突然拦住自己，更不知道"私生饭"是什么东西。

　　所谓"私生饭"，指的是偶像明星粉丝当中，行为极端、作风疯狂的一批人。他们为了满足自己的私欲，喜欢跟踪、偷窥和偷拍明星，甚至是直接在偶像的住所外面二十四小时蹲点。

　　其中的"资深私生饭"，更是抱团组成了所谓的圈子，一旦有谁偷拍得手，就会在圈子内部平台上公之于众，立刻就会引来众人的欢呼和赞美，在获得了"社会认同感"后，他们会更加病态，更加卖力地去刺探消息。哪怕他们清楚地知道自己在荒废学业、事业，疯狂行径更是给偶像带来了不便，甚至会带来麻烦，也不会有半点收敛，并乐此不疲。

　　也许，他们爱的并不是偶像，而是爱上了在追星群体中大出风头，被人崇拜，被人需要的感觉。

　　"被人拦住，还要三番五次硬往里闯，摆出死猪不怕开水烫的架势，是不是就算我打电话喊来警察，把你关进拘留所，在你们'私生饭'的眼里，都是一种英雄壮举？"

　　两个人明明年龄差不多，但是立场不同，生活助理小田语气中带着教训："大家都是成年人，我也不想说'人只要学会了自重，不怕未得尊重'之类的话，但你这种行为，显得很欠缺家教，你自己丢人没关系，难道父母跟着一起丢人，也没有关系吗？"

　　年轻女生的脸色终于阴沉下来，生活助理小田却心中满是得意，下巴高高扬起，嘴里发出一声轻哼，这些"私生饭"一个个真是脸皮太厚，谢澄澄早就被他们弄得不胜其烦。但是身为一个偶像明星，为了维持自己的公众形象，明明隐私被人侵犯，还得硬压下心中的烦躁，和颜悦色，好言相劝，最终反而助长了"私生饭"们的气焰，哪里有她一个小助理有一说一、有二说二来得干脆痛快。

　　被她这么指着鼻子当场痛斥，只要这个年轻女生的脸皮没有厚比城墙拐角，怎么着也应该知难而退了吧！

　　抱着这样的小得意，生活助理小田再次挑眉望向对方，可是旋即她就发现自己错了。年轻女生并没有如她想象的那样离开，而是径直向自己走过来。"让开！"

　　生活助理小田当然不会让开，她站在原地，任由年轻女生的肩膀撞到她的肩膀上。年轻女生的步伐并不快，但是在两个人的身体对撞在一起的瞬间，生活助理小田就觉得自己仿佛是被一辆汽车迎面撞到，对方身体里蕴藏的强大力量，撞得她胸口一闷，呼吸都为之一窒，在她反应过来之前，就被撞得连退两步，如果不是身后站着一名保镖，及时伸手抱住她，她真的会被对方直接撞到洗手间的大门上。

　　大脑"当机"了两三秒钟，直到感受到肩膀部位传来的火辣疼痛，生活助理小田才终于反应过来，她指着年轻女生嘶声叫了起来："揍她！"

　　保镖们微微一怔，没有立刻动手。

　　生活助理小田嘶声叫道："都不想干了吗？出了什么事有谢姐呢，你们怕什么？！"

　　保镖们终于动了，他们中间的领队上前一步，伸出大手抓向年轻女生的肩膀和手臂。他的动作，赫然是武警在抓捕最危险的刑事罪犯时，经常使用的擒拿格斗术，只要扭缠的力量足够，剧烈的疼痛会让人全身麻痹，不但失去反抗力量，更会因为太过疼痛无法发出叫声。这样做虽然可能会对年轻女生的手臂韧带造成拉伤，但是能在第一时间封锁对方所有的反击可能，并将事态控制在可承受范围内，不必引起大众关注。

　　手掌和对方肩膀接触的瞬间，保镖领队的脸色就变了，他掌中的力量还没有传递到对方的身上，年轻女生的肩膀自然而然地向后一滑，卸开了他的力量，让他失去重心，身体不由自主地向前倾倒。同时年轻女生的右腿卡在保镖领队前方，不带半点烟火气地轻轻一绊，就让对方彻底失去了平衡。

　　"合气道？！"

　　这个名字从心底扬起，保镖领队只觉得一阵天旋地转，赫然是他双腿离地，被眼前这个比他低了一头，体重至少要比他轻五十斤的年轻女生轻而易举地抡出一记漂亮到极点的过肩摔。

保镖领队全身肌肉在瞬间紧绷，这样他在摔倒时，能将身体受到的震荡伤害降到最低，同时他的右拳握紧，只要他的身体接触到地面，拥有发力的机会，他就会全力挥出，重重砸向年轻女生的左太阳穴。

可是保镖领队的身体还没有接触到地面，年轻女生就单膝一跪，屈起右膝用人类身体最坚硬的部位，居高临下对着保镖领队猛砸下去。

这一记膝撞赫然是古泰拳拳法的膝击技，野蛮凶狠的力量，直接贯穿保镖领队的胸膛。面对这绝对重击，保镖领队先是觉得胸口一闷，心脏在瞬间有了至少一秒钟的停止跳动，生命面对死亡时的本能，让保镖领队原本紧绷的肌肉猛然痉挛收缩，再无力地舒展放松，他彻底失去了抵抗能力。

女孩右手一扬，对着保镖领队的喉咙部位猛击下来，她使用的并不是拳头，而是最悍狠、杀伤力最强的空手道神道自然流派手刀——修罗刀！

日本明治维新后，淘汰了武士制度，不允许曾经的武士再随身携带武士刀。而那些武士很不习惯没有了武器的生活，于是他们有些人苦练手掌，想要把手练出"刀"的威力，而神道自然流派的"修罗刀"，就是那个特殊时代的产物。

能将"修罗刀"练到登峰造极的空手道大师，可以一掌切断一尺厚的冰块，也可以一掌切断放在地面的啤酒瓶，而瓶身不倒，更可以一掌将扎成捆的甘蔗生生斩断。对他们来说，手掌真的就是最致命的武器！

保镖领队的瞳孔迅速收缩，年轻女生就像是一台杀人机器，不动会沉静如水，但是一旦受到挑衅和刺激，达到程序预定的分支点，就会突然暴起，对目标展开老练狠辣的高效攻击，直至将目标彻底摧毁，在这个过程中不会有任何犹豫。

被打得毫无还手之力的保镖领队脸上露出浓浓的不甘与绝望，心中只剩下最后一个念头："什么时候在中国，杀人都不用偿命了?!"

"嘀……"

年轻女生一直捏在左手中的手机，突然发出一声清脆的提示音，紧接着俏皮而欢快的女声在手机扩音喇叭中响起："亲亲小公主殿下，你有短信来啦，请注意查看；亲亲小公主殿下，你有短信来啦，请注意查看。"

手掌在距离保镖领队喉咙不足一厘米的位置顿住了。就算是这样，保镖领队还是能在她的速度中感受到这一掌的可怕杀伤力，他脖子部位的皮肤，瞬间起了一层细细密密的鸡皮疙瘩，汗毛更是在同时倒竖而起。

年轻女生举起手机，手指在屏幕上滑过，刚想看收到的短信，一条橡胶棍突然从侧后方疾砸过来，她虽然及时做出闪避，但是橡胶棍却砸到了手机上。

"啪！"

手机被砸到对面的墙壁上，屏幕发出碎裂的声响，紧接着在洗手间门外，又传来一阵拳头砸到身上的声响，以及男人们压抑的痛哼声。

## 第二章　高薪招聘

洗手间的大门被人打开，正对着镜子补妆的谢澄澄看到对方手中捏着手机，眉角微不可察地微微一皱，却又不动声色地让开几步。

"砰！"

洗手间的大门被人用力撞开，生活助理小田跌跌撞撞地跑进来，抢到谢澄澄面前，双臂大大张开，用身体拦在了谢澄澄和那个年轻女生之间。

生活助理小田努力想要让自己在谢澄澄面前表现得坚强勇敢些，可是她无论如何努力，身体还是止不住地轻颤。在洗手间大门重新闭合前，谢澄澄清楚地看到大门外躺着自己那四个保镖。他们躺在地上努力挣扎，却没有一个人能重新站起来。

走廊里传来急促的脚步声，可能是酒店的保安发现不对，正在向这里集结，也许酒店值班经理已经打电话报警……

但是，这些距离谢澄澄都太遥远了。

她请的这四名保镖，可不是银样镴枪头的样子货，保镖这个职业虽然在中国还属于灰色地带，但是有市场自然就有服务。他们都是国内某知名保安公司和武术学院合作，培训出来的综合人才，每个人都至少受过一年搏击训练，他们中间的保镖领队，还是从武警部队退伍的老兵。

可是他们全部被眼前这个年轻女生轻而易举地放倒了，而且看起来，似乎没有给对方造成任何实质性伤害。如果这个年轻女生真的铁了心要对谢澄澄发起攻击，那么她完全可以在酒店保安或者警察赶来之前，让谢澄澄这辈子都不可能重新出现在银幕上。

"职业杀手？"

谢澄澄用力摇头，把脑海中出现的这个想法甩到一边。先不说什么职业杀手九成九都是影视作品杜撰升华的产物，就算是真的有，也不会这么嚣张放肆，再说了，她谢澄澄何德何能，能惹来这种传说中的人物？！

谢澄澄轻轻将生活助理推到一边，这个刚刚从大学毕业不久的可怜小丫头，紧张得全身都在发抖，估计连一句完整的话都说不出来了，却还能勇敢地站在她前面，也算是有心了。

年轻女生横移两步避开拦在面前的生活助理小田，她的动作一如刚才，坚持走向洗手间，但这一次生活助理小田却没有勇气再挪动脚步继续拦在对方面前。

年轻女生没有理会生活助理小田，也没有理会谢澄澄，她打开水龙头，认真地洗掉手背上沾的血迹，那是她的拳头砸在其中一名保镖鼻子上留下的印记。

谢澄澄看得不动声色，眼角却在微不可察地轻跳。

作为一名演员，表演的基本功是"真听、真看、真感觉"，说起来简单，但是想做到，或多或少都得懂一点心理学。谢澄澄不但懂一点心理学，而且还钻研过一段时间微表情，所以谢澄澄可以断定，眼前这个年轻女生没有任何故作姿态的造作，更没有装腔作势，她只是在认真地做着自己认为应该做的事情。至于刚刚空手击倒几名职业保镖，让他们现在都无法爬起来，对她来说，只是司空见惯的一桩小事罢了。

抽出一张纸巾，擦掉手上的水渍，年轻女生把手机放到了洗手台上。

这是一部苹果 6 手机，挨了那么一记橡胶棍，又重重撞到墙壁上，手机屏幕超过三分之二的面积都布满了碎裂的网纹，已经无法再继续使用。现在苹果 X 都满世界飘了，那个年轻女生还在用这种几年前的产品，可见她的经济状况并不怎么好，当然还有一种可能，就是她并不在意潮流，对她而言手机只是一种工具，能用够用就好。

女生洗手的位置，没有溅出一滴水，就连别人用洗手液时滴落在洗手台上的洗手液，都被她顺手用纸巾擦掉，这说明，这个年轻女生有着近乎严苛的自律，这种自律，已经融入她的日常生活习惯中，将会伴随她终生。

…………

谢澄澄的大脑还在高速运转，试图从种种信息中，对眼前这个年轻女生的真实身份做出判断，年轻女生就开口说话了："那些人，是你的手下？"

谢澄澄："是的。"

"这是公共卫生间，他们拦在外面，不允许我进来，这种行为是错的。"

年轻女生说得很认真，而且她说得并没有错，但是生活助理小田脸上却露出不可置信的表情，抢在谢澄澄前面叫了起来："你不认识谢姐？"

年轻女生转头，又仔细打量了谢澄澄一眼。"我应该认识她吗？"

"别装了，不要告诉我，你不看电视剧，不看真人秀综合节目，也不看娱乐新闻！"

年轻女生对生活助理小田脸上流露出来的夸张表情由衷地感到不可思议："在我个人看来，看那些缺乏逻辑严重注水的国产电视剧，以及与现实严重脱节，没有半点营养的明星真人秀，是一种慢性自杀；至于娱乐新闻，谁出轨，谁偷税，谁弄出绯闻，这些真真假假的小道消息和八卦内容，和我有什么关系？我知道了，懂了，又有什么用处？我有这些时间，为什么不去看书学习，或者健身锻炼，让自己变得更加优秀、强大?！"

生活助理小田愣了好几秒钟，才终于反应过来，尖声道："你要真这么超脱出凡，干吗还非要往这里钻？"

年轻女生真的无奈了，她用看白痴般的眼光看着生活助理小田说："因为我内急，要上洗手间啊！"

"呃……"

这个回答，绝对超出生活助理小田的预料，却又合情合理。生活助理小田心中百般不甘，可是她嘴唇嚅动了好几下，硬是被掳得一个字也说不出来。

是的，只要偶像出没，到处都是粉丝哭着喊着往上挤，为了能见"爱豆"一面，他们能站在外面等一天一夜，只要偶像出现，能远远地对着偶像疯狂呐喊上几声表达或者宣泄出自己的崇拜就会心满意足。

年轻人总会有发泄不完的热情，想要更加接近偶像，了解偶像，这很正常，每一个人都会经历这样青涩而热情的年龄，更不要说在中国还有大量拿人钱财的"职业粉"存在。这些真真假假的粉丝混合在一起，形成数量庞大的群体，让明星的身份水涨船高，无论走到哪里，都会立刻变成众星捧月般的光辉存在。

但是，对根本不看电视剧、综艺节目，甚至连娱乐新闻都不带理会的"周口店人"来说，明星偶像也只是一个人，一个同样需要遵守法律法规，拥有相同社会权益的公民。谁也不靠谁活着，明星艺人不过就是一个职业罢了，你再光彩照人和我有半毛钱关系？凭什么你就能派几个保镖往公共洗手间门前一站，把那里变成自己的私人空间？！

"对不起，请稍等。"

年轻女生在洗净手上的血迹后，留下并不带歉意的一句话，大踏步走向了洗手间内部的一个隔间，走进去后还顺手锁上了隔间的木板门。

生活助理小田终于相信，年轻女生并不是谢澄澄的粉丝，更不是什么"资深私生饭"。不管是哪种粉丝，终于获得和偶像面对面接触的机会，又有谁会像这个年轻女生一样，把偶像丢到一边，自己真的跑去上洗手间呢？

更重要的是，她方便也就算了，还把门给锁了！把门给锁了！把门给锁了！

重要的事情说三遍！！！

谢澄澄却放松下来，她脸上带着一丝玩味的笑容，斜倚在洗手台上，态度随意，动作优雅。生活助理小田再不甘心，也只能强行按捺住心中的不满，乖乖站在谢澄澄身边，陪着她一起等候。

年轻女生进洗手间的时间并不长，但是生活助理小田却觉得漫长得要命，心中的火气更是犹如燎原之火般不断燃烧。她和年轻女生的年龄接近，其实一个月赚到的薪水，也就万把块钱，在北京这种地方来说，只能用勉强生活来形容，但她可是跟着一个明星，走到哪里都会受到欢迎，什么时候受过这种气？

在生活助理小田的意识中，像是过了七八天，隔间里终于传来马桶冲水的声响。年轻女生终于推门而出，臭不要脸地再次打开水龙头，开始装模作样地洗手。

"从法律层面来说，你的人先动手，我属于正当防卫；但是出手过重，有防卫过当的过错。"

更臭不要脸的是，年轻女生擦干净双手，从口袋里取出一支笔和一张便笺纸，在上面写下一串龙飞凤舞的数字外加自己的名字。"医药费我们各付一半，你可以打这个电话找到我。"

谢澄澄接过便笺纸，慢慢读出了上面的名字："龙雷。"

年轻女生："嗯，是我。"

谢澄澄取出自己的电话，当着龙雷的面，输入了便笺纸上写的号码，几秒钟后龙雷放在洗手台上的那部屏幕碎裂的手机响了起来。

"你是我的小呀小苹果，就像天边最美的云朵，春天又来到了花开满山坡……"

听着这熟悉到让人想吐的广场舞神曲，谢澄澄嘴角不由得狠狠一抽。这个不看电视剧，不看明星真人秀，不看任何娱乐新闻的人，审美还真是够独特的。但最起码手机号是真的，谢澄澄能从对方身上感受到解决问题的诚意，她随意晃动着手中的字条问："你有钱吗？"

龙雷摸着鼻子，脸上难得地透出一丝赧然。"银行卡里，好像还有几千块。"

生活助理小田像是一只被人踩疼尾巴的猫，几乎是一蹦三尺高。"几千块，你这是打发要饭的呢，还是说意识依然停留在二十世纪八十年代，觉得十块钱就能买一车大白菜？就拿北京的房租来说，每年一到了七月份，毕业的大学生找工作，就会火箭式往上涨，不出几年就能翻一番……"

谢澄澄伸手，打断了越说越来劲，把话题都扯到物价飞涨，全国人民喜迎油价上涨，房租为之腾飞上的生活助理小田。她打量着眼前的年轻女生："练过功夫，而且练了很多年？"

龙雷轻耸肩膀道："算是吧。"

以一个站在潮流最前端，不但要懂得时尚，甚至能引领时尚的偶像明星的眼光来看，眼前这个年轻女生是个好衣服架子。她虽然肩膀太宽，显得有些"健壮"，但是具备西方质感的美，再加上她轮廓分明的五官，猛地看上去，和经典单机游戏《古墓丽影》的女主角劳拉有点像。这种另类的美，让她就算是站在谢澄澄面前，在视觉效果上都毫不逊色，但是她身上穿的衣服，却只能用一个字来形容——土！

一身蓝白相间，式样老旧的运动装，外加一双杂牌运动鞋，让她看起来真的像是正在操场上排队做第七套广播体操的高中生。最要命的是，现在可是七月份，夏日炎炎，年轻女生还将运动服上衣的拉链直接拉到了最高位置，虽然显得精明干练，却和青春时尚彻底绝缘，整个人透着一种和年龄格格不入的"制式"风格。

也难怪生活助理小田会讽刺对方的意识依然停留在二十世纪八十年代。

谢澄澄的目光又在年轻女生夹在臂弯处的文件袋上打了一个转。"在校大学生，到这家酒店打算找个勤杂工之类的活，体验一下大学生的勤工俭学，可是并没有成功，还得继续奋战，找肯接收自己的东家？"

龙雷大大方方地点头承认，在心中为谢澄澄点了一个赞。

外面传来急促的叩门声，保镖领队似乎正在和什么人大声交流着，谢澄澄一挥手："小田，你去处理一下外面的事情。"

生活助理小田有些不情愿，却还是快步走出洗手间，在离开前还不忘回头，狠狠给龙雷甩过去一个"樟脑球"。生活助理小田处理类似事件显然经验丰富，很快，门外的嘈杂声就全部消失，洗手间内再次恢复安静。

谢澄澄："把你的学生证给我看下。"

"你要不放心的话，可以拍照留下证据，但是我还要找工作，学生证不能押给你。"

龙雷是真把明星当作普通人，一边道出自己的底线，一边打开那个文件袋，取出自己的学生证递给谢澄澄。看着学生证上面的内容，谢澄澄真的有些惊诧了。眼前这个年轻女生并不是她所预想的那样，来自北京某所体育院校，而是来自北京大学哲学系的高才生！

个人观点，只是个人观点，不喜勿喷，谢澄澄一直认为，哲学家是天才与疯子的结合体。她清楚地记得，自己看过的某本书上有这样一句话：哲学家和疯子最大的区别在于，一个只是在想，一个真的去做了。

站在她面前的龙雷，从某种层面来说，就是一个把格斗术都练到登峰造极的天才疯子……这种人的脑回路，一般都比较清新脱俗，但又知识渊博。

略一沉吟，谢澄澄问了一句："会说几门外语？"

"英语刚过托福，德语能正常交流，阿拉伯语、库尔德语还有波斯语也会一点点。"

"哲学思维具有抽象性、批判性和反思性，哲学家最大的特点，就是试图超越表象，了解事物的本质。"谢澄澄轻描淡写地卖弄了一下自己的知识，让眼前这位来自北大的女子格斗家知道，她这个明星，可不是空有外表的花瓶。"按道理来说，你的作文水平，应该很好了？"

"我在学校时，曾经写过十万字的中长篇军事小说，在杂志上连篇转载，千字三百。现在影视版权被某知名影视公司买走，已经处于剧本筹备阶段，如果一切顺利，会在明年下半年开拍。"

谢澄澄再次对龙雷刮目相看，她略一思索，抛出一个难度系数极高，而且和军事有关的问题，如果龙雷是在吹牛，面对这个问题，百分之百就会当场露怯。"有人说，'911'事件是美国政府自己策划的阴谋，就是为了找一个借口打击阿富汗和基地组织，你是怎么看的？"

"我个人认为，这不符合逻辑！"

龙雷这一刻的措辞，展现出哲学家的雄辩特质，把举事实、讲道理、做对比应用到了极限，逻辑思维严密得无懈可击："'911'事件后，美国的道琼斯指数和美国航空公司的股票暴跌，这一系列经济动荡对美国造成的影响，到今天都没有完全消除；更何况世贸大楼里面集结了美国各种顶级精英人才和各大跨国公司，两万名精英人才的死亡，对美国经济造成的重创，甚至比股市上的数值更加长久深远。世界上任何一个国家，都不会以这么大的代价为借口，发起一场反恐战争。在我看来，相信并传播这种阴谋论的人，还生活在社会底层，受到自身能力和眼光的限制，根本无法理解人才对一个国家持续发展的重要性。"

洗手间外，几个受到重创的保镖脸上带着痛苦的表情，正在等待救护车。生活助理小田和酒店值班经理进行了沟通交流，劝说酒店放弃报警。一门之隔的洗手间里，两个年龄相差近十岁的女人，正在谈论国际大事，话题明明以辐射状扩散，仿佛和她们扯不上半毛钱关系，却一个问得认真，一个旁征博引，硬是回答出地毯式轰炸的感觉。

就算是谢澄澄，面对密集轰炸式数据和逻辑推理，都必须花上几分钟时间去思考消化。她再聪明也只是一个普通人，不是天才，更不是疯子，但是当她消化完毕后，竟然又悍不畏死地抛出第二个问题："你如何看待两次伊拉克战争？"

龙雷有些疑惑，却并没有拒绝回答，这一次她努力让自己的回答更加通俗易懂："利益，战争的本质就是利益的延伸。美国不会发动没有利益的战争，他们在索马里首都摩加迪沙陷入困境，特种部队损失惨重，就连黑鹰直升机都被击落几架，但是克林顿却下令撤军，就是因为在那里没有任何资源和利益；而伊拉克却有丰富的石油资源，打下伊拉克，推翻萨达姆，就会获得巨大的利益回报，所以无论前伊拉克政府有没有大规模杀伤性武器，美国都不会放过伊拉克。而代价就是，原本安定富足的伊拉克，变成了战乱不断、恐怖袭击横行的死亡地带。"

谢澄澄满意地点点头，不再提问，她打开爱马仕皮包，取出香烟和打火机。

都彭打火机发出"叮"的一声脆响，将香烟凑到火苗前点燃，深深地吸了一口，再慢慢吐出，蓝色的烟圈随之在洗手间的空气中不断翻滚升腾。

在这一刻，谢澄澄看起来就是一个精明干练、久经商海浮沉的女强人。她斜睨着龙雷说："我那四个保镖，每个人的月薪都是一万八，你把他们打成那样，最起码一个月不能上工，加起来就是七万二。就算是咱们一人一半，你也得付我三万六。万一你失手把谁打骨折了，伤筋动骨一百天，这价格就得翻三番。

"他们住院治疗，我这当老板的，总不好让他们睡医院的四人间吧，一人一间的套房是少不了的，再加上医药费、伙食费、车马费，看在你是在校大学生的分儿上少算点，一人三万也就勉勉强强了，四人合计十二万，这样的话，你要再付我六万。这还没有给你算精神损失费，想来他们四个大男人，被你一个女生揍趴下了，也没有脸要这个钱，否则的话，那就不好说了。"

龙雷的表情有些纠结，但是在她的眼睛深处，并没有那种小门小户出来的人闯祸后对清算的惶恐。对此谢澄澄也并不意外，正所谓穷文富武，现在的兴趣爱好补习班，可真不是一点半点地贵，能学到真材实料的补习班，更是堪称天价。没点家底的话，根本撑不住这个无底洞。

谢澄澄再次深深吸了一口香烟，说出的话，明显意有所指："年轻孩子到社会上历练，是好事，但首先要学会自食其力，要是离开家还任意妄为，闯了祸就哭着喊着回家找妈妈，那注定一辈子都是长不大的妈宝女。"

"您说得对，您说得都对，竟然让我无言以对。"

龙雷突然笑了，就是这样一个笑容，化腐朽为神奇般地让她身上透出的教条刻板一扫而空，透出野性难驯的率性洒脱，就连她的语言，都变得锋利生动起来："姐姐您又是提问，又是帮我算账，又是人生告诫，红脸的白脸的您一个人都包圆了。虽然我知道您是明星，擅长演戏，但这样来回变换角色多累啊，您就省省脑细胞和口水，直接告诉我，您想怎么着吧。"

谢澄澄也笑了。"当我两个月的保镖，他们的医药费、误工费、营养费我全包了，两个月后工作结束，在你离职之前，我还会再额外发你一个两千块的大红包。"

龙雷瞪大了眼睛。"姐，如果我没弄错的话，您可是一个随身带着四个职业保镖的大明星啊，您这两千块的……大红包，是不是也太大了？"

谢澄澄的眼睛瞪得比龙雷的还大："怎么，不干？"

"您当我傻啊，打两个月工，就能解决十万债务，这么好的事上哪儿找！"龙雷伸手，在空中比画出一个大大的形状。"更何况，两个月后还能从您手中，拿到一个两千块的……大红包，放在二十世纪八十年代，那可是能买两百车大白菜的！"

谢澄澄哑然失笑，她瞥了一眼龙雷手中那部屏幕碎了三分之二的古董机，取出自己的苹果 X，用衣领上的胸针把 SIM 卡捅出来，将手机丢给了龙雷。"我们下个月要出国采风，好好干，表现得好，我随时都会给你发红包。"

龙雷眼睛发光："您真慷慨，老板，这手机壳上镶的钻，是真的吧？"

虽然知道对方很可能是天才与疯子的结合体，但面对这样的询问，谢澄澄还是忍不住翻起白眼：拜托，手机壳上可是围着边缘镶了整整一圈钻，有三四十颗，每颗都有三十分大小，要它们都是真的，那她就不是明星，而是含着金汤匙出生，以败家为己任的超级散财童女了！

"在办理签证期间，我希望你能继续在网上收集大量军事武器资料，并把它们记在脑子里。只要我需要，你就得立刻结合现实，当场写出和军事有关，又具备哲学抽象与批判思维的台本。当然，这些工作，不属于保镖范畴，能让我满意的话，稿费按千字五百计算。"

谢澄澄按灭香烟，大踏步走出洗手间，发现龙雷还站在原地喜滋滋地摆弄着新手机。谢澄澄柳眉一挑，女王气场在瞬间全面散开。"我付你薪水，可不是请你站在那里玩手机的！"

"哎！"

龙雷响亮地应了一声，抄起谢澄澄放在洗手台上的爱马仕皮包，大踏步追上去，身体一侧一挤，把生活助理小田硬生生挤到一边，不理会小姑娘那泫然泪下的委屈表情，大大咧咧地站到了谢澄澄的右后方，俨然已经成为谢澄澄最狗腿的贴身亲密小心腹。

"那个谁，"龙雷突然又停下脚步，将自己原来那部手机塞进生活助理小田手里，"找个店，尽快修好，修理费找老板报销。"

# 第三章　世界的另一端

热，真热，超级热。

八月份，是一年当中最炎热的时段，在伊拉克这种降雨量低得要命，到处可以看到半沙漠地形的国度，那更像是进入了传说中的火焰山。被太阳曝晒后的地表温度突破了七十摄氏度大关，往上打一颗鸡蛋就能直接煎熟不说，就算你穿着鞋子在路上走路，几个小时后，双脚也会出现慢性烫伤！

就是在这要命的炙热中，两辆丰田越野车在伊拉克北部公路上奔驰，年久失修的道路，原本就到处坑坑洼洼，战争期间政府军和反政府军之间不止一次围绕这条公路交战，双方射出的炮弹在路面上留下一个个没有人填补的弹坑。越野车在道路上不断颠簸起伏，卷起一条长长的沙龙。

谢澄澄用最舒服的姿势，斜倚在汽车后座上，一边听着音乐，一边随意而慵懒地打量着窗外的景色。

"澄澄姐，来一罐可乐吧，刚刚冰好。"

生活助理小田打开车载冰箱，从里面取出一听可乐，插上吸管双手捧着送到谢澄澄面前。

坐在副驾驶位置的龙雷突然开口："停车！"

司机下意识地狠狠一踩刹车，在惯性推动下，生活助理小田身体猛然前倾，撞进谢澄澄怀里，一个粉红的水印随之在谢澄澄胸前的衣服上迅速绽放。

生活助理小田真的要哭了，她拿出一张湿纸巾，手忙脚乱地在谢澄澄身上擦拭。她可是清楚地知道谢澄澄身上这件时装的价格。她一边擦拭，一边恶狠狠瞪视着龙雷，她真的怀疑，龙雷是故意的。

从伊拉克本地雇用的司机，却用感激的目光望着龙雷。汽车沿着公路冲上一道陡坡，在陡坡下方的道路正中央，一个脸上蒙着黑布的女人，一左一右牵着两个小男孩的手，正慢慢地走着。

如果不是龙雷提前发现不对做出指令，马力强劲的越野车很可能已经挟着冲上陡坡的惯性，撞倒了女人和两个孩子。

顶着正午的毒辣阳光行走的女人，可能是又热又累，反应比正常情况下迟钝了很多。直到汽车尖锐的刹车声在身后不远处响起，她才猛然惊醒，拉着两个孩子让到了路边。

这个女人几乎整张脸都被黑布蒙上，只在眼睛部位露出一条细细的缝。谢澄澄既看不清楚她的长相，也估计不出她的实际年龄。但是她看向汽车方向，眼睛里流露出的除了紧张和戒备，更有无可掩饰的羡慕。

恒温空调将车厢内的温度控制在二十二摄氏度，这是人体感受最舒适的温度。车载 CD 播放着谢澄澄最喜欢听的萨克斯管音乐。躺在真皮座椅中，浅啜一口刚刚冰镇好的无糖可乐，冰凉舒爽的微甘，随之在全身每一个细胞流淌。

只是一车之隔，一边是天堂，一边是地狱，谢澄澄喜欢这种感觉。

龙雷从车载冰箱中取出三瓶可乐，生活助理小田想要制止，却又有些畏惧龙雷的蛮不讲理，嘴巴张了又张，什么也没有说出来。龙雷看到可乐瓶上的无糖标志，却不满地撇撇嘴，又将三瓶无糖可乐丢回冰箱，翻出几瓶鲜榨果汁，又从生活助理小田旁边的袋子里抄起两包给谢澄澄准备的薯片走下汽车。

路边蒙面的女人看到有人下车，明显有些瑟缩，龙雷明显属于"老外"的面孔，更让她不安。她拉着两个孩子想要后退，龙雷举起果汁，对着两个孩子晃了晃。在这样的天气，两个孩子根本无法抗拒冰镇果汁的诱惑，他们挣扎着摆脱母亲的手，冲到龙雷身边。

"澄澄姐，您真得管管龙雷了，她随意和当地人接触，很可能会给我们带来麻烦。"

生活助理小田开始给龙雷上眼药，谢澄澄微微点头，脸上却露出一丝赞许。

龙雷是用右手将果汁分发给两个孩子的。在伊拉克，如果用左手递给别人食物或者饮料，那代表不尊重。生活助理给谢澄澄准备的薯片有多种口味，龙雷只选了黄色包装的那种，是因为伊拉克人视蓝色为魔鬼的代表，而他们的国旗是橄榄绿色，所以他们排斥印着相同颜色的商品。

单凭这几个细节，谢澄澄就可以看出，龙雷这个哲学系高才生，在进入伊拉克之前，一定是做足了功课。她这五万左右的月薪，出得不冤。

两个孩子捧着果汁瓶，小心翼翼地抿了一口，两双眼睛同时亮了，他们将瓶子高高举起，仰着脖子把果汁往嘴里猛灌。看着他们喉结不断涌动的样子，就算是在密闭性良好的车厢里，谢澄澄都仿佛能听到"咕嘟""咕嘟"的声响。

龙雷将第三瓶果汁递给了母亲，那位母亲犹豫再三，才掀开蒙在脸上的黑布，轻轻抿了一口。当两个孩子手中的果汁喝完，目光一起落到母亲手中那瓶上时，母亲立刻将果汁递给了他们。

母亲带着两个孩子离开，走出很远，那两个男孩还在对着龙雷挥手示意，龙雷一直微笑着回应，直到他们母子三人沿着公路走远，再也看不到身影，她才折返回来，轻轻叩击靠着谢澄澄那边的车窗，又指了指某个方向。

谢澄澄顺着龙雷指的方向看过去，在距离路边近百米的草丛中，静静卧着一辆坦克的残骸。

"不就是一堆生锈的废铁嘛。"生活助理小田从一开始就和龙雷不对付，随着时间的推移，她们之间的矛盾并没有化解，现在已经到了"逢雷必反"的程度。她撇着嘴，脸上满是不以为然："澄澄姐到伊拉克采风，是要拍出最美丽的异域风情，那玩意儿脏兮兮的不说，上面全是铁锈，要是澄澄姐一个不小心，被划伤怎么办，我估计伊拉克没有几个医院能够打破伤风吧？"

龙雷并没有和生活助理小田针锋相对，她淡淡一笑说："给我二十分钟。"

龙雷从包中取出纸笔，走进杂草丛中，一边观察着四周，一边奋笔疾书。就算是隔着很远，谢澄澄仿佛都能听到笔尖在纸张上划过时发出的沙沙声响。生活助理小田还想说什么，却被谢澄澄用一个眼神给制止了。

谢澄澄在汽车后座上抱膝而坐，打量着龙雷。"小田，你不觉得，无论是男人还是女人，全神贯注做一件事情时，都会变得很……性感吗？"

生活助理小田撇了撇嘴，她上看下看左看右看，怎么看龙雷都不顺眼，只觉得龙雷是在装，实在无法理解谢澄澄的感受。

二十分钟后，龙雷准时结束写作，折返回来将一张写满字的纸递给谢澄澄。

慢慢读着上面的内容，谢澄澄脸上的惊讶越来越浓，读完最后一句，谢澄澄微笑起来。她拿出手机，当着龙雷的面，按照千字五百的标准，在微信上给龙雷发了两个半大红包。"不愧是哲学系的高才生，小田，通知大家开工。"

随着谢澄澄一声令下，静静停在路边的两辆越野车四周一下变得一片火热。

生活助理小田打开了化妆箱，开始给谢澄澄洁面、化妆。

从第二辆越野车上，走出五六个人。

穿着马夹的中年男人身体微胖，却有着一双明亮的眼睛。他打量着四周地形，时不时用双手合出一个镜头的形状，对着草丛和坦克比画着，似乎想要寻找最佳拍摄角度；长发过肩，用一条丝绳扎成马尾，浑身透着非主流文艺气息的摄影师，取出装着摄影器材的工具箱，熟练地检查机器；有人拿起了"米波罗"反光板；至于那两个背着录音箱，拎着"手雷"高空吊杆的人，当然就是录音组了。

他们就是跟随谢澄澄一起来到伊拉克的摄影组成员，虽然人数是少了些，但都是在各自行业中摸爬滚打了近十年的老江湖，就算是器材简陋，缺乏各种辅助设施，拼拼凑凑，也能弄出个花团锦簇。

最重要的是，这些人直到现在，依然保持着对艺术的追求，依然有着拍出一部作品，一朝成名的梦想。所以，他们的性价比很高，简单地说就是——活好还上道，价格很公道！

一个小时后，穿着雪白衣裙，披着白色轻纱的谢澄澄走进被整理过的草丛。

轻风徐徐，撩起了谢澄澄满头青丝，衣袂舞动，薄纱飘扬，四周的草丛都随之一起轻轻摇摆，让她身上多了一种几欲乘风而去的飘逸。而她脸上的温柔与怜悯，更足以触动任何一个人内心深处的那块柔软。

在摄像头拍不到的位置，灯光组成员一直紧跟在谢澄澄身边，将原本刺眼的阳光，通过"米波罗"反光板变成柔和的光线，反打在谢澄澄鼻端下方，这样在画面中，谢澄澄的面部轮廓会更分明，也更加显瘦。

背着斯坦尼康稳定器的摄影师，在不远处跟着谢澄澄慢慢移动镜头。

刚出道的菜鸟演员往往因为紧张，在表演过程中会无法忽视摄像机的存在，有时甚至会让自己的目光在摄像机镜头前有所停顿，一旦出现这种低级错误，导演必定会下令重新拍摄。有了一些经验的演员，会把摄像机当成空气，努力演好自己的角色，而像谢澄澄这种身经百战的老戏骨，则更加清楚地明白，在哪个位置，会利用光影效果，让自己显得更加美丽，在什么时候移动，通过人机互动，会让银幕或者电视机前的观众的关注焦点转移到自己身上。

只要谢澄澄愿意，她演一个宫女，都能比身边演公主的女主角更耀眼，用行话来说，是有镜头感，嗯，说白了，就是擅长抢戏！

谢澄澄被风吹拂起的长发卷到了一片灌木丛上，发梢和带着尖刺的灌木交缠在一起。看到这一幕，导演眉头一皱刚想喊停，就看到谢澄澄不带一丝烟火气地转身，伸出她修长而白皙的双手，慢慢解开自己被缠住的秀发。

谢澄澄仿佛获得了九天诸神祝福的精致脸庞上，突然露出了一丝淡淡的哀愁，这个突如其来的表情，就像是一滴落入水潭的水滴，在每一个人的心底，溅出了一层层涟漪。她弯下腰，从灌木丛下拾起了一枚锈迹斑斑的子弹壳。

导演慢慢嘘出一口长气，从嘴里发出一声只有自己才能听到的低语："妖孽！"

这一幕并不在他们的计划之内，那枚子弹壳，也绝不是他们提前布置的，原本因出现意外应该重拍的画面，却因为谢澄澄的表演，拥有了更深层次的内涵。

谢澄澄能做到这一点，除了要有精湛的演技和令人羡慕的随机应变的能力，更需要有敏锐的观察力，以及日积月累的丰富的镜头经验，只有这几者兼备，她才可能像现在这样，一边展现最美丽的姿态，一边洞悉全局，把摄像头能够触及的世界，变成展现自己的舞台！

迈着悠闲而轻快的脚步，谢澄澄走到了那辆锈迹斑斑的坦克前。她围着坦克残骸慢慢地走着，似乎在观察，又似乎在沉思，抑或两者兼有。

"它是伊拉克国防军二十世纪八十年代自中国进口，还经过两次技术升级改装的五九式主战坦克。作为曾经的大地最强战争武器，它在战场上遇到了无可对抗的天敌——战斗机！"

谢澄澄开口了，她的声音清脆悦耳，带着几分深邃的悠然，就像是你在海边散步，随手拾起一个被海浪冲到沙滩上的海螺，把它放在耳边，仔细聆听海风回音的感觉。

龙雷从来没有想过，一个人的声音可以这么好听，竟然可以拨动她的心弦，让她的心随着谢澄澄的声音或高或低而微微起伏。更让龙雷惊讶，甚至是产生几分好感的是，在这么短的时间内，谢澄澄竟然把她写的大段台词一字不差地牢牢记住，面对摄像头时，轻松而坦然地侃侃而谈，仿佛说的每一句话，每一个字，都是她自己内心的真实写照。"在交战，不，在被屠杀的时候，这辆坦克，就像是一只无助的羔羊，无论它如何努力，如何不甘，还是被轻而易举地击毁，彻底失去了修复可能，被军队直接抛弃。"

"整辆坦克里所有能拆掉的东西，都被人拆得干干净净，就连履带都没有放过，只剩下厚重而残破的车身，和黄沙杂草为伍，年复一年、日复一日地承受着日晒雨淋，直至一点点生锈，变成一堆就连废品收购站都不会接纳的残骸。

"但是它那高高昂起的炮口，还有身上那清晰可见的弹痕，依然默默向每一个看到它的人，诉说着昔日战争的惨烈与残酷。"

谢澄澄将一束野花，插进了坦克的炮口，她的声音也变得低沉起来："愿世界，永远不要再有战争……"

龙雷突然像一头猎豹般疾冲进画面当中，将一件外套罩在谢澄澄身上，动作简单粗暴得让谢澄澄都感到了疼。谢澄澄还没有搞清楚究竟发生了什么事，龙雷一扬手，将半瓶矿泉水泼在谢澄澄脸上，再伸手用力一阵乱抹，谢澄澄立刻变成了一个大花脸，什么精致得仿佛获得九天诸神祝福的五官，美丽的容颜，在瞬间全部变成浮云。

面对这绝对意外的一幕，所有人都惊呆了。

谢澄澄气得全身都在颤抖，她想要指着龙雷放声斥骂，她甚至想要不顾形象地脱下鞋子，用它对着龙雷的脑袋猛敲。在谢澄澄的怒火爆发之前，龙雷猛地伸手按住谢澄澄的头，用力向下猛压。面对根本无可对抗的力量，谢澄澄再不甘心，都被按得整个人蹲在地上连头都无法抬起。

"嗒嗒嗒……"

枪声在不远处突然响起，在场的工作人员顺着枪声传来的方向看过去，三辆皮卡汽车杀气腾腾地向着他们冲过来。有人把身体从副驾驶席上探出来，举着 AK 自动步枪对天射击。更让所有人心脏狠狠一顿的是，在三辆皮卡汽车的后斗上，都架着大口径重机枪。那黑洞洞的枪口，就对着他们，弹链上那紧密排列的十二点七毫米口径重机枪子弹，就像是几欲择人而噬的鲨鱼牙齿，锋芒毕露，杀气腾腾。

生活在和平环境中的谢澄澄一行人，就算是已经对伊拉克此行的危险有了心理预估，但是只有身临其境，他们才真正感受到死亡的压力是如此巨大。这让他们呼吸紧张，就连心脏都随着枪声不规律地跳动起来。

一串子弹打过来，打得丰田越野车车窗玻璃碎溅，生活助理小田发出尖锐的叫声，用双手霍然捂住了脑袋。

"蹲下，都蹲下，用双臂抱住脑袋，千万不要抬头，更不要去偷偷打量他们！"

龙雷放声喊叫，听到她的话，一群人才如梦初醒，双手抱着脑袋蹲在地上。一边死死按住谢澄澄，把她保护在身后，一边用眼角余光迅速打量周围环境，龙雷的脸色猛然变了。

那个扎着一条长长的马尾辫，全身透着文艺气息的摄影师，非但没有按龙雷说的做，反而扛着摄影机，对着那些杀气腾腾地冲过来的武装分子拍个不停。更要命的是，也许想要拍摄到更具震慑性的效果，也许是对光线并不满意，这位文青摄影师不但在继续拍摄，还在不断迎着对方挪动脚步。

"嗒嗒嗒……"

沉闷而缓慢的十二点七毫米口径重机枪扫射声响起，一枚枚比正常人手指还要长的弹壳在空中弹跳飞舞，飞出了七八米远。

摄影师的身体猛然凝滞了。如果这一刻再透过镜头观察，就会发现，整片天与地都蒙上了一层血红，灼热的鲜血混合着一些黏黏腻腻的东西，顺着摄像师的脸庞慢慢流淌着，那种感觉，那种温度，让摄影师全身汗毛都在瞬间倒竖而起，而他的大脑进入了一片绝对空白。

愣了七八秒钟，才终于勉强恢复一丝意识，摄影师一节节、一点点地转动脖子，这一刻他的动作看起来就像是一个生锈的齿轮，说不出地诡异与好笑。

但是在这一刻，望着摄影师右前方那个原本和他们有说有笑，现在却被重机枪子弹硬生生撕碎一半身体的司机，在场这么多人又有谁笑得出来？

看着满地的碎尸，还有司机那张死不瞑目的脸，摄影师的嘴唇在不停颤抖。他想说话，但是无论如何努力，也无法从喉咙中说出哪怕是一个完整的单词。从他嘴唇嚅动的形状，能够读唇语的龙雷知道，摄影师拼命想要问却问不出口的那句话是："为什么?!"

是他明明知道有危险，还要扛着摄像机去拍摄，是他的行为激怒了对方，可为什么，在对方开枪后，死的是已经跪在地上，双手抱头，表现出最卑微姿态的司机，而不是他这个摄影师?!

"因为中国在伊拉克投入大量人力物力，联合开采石油，这不但给伊拉克带来大量就业机会，也在主动帮助他们重建家园，中国和伊拉克通过经济合作，取得了双赢局面。不到万不得已，他们不愿意杀死中国人，更不愿意激怒中国政府。"

龙雷的声音并不大，却清晰地传进在场每一个人的耳朵："但是面对挑衅，他们必须用鲜血来进行震慑教训，让我们这些来自和平环境的中国人，真正懂得战争与死亡的力量，所以他们开枪时，选择了我们在当地雇用的司机！"

摄影师双膝一软，跪倒在地上，望着司机的尸体。脸上有什么东西黏黏腻腻的，在慢慢、慢慢、慢慢地下滑，摄影师下意识地伸手一抹，在他的手掌中多了一小块碎肉似的东西，那是司机被重机枪子弹打碎的内脏！

摄影师拼命将手中的东西狠狠抛开，突然开始不断呕吐，他吐得停不下来，几乎连胆汁都一起吐了出来。

这里是伊拉克，在这里到处都是战争留下的废墟。它们有些是两伊战争期间留下的，有些是海湾战争的纪念，有些是第二次伊拉克战争的产物，这些新的旧的战争印痕混合在一起，再加上高温和干旱，默默向每一个来访者，诉说这个国家几十年的风风雨雨、多灾多难。

美国军队已经撤出伊拉克，留下了一个疮痍满目的破败世界，虽然现在伊拉克的经济正在高速复苏，但是在战火中重建家园需要时间，重新修复人类的道德与良知，更需要时间。在这样一片土地上，面对拿枪的人，你必须保持敬畏，因为他们不是中国的警察，被你当面撕扯还会好言相劝，更不会有什么法不责众。只要你敢于挑衅，他们就会用最野蛮暴力的方式，让你明白，什么软的怕硬的，硬的怕横的，横的怕不要命的，都是扯淡，都是浮云，都是寿星公上吊嫌命太长了！

三辆皮卡汽车停在路边，十几个手里拎着 AK 自动步枪的男人跳出汽车，他们身上的衣服五花八门，一看就不是正规军。但是他们的动作敏捷，配合老练，一下汽车，就从三个方向包抄上来，彻底封锁了龙雷一行人所有的退路。汽车后斗上，有三挺大口径高平两用重机枪，那黑洞洞的枪口，更是直接指向所有人。

这一次不需要龙雷再说什么，所有人都死死抱着脑袋，再也不敢抬头。

一个穿着迷彩服，头戴红色贝雷帽，鼻梁上架着一副暴龙眼镜，嘴里还咬着一支硕大雪茄烟的男人从汽车副驾驶席上走下来。他应该是这群武装暴徒的头领，手里并没有拿 AK 步枪，只是在腰间斜挎着一把代表身份的加长版左轮手枪，在他身后还跟着一条站起来比一个成年男人还要高的壮硕军犬。

在走过司机的尸体时，皮靴上沾了混合着鲜血的泥土，男人随意抬脚，在摄影师身上蹭了蹭，把鲜血和泥土擦掉，然后左脚一抬，直接踏在了摄影师背部。

这个男人身高至少有一百九十二厘米，长得虎背熊腰，体重百分之百超过了两百斤大关。他这一脚踏上去，压得摄影师整个人向地面扑倒，却又被身上的斯坦尼康和摄像机顶住，摄影师脸上露出近乎窒息的痛苦表情，豆粒大小的汗珠更是像下雨一样，从脸庞上滑落。

但是摄影师却不敢做出任何挣扎动作。身边那死不瞑目的尸体，还没有干透的鲜血，已经足够让他真正明白，所谓的文人清高、艺术傲骨，面对货真价实的屠刀，除了让自己遭遇更悲惨的伤害之外，没有半点意义。

男人摘下鼻梁上的暴龙墨镜，打量着面前这些人质，目光在谢澄澄的身上打了几个转。披头散发被涂成大花脸，身上还有水在不断滴落的谢澄澄，看起来狼狈不堪。男人很快就把目光挪开，落到了生活助理小田的身上。

生活助理小田原本的长相也在七十分左右，进入娱乐圈后，耳濡目染下，拥有了不俗的衣饰品位，再加上"年轻"这个让人羡慕的资本，使得她全身都透着一股青苹果般的诱人芬芳。如果在平时，有谢澄澄压着，生活助理小田只能沦落到绿叶的位置，但是现在谢澄澄被涂成一个大花脸，头发被龙雷揉得活像一个疯婆子，形象气质一落千丈，生活助理小田毫无意外地成为全场最抢眼的角色。

打量着生活助理小田，男人吹了一声响亮的口哨，他目光中透出的炙热，烫得生活助理小田身体不由得颤抖起来。听到主人的口哨，就连那条军犬也对着生活助理小田张开大嘴，露出锋利的牙齿。

"不要抖！"

龙雷的声音在生活助理小田的耳边响起。生活助理小田真的不明白，已经到这个时候了，同样身为年轻女性的龙雷，为什么声音还能这么平静。"你必须冷静下来，你要让他明白，你很弱小，但是在你的身后，有一个强大的祖国！你必须坚信，无论在什么地方，什么时候，祖国都不会放弃你！如果你没有这样的信心，继续发抖露怯，让他觉得你是一个予取予求，就算是伤害了也不会有任何后果的弱者，他会毫不犹豫对你出手，甚至会让所有部下一起分享你。"

生活助理小田彻底吓傻了，她当然明白在这种情况下，所谓的"分享"是什么意思！

但就是因为吓傻了，生活助理小田的身体反而不抖了。

男人的目光透出一丝无趣，又落到了龙雷身上。虽然他听不懂中文，但是龙雷敢在这个时候说话，而且一说就那么一大堆，在他看来就是对他们的挑衅！

但是男人并没有立刻对龙雷发起攻击，龙雷展现出来的态度实在太过冷静，让他心中升起了一丝警惕。生活在这片战乱地带，还能活到今天的人，当然是谨慎的。他用康尔德语问："你是谁？"

龙雷用尽可能慢的动作，从背包里取出一沓护照，走上前递给男人。

男人看着手中这些红色封面的护照，竟然从嘴里挤出一句发音怪异的中文："中国人？"

龙雷点头："Yes！"

男人慢慢翻看着，他的动作突然一顿，在一沓红色封皮的护照中，夹着一本蓝色的。男人打开那本蓝色封皮的护照，目光很快就落到了导演的身上。

龙雷用库尔德语说："他来自香港，也是一个中国人！"

男人也许无法理解，为什么来自同一个国家，使用的护照会有不同颜色，但是在龙雷的提醒下他全少能认出护照封面上印着的那个烫金的中国国徽。男人将一沓护照递给部下，微微摆手，围在附近的武装分子们垂下枪口，现场的气氛终于为之一松。

男人的目光再次落到龙雷脸上，又一次问她是谁。

龙雷说她只是一个保镖。

男人目光微微一凝，他突然伸出大手，抓住龙雷的衣领用力一扯。

"刺啦……"

空气中响起拉链被暴力扯开的声响，龙雷穿的运动服被扯开，露出里面穿的紧身速干衣。

生活助理小田身体微微一颤，把头垂得更低，小心翼翼地隐藏起脸上的庆幸。有个故事讲得通俗易懂，却非常深刻：一头老虎突然跳出来想要吃人，你不需要跑过老虎，只要能跑过身边的同伴就行了。

同样的道理，既然这个长得很狂野、眼神很凶悍的男人选择了龙雷，就不会再碰她了吧。

男人却并没有对龙雷展开进一步侵犯，他的目光落在龙雷衣领内侧，在那里别着一枚银制饰品。

一个正常人绝不会把饰品反戴在衣领里面！

男人伸手拆下那枚银饰，用审视的目光反复打量，他有些怀疑龙雷来自某个国家情报组织，而这枚被她藏起来的饰品，实际上就是一枚信号发射器之类的谍报装置。他用粗暴的动作将银饰摘走，放在手掌里仔细打量片刻。这是一枚宽五点五厘米，高二点五厘米，由纯银打造的银鹰勋章。

在勋章上，一只雄鹰将自己的双翅舒张到极限，头颅高高昂起，直视上方，仿佛它正在展翅腾飞，即将冲破云霄，翱翔于九天之上，整体透着一种狂野而张扬的力之美感。

男人把银鹰勋章别到自己的贝雷帽上，银白的勋章，艳红的帽子，组合在一起，相当醒目。男人重新戴上红色贝雷帽，整理一下衣装，拔出腰间的左轮手枪，比画出一个相当拉风的造型。

四周的武装分子一个个咧开大嘴，露出灿烂的笑容，对着自家老大竖起了大拇指。

龙雷什么也没有说，她慢慢后退，停在谢澄澄面前，用自己的身体挡住了那些武装分子打量谢澄澄的目光。

# 第四章　强敌

在三辆皮卡汽车的"拱卫"下，两辆越野车驶进了伊拉克南部的阿拉伯高原。

在这片西起红海东侧，东至阿拉伯半岛东部平原及两河流域，北起叙利亚中央高地，南界亚丁湾北侧的古老土地上，到处可以看到地壳运动造成的断层，还有火山爆发、熔岩流动留下的浓重印痕。

也许就是因为这里太过干旱，太过贫穷，交通不便，地下也没有什么资源可以开采，所以这片贫瘠的土地反而是伊拉克战火最少，相对最安全的区域。

几个小时后，天色已经全黑，车队终于驶进一个偏僻的小镇，长年战火不断，彻底摧毁了伊拉克的工业基础，民生设施也被打得百孔千疮，小镇外面只剩下一根孤零零的电线杆，上面几根连胶皮都脱落的电线随风轻摆，怎么看这座曾经繁华的城镇都已经脱离现代文明超过十年时间。

整个小镇都静静地沉浸在黑暗当中，几乎见不到一丝灯光，只有当车队驶过后，道路两侧的小楼窗户边才会闪过几个身影，生活在小镇上的居民，正好奇而警惕地打量着他们。

偏僻、贫穷而又排外，这就是小镇给龙雷的第一印象。

车队驶进一个上千平方米的院子，有人走过来用力拍打车门，示意龙雷一行人下车。

一走下密封性良好，还拥有内部空气过滤系统的越野车，龙雷就闻到一股若有若无的硫黄气味。在几十公里外的西北方向，似乎有大堆的篝火在燃烧，映得远方的天空都有些忽明忽暗起来。

可能是嫌龙雷呆立在原地太耽误时间，有人伸手重重在龙雷肩膀上推了一下，示意她跟着大家走进楼房。

院子正中心的建筑物，是一座足足有四层高的楼房，它应该已经有上百年历史，通体由微微泛黄的石条砌成，在圆形的门廊上，还雕刻着精细的花纹。就连他们脚下的地板砖都精美绝伦，堪称艺术精品。只可惜这座具有异域风情，美观与实用并存的建筑，在战争期间曾经被卷入战火，甚至直接成为战场。建筑物右侧连续挨过几发炮弹，虽然事后被人修补填充，但是依然有将近三分之一的建筑面积无法恢复使用。

在房屋墙壁上，那一个个醒目的弹孔，更无声地向每一个人诉说着，这里曾经发生过的战斗之惨烈。

同行的男人们被带到了地下室，如果龙雷没有猜错，在那里应该有坚固的地牢。至于她和谢澄澄还有生活助理小田，则被一个中年妇女带到了二层的某个房间。

这个房间很可能是专门用来关押人质的牢房。它内部大概有二十平方米，窗户被人用几根一厘米粗的钢筋焊死，中间的缝隙只能勉强探出去一条胳膊。房间的大门更是通体用钢板焊制，就算是用铁锤砸，短时间内也无法暴力破坏。为了防止人质在房间中获得逃生的工具，整个房间里只有一张宽大的原木桌和一张用钢管焊成的床铺。

但是不管怎么说，和同行的男人相比，龙雷她们享受的绝对是五星级VIP待遇了。

生活助理小田躲在墙角，努力把身体蜷成圆球状，又饿又累，她早已经不胜负荷。但就算是陷入沉睡，她的眼皮还在不断跳动，时不时从嘴里发出几声低低的呜咽。今天发生的事情，真的把这个平日里还算精明干练的女孩给吓坏了。

谢澄澄也失去了所有力量，坐在光秃秃的床板上发呆，不知道在想些什么。

一阵山风从窗外吹进来，烛火飘忽，让整个房间都变得忽明忽暗起来，谢澄澄忍不住轻轻打了一个寒战。

龙雷将自己身上的运动服脱下来，披到谢澄澄身上。"谢姐你不要太担心，他们是绑匪，只是想赚点赎金，按照正规流程，他们明天就会和中国驻伊拉克大使馆联系，开出赎金数额。双方围绕赎金迅速展开谈判，用不了多久，我们就会被释放，在巴格达机场，登上回国的飞机。"

"原来被绑架勒索，还有正规流程啊。"

运动服上还带着龙雷的体温，身心俱疲的谢澄澄真的没有力气拒绝对方的好意，她伸手拉紧衣领，低声问道："大使馆会帮我们垫付赎金吗？"

龙雷略一思索，轻轻摇头："按国际惯例来说，大使馆会派出工作人员和绑匪接触，进行谈判并确定赎金金额。为了防止绑匪漫天要价，在这个阶段，大使馆一般都会在赎金筹措上采取'不介入'姿态，由人质家属想办法解决。如果被绑人质是因公被绑，则由所服务的公司解决。"

这种国际惯例，猛一听上去有点不近人情，一个公民遇到危险后，国家理应在第一时间无条件施以援手，但是惯例之所以能存在，必然有其存在的道理。

简单地说，绑匪随便抓了个扫大街的，索要的赎金能有十几万就不错了，再多要，就算是人质家里人砸锅卖铁都做不到；但是反过来，如果运气够好，绑了中国首富的儿子，不要上一两亿，都是对"中国首富"这个称谓的侮辱。而一旦在筹措资金阶段国家力量介入，那绑匪无论逮谁，都可以开出天文数字。

这个先例一开，让绑匪尝到甜头，中国近千万海外务工人员、海外留学生，还有出国旅游的游客，生命都会受到巨大威胁。反正有政府买单，不管他们自己口袋里有几个子儿，只要绑到了，就能通过和中国政府谈判，勒索到大把美元。看到这些会走路的"自动提款机"，别说是职业绑匪，估计就算是普通路人甲，只要手头紧又拿着武器，都可能会对中国人亮出狰狞的獠牙吧？

这些道理谢澄澄都能想明白。她慢慢嘘出一口长气，无论怎么掩饰，脸上都露出浓浓的苦涩。整个剧组都是她雇用的，作为大家的老板，于情于理于法，她都应该负责所有人的赎金。

谢澄澄有些心烦意乱，习惯性地伸手想要拿自己的爱马仕皮包，抓了一个空才想起来，自己身上稍稍值钱的东西，都被绑匪搜得一干二净，就连她那两枚钻石袖扣都没有放过。她从床上跳下来，借着烛光在房间里来回转悠，在龙雷有些不解的目光中，她一弯腰，从地上拾起一个烟屁股，凑到蜡烛边，将烟屁股点燃。

面对这绝对意外的一幕，龙雷真的看傻了。谢澄澄一脸坦然，深深地吸了一口不知道哪个男人丢在地上的烟屁股，先是来了一记毫无花巧的间接接吻，再吐出一个大大的烟圈，在这一刻什么一线女明星的气质，什么女神的范儿、偶像的神韵，瞬间支离破碎，变成一地鸡毛。

房间的大门突然被人再次推开，龙雷闪电般跳起，用身体护住谢澄澄。

推门而入的，并不是对房间中女性人质产生邪恶念头的绑匪，而是一个女人。确切地说，是一群黑眼睛黄皮肤，一看就是和她们一样，来自中国的女人。

但是任何人的目光在第一时间都会被走在最前面的那个女人所吸引。她的身高接近一百八十厘米，就算是处于贼窝前途未卜，她的脸上都带着自信与骄傲的笑容，就是这个笑容，让她整个人都变得不平凡起来。

扣去美容带来的青春加成，目测下来，她的年龄应该和谢澄澄接近。她的眼睛里面有着久经世事的沧桑与锐利，原本应该让男人望而却步，但是有些狭长的眼线，长长的睫毛，又画龙点睛地让她多了一种难言的妖媚。嗯，简单来说，她看起来就像是一只修行千年的狐狸精，狡猾、骄傲、美丽、危险、妖媚，这些特质混合在一起，再加上她堪称"绝世凶器"的完美身材，形成了让男人明明知道可能会被她吃掉，还是心甘情愿飞蛾扑火的奇特魅力。

一走进这个房间，女人就皱起了眉头，似乎对这里的环境很不满意。

一名长得五大三粗，可能兼具保镖职能的助理，取下背在身上的一个硕大圆筒，折腾了几下，竟然变戏法般地在房间里支撑起一张小巧便捷，不失舒适，可以坐，可以躺的床椅。更让龙雷佩服的是，她一转手，又支撑起一张小桌子，并在上面放了一盏精致的营地灯。

这盏营地灯一看就是高级货。灯光明亮却并不刺眼，一打开，就将房间里原本那点昏黄的烛光驱逐得干干净净。

女人坐到便携床椅上，正对着谢澄澄的方向，右手微微一抬，立刻有第二名助理走上前，将一支又细又长的女士香烟放到她手中，并且"叮"的一声，打燃了手中的都彭打火机。

女人轻轻吸了一口，绿豆大小的火苗在香烟上跳动。她慢慢嘘出肺叶中的空气，淡蓝色的烟幕混合着蓝莓的微甘，随之在空气中袅袅升起。

这个女人不但像狐狸精，还像一只孔雀，一进入房间，就将全身最美丽的羽毛绽放开来，醒目得近乎刺眼。

站在女人正对面的谢澄澄轻轻拍了一下龙雷的肩膀，示意龙雷退开。当她和对方面对面站立，彼此打量时，就连谢澄澄自己都没有注意到，她下意识地挺直了腰。有"偶像明星"气场的谢澄澄面对这个女人，竟然在一开始就进入全力备战状态！

两个年龄接近，同样美丽，同样气质非凡的女人彼此对视，一股无形却真实存在的敌意在两个人之间不断激荡。

原本两个人在气势的对峙上应该旗鼓相当，但是谢澄澄手里还夹着一根刚刚点燃的烟屁股，面对众星拱月般坐在那里的女人，她再强大，内心深处也会有着一抹尴尬，这让她在气势的对决中，无可避免地落了下风。

龙雷慢慢退到谢澄澄身后，让谢澄澄感受到了被强者拱护的安全感。在经过生活助理小田身边时，龙雷不动声色地踢了对方一脚。

原本就半梦半醒，一直被噩梦困扰的生活助理小田就像是触电般猛地身体一颤，发出一声神经质的尖叫："不要碰我，要女人找龙雷去嘛，你们别看她外表像是个飞机场，其实她很有料的，至少Ｃ！"

龙雷的脸一下就黑了，她毫不犹豫地再次飞起一脚，这一次她踢得又狠又重，生活助理小田发出一声惨呼，总算是被彻底踢醒了。

　　这丫头总算还记得刚才自己冲口而出的话，没有去找龙雷麻烦。又看到屋子里多出来一群陌生人，她脸红得就像是煮熟的螃蟹，耷拉着脑袋，一声不吭地走到谢澄澄身后，根本不敢抬头去望龙雷或者谢澄澄一眼。

　　就连谢澄澄都想要飞起脚来狠狠踹生活助理小田两蹄子，丢人，真是丢人丢到姥姥家去了。

　　对面的女人却轻笑起来，她打量着生活助理小田，突然开口了："你跟谢澄澄多久了？"

　　生活助理小田吃不准眼前这个女人是何方神圣，她小心地打量了谢澄澄一眼，却无法从谢澄澄的脸上看到任何信息，最终选择了实话实说："四个月。"

　　"嗯，真是不短了。"女人点点头，"告诉你一个小秘密，谢澄澄身边的人，从保镖到助理，从来干不满半年，除非发生奇迹，否则你两个月内就要失业了。"

　　生活助理小田霍然抬头说："我做事很认真，也很勤快的！"

　　"不是你的问题，而是谢澄澄不会也不敢让助理这个太过亲密的角色，和自己相处半年以上。"

　　女人再次吸了一口香烟，悠然道："不信，你自己问问她。"

　　生活助理小田将求助的目光投向谢澄澄，只看了一眼，她的心就猛地一沉。

　　面对女人的挑拨，谢澄澄竟然选择了沉默以对。相处四个月时间，已经对谢澄澄强势的性格有了一定了解的生活助理小田震惊地发现，女人的话竟然是对的，最多再过两个月，她就要被谢澄澄炒掉了。

　　这一次就连龙雷也被勾起了好奇，难怪她这么轻易就成为一个当红女明星的保镖，敢情这位女明星身边的人就像是割韭菜一样，几个月一茬地换，所以人家根本是习惯了啊？!

　　"澄澄姐，为什么？"

　　也许是因为无话可说，也许是在这个时候解释会削弱自己的气势，谢澄澄什么也没有说，只是抿紧了嘴唇，捏着那支已经烧到底的烟屁股，挺直腰肢回望着面前的女人。

　　这一刻，原本风华绝代，走到哪里都注定是众人关注焦点的谢澄澄，身上竟然透着一种日薄西山的荒凉，让她努力撑得笔直的腰肢都显得有些不胜负荷起来。

　　"这个问题，我可以帮她回答。生活助理是一个与明星最亲密的职员，如果相处时间太长，就可能变成知己或朋友，她就有原形毕露的危险。像谢澄澄这种精于算计，把生活都当成演戏的超级戏精，是绝不会允许这种意外发生的。"

　　女人打量着谢澄澄，眼睛中露出猫戏老鼠式的残忍，她刻意拉长了声调，一字一顿地道："我说得对吗，大——明——星！"

# 第五章　睡神女王

面对女人咄咄逼人的进攻，谢澄澄终于开口了："秦玉秋，你怎么会在这里？"

名为秦玉秋的女人却没有回答，她伸手在面前的小桌子上轻弹着。"坐了十几个小时的车，一路上光啃面包了，让他们给弄点吃的。"

第三名助理穿着职业化的西装，戴着红色领带，全身透着一种长期在行政部门工作培养出来的精明干练。她走到中年女人身边开始交流。这个助理不但能说一口流利的库尔德语，在她的语调中还有着浓浓的地方口音，她说得又快又急，就算是龙雷都只能连猜带蒙地听懂一半。

交谈片刻后，第三名助理取出两张百元面额的美钞，递到中年女人手里。中年女人手里紧紧捏着钞票，笑眯眯地离开了，在退出房门重新锁上大门前，她还不忘对着秦玉秋微微欠了欠身，露出一个灿烂的笑容。

"你和这些绑匪是同伙……"看到这一幕，谢澄澄霍然一惊，但是旋即轻轻摇头，推翻了自己的判断："你虽然恨我，但是专门为了我跑到伊拉克勾结悍匪绑票杀人，这样的事，你既不会做，也不敢做。"

秦玉秋轻轻一挑眉角。"哦，原来在你眼里，我这么胆小无能啊。"

演员必须拥有强大的内心。在拍摄现场，尤其是到了凌晨，大家都急于收工回去休息的时候，一旦演员连续出错，就算是没有人出言指责，所有人沉默的注视所透出的信息，也会形成强大的压力，如果不能迅速自我调整心态，就会陷入越拍越烂的恶性循环。

而谢澄澄在江湖上打滚多年，早就磨砺出比钢丝更坚韧的神经，只是过了一两分钟时间，她就调整好心态，恢复镇定，语气也变得尖锐起来："今天这些绑匪的运气可真好，刚绑了一票，又有人主动上门送了一票。不过看情况，你应该已经用自己最擅长，也是最大的本钱，将绑匪头子给'睡'服了吧？"

秦玉秋烫成波浪状的长发还微带潮湿，仔细打量的话，其他几个人脸上不可避免地带着几丝风尘仆仆的烟火之色，只有她面颊整洁细腻，透着一丝让人心生涟漪的潮红。被人绑票，还能洗上一个热水澡，再加上脸色红润得几乎能滴出水来，这用脚指头想，也能明白发生了什么。

"男人用努力去征服世界，女人用身体去征服男人，这不是天经地义吗？"

秦玉秋舒展身体，让她的身体波澜起伏得近乎惊心动魄。她的声音沙哑而内媚，透着一丝满足的慵懒，不经意间，就能轻而易举地挑动别人的心弦："哈里桑，嗯，就是那个绑匪头子，看起来是挺凶的，眼睛一瞪，就连我都吓得小心脏扑腾扑腾乱跳，但只要让他吃饱喝足，稍稍调教一下，还不是乖乖变成了一只听话的小狼狗。"

"啪！啪！啪……"

谢澄澄鼓起掌来，她转头望着生活助理小田和龙雷。"我给你们介绍一下，眼前这位谱大得惊人的秦玉秋女士，是我曾经的大学表演系同学兼曾经的闺密，她的演戏水平不怎么样，但是曾经荣获 2012 届中国外围排名榜亚军，再加上气质高冷，擅长欲拒还迎，因此还获得了一个相当响亮的江湖诨号'睡神女王'。"

一个人的江湖诨号，能同时有"神"和"王"这两个字，可见秦玉秋在某个领域中是如何业精于专，方显卓越。事实上，无论哪一个行业，能在整个中国冲到第二名，都绝不是容易的事情。

"要不，我给在场的小朋友，讲讲你'睡神女王'的故事？"

面对谢澄澄的反击，秦玉秋无所谓地耸肩。

"七年前我们从学校毕业，我和秦玉秋为了省钱，合租了一个小公寓，生活过得紧巴巴的，但是我们都雄心勃勃，想要靠自己的努力，成为最优秀的演员，甚至梦想着要一起进入戛纳电影节，拿到属于我们的小金人。可是很快我们就发现，没有经纪公司重点培养，也不是富二代，想要在娱乐圈混出点名堂，实在是太难太难了。一部戏，重要角色肯定要请当红流量明星，至于其他的小角色，基本也早被内定。这些内定的，有些是临时插进来的关系户，比如投资方某个股东的女朋友，突然想过把拍戏的瘾；有些是家里有钱，直接花钱买角色。

"剧组角色早就没了，他们在筹备期却还要装模作样地对外进行海选，让我们这些跑组的傻蛋拿着自己的履历表去面试。因为他们要用我们这些傻蛋的资料和海选录像，向投资人证明他们的每一个角色，都是从大量演员中通过专业评选，挑出来的优胜者；某些手里有点小权的禽兽玩意儿，更会利用这些机会，诱骗太过急切想要成功的年轻女生。"

说到这里，谢澄澄狠狠吸了一口手中的烟屁股，再用手指将烟屁股弹飞。"演戏的机会少得可怜，平时只能勉强拍一些宣传片或者平面广告混日子，就这么磕磕碰碰地混了一年，我终于遇到第一个'伯乐'。这位'伯乐'是个影视制片人，他说我长了一张'电影脸'，在大银幕上会显得特别漂亮，如果我愿意给他当制片人助理，他会考虑在下部电影里给我安排一个没有台词的龙套角色。我还没有来得及高兴，他就告诉我，制片助理试用期月薪五千，不包食宿，除了陪制片人参加各种聚会，做好花瓶和文秘工作之外，还得……陪睡！"

就算同样身为女人，龙雷也必须承认，气质、长相、身材无一短板的谢澄澄，是一个非常有魅力的女人，那位"伯乐"制片人，究竟有多自以为是，才会说出如此恬不知耻的条件？

"我和秦玉秋工作之余，有时会结伴去三里屯酒吧放松，每次都会有陌生人向我们手里硬塞卡片。他们告诉我，如果我们愿意兼职做外围，就打卡片上的电话，凭我们的长相，一晚上就能赚一两万。我就想了，都是让臭男人占便宜，为什么去做外围，就能一夜一两万，给制片人当助理，一个月才五千？就因为他能给我安排一个连台词都没有的跑龙套角色?!

"我把这件事，当成一个笑话，给曾经的闺密说了。她当时一脸同仇敌忾，陪着我一起大骂制片人臭不要脸。但是很快，她就不再和我一起跑组，一起去拍平面广告，一个半月后她要搬出公寓我才知道，我这位闺密跑去毛遂自荐，做了那个制片人的助理。临走时，她告诉我，她和制片人是真爱，希望能获得我的祝福。"

生活助理小田打量了秦玉秋一眼，小心翼翼地将脸上的惊讶隐藏起来。她跟着谢澄澄月薪都有一万二，最重要的是，她不需要陪睡。

龙雷也好奇了，顺便给自家老板助攻了一下："就为了一个没有台词的龙套角色，让自己性价比这么高，至于吗？"

"我一开始也是这么想的，但是我曾经的闺密，给我上了一堂深刻的职场教育课，让我明白，原来机会永远是给有准备的人的。"

谢澄澄望着秦玉秋，脸上的表情一半是嘲讽，一半是敬佩。"在制片人的施舍下，她终于进了院线电影剧组，在进组第一天聚餐时，就当众发出豪言，为了完成演员的梦想，她可以付出任何代价！"

一个漂亮性感而又气质不俗的女人，当众说出这样的话，等于是对所有人敞开了大门。秦玉秋也的确没有食言，据说她从制片主任开始，什么演员副导演、执行导演、A组摄影老大，直至总导演，她一路睡了下去，虽然让最早带她入行的制片人的头顶多了一大片呼伦贝尔草原，但也化腐朽为神奇地把一个跑龙套角色，硬生生睡出了台词，睡成了女三号。在杀青时，更是跟着各路老大一起接受媒体采访，有了一定曝光度，也因此获得了"睡神"的雅称。

但是秦玉秋的故事，到这里还远远没有完！

"我真的以为，你会用'睡神'的方式，一直努力下去，完成成为明星的梦想。你却突然弃影，每天游走于富商土豪之间，参加这海天那盛宴的。那些在三里屯酒吧外，看到漂亮女生就上去塞卡片的家伙，曾经对我们说，凭我们的条件，只要肯做外围，一天赚上一两万都不是什么问题。可是你却硬是凭借高超的手腕，臭不要脸的执着，业精于专的学习探索精神，欲拒还迎的手腕，外加'影视明星'的身份，在外围圈中杀出一条血路，硬生生冲入 2012 届中国外围榜亚军位置，就连郭美美的收入都不及你的一半，就凭这一点，我就必须对你写一个大大的'服'字！

"最让我佩服的是……"

听故事已经听得入神的龙雷，听到谢澄澄话锋一转微微一怔，眼前这位"睡神女王"竟然还能玩出新的花样，掀开新的篇章？

"我这位曾经的闺密，当了两年'睡神'，积累下足够的资金和人脉，在几位幕后金主的支持下，在上海开了一家中韩合资的顶级美容整形医院，摇身一变成了美容达人，时不时就会出现在潮流杂志封面上，动不动就参加个美容讲座，被好事者尊称为'时尚女王'。功成名就后，曾经的闺密约我见面，我为了省钱在通勤高峰期挤地铁坐公交，累得像是一条狗，而我这位曾经的闺密开的却是三百万的玛莎拉蒂！"

一个是洁身自好，为了梦想一直努力，却始终在娱乐圈最底层徘徊挣扎，不得入其门的十八线小演员；一个是懂得审时度势，把"道德"和"礼仪廉耻"彻底踩在脚下，游走在灰色边缘地带，为达目的不择手段，在男人们的帮助下，迅速爬到人生制高点上一览众山小的女人……

她们都有自己的坚持与抉择，她们都有自己要继续走下去的路。在这个渐渐变得金钱至上的社会中，她们谁能笑到最后，谁能走得更高，就需要时间去验证了。但是在几年前的那次重逢，秦玉秋携着"成功"的气势而来，她必然给谢澄澄留下了不可磨灭的回忆。

"我们又去了原来最常去的那家酒吧，酒吧还是原来的酒吧，不同的是，这次我们没有再点最便宜、九成九是假货的啤酒，你直接要了一支价格能让我心惊肉跳的人头马，顺手又甩给侍应生好几百块小费。那个孩子的眼睛当时笑得都只剩下一条缝，在后面的几个小时时间里，他几乎变成了你随叫随到的私人小跟班。有钱的感觉，可真是好啊。"

秦玉秋轻哼道："那天你喝醉了，不但发酒疯，还在车上吐了我一身。"

"抱歉，你必须原谅一个混了好几年都没混出点人样的家伙，突然看到好闺密'衣锦还乡'，明明受了刺激，还得强颜欢笑的背后，那郁闷到极点的心情。三百万的跑车，坐着就是舒服，就是带劲，就连发动机的声浪听着都那么好听！我自己都不记得什么时候把你赶到一边，自己坐在驾驶席上，臭不要脸地拍了不少相片，把它们发到了朋友圈里，然后，神奇的事情发生了。"

谢澄澄现在都还清楚地记得，她睡到第二天下午三点半，才终于醒过来。当她拿起手机，漫不经心地扫了一眼后，她被屏幕上出现的那一连串密密麻麻的消息吓了一大跳。

她的朋友圈爆炸了！

一些不知道什么时候加上好友，却从来没打过招呼的万年潜水员都跳了出来，夸谢澄澄长得漂亮；几年不联系的表演系同学，一个个旁敲侧击地问谢澄澄最近是不是接了大活；还有一些从来不正眼打量谢澄澄的演员、副导演，开始用客气而商量的语气问她，剧组有个角色，挺适合她，她有没有兴趣来试试戏。

"我一个连十八线演员都不算的草根，突然间能开三百万的豪车了，在别人眼里这只有两种可能：要么，是我终于想开了，傍了个超级大款；要么，是我签了一家经纪公司，公司已经把我列入重点培养目标。不管是哪个原因，这都代表我这个长了张'电影脸'的家伙，终于获得足够资源，已经有了成为明星的可能！那些演员、副导演混江湖日久，粘上毛就比猴子还精，这时候伸出橄榄枝摆出伯乐面孔，就是对我进行人情投资，将来万一我真红了，他们自然会获得巨大回报。这就叫大面积撒网，重点捞取，也是影视圈最常见的'跟红顶白'。"

如果不是听谢澄澄亲口解释，龙雷这个圈外人也许永远不会明白这其中的弯弯绕绕。每一个行业，能够走到顶点，功成名就的人必然都是极少数，娱乐圈站在巅峰的男男女女太过光彩照人，太过名利双收，哪怕清楚地知道这是一条血路，无数年轻的男孩女孩依然飞蛾扑火，趋之若鹜。为了那个万中无一的目标，他们在鲜为人知的底层血腥厮杀，试图踩着无数失败者的尸体向上爬，他们中间绝大多数人都黯然离场，而能爬过这条生死线，终于鲤鱼跃龙门的人，身经百战，伤痕累累，又有几个还能保持一开始的天真与纯粹?

秦玉秋脸色沉如锅底,她大概做梦也没有想到,一次"衣锦还乡"的嘚瑟,竟然让谢澄澄找到了一条通往成功的"旁门左道"!

"从那一天开始,我拿出所有积蓄,用尽一切手段包装自己,不断在朋友圈展示'成功',让大家都认为,我已经开始一鸣惊人。时间久了,大家竟然也渐渐接受了我已经是一个小有名气的演员的'事实',我也开始真的能接到各种片约。虽然到现在都没有接到女主角之类的角色,但是,恭喜,谢澄澄,终于真正入行,成为一个演员了。"

谢澄澄望着秦玉秋。"不久后,我的生活中突然多了一个神秘的敌人。她躲在背后,不断使套下绊,不断给我制造障碍,时不时泼些脏水,造点谣言,原本对我有好感,对我展开热烈追求的几个男人,也莫名其妙地全部离开,似乎对我彻底失去了兴趣。清扫掉所有竞争者后,这位敌人按照我的审美标准,打造出一个英俊多金、气质高雅的青年才俊,找机会送到我身边,对我展开热烈追求。还好我从一开始就很不喜欢他骨子里透出的猥琐,他的追求方式又太过投我所好,引起我的警觉,否则一旦被他拿下,'中国某一线明星重金包养金牌牛郎'之类的花边新闻就足以让我身败名裂,死无葬身之地!"

# 第六章　闺密

"没错，是我在教训你。"

秦玉秋伸出纤纤玉手，助理又给她递上一支香烟点燃，接受过良好礼仪和形体训练的她，气质优雅得犹如一个公主。"你身上的奢侈品，一大半都是高仿 A 货；你身边的人，工作再努力上进，到了时间你也要找个理由把他们辞退；你表面上道貌岸然，实际上就是一个鬼话连篇，连生活都在演戏，骗投资人，骗观众，骗朋友，最后连自己都骗的大骗子！最让我恶心的是，你骗了所有人，却偏偏还要摆出一副冰清玉洁的面孔，仿佛别人都是垃圾，别人的努力都是错误，只有你才是最正确，最一尘不染似的。"

谢澄澄的声音放缓了："秦玉秋，能不能告诉我，你一开始想要当演员的初衷？"

秦玉秋轻轻弹着香烟，烟灰簌簌地往下落。"这很重要吗？"

"我在十二岁那年，有幸看到了二十世纪四十年代在美国上映的影片《乱世佳人》，当时我真的看傻了。我为电影中女主角的遭遇一会儿开怀欢笑，一会儿泪洒衣襟，我就像是魔怔了般无法自控。就是从那一刻开始，我想要成为一个演员，像费雯·丽一样的演员，我想和她一样，在银幕上留下属于自己浓墨重彩的一笔，用自己的表演，带着无数观众欢笑哭泣。"

说到这里，在谢澄澄的瞳孔最深处，隐隐有一抹水光漾起，只是她控制得很好，借着抚开发梢的动作，抬手将这抹水光不动声色地抹掉，没留下一丝痕迹。

中国的影视圈，论资排辈现象很严重，绝大多数叫得上名号的演员，都来自中戏、北电、上戏这三所学校。如果想成为一个职业演员，又不被圈子排斥在外，最好的办法就是考入这三所学校。成为他们的一分子。

但是想考入这三所学校中的其中一所，绝不是长得漂亮就行，每一个能拿到入场券的学生，必然都是才艺双全，还有一部分人甚至直接就是已经在影视圈中崭露头角的童星。想要才艺双全，首先你的家里就得有足够的钱，能够支付进各种演技特长班，甚至是请老师一对一辅导的费用！

"我的父母只是一所中学的普通老师，为了满足我这份自私的任性，他们几乎用尽了所有积蓄，送我去上各种特长班。我在十七岁时终于通过艺考，拿到了北京电影学院表演系的入学通知书。老妈送我去北京上学时，拿出她陪嫁的那副金手镯，卖掉以后给我买了一部新手机和两套衣服。为了那份入学通知书，我知道，她把我打扮得足够光鲜漂亮，可她在背地里，却用咸菜配米饭。我真的把家里给榨得山穷水尽了。"

现在谢澄澄都清楚地记得，母亲陪她来到学校，一切安置妥当准备离开时，拉着她的手，脸上露出的浓浓担忧。

"妈妈对我说……闺女啊，别人都说这个娱乐圈很乱，动不动就是明星吸毒，明星出轨，明星打人的新闻，妈也不指望你能成为大明星，赚大钱，你只要平平安安，干干净净的就好，行吗？"

母亲的这段话，不知道多少次在脑海中反复回放，已经牢牢镌刻进谢澄澄的记忆最深处。她忘不了母亲担忧的眼神，更忘不了母亲向她提出如此卑微的要求时，声音中透出的颤抖和小心翼翼。

母亲担心她担心得不得了，可是为了女儿的梦想，身为一个母亲，她再担心，也必须放开女儿的手，看着女儿带着美丽与憧憬的梦，走进一个对她而言完全陌生，再也无法为女儿提供任何帮助，无法再为女儿遮风挡雨的世界中，和无数同样心怀梦想，但是起点却比她高得多的同龄人，去血腥厮杀，直至伤得体无完肤地黯然退出，或者踏着无数失败者的尸体，走到更高的位置，一览众山小。

"我答应了妈妈，无论遇到什么困境，都绝不用自己的身体去交换利益，我答应了她，我干干净净地走进娱乐圈，无论我成功也好，失败也罢，将来有一天，我都要干干净净地走出来！"

这是谢澄澄第一次对着外人，说出自己鲜为人知的秘密！

她望着秦玉秋，颤声道："我喜欢电影，我想成为一个优秀的表演艺术家，我为了自己的梦想而努力，我错了吗？我的妈妈，把能给予我的都给了，我不想让她失望，绝不越过最后的底线，我错了吗？为了能够获得更多关注，得到更多机会，我打肿脸充胖子，咬牙坚持，想要获得更多机会，我错了吗？"

生活助理小田望着谢澄澄，脸上满是无可救药的尊敬与崇拜："澄澄姐……你没错！"

"你总是这样，你一直都是这样！"

秦玉秋霍然站起。"班里的同学一提起你，都带着敬意，他们说你是一个有天分、够努力、演技已经趋于完美的优秀演员，包括学校的老师都认为，只要能在一部重量级电影中担任女主角，你就会一鸣惊人，成为学校的骄傲；可是那些同学面对我，却一个个鼻子不是鼻子，眼睛不是眼睛的，根本不掩饰对我的不屑，还有人甚至直接拿你来讽刺我。凭什么好事都让你谢澄澄占了，而我秦玉秋，却要成为映衬你成功的反面典型，要成为你成功路上的踏脚石?！"

说到这里，秦玉秋指着谢澄澄的鼻子，嘶声道："不要以为就你是真心喜欢表演，真心喜欢电影，如果不是你，我会知道那个制片人吗？如果不是做了制片助理，我也会一直坚持下去，又有谁敢说我秦玉秋坚持下来获得的成就，不会比你更强?！"

谢澄澄怔住了，她真的怔住了。她发现，原来一个人愤怒到极点时，第一反应竟然是——想笑！

秦玉秋自己主动跳进大染缸，她已经无法再把自己洗白了，所以她选择拉身边的人一起跳进染缸染黑，谢澄澄这个曾经的闺密竟然没有陪她一起坠落，秦玉秋自然就把谢澄澄当成敌人。而且谢澄澄在演员的路上走得越远越高，秦玉秋对她的愤怒与敌意就会越深。

"在我眼里，你就是一个傻蛋，一个长得还不错，却不知道有效利用资源，又老又土又傻的大傻蛋！你这种人进了娱乐圈，还死守着封建教条思想，连潜规则都不肯，又有什么脸在我面前谈什么梦想？你这种人，就应该是扶不上墙的烂泥，一辈子被人踩在脚下，只能抬头，羡慕忌妒恨地看着我的成功。"

秦玉秋原本精致的脸，因为愤怒而扭曲起来，透出一种让人心悸的狰狞。"我就是要阻拦你，我就是要让你一辈子无法成功。你不是得到内幕消息，知道有一部讲述中国从伊拉克撤侨的电影将会在半年后海选女主角吗？你深入伊拉克拍摄当地风景，以战争残骸为背景，卖弄你那狗屎一般的演技，不就是想要回去后，在网络上大肆炒作为自己造势，让你成为最具竞争力的女主角候选人吗？这个想法不错，真的不错，但是很可惜，有我秦玉秋在，你就别做白日梦了！"

当秦玉秋开始在谢澄澄最在意的梦想上挑衅时，谢澄澄终于对着这个曾经的闺密，露出了她最强势的一面。"就凭你，也想和我争？"

说到利用男人获取资源，心中有底线的谢澄澄还没有开始竞争，就已经输了，但是说到演技，说到对"演员"这个职业的理解与尊重，十个、二十个、一百个秦玉秋加在一起，也不是谢澄澄的对手！

"没错，就是这种眼神，就是这个态度，这才是真实的谢澄澄，这才是最让我讨厌的谢澄澄！"

秦玉秋伸出三根手指。"我已经退出影视圈多年，单论演技，我的确不是你的对手，所以我在霍尔果斯注册了一家影视公司，刚刚和制作方达成战略合作协议。我的公司会在电影中参投百分之三十，我把利益都让了出去，唯一的条件就是，我，秦玉秋要担任这部戏的女主角！"

谢澄澄的瞳孔猛然收缩，在娱乐圈中打滚这么多年，她真的是太清楚资方所拥有的话语权了。

"当然，仅凭这些，就要把你踩在脚下还不够。你已经把自己吹成了一个一线明星，所以我也在虚心学习你的优点。"

秦玉秋丢掉香烟，对着谢澄澄同时伸出两只手。她的左手张开，比画出一个五，右手捏成拳头状比画出数字十。"你到伊拉克采风拍摄，我也到伊拉克采风拍摄，而且请的团队比你的更专业；你被绑架了，这个消息一旦传回国内，就可能形成新闻热点，所以我也被绑架了，而且和绑匪的关系更好，如果有必要，我甚至可以请绑匪配合，来做我的新闻宣传点；你拍摄完短片后，会回国进行炒作宣传，我也会炒作宣传，而我准备的资金，是你的五十倍！谢澄澄，你自己想想，那些媒体记者、网络大Ｖ，在拿到比你给的厚得多的红包后，会做出什么样的选择？"

谢澄澄的身体依然挺得笔直，但是在她身上腾起的舍我其谁的气势却消失了。

不愧是曾经的闺密，秦玉秋这一招不但是铁锁横江，更是釜底抽薪，双管齐下，对谢澄澄的计划造成了近乎致命的打击。

"做了这两项准备后，我依然觉得，无法百分之百保证成功。毕竟你是谢澄澄，几年如一日都在编织梦想，制造谎言，把生活都当成演戏的超级戏精！"

秦玉秋突然神经质般地笑了起来："哈哈哈……为了帮助你这个戏精装得更好，在和哈里桑接触时，我非常认真、非常配合地告诉他，你谢澄澄是中国娱乐圈的一线明星。当哈里桑在我的帮助下，终于弄清楚一个一线明星的身价时，哈哈哈，他的眼睛，就像是一匹狼！有了哈里桑，你最后一点机会也没有了，哈哈哈……"

"啪！"

清脆的耳光声响起，秦玉秋的笑声戛然而止。她伸手捂着脸，不敢置信地望着不知道什么时候走到自己面前的龙雷。

龙雷竟然硬生生插到两个女人之间的战争里，并且给了秦玉秋一记绝不容情的耳光。

秦玉秋捂着脸庞，嘶声叫道："小贱人，你……"

"啪！"

龙雷又在秦玉秋脸上反手甩了一记更重的耳光，把秦玉秋已经冲到嘴边的斥骂给硬生生抽了回去。

龙雷这两记耳光究竟有多重，旁边的人不知道，但是这两个耳光下去，不但把秦玉秋那张脸抽得迅速红肿起来，她做过太多次整容手术的下巴，更是被龙雷抽得直接脱臼。秦玉秋身边的几个助理一阵手忙脚乱，好不容易才帮秦玉秋重新接回了下巴。

秦玉秋已经疼得眼泪都流了出来，在泪眼模糊中，她伸出发颤的手，指着龙雷嘶声叫道："揍她，揍死了算我的……"

秦玉秋的喊声再次戛然而止，不是龙雷又在她脸上抽了第三记耳光，而是她终于看清楚了龙雷的眼神。灼热，自信，坚毅，专注，充满着勇往直前、百折不悔的骄傲，更带着一种重剑无锋，却能荡尽万里尘埃的隐忍霸道！

在做外围女时，秦玉秋也曾经是中国顶级豪门的座上客。她见惯了站在财富与权势巅峰的人，和他们相比，眼前这个原本应该犹如树边的野草般不引人注目的小保镖，竟然在气势上毫不逊色，甚至犹有过之！

更让秦玉秋第六感疯狂向她发出警告的是，龙雷真正愤怒起来后，身上透出的那股让人心悸而绝望的冰冷，让秦玉秋全身汗毛都在瞬间同时倒竖而起，让她想到了陈列在博物馆中，曾经身经百战、杀人无数的武器！

根本不需要被人挥舞起来，一次次饱尝鲜血，一次次让最坚强的战士发出绝望的惨号，沉淀积累下来的某种特质，就足以让任何一个正常的人毛骨悚然，退避三舍！

谢澄澄究竟从哪里找到这样一个人担任她的保镖？不，应该说，眼前这个女人究竟是谁，来自哪里，有什么经历，会给予她如此沉重，令心脏都开始疯狂跳动的压力？

"你为了报复，故意给了绑匪错误情报，让他们开出谢姐根本无法支付的巨额赎金。你有没有想过，如果他们拿不到钱，会做些什么？"

龙雷直视着秦玉秋，她的声音并不高，却有着一股难以言喻的力量，让所有人都在认真倾听。"你给了他们太高期待，为了大额数字的赎金，原本就残忍好战的绑匪，会用杀人来展现自己的决心，杀一个不够，就杀两个，他们会一个接着一个地杀下去，直至拿到钱，或者把我们都杀光！"

龙雷的态度，还有她说的话，把秦玉秋给吓到了。她只想着给谢澄澄使绊子，她真的没有想这么多。秦玉秋打了一个冷战，她想要开口说什么，窗外突然传来了一声枪响，紧接着哈里桑的吼声在院子里响起。

很快，走廊里传来急促的脚步声，钢板焊成的大门再次被人打开了，回来的并不是拿了两百美元，答应为秦玉秋去做晚餐的中年女人，而是两个手里拎着 AK 步枪的绑匪。

黑洞洞的枪口直接指着屋子里的所有人，一个绑匪对着她们说了些什么。

谢澄澄将询问的目光投向了龙雷，龙雷沉声道："下面出事了，他们的头领哈里桑命令我们所有人立刻到院子里报到，一个也不许少。"

# 第七章　风起

上千平方米的院子里，站着十几名手持武器的绑匪，一个个显得杀气腾腾。

一个黑色的身影跪在地上，隔着很远，都能听到他痛苦而粗重的喘气声。

哈里桑手里拎着一根皮鞭，在那个跪在地上的人影前来回踱着步子，走着走着，突然扬起手中的皮鞭，重重抽在对方身上。

就算是光线太暗，看不清楚这一鞭子究竟造成了什么伤害，但仅凭鞭子的破空声，以及抽到人类身体上发出的可怕声响，被迫来到院子的女人们就能自动脑补出男人被抽得皮开肉绽、鲜血直流的可怕模样。

生活助理小田腿一软，如果不是龙雷及时伸手在她胳膊上扶了一把，她大概已经用最狼狈的姿势扑倒在地上了。

有人拿出两盏汽灯，照亮了大半个院落，终于可以看清楚跪在地上的人，谢澄澄和秦玉秋同时皱起了眉头。

跪在地上的人，显然刚刚受过严重的肢体伤害，他的身上到处都是皮鞭留下的伤痕。衣服早就被抽成一堆碎布条，被鲜血反复浸透后，鲜血已经在他面前的地面上积了小小的一摊。更加让人触目惊心的是，在男人的脸颊上，有一道醒目的伤口，肌肉向外翻起，露出粉红的颜色，那是他被人用刀子在脸上划过留下的永久伤痕。

　　这个男人，是谢澄澄请的灯光师。

　　听到脚步声，灯光师抬头，他的目光却跳过了谢澄澄，落到了秦玉秋的身上。"他们从我身上搜到了 GPS（全球定位系统），非说我是美国人派出来的特工，我怎么解释他们都不听，老板你跟他们解释一下，救救我！"

　　谢澄澄的目光冷了下来。难怪她刚刚被绑架没多久，秦玉秋就如影随形般地跟了上来，原来在她精挑细选的剧组成员中，还有这么一个随身带着 GPS，为秦玉秋发送实时定位的内鬼！

　　看对方遇到危险根本不理会自己，直接向秦玉秋求救的样子，大概对她的经济现状早就了如指掌了吧？

　　秦玉秋努力压抑住要造反的胃，脸上露出一个清纯中透着妩媚，高傲中透着撒娇的笑容，迈着能将自己完美身材展现得淋漓尽致的步伐，一步步摇曳生姿地走向哈里桑。她打算走上前挽住哈里桑的手臂，把自己起伏的山峦紧贴在哈里桑身上，然后一边轻轻摇晃，一边软语轻求。

　　虽然她并不懂库尔德语，但是她的美丽，她的表情，她的肢体语言，还有她的媚骨，就是征服男人最好的武器，只要被她这么缠上，没有哪个男人还能狠心拒绝她的请求。

　　就在秦玉秋手臂即将钩到哈里桑身上时，哈里桑霍然转身，望向了秦玉秋。

　　秦玉秋的动作猛然凝滞，就在目光相交的一瞬间，她感觉自己被一头已经快要饿死，不吃她的肉，喝她的血，就活不到明天的狼给盯上了！

　　哈里桑目光中透出的狠辣无情、残忍噬血，让秦玉秋在第一时间就明白，她错了，错得厉害，错得离谱。

　　这里可不是和平了几十年时间的中国，而是战乱不断，人命一钱不值，谁有枪谁就牛 × 的伊拉克！

　　文明程度越高的地方，女性受到的尊重就越高，反之亦然。在最残酷的环境中，生存才是最重要的。对信奉枪杆子里出政权的男人来说，漂亮的女人，再妩媚再性感再会撒娇，也不过就是一道美味的调剂品，有了最好，没有也不会死。如果在这里对拿着枪的男人说什么你是我的小奶狗、小狼狗，回应女人的百分之百就是一记枪托！

哈里桑一挥手，这次他挥得又快又狠，皮鞭打出一记响鞭，在汽灯灯光照耀下，带着一道残影，重重抽在灯光师身上。

"啪！"

灯光师身上被抽出一条一尺多长、一寸多宽的伤口，伤口部位粉红色的肌肉向外翻起，看起来就像是婴儿的嘴唇。面对这超出人类承受极限的一击，灯光师连惨叫都没有来得及发出，就两眼一翻，牙关紧闭，一头栽倒在地上，陷入了昏迷。

哈里桑抬起脚重重踏在灯光师背上，灯光师身体受到挤压，背部伤口的鲜血涌得更快。哈里桑回头望着秦玉秋，脸上露出一个温和的笑容，说了一句库尔德语。

虽然根本听不懂哈里桑在问些什么，但是秦玉秋却在拼命摇头，她唯恐自己的反应只要稍慢一点点，哈里桑手中的皮鞭就会对着她劈头盖脸地猛抽过来。

哈里桑的目光微转，又落到了谢澄澄的身上，指着被他踏在脚下的灯光师，问出了相同的问题。

谢澄澄指着秦玉秋身边那个精通库尔德语的助理问："他在说什么？"

秦玉秋身边的助理声音微微发颤："他在问，这个男人是不是你的员工？"

生活助理小田急声道："他是秦玉秋派来刺探情报的奸细，根本不是我们一伙的，澄澄姐，我们不能替人背锅！"

面对一个杀人不眨眼的暴徒，说不害怕那百分之百是自欺欺人。看着哈里桑脸上那温和的笑容，谢澄澄的心底都在发寒，但是在这一刻，她却挺直了腰，微微抬起下巴，直面哈里桑沉声道："Yes！"

哈里桑脸上的笑容一沉，拎着沾血的皮鞭，大踏步走向谢澄澄。看到这一幕，生活助理小田吓得伸手捂住了眼睛，在心里发出一声悲呼："完了！"

秦玉秋脸上露出兴奋的潮红，用力捏紧了拳头。虽然大家都陷入困局，但是看到谢澄澄即将受到严重伤害，甚至可能因此在身上留下无法消除的伤痕，只能黯然退出影视圈，她比什么时候都高兴。

哈里桑径直走到谢澄澄面前，却并没有挥起手中的皮鞭。他打量着谢澄澄的神情气质，突然咧嘴一笑，对着谢澄澄竖起了一根大拇指，又转头，对着秦玉秋身边的助理挥了挥手，示意她过来担任翻译。

秦玉秋的助理战战兢兢地过来，哈里桑对着助理，快速地说着什么，助理将其翻译了过来：“谢澄澄小姐，您是一个非常有勇气的女人，我尊敬像您这样的人。”

谢澄澄脸上的表情不卑不亢：“谢谢。”

“您不愧是中国顶级、拥有上亿支持者的超级明星，您的气度和美丽，让我觉得您更像一位高贵的女王！”

秦玉秋气得脸色铁青，双手用力紧捏，就连长长的指甲刺破手掌的皮肤都毫无所觉。

“我知道，这东西是那个女人让他弄的，他并不是美国人派出的间谍。”

哈里桑手心里托着一枚微型 GPS 定位装置。“如果一开始，他就把GPS 交出来，我会非常感谢他的坦诚，可是他没有这么做；如果在半路上，他把 GPS 丢掉，我可以当什么都没有发生，可是他依然没有这么做；他把这东西带进了小镇，让我们所有人都面临被曝光，并遭到攻击的危险，他犯了错误，一个致命错误，那他就必须接受严厉惩罚！”

也许是觉得奇货可居，也许是对神秘而强大的中国有着一丝憧憬，也许是真的对谢澄澄的勇气与气度产生了敬佩，杀人不眨眼的哈里桑竟然在对谢澄澄客气地进行解释。

看到这一幕，秦玉秋更加气恼。

“哈里桑先生，他只是一位需要赚钱养家，所以没有抵挡住诱惑的灯光师，美国特工、战争，这些东西距离我们的生活太遥远了，让他没有在第一时间就明白自己错误的严重性，我由衷地请求您能够原谅他的无心之失。”

谢澄澄对着哈里桑深深弯下了自己的腰。"他已经为自己的行为付出了相当惨痛的代价，我想他会永远记住这次教训。他的妻子还在等他平安回家，他的孩子还太小，需要父亲的照顾，拜托了。"

不远处传来男人的哭泣声。刚刚疼晕过去的灯光师，又在疼痛下恢复了清醒，完整听到了谢澄澄的话，看到骄傲的谢澄澄为他折下了腰。

一个大男人哭得像个孩子，眼泪从他的眼睛里不断奔涌而出，和脸上的鲜血、鼻涕，还有地上沾的尘土混合在一起，弄得像是个世界地图似的，看起来说不出地滑稽与可怜。"谢姐……谢谢，谢谢……我对不起你……我不该财迷心窍……"

"既然谢澄澄女士您为他求情，那么我就网开一面……"

秦玉秋的助理在翻译时脸上都露出了释然的表情。不管怎么说他们都来自相同的地方，落入了相同的困境，哪怕是出于兔死狐悲的心理，她也不希望灯光师被人当众处决，悲惨地死在异国他乡，可是只翻译到一半，助理的脸色就变了："我本来打算，把他吊在院子里活活晒死，但是出于对谢澄澄女士的尊重，我决定把他当场枪决！"

哈里桑拔出了腰间的左轮手枪，他对着谢澄澄轻轻欠身。"也请谢澄澄女士能够理解，作为他们的头领，我必须遵守自己定的规则，有功要奖，有错要罚，否则的话，我又怎么带领他们继续生存下去？"

哈里桑说完这些，拎着左轮手枪大踏步走向灯光师。

灯光师脸上露出不可自抑的惊惶与绝望。随着他牙关不断相互叩击，隔着很远都能听到牙齿打架发出的"咯咯"声响。

"呵呵呵……"

笑声突然在人群中响起，在紧张得要命，灯光师随时可能饮恨当场，所有人心脏都为之紧缩的情况下，这突如其来的诡异笑声激得所有人全身汗毛都倒竖起来。

顺着笑声的方向看过去，所有人意外而又预料之中地看到是摄影师在笑。他一边笑，脸上的肌肉一边以绝不正常的方式不断扭曲着。几小时前，他才近距离受到严重刺激，根本没有时间恢复，在这个要命的时候，他竟然吓得精神失常了。

"不要怕，"摄影师一边笑着，一边安慰着灯光师，"你只是先下去，放心，我们所有人都会死的，用不了多久，我们所有人就会一起下去陪你的……呵呵呵……"

在一片寂静中，摄影师的笑声传出很远很远，笑得所有人心头发毛。

哈里桑一脚就将挡在面前的摄影师踢得倒飞出七八米远，手一扬，居高临下将枪口对准了灯光师的头部，就要扣动扳机。

一道身影突然横插到哈里桑和灯光师中间，是谢澄澄跑过来，用身体护住了灯光师。

"我尊敬你，但请不要利用这份尊敬来挑战我的底线！"

哈里桑望着谢澄澄，猛地提高了声音："让开！"

听着助理又快又急的翻译，谢澄澄转头瞪着秦玉秋："还愣在那里干什么，人命关天，快想想办法啊！"

秦玉秋向后连退了几步。"谢澄澄你不是很牛 ×，走到哪里都是人见人爱吗，你自己想要逞英雄，别拉着我啊！"

发现所有人都用怪异的眼神望着自己，秦玉秋嘶声道："都看着我干什么，她自己非要找死，难道非要我冲上去陪她一起死才行？"

哈里桑彻底失去耐心，左手一伸把谢澄澄重重推开两三步，可是谢澄澄刚一站稳，就又扑上去，一把抓住了哈里桑手中的枪。

哈里桑左手握成钵盂大小的拳头，对着谢澄澄的小腹猛击下去。谢澄澄被这一拳打得身体猛然弓起，豆粒大的汗珠从额头上滚滚而落。可就算是这样，谢澄澄的手还是死死抓着手枪枪管没有松开。

哈里桑的脸色慢慢沉了下来，他伸手抓住谢澄澄握着枪管的手，猛地一用力。

"啪！"

空气中传来木棍折断般的可怕声响，哈里桑生生掰断了谢澄澄一根手指。

"啪！啪！啪！"

让人心悸的声音缓慢而又稳定地一声声响起，哈里桑带着冷静的残忍，将谢澄澄右手五根手指一根根掰断。

谢澄澄的右手终于无法再握住枪管，可就在哈里桑想要越过她，对着灯光师开枪时，谢澄澄竟然又用左手重新死命抓住了枪管。

跪在地上的灯光师嘴角都在颤抖。"谢姐，您已经做得够多、做得够好了，别管我了，再这么下去，您真的会死的……"

哈里桑的目光终于挪到了谢澄澄身上。他望着眼前这个女人，目光中腾起一片肃杀。生活在这片人吃人的战乱之地，他必须够狠够强，才能让身边的每一个人老老实实听话。他绝不能让敢于跳出来质疑他、挑衅他的人安然无恙，哪怕这个人是中国当红一线明星，据说有上亿支持者，身价要用几千万甚至上亿美元来计量也不行！

感受到哈里桑的态度变化，谢澄澄也安静下来。她松开枪管，任由哈里桑手中的左轮手枪指向了她的头部。

在扣动扳机前，哈里桑忍不住问出了一个在场所有人都想问的问题："为什么？"

"一个优秀的演员，在表演时，要做到真听、真看、真感觉。"

谢澄澄看着自己被生生掰断五根手指的右手，被汗水浸透的脸上露出的表情不知道是欣慰还是无奈。"我想竞选半年后的军事电影女一号。那个女一号，是一个人道主义救援组织成员，她赶到伊拉克，在这片土地上救人无数，用她不抛弃任何一个人的博爱与温柔，打动了每一个人。我这几个月来，一直在揣摩这个角色，分析她的内心，试图把角色和我自己的思想融合，形成一个完全独立的个体。看起来，我成功了。"

说到这里，谢澄澄脸上露出一个无悔的笑容。"以前的我，虽然不是冷血禽兽，但也绝不会这么中二[1]，明知必死无疑还向前冲！如果我能接下这部戏，我真的有信心去和那些奥斯卡最佳女主角一较高下，让她们看看中

---

[1] 即初中二年级，中二原指青少年特有的自以为是的思想、行为和价值观，现多用于网络，指自我意识过盛，自觉不被理解和不幸的人。

国的女演员并不都是花瓶！"

秦玉秋早已经听呆了，她望着谢澄澄，喃喃低语着："你这个疯子！白痴！！二百五！！！"

"这是我听过的最奇怪也是最精彩的理由。"哈里桑深深凝望着谢澄澄，"我突然也非常希望看到您主演的电影，可惜了……再见！"

"不！"

生活助理小田猛地发出一声绝望而惶急的嘶叫："龙雷，你跑哪儿去了，你不是澄澄姐的保镖吗，你快出来，快救救澄澄姐啊，你再不救她，她就要死了！！！"

直到这些话喊出来，生活助理小田才终于明白，她为什么会那么讨厌龙雷，讨厌得不得了。女人的敏锐感觉让她从一开始就知道，她在羡慕和畏惧着龙雷，原因不清楚，理由不晓得，但她就是知道，她和龙雷根本不是一个世界的人！

轰！

轰！！

轰！！！

停在院子里的三辆皮卡汽车突然连环爆炸，火焰夹杂着浓烟，翻滚着直冲上十几二十米的天空，在瞬间就撕破黑暗，照亮了整个小镇。

哈里桑迅速卧倒，用警惕的目光四下打量，寻找成功潜伏渗透进小镇，对他们发起进攻的敌人。

哈里桑总是喜欢带在身边的那条军犬似乎发现了什么，猛地疾冲而出，转眼间就以惊人的敏捷与彪悍，冲进一片火光无法覆盖的黑暗当中。

"嗷呜……"

不远处传来军犬痛苦的惨嚎，这声惨叫只发出一半就戛然而止，那片黑暗旋即又恢复了平静。

趴在地上的哈里桑双眼瞳孔在瞬间就收缩成最危险的针芒状。他总是随身带着的这条军犬，可不是什么杂毛品种，而是纯种德国黑贝，还接受过专业训练，在战场上曾经生生咬死过几个老兵，可它就这么轻而易举地被人用冷兵器，甚至是徒手击毙了！

　　他们究竟是谁，是美国特种部队，伊拉克政府军，还是拿人钱财与人消灾的雇佣兵？

　　"是她！"

　　一名绑匪突然叫了起来，他伸手指着谢澄澄嘶声喊叫："她身边那个女保镖趁我们不注意的时候跑掉了！一定是那个女保镖在暗中捣乱！"

　　其他人四下打量，果然，原本一直紧跟谢澄澄，与她形影不离的女保镖龙雷，不知道什么时候消失了。

# 第八章　以命换命

率先反应过来的绑匪掉转枪口对着谢澄澄："你去死……"

"啪！"

一声清脆的枪声响起，绑匪眉心部位多了一个深深的弹洞，仰天栽倒在地上。就算是死了，他的脸上还带着杀气腾腾的狰狞。

只有接受过最有效杀人训练的老兵才会知道，人类最脆弱的位置绝不是心脏，那里就算是被子弹打中，一个人最多还能再活十三秒钟。可是一旦打中人类眉心部位的神经反射中枢，在零点零一秒钟内，就会立刻死亡。

"她在那里！"

有人从枪声中判断出龙雷躲藏的位置，在他的呼喊下，七八个绑匪一起跳起来，拎着 AK 自动步枪，对着黑暗处疯狂扫射。

子弹在黑暗中以三倍音速破空而出，在高速飞行中和空气摩擦，拉出一条条暗红色的弹道，转眼间就有上百发子弹对龙雷隐藏的位置进行了一次无差别覆盖式弹雨洗礼。

当七八个绑匪的步枪子弹打空，一起更换弹匣时，他们才发现，不知道什么时候，又有两名同伴倒在了地上，无一例外，都是额头眉心部位中弹。

在这片火光忽明忽暗，浓烟不断翻滚，黑暗与光明并存，似乎人类都变得渺小而脆弱的世界里，那个叫龙雷的女生就凭一支从绑匪手中抢到的没有任何光学瞄具的最简陋的 AK 步枪，打出了狙击步枪才能拥有的高精度点射！

"不要慌，两人为一组，彼此警戒，小心冷枪！"

哈里桑展现出一名身经百战的老兵的风范。"立刻摇响警报，通知全镇有敌人入侵！"

一名绑匪冲到大门前，抓起一台手摇发电机拼命转动，旋即凄厉而刺耳的警报声划破了小镇的天空。

当警报声响起，原本陷入沉睡，就连在连续爆炸和枪声中都没有被惊醒的小镇在瞬间活了。

近百名全副武装的士兵拎着武器从房间里冲出来。没错，他们虽然穿着五花八门，但是从他们训练有素的动作，走位标准、配合默契的团队行动，就可以看出他们是一群受过严格训练，而且经历过战争最残酷考验的士兵！

这些士兵对整个小镇地形和建筑物了如指掌。他们以班为单位，分成十队，其中一个班驻守在小镇中心，居中策应支援，另外九队在小镇的各个道路和巷子中快速穿插，看似随机，却非常有效地不断压缩龙雷的活动空间。

相信用不了多久，龙雷就会被他们发现，被迫和百倍于己的强敌交火。

不再理会外面结局已经注定的战斗，哈里桑越过地面几具部下的尸体，杀气腾腾地大踏步走到谢澄澄面前问："她是谁？告诉我，她究竟是谁?！"

谢澄澄将一张写着字的纸递给了哈里桑，那是龙雷临走时交给她的。虽然不知道龙雷在上面写的到底是什么，但是谢澄澄相信，龙雷绝不会害她。

这是龙雷从随身携带的速写本上撕下来的纸，这玩意儿实在是太廉价了，廉价得就连绑匪都瞧不上眼，所以并没有抢走。在纸上，龙雷用阿拉伯文写了一行大字，如果把它们翻译成中文，意思是："她活你活，她死你死！"

哈里桑在嘴里反复念着这句话，突然大笑起来，他越笑越欢畅，越笑越开怀。

在自己的地盘上，那个女保镖竟然敢反过来用他的命来威胁他，她竟然敢选择以杀止杀！她竟然认为，在这场对抗中，她才是占据绝对上风，有资格提条件的人！

"嗒嗒嗒……"

镇子里传来急促的枪声，中间夹杂着人们的吼叫声和凌乱的脚步声。面对士兵配合默契的分割包抄，龙雷终于被发现，并且和士兵们展开交火。

哈里桑将那张纸放进了口袋，一边大踏步向枪声传来的方向走去，一边放声吼道："都听清楚了，我要活的！"

在走出院子之前，哈里桑回头，望着谢澄澄，抛下一句话："在这里等着，我马上就带她回来。"

为了防止龙雷打一记回马枪，有三四名绑匪留下看守谢澄澄一行人。

生活助理小田用牙齿将身上穿的衣服咬出小口，再用力撕成布条，小心翼翼地裹住谢澄澄的右手。明明是谢澄澄疼得脸色苍白倒吸凉气，反倒是生活助理小田的眼睛里蒙上了一层水雾。

秦玉秋走过来，神色复杂地望着谢澄澄。"还是你厉害，不出手则已，一出手就必然惊人，佩服，佩服。"

谢澄澄："嗯？"

秦玉秋："你那个保镖，绝不是用钱就能请到的普通角色。看起来你选的这个靠山背景很深，而且很喜欢你，为了保障你的安全，真的是煞费苦心了。"

谢澄澄轻轻摇头。"其实我更佩服你。一来到伊拉克，不但主动往绑匪窝里跳，把绑匪头子睡了不说，而且还想把人家变成你的小奶狗。说真的，我已经开始怀疑，他不只是绑匪头子，还可能是反政军，就算他是恐怖组织的头目，我也不会惊讶。假如万一让我猜对了，回国后警察叔叔一定会盯上你，对你和恐怖组织头目发生负距离接触的过程与动机，产生非常浓厚的求知欲。"

秦玉秋想要反驳，可是她张开嘴，却什么也没有说出来。外面的枪声不断，到处都是拿着武器来回奔跑的士兵。这根本不是一个普通的小镇，而是披着伪装外衣，实际上全民皆兵的军营！

就算秦玉秋再白痴，到了这个时候，她也不会天真地以为哈里桑只是一个普通的绑匪。

"警察叔叔为了搞清真相，会以每周两次的频率，请你过去喝茶。他们会打开摄像机，请你对着镜头一次次努力回忆什么他的坚硬挺进你的柔软的细节，把所有过程，按时间按步骤完完整整、清清楚楚复述出来。而且为了防止你记忆出现偏差，他们会翻过来倒过去地反复询问，直至把你脑子里那点东西掏得干干净净。确定你并没有加入恐怖组织，更不会危害国家安全，才会把你从危险名单中划掉。恭喜了，我相信这一定是段难忘的人生体验。"

秦玉秋听得脸色一阵青一阵红，她就算再不要脸，再是"睡神女王"，要她面对警察叔叔和摄像机，一遍遍事无巨细地讲述连一夜情都不算的亲密接触，也会让她感受到羞耻和尴尬。更要命的是，如果活着回国，只要有人举报，谢澄澄说的这些事情立刻就会在并不久远的将来变成事实！

挣扎了好半晌，秦玉秋才挤出一句明显不够给力的反击："死到临头，还这么牙尖嘴利。"

只有站在一边搀扶着谢澄澄的生活助理小田能清楚地感受到，谢澄澄的身体正在不可自抑地不断轻颤，她很害怕，她真的很害怕。

外面的枪声一停，就代表着龙雷已经被击倒，龙雷和她的生命就即将走到尽头。

如果可以的话，谢澄澄宁可龙雷战死当场，也不要活着落入哈里桑的手中！

一个耀眼的火球突然在小镇某一个二层小楼的阳台上出现。这个火球在空中拉出一条微微倾斜的轨迹，转眼间就划过大半个小镇。

轰！！！

脚下的大地微微一颤，震耳欲聋的沉闷轰响以每秒钟三百米的速度，轰轰烈烈地撞进在场每一个人的耳膜。

"这难道就是传说中的……火箭筒？"

这个念头刚刚从一群从来没有真正经历过战争的中国游客心中扬起，单调缓慢而有节奏的大口径重机枪扫射声就在小镇中响起。就算是隔着几百米距离，这带着沉重压迫感的枪声仍然激得每一个人皮肤上的汗毛倒竖而起。

又有一团火球，不，又有一枚 RPG 火箭弹被人从二楼位置发出，但这一次火箭弹并没有居高临下打向某个位置，而是以近乎九十度的角度直冲向天空。

RPG 火箭弹就像是一发信号弹，拽着尾烟直冲上几百米的高空，直到火箭弹内部的推进燃料烧尽，尾部不再喷射火焰，这枚 RPG 火箭弹才在众目睽睽下不甘愿地停止冲刺，在空中悬停滞留了零点一秒钟，动能转化为势能后，终于开始向下坠落。

"轰！！！"

这枚火箭弹竟然落到了院子最右侧轰然爆炸，虽然众人距离爆炸点有四五十米远，早就超出了 RPG 火箭弹有效杀伤范围，但是那种死亡逼近的感觉，却让每一个人都不顾一切地扑倒在地上，心脏更像是抽风似的在胸膛中狂跳不休。

这只是一发流弹，对她们造成的压迫感就如此强烈，谢澄澄简直不敢想象，正处于战场最核心，和百倍于己的强敌交锋的龙雷面对的压力究竟有多大。她更无法想象，龙雷只是一个人，一把枪，究竟凭什么直到现在还在战斗！

一个敏捷的身影跃过院墙，从院子中飞跑而过。

在忽明忽暗的火光照耀下，谢澄澄等人看得分明，这个高速奔跑，动作比猎豹冲刺更敏捷、更具爆发力的女人，赫然就是龙雷！

"嗒嗒嗒……"

留守在院子里的悍匪对着龙雷开枪了，看到这一幕，在场的女人几乎要失声惊叫。她们的眼前不约而同地浮现出龙雷身体中弹，鲜血飞溅，年轻而美丽的脸上带着绝望倒地抽搐，等待死亡来临的画面。

她们想多了!

在敌人对她开枪前的瞬间,正在高速冲刺的龙雷猛地向地面扑倒,就在左肩和地面接触,身体获得固定支撑点的瞬间,龙雷手中拎着的 AK 步枪打出一记急促的短点射,两枚弹壳在空中旋转着飞跳出一两米远。

借着高速冲刺形成的惯性,在开枪的同时,龙雷已经扑倒的身体在空中拉出一道优美的小弧线,在即将扑倒在地时,她充满爆炸性力量的腰肢猛地用力一挺,整个人竟然像是一个用力甩到地上的篮球,又硬生生弹起,在将几个悍匪射来的子弹甩开的同时,又恢复了高速冲刺奔跑的动作。

再次扑倒,再次开枪,再次弹起;再次扑倒,再次开枪,再次弹起……

在所有人目瞪口呆的注视中,龙雷一次次扑倒,以肩膀为支撑点,获得足够的稳定性后开枪,又一次次凭借高速冲刺的惯性和强大爆发力,让自己重新跳起来继续奔跑。几个反复下来,她用这一套近乎华丽的战术动作,几乎没有损失速度地一边交战,一边高速冲刺。

龙雷和谢澄澄擦肩而过,她并没有停下脚步,甚至没有降低速度。谢澄澄抬起左手握成拳头,龙雷对谢澄澄略略点头。两个经历不同,但是同样精彩的女人,相隔三四米距离,同时为对方送上了自己真诚的鼓励——加油,挺住!!!

龙雷冲过院落两三秒钟后,哈里桑带着十几名士兵追上来,看了一眼院子里的情况,哈里桑发出一声愤怒的嘶吼:"浑蛋!"

但是哈里桑没有停下脚步,他带着士兵们追在龙雷身后,同样消失在院子另外一侧的黑暗当中。

"我的天哪!"

直到这个时候,站在院子里的人们才如梦初醒地发现,负责看守他们,刚才一起向龙雷开火射击的那几名悍匪竟然全部躺在了地上。他们每一个人都是胸口中弹,AK 自动步枪子弹在他们的胸口撕出了两个碗口大的弹洞。

在高速冲刺,为了躲避子弹不断弹跳翻滚的情况下,龙雷只打出四次短点射，就将这四名敌人全部击毙了！

　　一个原本离谢澄澄的生活太过遥远，遥远得只剩下抽象意义的名词，如此鲜明、如此不容置疑地出现在她的脑海中，让她的血液在瞬间为之沸腾燃烧起来——特种兵！

　　虽然龙雷是一个年轻漂亮的女生，但能在这种情况下生存的她，必然只能是身经百战，一直游走在生与死的边缘，并因此而不断强大，一个人就能成为一个独立战斗整体，一个人就能转战四方杀敌无数的最优秀、最精锐、最强悍的特种兵！

# 第九章　杀戮战场

距离小镇十几公里外的区域……

现在手表的时针，已经指向凌晨四点钟，距离天亮，大约还有一个半小时。

在温差极大的阿拉伯高原，白天能热死人的高温已经消失，取而代之的是带着几分寒意的夜风。

在皎洁的月光下，数以千计的坦克、装甲车、自行火炮和军用卡车，静静地堆放在一片人迹罕至的平坦地带。猛地看上去，就像是一群陷入沉睡的怪兽，正在等待主人的召唤，期待有一天能在战场上重新展现它们的锋利獠牙。

从以美国为首的多国联军打进伊拉克，推翻萨达姆政权到现在，大量被战火摧毁的坦克、自行火炮，甚至是战斗机残骸都被集中运送到这里，到了最后甚至就连还能继续使用，但是政府军已经无力维护保养的重型武器都被抛弃过来，前前后后已经有十多年时间。这里逐渐变成一片占地广阔，找不到半点生命痕迹，只有钢铁垃圾的坦克坟场。

在这座坦克坟场里，既有中国和苏联出产的军工产品，也有印着 US 字母的美式装备。

几十万枚锈迹斑斑的炮弹壳见缝插针般地被随意抛弃在坦克、装甲车和卡车的残骸之间，在它们中间甚至还能看到一些航空炸弹和蜂巢式火箭弹，至于里面的炸药和引信是否已经全部被拆除，再也没有了爆炸的危险，那就不得而知了。

也许有人会奇怪，这些重型武器，尤其是坦克，动不动就有几十吨重，萨达姆把它们丢掉还可以理解，为什么美国人不把它们回收再继续使用。

如果是几十年前，尤其是"二战"期间的老式坦克，坦克车体用钢水浇铸而成，的确可以回炉重造，进行资源再利用。但是到了现代，科技越来越先进，武器威力越来越强大，为了增加坦克的装甲防护能力，提高中弹后车组人员生存概率，坦克装甲越来越多地使用复合型材料。如果想要回收一辆结构复杂、零件数量惊人的坦克，就必须先把坦克装甲一层层拆开，再将内部仪器全部卸掉，集中归整后再进行分类回收，否则的话不管三七二十一就把坦克往熔炉里一丢，炼出来的钢材说不定里面还含有有毒化学物质，能干什么？

从成本上来说，回收一辆坦克需要花费的人力物力，已经足够重新制造一辆坦克。更何况要将坦克重新回炉，美国还需要在伊拉克建造大量工厂。美国发动战争的本质，是为了追逐利益，而不是帮助伊拉克建造高质量、高水平的重工业体系。把这些重型武器随便找个地方集中抛弃，就成了最快速、最经济有效的方法。

至于这座坦克坟场，里面隐藏的各种危险对环境造成的长期污染破坏……反正这里是伊拉克，又不是美国，只要美国公民不受影响，不会抗议，不会影响到下一届总统的选票，那又算得了什么？

龙雷就躲在一辆美国制造的履带式装甲车里。在装甲车的车身上，还留有几个火箭弹打穿后形成的弹孔，可以想象遭遇袭击的士兵一定死伤惨重。当然，车内的士兵也许并不是美国军人，而是为美国政府效力的私人保安，也就是大家常说的雇佣兵。

龙雷拿起一只铝制水壶，这是她从一辆坦克里翻找出来的。铝制水壶里还盛有一半液体，龙雷在拿到水壶后扭开壶盖，原本打算把里面不知道盛放了多少年的水全部倒掉，却闻到了烈酒的浓香。

也不知道这壶酒的主人是战死沙场，替他清理遗物的战友过于粗心大意，还是走得太匆忙，最终竟然将酒壶留在了坦克里，并跟随这辆坦克，一起进驻坦克坟场，直到今天才被龙雷翻找出来。

军用水壶的密封性相当不错，龙雷把不知道放了多少年的烈酒倒进一个同样被主人抛弃的铝制饭盒里点燃，饭盒里腾起一层淡蓝色的火焰。火苗不断轻舔着架在饭盒上的一把 AK 步枪刺刀，刀身很快就渐渐泛蓝，然后变得通红。

龙雷脱掉外衣，露出左臂上用布条临时包扎的伤口。虽然伤口用布条密密裹了好几层，但鲜血还是从布条下不断渗出，就连身上的那件运动服也被浸透大半。当龙雷解开布条后，左臂上露出一条半尺多长，深度几可见骨的划伤，那是她在躲避追击时，强行翻越铁栅栏，被锋利的护墙划伤留下的印痕。

龙雷将烈酒洒到伤口上，她整个人的肌肉立刻紧绷。相信有过类似经验的人都会明白，还没有愈合的伤口，遇到酒精刺激究竟有多疼。

被烈酒冲淡的鲜血，顺着龙雷的手臂不断向下淌，在将伤口表面冲洗过后，龙雷抓起一块还算干净的布料，蘸着烈酒探进伤口，用力擦拭。

用来当院墙的铁栅栏在风吹雨打之下早就锈迹斑斑，如果不及时处理伤口，就算是没有得致命的破伤风，落在伤口里的铁锈也必然会让伤口重度感染发炎。在孤立无援，四处都是敌兵的环境中，一旦生病，她就必死无疑！

粗糙的布料蘸着高度烈酒，在皮肤对外翻卷，露出里面粉红色嫩肉的伤口里来回摩擦，每擦拭一下，痛苦就像是一把最锋利的长矛，沿着痛觉神经以每秒钟一百米的速度，猛刺进龙雷的大脑。

沾在伤口里的铁锈甚至碎铁渣，在布料的擦拭下，在伤口里像沙子似的不断滚动。面对这种无异于千刀万剐的酷刑，龙雷身体的每一个细胞都在哀鸣，都在哭泣，希望龙雷能够停止这种惨无人道的自我摧残。

但是龙雷并没有停止，她只是缓慢而仔细地擦拭着，仿佛她正在一个阳光明媚的星期天下午，信手拿起一块抹布，给家里进行扫除似的。

连续擦洗了三次，直至确定伤口被清理得干干净净，再也没有铁锈存在后，龙雷整个人就像是刚刚从水里捞出来的，脸色透出一抹苍白。

最后龙雷拿起那把烧红的刺刀，将刀身横转，压到了伤口上。

"嗞……"

皮肉烧焦的可怕声音响起，被刺刀烙到的位置，皮肤和肌肉被迅速烫伤，形成一片长条形的让人看了就觉得触目惊心的伤疤。

看着这道伤疤，龙雷被汗水浸透，带着几分苍白，更透出几分虚弱的脸上，嘴角向上一挑，竟然露出了一个温柔而开怀的笑容。

"丫头，你一个女孩子家家的，平时注意点行不！"

"对啊，光看外表，是个男人就必须承认，小公主你是一个女神，但是再看看你身上，到处都是伤，什么刀伤、枪伤、割伤、划伤的，密密麻麻吓死人了，将来你要是嫁人了，在洞房花烛夜，衣服一脱，不怕把新郎吓得当场一蹦三尺高，哭着喊着要求你立刻在离婚协议书上签字？！"

"我是认识一些世界顶级的整容医生，能想办法帮你磨掉身上的伤疤，但是拜托啊，整容整形不是万能的，你有些伤口已经快透进骨子里了，整容整形医生也不是魔法师！我的小公主殿下，你就高抬贵手，放过哥哥这颗为你痴痴跳动，为你牵肠挂肚的脆弱小心脏吧，我给你跪下了！"

哥哥们那些有些絮叨，但是真情实意的叮嘱声，依稀又在耳边响起，每次只要想到他们，龙雷就会忍不住露出笑容，就连心情都会变得好起来。

"汪汪汪……"

远方的风中隐隐传来军犬兴奋的叫声，龙雷脸上的温柔笑意在瞬间消失了。她闪电般地跳起，一把抄起了放在手边的 AK 步枪。

在被龙雷甩开将近四个小时后，那些敌人带着数量足够的猎犬又回到小镇，在它们鼻子的帮助下，一路沿着龙雷留下的气味，终于还是追上来了！

几个小时的不间断追逐作战，被龙雷带着徒步奔跑了十几公里，就算是哈里桑的脸上都露出一丝疲态，但是他的眼睛里却闪动着噬血的红色。他猛地一挥手，抓着猎犬绳索的人一松手，三四条猎犬兴奋地疾冲而出，十几名身经百战的老兵，在两名班长带领下，紧跟在猎犬身后。

同时有两个班一左一右包抄前进，一旦龙雷被猎犬纠缠上，或者开枪射杀猎犬暴露位置，他们就会立刻从左翼迂回包抄，并组建交叉火力，彻底压制龙雷的战斗空间。

而在哈里桑身后，更有士兵架起了三门迫击炮，一旦战斗开始，他们这些训练有素的炮兵就能在观测员的指挥下，用曲线射击的方式，把炮弹打到龙雷所在的任何位置。隐藏在小镇上的这些士兵，不但倾巢而出，而且拿出了他们的最强阵容，仿佛他们正在面对的并不是一个人，而是一支可以和他们正面对抗的部队！

近了，近了，近了，龙雷身上散发出来的血液气味越来越浓重，越来越明显。三四条猎犬兴奋的叫声也越发急促，它们一起冲向了龙雷躲藏疗伤的那辆装甲车。

龙雷突然从装甲车打开的后门中露出半个身体，对着猎犬连续开枪，几条猎犬被龙雷迎面射出的子弹打中，发出几声惨叫，一头栽倒在地上。

紧追在猎犬身后的士兵立刻开枪，龙雷及时躲回装甲车，子弹打在装甲车车体上，在黑暗中溅起一朵朵亮丽的火花。

"发现目标！"带着步话机的通信兵语气兴奋，"一班长报告，目标躲在一辆废弃的装甲车里正在开枪抵抗，她跑不掉了！"

哈里桑脸色不变，沉声道："命令一班、三班包围目标，先不要急于进攻，等待左右两翼部队抵达战场，形成交夹压制，再发起最后攻击！"

大约一分半钟后，步话机的话筒里传来了指挥官的报告。

"二班抵达战场，已占据最佳火力制高点，并架设机枪，对目标形成火力压制！"

"四班抵达战场，占据火力制高点，形成火力压制！"

哈里桑长长嘘出肺叶中憋了几个小时的闷气，大局已定，除非这个时候龙雷变成超级赛亚人，否则的话她今天注定要在这里折戟沉沙！

面对一个如此顽强可怕的敌人，哈里桑再也没有了将龙雷活捉的念头，他抓起步话机话筒，断然喝令："进攻！"

两挺通用机枪、十几支自动步枪一起扫射，子弹暴风骤雨般打在装甲车车身上，传来一连串密集得几乎连成一线的"叮叮当当"的可怕声响。一些子弹通过敞开的车门直接打进装甲车内部，撞到车厢后，扭曲变形的子弹像弹弹球一样在狭小的车厢内乱弹乱转乱跳。

龙雷躲在驾驶席位置，利用保护驾驶员的防危墙，让自己免受伤害。但是面对如此密集如此疯狂的火力倾泻，她也无法再做出任何反击，甚至不敢轻易移动。

驾驶员位置的潜望镜里，突然有一团火光闪现。

一枚 RPG 火箭弹从几十米外对着装甲车疾飞过来，龙雷连思索的时间都没有，身体本能地做出反应，双臂用力一撑从驾驶席上跳起，右脚在驾驶台上用力一蹬，整个人就像是一条在空气中仰泳的游鱼般迅速而优美地仰天倒飞出去。

"轰！！！"

RPG 火箭弹迎面打中装甲车左前方车体，主动反应装甲和防护栅栏都被拆除，自身装甲厚度薄得可怜的装甲车被 RPG 火箭弹炸出一个碗口大的弹洞，爆炸形成的冲击波夹杂着烧红的碎钢片，猛撞到驾驶席上，把驾驶席后面的防危墙撞得百孔千疮。

龙雷左肩上一热一麻，赫然是一枚不知道从哪儿弹飞过来的流弹打中了她，更让龙雷心中微沉的是，外面的枪声，突然停了。

在两位班长的带领下，十几名士兵分成两个方向，对着装甲车包抄上去。冲向装甲车后车门方向的几名士兵，手中捏着几枚手榴弹。这些手榴弹弹体上，还用胶带裹了一圈子弹，只要他们将这些手榴弹投进装甲车内部，再开枪进行火力压制，让龙雷没有机会将手榴弹拾起来丢出车外，在狭小车厢内部的龙雷就必死无疑！

"嗯？"

一名亲自带队扑向装甲车后门的班长的目光突然微微凝滞。他抬起脚打量着，他脚下踩着一根从不同车辆上拆下来，又重新拼接到一起，所以颜色五花八门的电线。这根电线的一端探入装甲车车底，估计是从底盘下的逃生舱口探入的，另外一端不断向远处延伸。

　　班长迅速转头四下打量，他又看到了几根同样从装甲车里探出，不知道伸向何方的电线。这些电线以装甲车为核心，向四周扩散，形成了一个隐藏在黑暗中，如果不是近距离观察，就根本无法发现，却覆盖全局的网！

　　废弃的上千辆坦克、装甲车之类的重型武器，几十万发在风雨中沉睡的炮弹、航空炸弹，数量不少的油桶……外加一名身经百战，又获得足够准备时间的特种兵！

　　面对眼前的一切，一股绝对的凉意在瞬间就涌遍了班长全身，让他全身的血液仿佛都被冻得凝滞起来，班长猛地发出他这辈子最疯狂的嘶吼："小心……"

　　周围的士兵都疑惑地望着突然抽了风、发了狂的班长，他们还没有搞清楚究竟发生了什么事情，班长的吼声就被爆炸声彻底淹没了。

　　轰！！！

　　轰！！！

　　轰！！！

　　…………

　　如果可以居高临下观察，就会看到，以龙雷隐藏的那辆装甲车为核心，附近三个呈品字形布置的炸点同时爆炸，这三个炸点虽然紧贴着装甲车，但是在布置它们时，龙雷使用了定向爆破技术，再加上装甲车拥有足够的防御力，使得这近距离的爆炸实际效果就等同于龙雷用几百支霰弹枪，对着装甲车周围进行了一次无差别覆盖式轰击。

　　但真正恐怖、真正要命的，是在战场左右两翼发生的爆炸。

　　天知道龙雷究竟从那些废弃的炮弹和航空炸弹中"挖"出来多少高爆炸药，又从那些油桶里找到多少燃料，把它们组合在一起，整出来两枚高爆燃烧弹！

　　爆炸形成的火焰，一路翻滚着、沸腾着、欢呼着，直冲上一两百米的天空，在瞬间就照亮了方圆十几公里的天空。爆炸形成的火焰，更是天女散花般，洋洋洒洒地覆盖了方圆七八百米的广阔空间，形成了残酷与美丽并存，壮观与血腥齐舞的画面。

更要命，也更具威势的是，面对如此可怕的大爆炸，整个坦克坟场，就像是一条陷入昏迷，又被人电击的鱼，整个身体狠狠一跳。

在爆点附近的坦克、装甲车、载重卡车都被地面震动带得狠狠一颤。那些见缝插针凌乱堆放在各处的油桶、炮弹、弹壳，更是乱蹦乱跳，它们相互撞击，发出一连串让人心惊肉跳的叮叮当当的声响，配合着那翻滚升腾的火焰，在地面拉出一条条不断扭曲的诡异倒影，看上去真的像极了世界末日来临时的群魔乱舞。

"一班，二班，六班，九班，你们那边情况如何，立刻向我报告！"

背着步话机的通信兵，对着话筒拼命嘶吼，恨不得把自己的声带直接和步话机连在一起，但是步话机里却收不到任何回应。

哈里桑一把推开站在身边的通信兵，飞身冲上一辆废弃的苏联制造的T72主战坦克车，站在炮塔上举起望远镜观察全局。

虽然心里已经对出现的伤亡有了相当程度的预测，可是当哈里桑居高临下，借着忽明忽暗的火光纵览整个战场时，他还是被眼前的一切给震惊了。

整整四个班，超过四十名训练有素的士兵，全部倒在血泊当中。在装甲车周围，到处都是受到致命重创的伤员。他们全身是血，身上嵌满弹片，躺在地上发出痛苦而绝望的哀号声，就算他们没有被炸死，在战乱不断，专业医疗机构少得可怜的伊拉克，等待他们的也是感染和死亡。

但更要命的还是在战场两翼，取得火力制高点，对龙雷进行压制的那两个班！

在装甲车附近布置爆炸陷阱，就算是使用了定向爆破技术，为了保障自己的安全，龙雷怎么也不敢做得太过分。可是在针对战场两翼，距离自己超过一百五十米的敌人布置死亡陷阱时，再也没有顾忌的龙雷，下手之狂野，之残忍，之狠辣，绝对已经到了令人发指，甚至是丧心病狂的程度！

爆炸的硝烟，硬生生地形成了蘑菇云的形状。在地面上，更是直接炸出两个直径超过十五米，深度近三米的巨大弹坑。在哈里桑的记忆中，只有重磅航空炸弹才可能形成如此恐怖的爆炸效果。

普通的士兵只能说是训练有素，但带领他们的班长，都是身经百战的老兵。这些老兵清楚地知道，如何选择有效地形对目标进行压制。他们"恰好"带领队伍停在了龙雷布置的爆炸物陷阱上，所以爆炸结束后，他们都消失了。剩下的就是满地断肢碎骸，连一具完整的尸体都没有留下。

哈里桑握着望远镜的手都在微微颤抖。明白了，明白了，看着眼前这犹如地狱般的场景，哈里桑在瞬间就全明白了。

龙雷是一个受过严格训练的特种兵，她当然知道，如果不解决气味问题，追兵一定能在猎犬的带领下找到她，但是她故意没有完全抹除自己的气味，只是几次故布疑阵，延缓了哈里桑一行人的追击，为自己赢得了四个小时时间。

四个小时！

在这段时间里，龙雷不但能处理自己的伤口，而且有足够的时间对坦克坟场进行侦察，在对整个战场地形了如指掌后，龙雷以那辆装甲车为起点，制订了绝地反击计划！

在执行这个计划前，龙雷一定对战场上可能出现的种种变化，进行了反复推演，才会为哈里桑他们量身定制出一套如此狠辣，又是如此有效的死亡陷阱！对普通人来说，这里只是堆砌各种报废重型武器的大型垃圾场，但是对龙雷这种杀人机器来说，这里是战争的天堂！

她可以从各种重型武器上面轻而易举找到她想要的种种配件和原料，并将它们重新组合，制造出充满个人天马行空想象力和魅力的杀戮武器！

就是在这一刻，哈里桑心里突然有了一个明悟，这不是一场稳操胜券的猎杀，而是一场势均力敌、胜负难料的战争！

不对！！！

哈里桑突然脸色大变，从坦克炮塔上飞跃下来。拼尽全力之下，哈里桑的身体在空中画出一条七八米长的弧线，双脚刚一接触到地面，他就不顾一切地向地面扑倒。

几乎就是在哈里桑卧倒的同时，T72 坦克轰然爆炸。这辆战斗全重足足有四十一吨，曾经在人类战场上横行一时的主战坦克，在轰然爆炸中，整个炮塔都被爆炸形成的冲击波掀飞，跃过哈里桑的头顶，在空中翻啊滚啊转啊地抛出十几米远，最终"砰"的一声，重重砸在一辆军用卡车上。

哈里桑慢慢从地上爬起来，他的胸口传来阵阵疼痛。电影中士兵们一旦遭遇炮击，都会趴在地上，哪怕是炮弹就在附近爆炸，当炮击结束后，除非是极个别太过倒霉直接被炮弹砸中的人当场阵亡，其他的人总是能爬起来继续作战。

但真正经历过被轰炸和炮击的哈里桑知道，这都是扯淡！

一枚重型炮弹落在身边，震也能把人活活震死。如果真的只知道护住脑袋，直挺挺趴在地上，那么在爆炸过程中，地面剧烈震动，更会对人身造成严重撞伤。真正有效的方法，是卧在地上的同时，把双臂垫在胸膛下面，让自己的上半身和地面保持一定距离！

至于你的头部，就靠头盔去保护吧。如果面临炮击时，你脑袋上连个头盔都没有，那你不死谁死？！

扭过头看着面前这辆炮塔都被炸飞的坦克，在心惊肉跳之余，哈里桑也必须要由衷地感谢信奉"简单就是美"的苏联军工产品足够结实！

T72 主战坦克内部爆炸形成的动能，在将炮塔掀飞后，冲击波并没有将车身直接撕碎。最终冲击波就像是枪口喷溅的火焰一样，集中向上喷射，硬生生变成了定向爆破，否则的话，以哈里桑和坦克的距离，他根本不可能生存下来。

但就算是这样，哈里桑也被爆炸形成的巨大声响震得耳膜嗡嗡直响，再也听不到其他声音。耳垂下面仿佛有什么温热的东西在流淌，哈里桑下意识地伸手一摸，在他的手指上多了一缕鲜红，赫然是耳膜已经被震伤渗出鲜血。

T72 主战坦克车身上，突然溅起两朵金属火花。

近距离受到强烈声波震荡，不但耳膜受伤，就连思维能力都受到影响的哈里桑愣了三四秒钟，才终于反应过来——龙雷正在对他开枪射击。

黑暗中枪口喷出的枪焰，有半尺多长，看起来分外醒目。

几乎所有人同时发现了龙雷，在哈里桑下达命令之前，士兵们就已经开枪对着龙雷猛烈反击。

指挥炮兵的军官，是一个年龄超过三十岁的老兵。他的目光锐利得就像是一只鹰，只是看了一眼，就迅速报出坐标："东北方向二十度，距离一百五十！"

蹲在三门迫击炮前的主炮手和副炮手一起动手，拼命摇动迫击炮的方向机和高低机，迫击炮炮口快速指向龙雷。两名弹药手更是手里抱着炮弹站在一边，只要主副炮手调整好射击诸元，他们就会立刻填入炮弹，对龙雷展开急速炮击。

"跟我来！"

一名军官发出一声怒吼，带着十几名同仇敌忾的士兵，冲向龙雷的方向。

哈里桑嘶声叫道："不要冲动！"

听到哈里桑的声音，军官下意识地脚步一缓，紧跟在身后的一名士兵越过他率先冲了出去。那名士兵脚下突然一绊，一根距离地面大约二十厘米、隐藏在黑暗中的绳索被他踢断，空气中传来弹簧崩响的声音，一根两三米长、五六厘米宽的弹簧钢板带着破空声从一辆自行火炮后方猛然横扫出来。

那名正在高速冲刺的士兵根本来不及做出任何应对，被弹簧钢板迎面扫中小腿，一头栽倒在地上，抱着双腿一边疼得满地打滚，一边发出凄厉的惨叫。

这块钢板上并没有安装什么杀伤性武器，但是龙雷用暴力手段，把它硬生生掰得弯转了四十五度，这其中积蓄的机械能被彻底释放出来，足以将任何一个正常人的骨骼击成粉碎性骨折。

军官猛地推开两个想要上去帮助伤员的士兵，略一检查，就嘶声叫了起来："按住他，不要让他再动弹，他的双腿被砸得粉碎性骨折，再这么下去，他的腿就要废了！"

哈里桑从身边一名士兵身上夺过军用水壶，扭开壶盖后先是狠狠灌了一口，然后把剩下的大半壶水都浇到自己头上。虽然耳边还是像有一千只蜜蜂似的在嗡嗡嗡地叫唤个不停，什么也听不清楚，但是至少他的意识恢复了清醒。

"都不要慌！"

哈里桑的声音低沉沙哑，却让在场的士兵迅速恢复镇定。"立刻派人回镇子，找车和医生把伤员接回去。告诉医生，不管用什么方法，花多少钱，哪怕是把他连夜送到巴格达，也要保住我兄弟的腿！"

"是！"

两名士兵放声狂喝，他们转身飞跑出坦克坟场。他们距离小镇还有十几公里，看样子，这两个士兵要拼尽全力徒步奔跑回去。

"扎伊。"

听到点名，指挥迫击炮的军官迅速回应："到！"

"她会在战场上利用黑暗和复杂地形移动游走，对我们进行反复袭击，而且绝不会在同一个地方停留超过三十秒钟。你有什么办法？"

用复数级迫击炮一起轰击，只要被火炮覆盖，就算龙雷是受过严格训练的特种兵，也只能就地寻找掩体躲藏，就算是没被炸死，也会被敌人包围，战死沙场。但是龙雷的移动速度太快，迫击炮班从发现目标到调整射击诸元，需要几十秒钟，龙雷必然不会给他们这个时间！

"定点蹲守，分片打击！"

扎伊拔出格斗军刀，迅速在地上画出坦克坟场的草图，将地图分割成面积大略相等的三份。"我不管她怎么移动，我将三门迫击炮分开，各自负责锁定一个区域。一旦发现目标，立刻进行覆盖轰击！这样做，优点和缺点同样明显。"

哈里桑在认真倾听，在迫击炮作战方面，扎伊可是从实战中一步步成长起来的真正老兵！

"迫击炮作为步兵支援武器，炮弹飞行速度比音速慢，在空中会发出尖锐的呼啸声，以她的军事素养，可以凭借声音轻而易举判断出炮弹着弹点，想要用一门迫击炮对她造成有效杀伤，非常困难。但这样做，会对龙雷造成心理震慑，她在行动和交战时，必须分出一部分精力，提防随时可能砸落的炮弹。"

说到这里，扎伊微微一顿，继续道："在我看来，现在的她还远远没有达到最强状态。她还需要时间重新适应战场，一旦让她打顺手，会比现在更强大！"

听到这里就连哈里桑都悚然动容，让他们不断付出最惨痛代价的龙雷，现在竟然还不在最佳状态！

那么请问，最强的她，究竟有多强？！

中国不是已经和平几十年时间，没有再爆发大规模战争了吗？没有战争的土壤，又是如何培养出这样一个怪胎的？

"我的迫击炮无法消灭她，但我可以牵制她，束缚她，让她处处受制，无法恢复最佳状态，而你们就要抓住机会，将她尽快消灭！"

哈里桑点头，又大又厚的手掌重重落在扎伊肩膀上。"我再给你一个班，负责保卫警戒，记住，活着回去，我的朋友已经不多了。"

扎伊被哈里桑拍得肩膀生疼，身体却纹丝不动，沉声回应："明白……还有，我们的时间不多了。"

哈里桑脸色沉下来，重重点头。他们隐藏在一个已经废弃多年，鲜为人知的小镇上，自然有自己的理由。经过这一场夜战，他们必然已经引起外界注意，说不定现在已经有不知道多少个国家的情报机关将关注的目光投注到这里，甚至已经开始调动军事卫星进行监控。他们必须尽快结束这场该死的战斗，回去收拾残局，带领所有人撤出小镇。

到了这个时候，说心里不后悔，百分之百是假的。问题是，谁能想到原本只是要赚点外快，随手逮了几个跑到伊拉克还在那儿装模作样拍摄的"小绵羊"，竟然无意中逮到并且激怒了隐藏在其中的一头女子"霸王龙"？！

扎伊亲自带着几名有实战经验的老兵，手里拿着格斗军刀，小心翼翼地一路排查，一点点推进到一座小山坡上。

以一名指挥官的眼光来看，这个小山坡位于整个坦克坟场中央地带，地势较高，视野良好，是架设迫击炮的最佳场所。但同样是因为这个原因，这里也是龙雷最可能针对性提前布置诡雷陷阱的高危区域。

"安全！"

"安全！"

"安全！"

几个老兵相继做出报告。扎伊依然不放心，又对整个山坡进行了反复排查，才一挥手，示意所有人登山。

三门迫击炮迅速重新架设，它们黑洞洞的炮口指向不同方位。扎伊他们使用的是八十二毫米口径迫击炮，根据有效射程，他们选择用它居中策应，足以覆盖整个战场。

在扎伊的指挥下，负责保护炮兵阵地的步兵班，架起两挺班用轻机枪和一支 RPG 火箭筒，再加上五支 AK 自动步枪，组成一个小型环形防御工事。这样无论龙雷从哪个方向试图接近小山坡，都会被发现，并遭遇火力反击。

在布置完防线后，扎伊从一名部下手中接过一支 SVD 德拉贡诺夫狙击步枪，他自己竟然还是一名狙击手。

以扎伊这名狙击手为点，班用轻机枪和自动步枪为线，迫击炮为面……在自己熟悉的主战场上，仅仅对付龙雷一个人，扎伊这位指挥官竟然在坦克坟场正中心位置，如临大敌地建立了一个步兵操典中最为标准，同时具备点、线、面综合打击能力的"火力支撑点"！

这种"火力支撑点"在两次世界大战期间，都曾经大放异彩。敌方只有用重型火炮直接轰击，或者动用航空兵，投掷航空炸弹才能有效摧毁，对步兵来说，几乎是无解的，哪怕这些步兵是所谓的特种兵，也不会有任何区别。

已经做好万全准备，战场上却陷入一片死一样的安静，过了半个多小时，都没有交火的枪声。

难道龙雷见势不妙，已经逃跑了？！

扎伊抱着 SVD 德拉贡诺夫狙击步枪，背靠在临时挖制的掩体上，从口袋里取出一个玉米芯雕成的烟斗。

龙雷仅凭一支 AK 步枪，绝不可能把子弹射到掩体后面，所以扎伊用火柴点燃烟斗里的烟丝后，吸得很从容。或者说，他是在用这种从容，对龙雷发起挑衅。

坦克坟场依然一片安静。

扎伊拿起步话机，他知道龙雷刚才趁乱抢走了一只他们使用的步话机，很可能在监听着他们的一举一动，他却没有调整频道。"如果她真的跑了，我们就立刻返回镇子，每隔十分钟，杀一个人质，就从那个女明星开始。"

大概过了十秒钟，步话机里传来了哈里桑的回复："同意！"

"嘭！"

两三公里外，传来沉闷的轰响。

叼着玉米芯烟斗，一脸淡定从容的扎伊的脸色在瞬间变得一片苍白。他可是一名火炮领域的专家，他一听就知道，这是一门一百五十五毫米口径火炮轰击发出的声响。

# 第十章　战争还是和平

这里是坦克坟场，里面有数以千计的坦克、装甲车、载重卡车和自行火炮。这些废弃的武器，有些是几十年前的产物，风吹雨打之下，只剩下一个锈迹斑斑的金属外壳；有些却仅仅是已经老旧，不值得再运输回国，所以美国自伊拉克撤军之后，批量运送到这里。

这些拉到坦克坟场也不过一年多时间的武器，有不少还能使用。美军只是把上面一些最重要的电子元件和光学系统拆除，再瞎折腾几下，让它们的性能不再稳定就算完事。

这些武器，小股反政府军或者恐怖分子使用不了，政府军不屑一顾，高不成低不就，只能老老实实待在这里等着变成废铁。但是，如果有人有足够的机械知识，找到其中状态最好的一门火炮，修整一番，再从几十万发炮弹中东拼西凑出一颗还能使用的，冒着炸膛的危险，放弃对高精度射击的要求，仅仅是对着两三公里外的目标开上一炮，似乎也并不是不可能！

正带队在坦克坟场中搜索的哈里桑猛地停下了脚步，他下意识地转头，望向小山坡的方向。

一个人想要操作一门已经报废的大口径榴弹炮，哪怕提前有所准备，也需要大量时间。他们在布置"火力支撑点"，龙雷就一个人在填装炮弹。

扎伊挑衅加表演地用火柴点燃了玉米芯烟斗，龙雷正好借此机会，确定了精确打击方位；他和哈里桑的对话，的确成功激怒了龙雷，也为自己换来了一张通往死亡的门票。

想明白这一切的扎伊，闭上了双眼。"哈里桑，对不起，我不能陪你继续走下去了……"

轰！！！

一发一百五十五毫米口径高爆榴弹砸到小山坡上，就算那门牵引型榴弹炮上面的光学瞄具全部被拆除，但是想要打击两三公里内的目标，还是太容易了。更何况在他们的炮兵阵地上，还堆着几十发炮弹，一旦引起弹药殉爆……

"完蛋了！"

清楚地听到炮弹居高临下飞落时特有的空气撕裂声，无力的绝望从扎伊心底涌起。这可是一百五十五毫米口径高爆榴弹，有效杀伤半径超过一百米，一炮下去就能覆盖半个足球场，更不要说他们正处于炮弹的爆炸核心区域，他们所谓的掩体，不过就是临时挖的一条浅浅的战壕，外加用泥土拍成的胸墙。

大片溅起的泥土，带着炽热的温度，直接撒在扎伊的脸上。

来了！

这种大口径火炮足以致命的杀伤力，除了来自夹杂在冲击波中以亚音速飞行的碎弹片，更可怕的是冲击波中的惊人高温。人体在接触的瞬间，穿的衣服就会被高温熔化，身上皮肤甚至是部分肌肉，都会直接被烧得炭化。

电影中拍摄的诸如女主角挨了炮击，还能嘴角流着鲜血，躺在男主角的怀里，说上几句煽情的情话，再露出个凄然而美丽的不舍笑容，那百分之百是骗人的。你什么时候见过烧成一截焦炭，还冒着袅袅白烟的尸体，能用"美丽"这个词来形容？

"呸！呸！呸！"

身边响起了一片吐口水的声音。扎伊惊讶地睁开了双眼，他慢慢站起来，按亮一支手电筒，目光四下扫视，很快他的视线就定格了。

在距离"火力支撑点"不足十米的位置，一枚一百五十五毫米口径的高爆榴弹，斜插入地面，大半个弹体都扎入坚硬的土地。

扎伊闭上双眼，嘘出一口心有余悸的闷气，这一刻就连他嘘气的声音都透着颤抖。

这竟然是一发意料之外的臭弹！

急促的脚步声从山下传来，哈里桑不顾一切地飞跑上来。

扎伊立刻对哈里桑发出警告。炮弹虽然并没有在第一时间爆炸，但是它的危险并没有完全解除。"不要过来，危险！"

但是哈里桑却并没有理解扎伊的警告，就那么直愣愣地飞冲上来，望着近在咫尺的炮弹，哈里桑也狠狠倒吸了一口凉气。"离开，所有人立刻离开！"

其他人这才如梦初醒，在一名班长的带领下扛着迫击炮迅速撤退。

看到扎伊就像是魔怔了般，举着手电走向那发炮弹，哈里桑瞪圆了眼睛。"扎伊，你干什么？"

扎伊借着手电光，仔细打量着炮弹，似乎辨认出些什么，整个人都呆在了那里。哈里桑又气又急，大踏步走过去，想要拽着扎伊离开，可是当他终于看清楚那发炮弹上的细节时，他也和扎伊一样怔住了。

炮弹上，有人用刀子刻了一行大字："战争还是和平？"

这竟然是一发龙雷刻意打出的哑弹。双方已经打到这种刺刀见红，不是你死就是我活的程度，她竟然还想着握手言和？！

哈里桑摘下头顶戴的帽子，在手中扭成了麻花形状。

这是对他的羞辱，赤裸裸的羞辱！

扎伊却突然跳起来，劈手夺过了那顶红色贝雷帽。"这是哪里来的？"

面对好友的质问，哈里桑微微一怔。

扎伊指着红色贝雷帽上那枚银鹰勋章，这一刻他因为过度惊讶和激动，声音都变得有些尖锐起来："快说，这是哪里来的！！！"

不等哈里桑回答，扎伊的问题就连珠炮似的轰过来："是不是从那个女人身上抢到的？"

到了这个时候，哈里桑也反应过来，这枚银鹰勋章绝不是普通的装饰品，否则绝不会让他的老搭档露出这种态度。

"是！"

听到哈里桑的回答，扎伊反而冷静下来，他用混合着惊讶与尊敬的目光，反复打量着那枚勋章，过了良好，才猛地爆了一句粗口："哈里桑你是脑袋被坦克碾了，还是眼珠子被河马踩了，才会白痴加睁眼瞎地去干这种蠢事?！"

哈里桑十五岁就参军，三十二岁离开部队，有十七年在战场上摸爬滚打。身边的人死了一拨又一拨，只有扎伊和他一起活到了现在，除了因为他们运气够好，哈里桑决断力够强，总是能在身边拉起一帮兄弟，有人给他们当炮灰之外，扎伊遇事冷静从容，总是能站在"军师"角度，让他们成功躲开一个又一个必死无疑的绝境，也有着绝对无可替代的作用。

相处了十几年时间，哈里桑还是第一次看到老搭档露出这么气急败坏的表情。心里明白，自己一定捅了一个超级马蜂窝，哈里桑下意识地伸手揉了揉鼻子，从嘴里发出一声没有任何意义的惊叹："呃……"

"我们都是小人物，只能躲在各方势力的夹缝中生存，我们就必须清楚地知道，什么样的人我们可以动，什么样的人，我们见到就要有多远躲多远！"

扎伊瞪着哈里桑，他的眼珠子因为充血已经变红了。"我费尽心血，四处找世界各国精锐特种部队资料，让你去记他们的标志，他们的作战习惯，最好还能记住他们的指挥官长相……我给你的资料，你都拿来擦屁股了吗?！"

"没有啊，我都看了！"

哈里桑瞪大了双眼，掰着手指头，一边数着一边说着："美国海豹突击队、游骑兵、绿贝雷、三角洲，德国边防警察第九大队，英国空勤团，俄罗斯信号旗和阿尔法，以色列野小子，中国第五特殊部队……"

数到这里，哈里桑的动作猛然僵住了，他霍然抬头。"这个龙雷，是来自中国第五特殊部队?！"

扎伊指着那枚银鹰勋章，他的声音几乎是从牙缝中挤出来的："告诉我，你看着它，有没有觉得有点眼熟？"

哈里桑用完全不同的心态，重新仔细打量那枚银鹰勋章，过了好几秒钟，才不确定地揉着鼻子说："是有那么一点点……眼熟。"

"废话！"

扎伊几乎要气疯了。"这是银鹰勋章。第五特殊部队自成立开始，到现在为止，只发了四枚银鹰勋章！每一个有资格佩戴它的人，无一例外，都有一个代号叫獠牙！！！"

獠牙！！！

听到这个词，哈里桑整个人都呆住了。

以前的中国处于蛰伏状态，很多军事力量都隐藏在水面下，这其中就包括中国的特种部队。

可是随着这些年中国经济、科技、军事发展一日千里，对世界的影响力越来越大，这个庞大的东方古国终于以势不可当的姿态，再次强势崛起。为了保护中国在海外侨民的人身安全，也为了彰显国威，中国的航空母舰群，开始在大洋上游弋，一些隐藏在水面下，可以执行战略级特殊任务的超级精英部队，也随之一起浮出水面。

而第五特殊部队，就是这其中无可置疑，可以和世界最强老牌特种劲旅相提并论的超级精锐部队。

而獠牙，就是这支部队中最强、最疯、最狂，哪怕面对必死无疑的黑暗绝境，也能将自身化为希望的灯塔，登高一呼，应者如云，带领信任自己的兄弟，打出最灿烂的破釜沉舟一击，杀出一个山重水复，拼出一个柳暗花明的绝对强者！

这个龙雷，是名不见经传，但是……

在冰大板一战中，被百倍于己的恐怖分子联军包围，却能犹如彗星袭日般，打出最灿烂的一击，虽然已经战死沙场，但只是那瞬间的光芒，就足以照亮天空，在世界特种作战史上，留下属于自己浓墨重彩一笔的龙建辉；大厦将倾独木难撑之际，还有半年才训练结束，却以一名五星级学员身份，从龙建辉手中接过獠牙勋章，带领剩下的人突出重围，反戈一击，利用游击战，将百倍于己的敌人全部击杀，踏着阿富汗游击队、恐怖分子联军、车臣武装叛军的无数尸体，一步步走到特种作战世界巅峰，被称为"密林之虎"的战侠歌；绰号"鬼刺"，为了营救在非洲战场上被恐怖分子联军包围，已经拼到弹尽粮绝的兄弟和最心爱的女人，短短几周时间，转战世界各地，不断有效刺杀恐怖组织高层人员，用釜底抽薪的手段，不断削弱恐怖分子联军势力，最后更是在非洲大草原上，将追兵一举全歼，其各种刺杀手段，现在依然被世界各国情报组织当成经典教科书来培训职业特工，却因为杀人太多，内心无法承受良知与人性的反噬，据说记忆退回到八岁，忘掉了所有杀人技术与战争手段的风影楼。

…………

除了第一颗"獠牙"马兰，距离这个时代太过遥远，她的种种战绩已经可以不必再理会，剩下的这几个有资格获得"獠牙"的人，哪个不是曾经搅得四方云动，让世界都为之震颤的超级强者？

有资格和这些人相提并论，获得和他们相同称号与荣誉的龙雷，虽然不知道到底经历过什么，但是真的不需要有任何怀疑，她绝对是怪物中的怪物，杀人机器中的杀人机器！

哈里桑的心中有一万头羊驼轰轰烈烈地奔过，他终于明白，为什么自己一向气定神闲的搭档会变得这么气急败坏。

他抢了一群来自中国的肥羊，这并没有什么错，他为了树立自己的威信，当场枪杀一名伊拉克土著司机也没有错，在战乱不断的伊拉克，他们手里有枪有人，就是强者，当然有资格去掠夺，去为所欲为。

在一群咩咩叫的小绵羊中，杂着一颗"獠牙"，这也只是运气太差。用中国人的话来说：常在河边走，哪儿有不湿鞋；夜路走多了总会遇到鬼；到非法桃色交易场所多了，总会挑到二尾子……总之，扎伊对此也不会有什么抱怨的。

但是，哈里桑这位爷不但抢了一票大的，更把一颗"獠牙"用鲜血与生命换来的代表荣誉与尊严的银鹰勋章给当面抢了，差一点还想当面睡人家的同伴，那他就是眼瞎，就是脑残，就是二百五、白痴、猪小弟，外加被光头强、唐老鸭、格格巫一起附体了！

# 第十一章　和平万岁

早上八点钟，清晨的阳光倾洒在整个小镇上，但是整个小镇却寂静无声。地面上随处可见的鲜血和墙上"新鲜"的弹洞，依然在默默诉说着昨晚那场战争的残酷与激烈。

扎伊独自一个人背负双手，静静站在小镇的入口处。在他面前不远处的地面上，有人用石灰粉，歪歪扭扭地撒下四个中文大字，虽然字迹丑得要命，但是在远处仔细辨认，还是可以读出上面的内容——和平万岁！

时间在一分一秒地流逝，一直到了午后一点钟，到了一天中最炽热的时段。阳光变得火辣辣的，地表的温度不断向上攀升，整个土黄色的小镇都变成一个巨大的旱蒸笼，远远看过去，整个小镇上方的空气，似乎都被烤得不断扭曲起来。

汗水早已经浸透了扎伊的衣衫，哪怕在不远处就有阴凉的角落，他却依然背负双手静静站立在最醒目的位置，一动不动地等待着。但是如果有谁在这个时候可以走近观察，就会立刻发现，扎伊的眼角正在不受控制地轻轻跳动，这不仅仅是因为汗水渗进了眼眶，带来一阵阵刺痛，更因为这个一向喜怒不形于色的老兵内心深处远远不像表现得这么平静。

到了傍晚八点钟，连续十二个小时站在阳光下曝晒的扎伊，脸色一片苍白，他的心脏却是一片冰凉。他等了这么久，已经拿出了最有诚意的姿态，龙雷却始终没有出现。

一阵从远方的阿拉伯高原吹来的山风急掠而至，吹散了地表不断蒸腾扭曲的热气，带起了漫天的风沙，在瞬间就将地面上用石灰粉撒出的"和平万岁"四个大字扫荡得干干净净。望着这一幕，扎伊的心脏不由自主地狠狠一沉。难道，那颗"獠牙"在鲜血与死亡的刺激下，已经彻底疯狂，真的要和他们不死不休?!

山风顺着损坏的门窗，吹进小镇那些荒废已久的土屋，在来回激荡中，发出一连串的声响，听上去，就像是失去丈夫和孩子的女人们那绝望而痛苦的呜咽声。

就是在这片风沙狂舞，天地呜咽，仿佛末日即将来临，必将群魔乱舞的世界里，龙雷大踏步出现在扎伊的视野中。

她终于来了!

就是这个年轻的女人，昨天晚上让他们付出了几十条生命的代价，如果不是她手下留情，就连扎伊都会送了命。

龙雷手里拎着一支子弹上膛的 AK 自动步枪，两个弹匣被她一前一后用胶带粘住，这样在激烈交火中，她能迅速更换子弹，保证火力强度；在一件不知道从哪里找到的战术背心上，插满了弹匣和手雷，这都是在昨夜的激战中，她从扎伊一行人手中抢夺来的战利品。

漫天的风沙迎面吹来，扎伊小心地眯起了自己的双眼。当他终于看清楚在风沙中慢步前行的龙雷，感受着一夜之间这个年轻女人身上气质颠覆式的变化时，他的心脏先是狠狠一颤，然后他的一呼一吸，竟然开始跟着龙雷一次次抬起又一次次落下的皮靴，用相同的节奏反复。

发现自己身体的异常，努力思索，当他终于找到答案时，扎伊猛地在心里发出一声惊呼："我的天哪!"

经过一夜激战，杀人无数，自己也身受重伤，却坚忍地重新挺直了身躯，在鲜血、死亡与痛苦的多重刺激压榨下，中国特种部队不知道用了多少时间和金钱，灌输了多少杀人技巧和死亡艺术，再加一次次险死还生，才终于打造出来的这台战争机器，在这一刻终于彻底复苏了!

　　一名拳击手，需要不断练习和比赛，才能保持状态。同样的道理，一名特种部队的王牌精锐，也需要不断面对鲜血与死亡，才能保持在战场上，遇到任何强敌，都能手起枪落，一击毙命的绝对自信与韵律！

　　也就是因为读懂了这一刻龙雷的可怕，扎伊这个战场上的老兵的身体才会在主人意识到之前，就主动选择了臣服，甚至用和龙雷脚步相同的节奏呼吸，来表达敬畏与服从！

　　扎伊并没有感到羞耻，这是生物面对不可对抗的天敌时，自我保护的本能。他唯一惊讶的是，彻底复苏的龙雷，原来这么强大！

　　当龙雷慢慢走到扎伊面前时，迎着龙雷审视的目光，扎伊不由自主地挺直了身体，摆出最标准的军姿站立状。这种感觉和记忆，扎伊有过，那是他十六岁第一次走进军营时，面对刚刚从战场上走下来，身上硝烟气息还没有散尽的教官！

　　龙雷的目光落到了地面上，原本用石灰粉写着四个大字的位置，只剩下一小片残存的白色。沉默了数秒钟，她的目光又转移到扎伊的脸上，用库尔德语问他：“人呢？”

　　扎伊对着龙雷露出一个微笑，他竟然能说一口流利的中文：“尊敬的女士，我叫扎伊，我对昨天发生的一系列事件，表示由衷的歉意。”

　　龙雷有些意外地微微挑眉。

　　“中国企业在伊拉克援建公路时，我在那里工作了一年半时间。”扎伊不但能说一口流利的中文，甚至还带着一点点山东腔，“我很喜欢吃你们的番茄炒蛋，还有刀削面。”

　　龙雷的态度稍稍缓和，但是再次问出了同一个问题：“人呢？”

　　扎伊他们几乎放出了所有人质，只有一个人没有出现在人群中，那就是谢澄澄。

　　“你过了十几个小时才出现，我确信你修复了至少一件重型杀伤性武器，并用它瞄准了这个镇子。”

　　扎伊打量着龙雷腰间挂的那只步话机，步话机内部拉出一根细细的电线，连到了龙雷的左手上，他诚心诚意地道：“你太强大，太可怕，面对你这样的敌人，我不敢不谨慎小心，不敢不预留后手。"

龙雷思索了片刻，轻轻点头，认可了扎伊的话。

换位思考，释放包括秦玉秋在内的其他人，代表了扎伊的诚意，而继续扣留谢澄澄，则是在双方正式和解前，他们必须给自己留下的最后一份保证。

这很正常，也很公平。

在中国企业中工作了一年多时间，对中国各种礼仪文化知之甚深的扎伊，感受到龙雷态度的变化，慢慢嘘出肺叶中憋了许久的一口闷气，露出一个灿烂的微笑："我想请您吃饭。"

扎伊发出邀请后，又补充了一句："只是一顿便饭。"

龙雷笑了："好啊。"

扎伊和中国人相处过一年半时间，已经学会了中国式的谦虚，为了这顿"便饭"他显然准备已久。

足以开一个小型酒会的宽敞大厅，里里外外都被清洗得一尘不染。在大厅最醒目位置，一张足足有十米长的餐桌上，铺着雪白的桌布，银制的烛台上烛火轻舞。两把由巧手匠人精心打造，靠背高得夸张的木椅，不需要坐上去就可以感受到它们的舒适。

龙雷吹了一声响亮的口哨，将腰间那只改装过的步话机摘下来，连同AK自动步枪一起放到桌边，在用脸盆里的清水净手后，落落大方地坐到了椅子上。

如果说在扎伊表达出想要和平解决争端的态度后，龙雷过了整整十二个小时才终于出现，显得过于谨慎小心，那么这一刻她的表现，就胆大妄为到了不知死活的程度。

龙雷从手边拿起一块餐巾，把它放好，斜眼瞄着扎伊："喂，你有没有在隔壁房间埋伏五十名刀斧手，只要你掷杯为号，他们就会一拥而入，给我来个乱刀分尸？"

扎伊揉着鼻子苦笑起来："拜托，不要告诉我你布置在镇外的那件重型武器上面没有倒计时装置。我敢用脑袋和任何人打赌，如果你没有活着离开，那件武器一旦倒计时结束开火，产生的破坏力足以将整个小镇轰平！"

"嗯……"龙雷一脸认真地思索，回应，"我觉得吧，最多只能覆盖半个镇子，而且顶多是局部炸成废墟，远远达不到轰平的程度。"

扎伊抓起放在餐桌上的茶壶，在龙雷面前的杯子里倒了一杯红茶，水蒸气在空气中腾起。"您很幽默。"

说到这里，两个人都微笑起来。如果不知道他们之间的矛盾，仅仅看这一刻烛光晚餐营造出的浪漫，以及两个人相互凝视目不转睛的模样，真的会以为他们是一对克服了国籍和种族障碍，共坠爱河的情侣。

龙雷拿起茶杯，她的目光自然而然落到了面前那盏三叉戟形的烛台上。

现在夜色来临，夜风从窗外徐徐吹来，带着烛火不断飘摇。红色的火光让她的脸庞显得忽明忽暗，在这样的环境中，龙雷的眼睛明亮得犹如一潭清泉，反射着智慧的光彩。她的目光先是在面前的烛台上打了一个转，又落到了自己正对面那个大大敞开，任由山风灌入的窗户上。"或者，你只需要在合适的位置，布置一名狙击手就足够了。"

扎伊微微一挑眉角："哦？"

"只要这个狙击手枪法够精湛，能在四百米距离内保证一枪直接命中目标眉心部位，我就算是手里一直捏着遥控引爆装置，神经反射中枢被子弹命中，在零点一秒钟内就会直接死亡，根本无法做出任何反应。"

"拜托，我看起来有那么蠢吗？"扎伊叹息起来，"你在修复重型武器时，必然同时设置了遥控和倒计时双重引爆模式，就算狙击手能将你一枪击毙，但没有人去中断倒计时，一旦重型武器开火，倾泻出来的火力必然会对整个小镇造成致命重创。"

龙雷认真打量着站在面前的扎伊，点头认可："你看起来不但不傻，而且还很精明，但如果我是你，这个狙击手，还是会准备的。"

扎伊脸上露出好奇的表情："这是为什么呢？"

龙雷轻啜了一口杯里的红茶。"毕竟对手只是一个人，那个坦克坟场里堆的又都是送进废品收购站人家都懒得收的垃圾，在一堆废铁中想要挖出点能用的东西本身难度已经够高，更不要说这里距离坦克坟场有十几公里，光是把武器运过来，就绝不是一件容易的事。"

扎伊认真思索，点头，望着龙雷的目光中带着亦真亦假的探究。"这么说，对手是救人心切，在虚张声势？"

"对啊，就是因为有这种可能，而且可能性很大，所以我才会提前布置。比如，我会刻意把对手安排到特定的位置上，并且会和狙击手约定好各种暗号，方便见机行事。一旦发现对手是在虚张声势，我就会立刻下令一击必杀，永绝后患。如果发现对手的确有恃无恐，我就会放弃狙击，和对方认真谈判。"

龙雷脸上的表情似笑非笑。"嗯，这红茶的味道不错，想不到这穷乡僻壤的，竟然还能有新鲜的柠檬，看来你们抢过不少人啊。能不能透个底，你们持枪团伙抢劫，一年能赚多少？"

扎伊哑然，沉默了十几秒钟后，他拉过椅子，坐在了龙雷正对面，高高的椅背挡住了龙雷的视线，让她无法再看到窗外的风景。"你赢了。"

如果，只是如果，如果在四百米外的山坡上，真潜伏着一个狙击手，这一刻也会选择撤退，因为他已经失去了狙击龙雷的视野。

龙雷笑吟吟地拎起茶壶，在扎伊面前的茶杯里也倒了一杯红茶。"扎伊先生，你是一个非常谨慎的人。"

"从概率上来说，你至少有七成是在虚张声势，但是我看不透你，我不敢赌。"

扎伊叹了一口气，端起茶杯，望着坐在自己面前，淡定从容，全身透着"泰山倒而不变色"大气概的龙雷，轻声道："我承认，因为你是一个女人，虽然昨天把我们打疼了，但是在我心底还有几分不服气，甚至还想着看能不能找到机会找回场子。但是现在，我们停止交火，我的心里剩下的除了庆幸还是庆幸，你太强大，太自信，太睿智，太可怕，只要有选择，绝对没有人会愿意和你成为不死不休的敌人。"

听到曾经的敌人说出这样的话，可以说是最美妙动听的恭维，龙雷的脸上却并没有得色，也没有被人夸奖的羞赧，她只是静静地，认真地听着，时不时还轻轻地点一下头，对扎伊的评价做出肯定的回应。

　　能做到这一点的人，要么是臭不要脸的自恋狂，要么就是自信到极点，哪怕眼前的敌人是神是仙是圣，都敢勇敢面对，甚至是主动发起进攻的绝对强者。

　　"她是自恋还是自信？"

　　这个问题，扎伊在心底深思熟虑了零点零一秒，就确定了答案，她当然是后者！

　　龙雷也举起了茶杯。"你的眼光与魄力，也相当不俗。"

　　龙雷的话绝不是恭维，她也不需要对敌人进行恭维。在昨晚的战斗中，对手死伤惨重，不知道有多少人失去了兄弟朋友，也不知道有多少人被仇恨冲昏了头脑，就算他们为了泄愤，连夜屠杀了所有人质，都不是不可能。

　　在悲伤与仇恨两种情绪反复交织的氛围中，扎伊能够挺身而出，约束所有人没有做出过激行为，又和龙雷通过谈判的方式和解，必然承受了难以想象的压力。能在这么短的时间内控制自我情绪，约束众人没有做出过激行为，为整个团队选择出最有利道路的人，无一例外都是拥有大眼光、大气概的强者。

　　两只镀着纯金边的薄脆骨瓷茶杯在空中轻轻相碰，发出"叮"的一声脆响。两个人相视而笑，用相同的动作和节奏将茶杯送到嘴边，轻轻抿了一口。

　　"做出这个决定的人并不是我，而是哈里桑。"

　　扎伊取出银鹰勋章，他没有掩饰脸上的敬畏，珍而重之地将银鹰勋章放到龙雷面前。"我们的战争结束了。"

　　龙雷取回那枚属于自己的银鹰勋章，把它重新别到了自己的衣领里面。"和平万岁。"

　　两个人相互对视，这一次他们的目光中没有了剑拔弩张，但是依然有着小心翼翼。他们就像是在寒冷的冬季想要依偎取暖的刺猬，想要靠近，却又要小心翼翼，避开彼此身上的尖刺，以免造成伤害和误会。

　　房间的大门被人推开了，中年女人走了进来。超过二十小时粒米未进的龙雷抽着鼻子深深吸着气，目光落到了中年女人手中那只硕大的托盘上。

中年女人送上的第一道菜肴，是灰色的膏状物体，看起来有点像土豆泥，上面还别具美感地放了一枚橄榄。

扎伊微笑着站起，在龙雷面前摆上了盘子和餐具。"这是一道在伊拉克非常流行的开胃菜，它的名字叫'鹰嘴豆泥'。制作它时，要先把鹰嘴豆和芝麻酱放在搅拌机里搅拌成糊状，再加入橄榄油、柠檬汁、蒜汁以及食盐调味，相信我，你会喜欢它的。"

龙雷伸出勺子，毫不羞涩地大大挖了一勺，送进自己的嘴里，旋即龙雷的眼睛就眯成了幸福的月牙状。一番咀嚼，将食物咽下后，龙雷发出一声满足的叹息："等回去后，我一定在网上对这道'鹰嘴豆泥'打一个五星级强烈推荐！"

扎伊返回自己的椅子，还没有坐稳，就看到龙雷以绝不淑女的动作飞快下勺，转眼间就将大半盘"鹰嘴豆泥"送进嘴里。"这只是开胃菜，真正的主菜在后面呢……"

话说了一半，扎伊的声音就戛然而止，因为龙雷已经将整盘"鹰嘴豆泥"全部消灭干净了。

看龙雷的吃相，扎伊甚至怀疑如果不是他们的立场过于尴尬，龙雷说不定会伸出舌头，去直接舔盘子……

呃……

扎伊的眼睛瞪圆了，因为龙雷真的双手捧起盘子，伸出她粉红色的舌头，在盘子上灵活又迅速地打转，转眼间就将沾在盘底的食物残渣都舔得干干净净，仿佛没有用过似的，比洗碗机洗得都干净！

扎伊在瞬间有了想要吐血的冲动。那个坐在他面前，目光如电，智深似海，一眼就看出他所有布置，步步紧逼，让他只能不断招架的"獠牙"哪儿去了，怎么瞬间就化身吃货，这画风，这气质，变化得也太快了吧？

还好，中年女人很快就再次返回，这次大大的托盘中送上来的是一条足足有一尺半长的烤鱼。

整条鱼被人用刀子从腹部剖开，通体烤成了微微发焦的金黄色，在烤鱼的旁边，还放着几片切好的番茄和一小根蔬菜。白色的瓷餐盘，微微泛着金黄色的烤鱼，红色的番茄，绿色的蔬菜，四者搭配在一起，既显得赏心悦目，也让人食指大动。

当然了，最重要的是，这条刚刚烤出来的鱼闻起来真的好香！

扎伊一边说，一边用一把大号餐刀在烤鱼上划过，烤焦的鱼皮被划开，露出里面像奶酪一样乳白，还透着阵阵热气的鱼肉，就算还没有吃进嘴里，光凭眼睛，都能感受到鱼肉那原汁原味的鲜美。"烤制这条鱼，首先要挑选最新鲜的食材，然后用风干的木块点起一堆篝火。烤鱼时不能把它直接架在火焰上，这样做会把鱼肉的水分全部烤干，使它失去最诱人的肥美鲜嫩。所以我们伊拉克人会用两层铁网夹着鱼肉，然后把铁网放在火堆的右侧，用火焰侧面的温度将鱼肉一点点烤透烤熟。这样的烤鱼虽然需要花费大量时间，但是外焦里嫩，滋味独特……"

扎伊的介绍说到一半，就说不下去了。因为在这一刻，他突然有了一种自己手无寸铁，在伸手不见五指的漆黑夜晚，独自走在荒原上，被一头饿狼盯上的感觉。

这种强烈的压迫感来自坐在对面的龙雷。她左手握刀，右手捏叉，双眼死盯烤鱼，那种专注，那种认真，那种杀气腾腾，让扎伊甚至怀疑，如果这个时候吹灭蜡烛，龙雷的眼睛里真的会在黑暗中冒出幽幽的绿光！

扎伊索性停止分鱼，将整个盘子推到龙雷面前，然后……吃西瓜从来不吐籽儿，经常被哈里桑嘲讽的扎伊，就欣慰而震惊地发现，龙雷这个女人刀叉齐下，只用了区区五分钟时间，就将整条烤鱼送进了胃里，连根鱼刺都没有留下，她竟然做到了吃鱼不吐骨头！

看着龙雷将烤鱼中最长的那根鱼脊骨丢进嘴里狠狠嚼了几下，就咽进胃里，扎伊先是倒吸一口凉气，再小心地咽了一口口水，由衷地赞叹道："你的牙口真好。"

还好这个时候中年女人已经送上了第三道菜，没有出现中途断档的尴尬局面。

猛地看上去，这第三道菜像是普通的烤肉串。

有了前车之鉴，扎伊直接将盘子推到龙雷面前，果然，他在龙雷的脸上看到了满意的笑容。"这道菜是伊拉克非常著名的美食小吃，叫卡巴。烤制卡巴，需要提前把羊肉剁成肉馅，用黑胡椒粉、红酒调味，再把它们裹在铁扦上烧烤到七分熟后，撒上辣椒面、孜然、精盐即可食用。和普通的烤羊肉相比，它不但肉质更鲜嫩，而且因为是由调好的上等肉馅烤制，所以佐料的味道均匀，而且吃得再多也不会感到油腻。"

除了一道开胃菜，两道主菜，中年女人又摆了一碟烤得又薄又香的饼，以及一大盘配了番茄酱的油炸薯条。

龙雷以风卷残云之势扫荡着面前的食物，直至将所有食物都一扫而空，她才放下手中的刀叉，一边喝着红茶，一边打着饱嗝，脸上露出心满意足的表情不说，就连她望向扎伊的目光中都透出了一丝亲切。

呃，亲切？

看着面前空空如也的盘子，内心受到巨大震撼的扎伊，大实话那是冲口而出："你虽然是个女的，但真能吃，这一顿的量，都顶得上我两天的量了。"

"我也可以三天不吃饭，一直保持高强度运动状态。"

龙雷捧着茶杯，发出满足的叹息："人世间最幸福的事，就是无论走到哪里，都有人请客吃饭，而且还能吃好吃饱。"

# 第十二章　罪犯与英雄

看着龙雷大踏步走过来，还没有说话，就对着自己露出微笑，终于重获自由的谢澄澄心中竟然产生了一种恍如隔世的感觉。

"谢姐，这是我专门给你留的伊拉克烤薄脆饼，咬上一口的话，那就一个字——香！"

龙雷猴子献宝似的，将两张她从厨房里找出来的烤饼递给了谢澄澄。

陪同哈里桑一起走过来的扎伊看到这一幕，不由自主地翻起了白眼。但是他却机智地不置可否，径直走到谢澄澄面前说："您自由了，随时都可以离开，但是如果您愿意的话，有一个地方，我希望能带您，还有您的摄影团队一起去看看。"

谢澄澄疑惑地望着扎伊，听到这段话的秦玉秋快步走过来，低声道："别答应，他们节外生枝，肯定是没安好心。"

"抱歉，我私下看了你们拍摄的内容，知道了你们来伊拉克的目的。"

扎伊凝视着谢澄澄，诚心诚意地道："我可以保证您的人身安全，而且，我认为，您会喜欢将要去的地方，并且会获得艺术创作方面的素材与灵感。"

两个小时后，车队驶进了一个其貌不扬的村庄。

但是所有人都发现了这个村庄的与众不同。他们在进入伊拉克南部山区后，就是一片荒芜，可是这个远离主交通干道的村庄，四周却是一片让人心醉的碧绿。

几台柴油发电机正在工作，源源不断地产生电力，带动水泵从地下深井中抽出宝贵的井水。一条条水渠贯穿大片的农田，将生命之源输送到每一块农田，滋润着生长在这里的庄稼和蔬菜。

在村子里，还能看到昂首挺胸的公鸡身后带着几只"后宫佳丽"，而在母鸡的身后，则跟着大群毛茸茸的小鸡。

最重要的是，在村子里，到处可以看到嬉乐玩闹的孩子，以及坐在家门前做着手中活的女人。

这个农庄安静而祥和，如果不是他们的长相特征不同，甚至会让来自中国的游客产生又回到中国，来到一个普通村庄的感觉。

这样一个"普通"的村庄，在伊拉克战乱不断的南部山区出现，本身就代表着不平凡！

看到汽车驶入，一大群孩子冲了出来，围在了汽车周围。

扎伊跳下汽车，抓起一大把在中国人看来最廉价的水果糖丢到空中，孩子们冲上去，一边欢叫着，一边争抢着地上的水果糖。

一个看起来三四岁大的小女孩在年轻母亲的陪伴下，径直走到哈里桑面前，对着哈里桑大大张开了双臂。

哈里桑这个在外面为了彰显力量，可以毫不犹豫地对着普通平民挥枪相向的魔头，大嘴一张，嘴角一掀，露出一个只能用灿烂来形容的大大笑容。他三步并作两步冲上前，来了一个大大的熊抱，将小女孩搂进怀里，对着小女孩扬了扬自己的脸颊。

"吧唧！"

小女孩毫不羞赧地给了哈里桑一个大大的吻，哈里桑的笑容更加灿烂。当他的目光落到站在不远处静静望着他的女人身上时，他的脸上竟然露出了一丝和他的外在形象气质反差太过强烈的温柔。

村子里的老人们也走了出来，哈里桑将女儿放下，迎着老人们大踏步走了过去。在他的身后，车队里的士兵们正将各种生活物资，以及几只装满燃料的油桶从车上搬下来。

"立刻拍摄！"

随着谢澄澄一声令下，惊魂初定的摄影组成员们忙碌起来，摄影师扛着摄像机，将眼前这一幕幕珍贵的画面记录下来。

"我和哈里桑在十五岁时一起参军，后来美国人打进来了，听说他们要推翻独裁暴政，把西方的民主、自由、富强带到伊拉克，有人号召我们不要抵抗，等着过上幸福生活。我们信了，我和哈里桑当了逃兵，在前领袖被处决的时候，伊拉克万人欢呼，大家都觉得，独裁者死了，美国式的好日子就要到来了。结果，伊拉克陷入长达十几年的战乱当中，恐怖组织建国，天天都有自杀式袭击，在伊拉克北方区域还不错，但是在原本就贫穷的南方区域，整个民生基础都被打坏了。

"孩子们没书读，生病了没医院去看，只能找当地巫医，如果不想办法搞钱去买柴油，就没有水泵抽水，田里庄稼绝收，大家都会饿死渴死。为了活命，几个村庄联合起来，由长老们公投，组建了自己的小军队。我们这些除了打仗无一技之长的老兵流窜到这里，却意外地受到欢迎，最终被村子的长老雇佣，成为小军队的指挥官。最后我们喜欢上了这里，还在这里娶妻生子，有了自己的家。"

扎伊向谢澄澄讲着这村庄的来历。他对不远处一个年轻的女人挥了挥手，那个年轻的女人对着扎伊回以一个温柔的微笑，看她的样子，应该是扎伊的妻子。

龙雷作为一个女人，第一时间就注意到那个年轻女人微微突起的小腹，她轻声道："恭喜。"

"在这片干旱而贫瘠，失去国家力量支撑，只能自生自灭的土地上，想要养活这么多人，其中包括老人、女人和孩子，还要支撑一支上百人的军队，单凭种田是远远不够的。作为军队的指挥官，哈里桑必须想办法赚取外快。有时候，我们会当雇佣兵，接一些任务；有时候会帮着走私运货；在条件允许的时候，也会绑架勒索。"

扎伊的目光落到了走到几个长老面前，正在和他们交谈的哈里桑身上。"大规模战争已经结束，未来的伊拉克会重新变得富强起来，但是现在，生存在这片土地上，他就必须变成一匹狼，一匹比其他狼更凶、更强、更狠的恶狼！"

龙雷点头，她懂，她真的懂。哈里桑把所有的温柔都留给了村子和家人，给外人的，就只剩下凶暴残忍。

扎伊轻叹着："如果可以好好地活着，谁愿意双手沾满鲜血，到了晚上一次次在噩梦中被吓醒？"

村子里隐隐传来女人的哭泣声，一开始还只是一个人在哭泣，可是没多久，整个村子就被哭泣和悲伤填满了。

一夜激战，有超过五十个女人永远地失去了自己的丈夫。这对人口基数不过上千人的小村庄来说，是无法承受的切肤之痛。

有几个女人脸上挂着泪痕，手里握着菜刀、木棍之类的武器冲出房间，又被村子里的老人用严厉的眼神给制止了。这些女人仇恨地瞪着龙雷，她们已经知道，是龙雷杀死了她们的丈夫和儿子，可是看着看着，她们脸上的仇恨渐渐消失了。女人们无力地丢掉手里的武器，蹲在地上用手捂住脸再次哭泣起来。

几个正在和同伴分享水果糖的孩子向正在哭泣的母亲跑过去。

龙雷不知道面前这些为了几块水果糖就笑逐颜开的孩子，还有多少人在昨天那漫长的一夜中失去了自己的父亲，她也不想知道。

"我们既然选择了对弱者开枪，就已经做好遇到强者，被其反杀的准备。杀人者，人亦杀之，没什么好抱怨的，更没有资格去提什么报仇。"

扎伊的话，让龙雷再次对他刮目相看。

杀人者，人亦杀之，这个道理人人都懂，但是一旦身陷其中，又有几个人能像扎伊这样跳出局限，用客观的态度看待一切？

扎伊走到正在忙碌的谢澄澄面前。"如果你们拍摄的内容能够在中国媒体上播放，我希望你能以一个明星的身份呼吁大家，看在人道上，请对我们伸出援手。帮帮我们，帮帮这些孩子，让他们不用像我们一样，生活在不是杀人就是被杀的野蛮世界，让他们可以像中国的孩子一样，有电视看，有游戏机玩，有网上，平安而快乐地慢慢长大。"

扎伊对着谢澄澄深深弯下了自己的腰："拜托了！！！"

谢澄澄没有避让，她挺直了自己的腰，坦然接受了扎伊的鞠躬敬礼，这一刻，她没有长篇大论，只说了一个字："好！"

扎伊霍然抬头，他望向谢澄澄的目光中露出由衷的感激与尊敬。

现在的中国，有不少人借钱的时候是孙子，还钱的时候是大爷，毒胶囊、毒奶粉、地沟油之类的玩意儿，更是充斥在我们的身边，在经济高速腾飞的同时，人们变得焦躁功利起来。但是，中华民族的传统美德并没有消失，只是被人们深埋在心底，只要遇到合适的土壤，就会重新生根发芽。

而有一些人，无论外面的世界如何变化，他们都坚守着自己做人的原则，他们平时绝不会轻易许诺，更不会信口开河、夸夸其谈，因为他们一旦承诺了，就必然言出如山！

龙雷是这样的人，谢澄澄也是这样的人！

"我无法认同你们的掠夺手段，更无法接受哈里桑任意践踏生命的态度。"

谢澄澄的目光再次从整个村庄扫过，感受着这片土地上散发出的盎然生机，她油然道："但是对生活在这里的人来说，你们是守护家园的英雄，你们都是英雄！"

…………

几个小时后，谢澄澄和秦玉秋登上了汽车。为了保障他们出行顺利，扎伊还贴心地命令村民给他们的汽车里加满了油！

在离开前，龙雷取出一枚表面有些氧化发黑的硬币递给了扎伊。"给村子里的孩子们买几块巧克力吧。"

这枚硬币的做工只能用惨不忍睹来形容，就连最基本的圆形做得都不够标准。在简单的花纹中间，一个女性头像的浮雕刻得模糊不清，在硬币的背面，则刻了几个歪歪扭扭的古老文字。

但是硬币放在手心沉甸甸的，显得用料十足。扎伊把那枚硬币放在袖口用力擦了擦，黑色的表层下露出金灿灿的颜色——这是一枚金币。

"用你们中国人的话来说，这叫化干戈为玉帛？"扎伊不满地低哼起来，

"可惜这玉帛太少了点，给村子里的孩子们塞牙缝都不够。"

龙雷哂然一笑，从口袋里又翻出两枚金币，把它们一起交到扎伊手里。

两个人的手握到了一起，龙雷沉声道："再见。"

扎伊说得更加真心实意："我们欢迎谢澄澄小姐回来参观，也欢迎她为我们的生活现状做出更多报道，至于你这颗'獠牙'，最好还是永远别见了。"

透过车窗，还可以看到站在村口目送他们离开的哈里桑、扎伊等人，这一刻谢澄澄他们的心情简直是恍如隔世。不夸张地说，这一天的经历，比他们一生的波折加起来都要惊心动魄得多。

在公路的岔路口，车队停下了。

破破烂烂的路牌显示，如果往左走他们会到达伊拉克首都巴格达，可以从那里登上飞往中国的客机；往右走，他们则更加深入伊拉克，可以看到更多在战争时期被打得百孔千疮的土地，可以看到生活在这片土地上的人，正在通过他们的勤劳与努力重建家园，但他们也可能会遇到在山区中打游击，用袭击无辜平民来彰显组织力量的恐怖分子。

秦玉秋打量谢澄澄的目光，就像是在看一个怪物。"你还要留在伊拉克，继续拍摄个人宣传片？"

"我来伊拉克拍摄宣传片，虽然一开始就制定了'反战'这个主题，但是现在回头看看，我根本不懂战争的残酷，无法理解死亡的压迫感。我生活在和平环境中，习惯了用非黑即白的方式去看待事物，所以我注定无法真心体会在战争结束后那些在废墟中顽强活着的人，身上同时并存的凶狠残忍与人性光辉。但是现在，我似乎有些懂了。"

谢澄澄伸手指着道路右方说："我想去挖掘更多真实，去了解更多战争与人性。而且我想用自己亲眼所见，亲耳所听，告诉身边的朋友们，'战争'是一头怪兽，它会吞噬人类包容、同情、怜悯等美德，再将我们每一个人心底的自私、残忍、暴虐激发出来。当我们的国家已经足够强大，再不需要畏惧任何外敌时，我们反而更需要加倍警惕，不要让这头怪兽影响了我们，把我们变成它的同类！"

这些话，说得可真是够假大空的。

秦玉秋想要笑，可是看着谢澄澄那专注而纯粹的表情，她却怎么也笑不出来。

当年，谢澄澄就是带着这种专注而纯粹的表情，站在北京电影学院表演系演讲台上，眼睛发光地讲述着她的梦想；后来，她同样用这种专注而纯粹的表情告诉秦玉秋，她想干干净净地走进娱乐圈，将来再干干净净地离开；再后来，她真的用这种专注而纯粹，却绝对另类的方式，在万丈红尘中打滚。

凭什么别人已经在大染缸中沉沦，她却可以一直保持这种专注而纯粹，像个孩子似的初衷不改？

凭什么无论走到哪里，她都可以轻而易举地成为所有人关注的焦点？

凭什么只要在一起，她秦玉秋就会成为映衬谢澄澄的绿叶，就算她已经功成名就，身家过亿，依然无法改变这一点？

凭什么？凭什么！凭什么！！凭什么！！！

秦玉秋只觉得胸中有一口闷气，憋得她难受，憋得她想要放声呐喊，把这口气连带多年的郁闷一起倾泻出来。

更让秦玉秋难受的是，龙雷突然开口了："我想喊上几句。"

这一刻，已经是傍晚，整个阿拉伯高原上空都被一层瑰丽的火烧云所笼罩。这一刻，清风徐徐，虽然没有风吹草低见牛羊，但是在一片干燥，到处都是碎石子和沙砾的世界里，星星点点的野草随风飘舞，硬是多了几分生命的波动。

站在这样一片极目远眺，蓝天与大地成一线，让人心胸为之一阔的世界里，龙雷张开了双臂，对着头顶的天空，拼尽全力呐喊起来："苍天倘能尽人意，山作黄金海作田！"

仿佛受到龙雷感染，谢澄澄也发了少年狂，她拎着裙角跑上前，在龙雷的伸手帮助下，也登上了那块巨石，她学着龙雷的样子，张开双臂，对着头顶的天空，她清脆而有力的声音也随之在这片天与地之间回荡："千锤万凿出深山，烈火焚烧若等闲。粉骨碎身浑不怕，要留清白在人间。"

秦玉秋怔怔地望着在巨石上并肩而立，放声呐喊，喊得恣意而放纵的两个女人，看着她们一起欢笑，就算是再不愿意承认，在她的心底仍然涌起了一个念头——这一刻的谢澄澄和龙雷，真的好美！

她们两个，从外表上来看，反差太过强烈，性格也各不相同，但她们在自己的领域内，有着相同的坚持与执着，在她们的心灵深处，更有着绝不妥协的坚强，她们都是自己内心世界的王者！

像她们这样的人，也许一辈子都会郁郁不得志，但是只要给她们阳光，她们就必然会引得万众瞩目，成为所有人关注的焦点！

"龙雷！"

两个人明明近在咫尺，但是在叫龙雷时，谢澄澄却依然是在呐喊。

龙雷也在用呐喊的方式回应着谢澄澄："嗯！"

"你和我签的劳务合同为期两个月，还差二十六天呢！"

"那我就继续当你二十六天保镖，不过我有两个条件！"

"什么条件？"

"我要吃好的，还有，你得给我加薪！"

"可以，但我也有一个条件。"

"什么？"

谢澄澄继续呐喊着："给我讲讲你的故事。虽然不知道你究竟经历过什么，但我看得出来，你是一个有故事的女人，我想把你的经历拍成电影，就由我做电影中的女一号！"

龙雷收敛了笑容。她第一反应就是想要摇头拒绝，但是在谢澄澄热切的注视下，她却犹豫了，过了好久好久，才低声道："那你首先，得让自己，像一个阎王！"

谢澄澄愕然："阎王？"

不甘，不舍，悲伤，愤怒，甜蜜，自豪……各种复杂的情绪，在龙雷的脸上交替闪现，让这个二十来岁的女孩身上突然多了一种沧海桑田、时过境迁的印痕，她轻声道："我出生的地方，那里的人都说，我是一个不应该来到这个世界的人，是我的命太硬，克死了所有亲人，用一家人的死，换来了我的活。他们之所以喊我阎王，是因为一句话。"

明明和自己无关，谢澄澄却突然紧张起来。她可以猜想到，这肯定不是一句好话，而这句话对龙雷的影响，却注定深远而沉重。

龙雷对着谢澄澄露出一个笑容。"他们喊我阎王，是因为村子里老一辈的人，常说一句话：'阎王要你三更死，谁敢留你到五更?! '"

弹　雨

第二卷

生存游戏

# 第一章　阎王

　　龙雷慢慢走出大山，刚刚年满九岁的她，身高已经超过一百四十厘米。她的身体有些单薄，但是绝不瘦弱，举手投足间，透着一股难以言喻的敏捷灵动，就算是走在满是枯叶的地面上，也几乎没有脚步声，她轻得就像是一只猫。

　　她身上穿的衣服有四五件，不是她怕冷，而是这些连原本颜色都看不出来的衣服都破了，把几件穿到一起，彼此叠加可以勉强挡住不露肉。她穿的裤子，倒是没有破，却过于肥大，她必须把裤管挽上四五道，才能勉强没有变成拖布。至于她穿的鞋子……那分明就是用两块废橡胶轮胎打眼，穿上麻绳弄出来的玩意儿！

　　至于龙雷的头发，更和发型扯不上半毛钱关系，就那么乱糟糟的，粗放式生长。只有当头发长得让她觉得不方便时，龙雷才会用小刀将头发一绺绺地割断，弄成假小子般的长度，这样，头发又可以自然生长小半年时间。

　　按道理来说，龙雷身上应该散发出刺鼻的气味，足以让人退避三舍。可是如果你站在她的身边闭上眼睛，仅凭气味去判断，你会感觉自己仿佛进入了大自然，在这个女孩的身上，有着一股自然气息，就像是大雨过后的丛林，干净、清新而又纯粹。

　　这是龙雷每天都要到水潭中洗澡的结果，没有人会好心地教导她要爱干净卫生，是大自然用残酷而有效的磨砺，让龙雷懂得保持洁净就能少生病、不生病的道理。

大山的下面，就是只有百十来户人家的龙家村，居高临下观望，可以看到一条蜿蜒曲折的乡村公路，从远方一直延伸进村庄。现在是中午了，村子里的女人正在准备午餐。虽然现在已经没有人用柴灶，再也看不到袅袅升起的炊烟，但是在村口徘徊的龙雷已经可以闻到浓烈的饭香。她闭上眼睛深深地吸着气，在心里小心分辨：嗯，有馒头，有疙瘩汤，有尖椒土豆丝，还有辣子炒鸡蛋……

刚刚出锅，软软的、热热的大馒头，狠狠咬上一口，那感觉就一个字——香！

"汪汪！汪汪！汪汪……"

路边一只不知道谁家的土狗，对着龙雷叫了起来，眼前的馒头瞬间消失了，龙雷转头静静瞅了那条土狗一眼。

土狗的叫声消失了，眼前这个还不到十岁的小女孩，望着它的眼睛里竟然发着幽幽的绿光！生物面对危险的本能，让土狗全身紧张，喉咙里发出低低的呜咽声。更让它吓得连尾巴都夹起来的是，龙雷看着它，突然露出可以去拍牙膏广告的洁白牙齿咧嘴一笑，伸手擦了一下口水。

"阿黄，快回来！"

听到主人的急叫，土狗阿黄如蒙大赦，掉头几步就窜入身后的庄院中。就算是躲在主人身后，它都没有找到足够的安全感，也没有敢再狗仗人势地对着龙雷叫上几声。

院门重重地关上了，但是主人却隔着院门，透过那条门缝小心地观察着龙雷。

砰！

砰！

砰！

龙雷慢慢地走着，她可以清楚地听到一个个院门用力关闭发出的声响。短短两三分钟后，整个村子就陷入了死一样的沉寂，但是在村子各个角落，一双双带着紧张与好奇的眼睛，却在盯着龙雷，打量着她的一举一动。

走到一个院落前，龙雷停下了脚步。

这个院落的院墙用石条垒砌而成，足足垒了两米五高。在院墙的顶端抹了一层水泥，上面插满了碎玻璃片，不要说是人，就算是最灵便的猫咪，也会望而却步。

院门右侧有一个小小的神龛，里面供奉着一尊怒目金刚。在院门正上方，摆着一个八卦镜。在院门口的石条下面，还埋着十八枚五帝钱，外加七十二张请得道高僧开过光的镇宅符。

最让人哭笑不得的是，在门框上方挂着一条用铜钱穿成的"打神鞭"。无论是谁进门的时候，都得小心一点，否则脑袋被这么一条"打神鞭"抽那么一下，相信绝对不会是什么愉快的体验。

对了，还有院门，它是用桃木打造的。村里人都知道，桃树长得歪歪斜斜很难成材，做把桃木剑还马马虎虎，想要用来打造家具，连块像样的板子都刨不出来。但是根据主人家的要求，村子里的木匠硬是用胶水拼接出两扇和坚固耐久扯不上半毛钱关系的桃木门，同样根据主人的要求，专门在院门上钉了两个大大的十字架……

如果这个世界上真的有妖魔鬼怪，不管是东方的、西方的，还是东西混血的，看到这个阵势一定会掉头就走，有多远就闪多远。

龙雷走到依墙而建的柴房前，一推开柴房门，木头受潮腐烂特有的霉味扑面而来，呛得龙雷喉头微微发紧。

柴房内部面积只有四五平方米，在靠墙的角落，用砖头和木板搭起一个姑且可以称之为"床"的木架，在床边还有一个破破烂烂，丢到垃圾桶里都没有人多看一眼的木箱，除此之外，别无他物。龙雷打开木箱，心里忍不住发出一声叹息，婶子又没有给她准备食物。

离开潮湿阴冷的柴房，龙雷走到小卖部门前，每次她回村子，这是唯一不会对她关门的地方。

龙雷取出背在身上的一个小布袋，将布袋里的东西一股脑倒在了柜台上。

小卖部的老板是一个五十多岁的寡妇，她长着一张精明而刻薄的脸。她打量着柜台上的东西，大堆的猴头菇、枸杞子，外加一些山里自然生长的药材，其中还有一支小小的野生人参。

惊喜从女人的脸上一闪而过，她轻咳一声，又恢复平静，脸上扬起了几分刻意的不满。"就这些？"

龙雷点头。

女人将几个馒头，一包蜡烛，一瓶酱豆腐，一小包食盐，一盒火柴放到柜台上，龙雷小心翼翼地将这些东西收进那只布袋，扎紧背好。但是龙雷却并没有在第一时间离开，眼睛直勾勾地望着柜台某一个位置。

在那里，摆着一盒棒棒糖，在批发部卖五毛钱一支的那种。

女人不满地挥手："你又没钱，这种棒棒糖很贵的。"

龙雷没有离开，也没有开口讨要，她静静站在那里，直勾勾地望着棒棒糖，看她的样子，似乎站在小卖部盯着棒棒糖看上几个小时，都会津津有味乐此不疲似的。

"好了，好了，算我怕你了。"

女人从盒子上取出一支棒棒糖，脸上带着无可奈何，将它放在柜台上。"别偷懒，多找点山货，嗯，能再挖几个这样的草根，下次我可以多送你一支棒棒糖。"

女人说的草根，是那支龙雷从深山里挖到的野生人参。龙雷点点头，紧紧捏着那支棒棒糖，走出小卖部，离开了村子。

当龙雷离开后，整个村子复活了。

所有的院门重新打开，老人又开始悠闲地在村子里转悠，有人在下棋，有人聚在一起闲聊。孩子们手里捧着大碗，一边吃饭，一边笑闹着。那些刚才不知道躲到哪里的土狗，又开始成群结队地在村子里转悠，其中几条，在路上就开始做没羞没臊，还不打马赛克的勾当。

这种情形，怎么看都和鬼子进村前与鬼子离开后，有着惊人的相似。

实际上，在村民的眼里，龙雷比鬼子更可怕，因为她的绰号是——阎王！

　　龙雷在家排行第二。在生出哥哥龙建辉之后，母亲响应国家号召，戴上了节育环，可是谁也没有想到，在这种情况下已经年近四十的母亲依然怀孕了。

　　母亲到医院接受检查，节育环还在而且还在"质保期"内，这次怀孕属于意外现象。当全国都在轰轰烈烈推行计划生育政策，禁止生二胎，在村子里到处都可以看到"少生孩子多种树""只生一个光荣，多生可耻"之类的宣传标语，村干部和计生委工作人员四处扫荡的时候，龙雷因为这场"意外"，获得了出生的机会。

　　这种情况虽然罕见，但是放眼全国，也绝非独此一家。

　　人们一开始都在惊叹这个孩子的运气，可是很快，大家的惊叹就变成了震惊。

　　在怀上龙雷之后，短短半年时间里，龙雷的爷爷、奶奶、姥爷、姥姥就相继过世，到了第七个月，龙雷的父亲，一位消防队队长，也在执行任务时牺牲。

　　在龙雷出生的那天夜里，天上下着大雨，没有汽车，村子里的人在拖拉机车斗里放上棉被和雨衣，带着怀孕十月却难产的女人冒雨冲向县城医院。

　　那时候村子里还没有通公路，山路崎岖泥泞，雨如瓢泼，能见度太低，稍有不慎就会冲出山路，坠入悬崖。就算是村子里的长辈不断催促，驾驶员也拼上了命，十二公里的山路依然开了整整三个小时！

　　龙雷的母亲在风雨交加，颠簸得犹如蹦蹦车的拖拉机车斗里耗尽所有力量，昏迷过去。就在产婆已经确定如果来不及送进医院，就会一尸两命的时候，天空中突然打出一道炸雷。雷龙在空中猛然撕破苍穹，在瞬间映亮了这片风雨交加的大地，雷声震耳欲聋，轰轰烈烈直撞进每一个人的耳膜。

　　天空中闪烁着刺眼到极点的蓝色光弧，狂风暴雨下，路边的大树不胜负荷地舞动身躯，在地面上投出一连串扭曲的倒影。那仿佛在耳边直接炸响的雷声，更让每一个人的心脏都要停止跳动。

在那一刻，就连村子里老成持重的长辈也被吓到了，有人回来后赌咒发誓，那一刻就是世界末日来临时才会有的群魔乱舞。

也许是身为一个母亲的天职，也许是雷声太过猛烈，而闪电又刺激了眼睛，抑或冥冥中自有定数，已经耗尽所有力气再也无法支撑下去而陷入晕迷的母亲，再次睁开了眼睛，她猛地握紧双拳，拼尽全力压榨出自己生命中最后一丝潜力。

"生了，生了，就要生了，已经可以看到头了！"

在生命最后的弥留时刻，母亲听到了产婆惊喜交加的喊声。虚弱得已经无法抬头去看看自己的孩子的她，慢慢地闭上了双眼。在她的脸上，有着终于将孩子生出来的喜悦微笑，但是更多的，却是浓浓的悲伤与担忧：这个孩子，没有了父亲母亲，没有了爷爷奶奶，他或她的将来，会变成什么样子啊?!

在意外中孕育，在狂风骤雨、电闪雷鸣中诞生，龙雷以这种绝对意外的方式出生在这个世界，拥有了属于自己的生命。

其实平心而论，家里的一系列悲剧并不难解释。消防员本来就是高危职业；年老的长辈肯定身患各种隐疾，一旦去了一个，奔丧走动加上心情失落，剩下的老人也可能会相继撒手而去；已经四十岁还要再生孩子的高龄高危产妇……但就算是偶然，把这么多偶然加在一起，也足以沉重得让人几乎无法喘气！

村子里的人都在传言，这个孩子原本不应该出生在这个世界上，是她的命太硬，克死了所有直系亲人，用一家人的死，换来了她一个人的活！村子里有人当面不说，但是暗地里给龙雷起了一个绝对称不上褒义的绰号——阎王！

这个绰号的来历并不奇怪，村子里老一辈的人常说一句话：阎王要你三更死，谁敢留你到五更！

# 第二章　大哥

　　就是因为这样，龙雷成了村子里最为奇特的一个成员。

　　没有人敢，也没有人愿意和她沟通交流。自家婶子对她横眉冷对，每天两碗稀饭，勉强没有把龙雷饿死，等到龙雷四五岁，稍稍懂事后，就把她丢到了柴房里，而且还专门给柴房开了个院门，平时根本不让龙雷进自家院子。每周给她一罐头瓶咸菜疙瘩，外加一小袋用玉米面、豆面、野菜和一分白面混合成的杂面馍馍，任由龙雷自生自灭。

　　婶子给的杂面馍馍很难吃，但就算是这样都吃不饱。龙雷经常跑到山里挖有甜味的草根，掏鸟蛋，就算是逮着个"扁担勾"蚂蚱，都能生堆火把它烤熟了吃掉。实在不行，就一声不吭地跑到别人家，往餐桌前一站，伸手就抓着吃。

　　面对龙雷冒失的举动，村子里的人虽然生气，却没有人敢动手打龙雷，反而得赔着小心，让龙雷连吃带拿，最后客客气气送到门外。不是村民没有血气，换成你，敢打阎王?!

　　到了最后，龙雷走到哪里，哪里的院门就会紧闭。

　　面对这种情况，七岁的时候，龙雷索性扛着被褥进入大山，在山里过起了人猿泰山式的生活。在山里生存，虽然要忍受风霜雨雪，还有各种未知的危险，但是至少她不需要再忍受村民们那怪异的眼光和无形的排斥，她可以靠自己的双手，在山里寻找一些东西，去和小卖部老板换取生活必需的东西。虽然每次换到的东西都只有那么一点点。

龙雷就这么磕磕碰碰，在村庄和大山之间野草般地活到了九岁。

一边走，龙雷一边在心里盘算着布袋里的生存物资。

五支白杆蜡烛。随着中国电力网络不断完善，就算是偏远山村，停电的次数和时间也越来越少，这当然是好事，但是对龙雷来说，却并不是好事，因为同样的蜡烛，质量却越来越差，一支可以燃烧的时间，已经从原来的五个小时，变成了现在的三个半小时。

千万不要小看这小小的蜡烛，把它点燃后，不但能发出光，在夜晚让野兽不敢靠近，还能在冬季寒冷的夜晚，为龙雷提供一点点温暖，让她可以烤一烤被冻僵的四肢。

至于那几个馒头，龙雷是舍不得吃的，把它们晾干挂起来，可以保存很久。如果很不幸她生病发了高烧，没有力气再到山里寻找食物，那么烧点开水把它们泡开，再配上酱豆腐，就是无上的美味，不但能填饱肚子，也能让龙雷拥有对抗疾病的力量。

至于那根棒棒糖，实在嘴馋的时候，舔上一口，再重新用塑料纸包起来，就这么一支，龙雷就能享受半年！

想到这里，捏着棒棒糖的龙雷心情有些愉快起来，但是她却依然走得很慢，很平稳。她早已经懂得，这样能最有效地保存体力，让自己不会饿得那么快。

当龙建辉沿着龙雷一路留下的痕迹，走入大山，终于找到龙雷时，她正在啃一块烤田鼠肉。

田鼠肉烤得半生不熟，上面只撒了一点点盐，龙雷却吃得眉开眼笑。

看到这一幕，龙建辉简直不敢相信自己的眼睛。这个又黑又瘦，拥有远超常人的敏锐直觉，听到他的脚步声，在第一时间就把田鼠肉藏到身后，对着他露出尖利牙齿，显得野性难驯的女孩，真的是他的妹妹，他在这个世界上最后一个亲人——龙雷？

面对一步步走过来的龙建辉，龙雷没有叫喊，没有逃避。她双眼死死盯着这个不断靠近的陌生人，在喉咙中发出野兽般的低沉呜咽声，她的身体也随之微微弯曲。

但是龙建辉并没有停下步伐，他继续向前走着。

龙雷猛地飞跳而起。她的动作迅速而快捷，没有半点花巧，张开长着长长指甲的十指，对着龙建辉劈头盖脸地猛抓下去。但是她真正的杀招，却是直接咬向龙建辉喉咙的牙齿！

龙雷的十指被龙建辉轻而易举地避开，然后龙雷一口咬到了龙建辉的左臂上。不是龙建辉无法格挡一个九岁女孩的咬击，他只是需要一个不伤害龙雷，又能让龙雷在自己面前安静下来的办法。

牙齿咬到坚实的肌肉，龙雷立刻开始用力撕扯。

鲜血从手臂上迅速涌出，但是龙建辉没有动，他连眉头都没有皱一下。他用另外一只手从口袋中取出一块灰色的大手帕，慢慢擦拭着龙雷脸上的泥土和木灰，直至她的小脸蛋露出原本的肤色。

嘴里尝到了腥腥甜甜的味道，她知道她肯定咬疼了面前这个男人。可是这个男人却没有打她，甚至没有做出任何反应，只是任由她咬着手臂又撕又扯，还用另外一只手耐心地帮她擦脸。

这种不符合常规的现象，让龙雷瞪大了眼睛，终于开始仔细打量这个男人。

他大概三十岁吧，他的肩膀很宽，比村子里最能干活的男人的还宽。他手臂上的肌肉又硬又韧，就算龙雷拼尽全力，也无法用牙齿造成更多伤害，让她不由自主地想到了"牛皮"这种东西。

在他的身上，有着一种昂扬英挺，但是最吸引龙雷注意，让她不知不觉慢慢松口的，还是对方的眼睛。

他的眼睛，明亮得仿佛暗夜中的星辰，足以让任何一个花季少女为之沉醉。现在这双眼睛里，涌起的是龙雷这一辈子还没有接触过的怜惜，与陌生得让她无所适从的浓浓温柔。

嘴里还有着腥甜的味道，一种血脉相连的感觉，就那么莫名其妙又真实存在地在龙雷心中扬起，在瞬间就化为一片悸动。这种如此陌生，又是如此强烈的情绪，让龙雷变得无所适从起来。

"龙雷……"

龙建辉的声音很轻很轻，他似乎害怕自己声音太大，会吓着面前这个像刺猬一样的小女孩，让她选择跳起来逃跑。虽然他绝对可以抓住她，但他并不希望这样做。

这是他在世界上唯一的血亲，是他龙建辉的亲妹妹，就连她的名字都是他起的。

"我是你哥，你同父同母的亲哥，龙建辉。"

手臂上被咬的位置突然变得更疼，她更加用力了。

龙建辉近距离端详着妹妹的脸，他在龙雷的脸上看到了受伤幼兽般的表情。只是略略思索，龙建辉就明白了龙雷受伤的表情背后的原因。"对不起。"

九年前，在部队的龙建辉接到家书匆匆赶回，他甚至连母亲最后一面都没有见到，他看到的就是一只骨灰盒和上面属于母亲的相片。当有人把龙雷抱到他面前，他伸手接住时，看着襁褓中的妹妹，在十个月时间内，连续失去亲人的悲伤和舟车劳顿的疲惫，以及周围一些人嚼舌根的低语，猛地全部涌上心头，龙建辉下意识就将龙雷往地上丢去。

还好，在龙雷被丢到地上前，精神处于半恍惚状态的龙建辉还是反应过来，猛地弯腰将妹妹重新抄回了怀里。

但是这一幕已经足以被好事者看在眼里，大加宣扬。龙雷的婶子在龙雷面前，把这件事添油加醋翻来覆去地说了不知道多少遍，似乎这种事情更能证明龙雷的"丧门星"身份，也更能证明她对龙雷的态度是多么正确。

一个就生活在这一亩三分地，眼界窄得可怜，又有点小聪明小伎俩的村妇，也许永远不会明白，自己四处嚼舌头对一个小女孩造成的伤害有多深，但是她却乐此不疲，因为这就是她的生活，家长里短也是她的娱乐。

龙建辉小心翼翼地将龙雷抱进了怀里，用下巴轻顶着她的头。"对不起，哥哥不是有意的；对不起，哥哥不知道你过的是这样的生活；对不起，哥哥这么多年都没有回来看你……"

狠狠咬住龙建辉手臂的牙齿慢慢松开了。自从她三岁以后就再也没有流过的眼泪，不知道什么时候开始在她的眼眶中凝聚打转。她反手抱住了在这个世界上最亲的人，张开了嘴，想要喊他一声"哥"，可是她喉咙里发出的却只是一声沙哑得根本听不出意思的音节。

每天用两碗稀饭灌到四五岁就被丢到柴房，整个村子都没有人敢和她相处，犹如活在一个无人的独立世界，和任何人都没有交集的龙雷，几次三番努力，竟然连一声"哥"都喊不出来！

她真的好瘦，好轻，龙建辉抱着她都不敢过度用力，生怕不小心就弄疼了她。

"对了，我这儿有巧克力。"

龙建辉手忙脚乱地从口袋里取出一块巧克力，撕掉外面的塑料皮，递到了龙雷面前。

龙雷疑惑地望着面前的巧克力，一个连杂面馍馍都吃不饱，从来没有走出过这片大山的孩子，又怎么可能知道巧克力是什么东西？

"很好吃的。"

龙建辉掰下一小块巧克力，先用舌头在上面轻轻舔了一口，然后将巧克力丢进嘴里，慢慢嚼着，脸上露出一个夸张的"好吃"表情。

龙雷犹豫着，伸出她粉红色的小舌头，轻轻地，小心翼翼地在巧克力上面舔了一口。

龙雷皱起了眉头，这块黑乎乎的东西，有点苦，可是鼻子凑近后，巧克力那特有的甜香味道扑鼻而入，让她不由自主地张开嘴，学着龙建辉的样子，在巧克力上咬了一口。

就在瞬间，龙建辉手中的巧克力消失了，龙雷抢夺巧克力的动作快得让龙建辉这位第五特殊部队自创建以来，第三位有资格获得"獠牙"称号的兵王都有点反应不及。

但是龙雷却并没有像龙建辉想的那样，把整块巧克力往嘴里塞，她只掰了小小的一块，把剩下的又珍而重之地包好，放进了口袋里，然后，她把那一小块巧克力放到嘴边，用牙齿一点点地慢慢往下刮，每次她的牙齿都只从巧克力上面刮下浅浅的一层，然后她用力吞着口水，享受着她这辈子第一次接触到的美味。

龙建辉伸手轻抚着龙雷的头发，这个正全神贯注用牙齿去"刮"巧克力的小女孩在这个时候根本无暇再理会龙建辉。

龙建辉从手帕上撕出一根布条，当他把龙雷的头发拢在一起，并想帮她扎起来时，龙建辉的目光猛然凝滞了。他在龙雷的衣领下面看到了一条触目惊心的伤口。这条伤口有三四寸宽，上面有几条深深的印痕，撕扯得龙雷的左肩锁骨部位肌肉都倒翻而起，虽然伤口已经结痂，但是在龙雷的身上留下了一片永远也不可能消除的疤痕。

作为一名精通野战生存的特种部队教官，龙建辉当然可以看出来，只有野兽锋利的牙齿在妹妹肩颈撕咬，才会留下这样可怕的伤痕。当时这一口只要再挪上两寸，就会直接咬断龙雷的脖子，对她一击毙命。

"你这儿的伤口，"龙建辉深深地吸着气，努力让自己保持平静，但是他无论如何都无法让自己的声音不颤抖，"是怎么回事？"

手中那一小块巧克力已经完全"刮干净"，龙雷伸出舌头，在手指上舔了舔。她主动拉起了龙建辉的手，带着他走到了一棵大树前，龙雷就像一只猴子般，利落地爬上大树。

在这棵大树的树杈上，有着一个比狗窝大不了多少，通体用树枝和细麻绳搭建起的小树屋。龙雷钻进小树屋，把脑袋探出来，对着龙建辉连连招手。

这自然难不住龙建辉，他三两下就爬上大树。以龙建辉的体形，他根本就钻不进那个树屋，索性直接坐在了一根树杈上。

龙雷猴子献宝般地将一张狼皮捧到了龙建辉面前。

"狼皮好啊，当褥子又漂亮又暖和……"

龙建辉看着面前这张处理得不够彻底，又丑又脏，还散发着一股臭味，明显没有硝制过的狼皮，话只说了一半，整个人就怔住了。龙建辉屏住呼吸，仔细观察着这张狼皮。他很快就发现，这匹狼的左前爪断了半截，狼皮上到处脱落的皮毛让他明白，这是一头因为某种原因失去了半只前爪的老狼!

它失去了半只爪子，无法再追击兔子之类的小动物；它已经很老了，老得无法再去攻击体形稍大的目标。没有同伴可以依靠，它唯一的结局，似乎就是活活饿死。袭击龙雷这样一个同样没有同伴，只有九岁的小女孩，就变得顺理成章起来。

"怎么赢的？"

听到龙建辉的询问，龙雷脸上露出一个得意的笑容。她张开嘴，对着龙建辉露出两排带着小虎牙的牙齿。

一头独自游荡在群山之间，因为某种原因失去半只前爪，年老力衰，却依然残忍善战，而且愈发狡狯的老狼；一个只有九岁大，被所有人排斥，从来没有享受过亲情温柔，看起来又黑又瘦又小的女孩……他们都有自己的强大和弱小，为了生存，两者之间爆发了一场鲜为人知的殊死搏斗。

她在老狼咬死自己之前，先咬死了那头狼！！！

龙雷捧着狼皮，眼巴巴地望着龙建辉，她的脸上满是渴望获得夸奖和肯定的期待。阳光透过树梢的缝隙，悄悄倾洒到她刚刚被擦干净的脸上，连带着她的那双眼睛都变得明亮晶莹起来，直到这个时候，龙建辉才在自己妹妹的身上找到了一个九岁女孩应该有的可爱。

可是她大概永远也不可能懂得什么叫作童真，不会经历每个人童年都应该拥有的天真无邪了。

她只有九岁，就尝尽人情冷暖，一边像石头下边的小草一样努力而卑微地活着，一边在挣扎的人生中，学会了大自然最残酷，却又最精彩的优胜劣汰、适者生存！

# 第三章　龙家

怔怔地望着眼前这个女孩，有太多的话想要对龙雷说，但是不知道为什么，却什么也说不出来。龙建辉屁股下面一滑，他只来得及发出一声惊叫，就从树杈上跌落下去。看到这一幕，龙雷失声惊叫，要知道，他们现在的位置距离地面可是有七八米高！

可是当她从树屋中惊惶地探出身子，向下张望时，却看到了稳稳立在树下，对着她露出一个大大笑脸的龙建辉。

龙雷恼怒地瞪着树下那个可恶的家伙，小小的心脏在胸膛中急跳不休，可是当她看到龙建辉张开双臂，示意她跳下去的时候，她不假思索地就跳了下去。在空中经过一段短暂的下坠后，她被一双有力的胳膊接住，旋即被抱进了一个宽厚而温暖的怀抱。他的身上有着一股洗衣粉的清香，更重要的是，那股血脉相连的感觉让龙雷找到了被人保护，被人关心的安全感，这一切龙雷只觉得心神皆醉。

她伸出手，也抱住了龙建辉，把自己的脸深深埋在了他的怀里。

"我们回家吧。"

龙雷用力点头，可是只点了一下，她的动作就凝滞了。

就算没有看到妹妹的脸，龙建辉也明白了她的犹豫。"有人在你面前乱说话，你怕和我在一起，会对我不好？"

委屈的眼泪在龙雷的眼眶里打转，她却认真地点了点头。

　　她喜欢龙建辉，只相处了这么短的时间，就喜欢得不得了。如果她真是一个不应该出生在这个世界的人，要用克死身边所有最亲的人的方式来获得活下去的机会，那她宁可不要！

　　身上微微一凉，她被龙建辉放到了地上。

　　小小的脸蛋被龙建辉狠狠捏了捏，他捏得可真用力，让龙雷都疼得龇牙咧嘴起来。

　　"一个小屁孩，心思还挺大的。"

　　龙建辉站了起来，哂然道："我十六岁参军入伍，扛了十几年枪，打过恐怖分子，揍过雇佣兵，剿过毒贩，有人开出天价悬赏我的人头，还有一个邪教组织，在境外天天弄百十来号人'集体发功'咒我死无葬身之地。身为军人，保家卫国杀人无数，只要坦坦荡荡无愧于心，这个世界上就算真有鬼神，又关我鸟事？"

　　龙建辉又伸手捏了捏龙雷的小脸蛋，看着她又羞又恼，又是喜悦的模样，龙建辉的心也跟着飞扬起来。这种仗着自己是亲大哥，就能光明正大欺负小女孩的感觉，真是太好了！

　　别看妹妹现在又黑又瘦的，这小脸蛋上还是有点肉的，捏上去手感还是不错的……嘿嘿！

　　"要是一个诅咒就能要人命，那国家之间还用得着飞机大炮？几万号人一起蹲在地上画圈圈不就行了？"

　　龙建辉的这段话，只有九岁大的龙雷根本没有听懂，但是她真的觉得，这一刻的哥哥，很帅！

　　过了很多很多年后，龙雷才终于明白，龙建辉向她展现出来的，是一种长期接受非人磨砺，在千锤百炼中打造出最强大体魄与杀戮技巧，更磨砺出最坚忍心志，永不言败、绝不气馁，纵然是面对必死无疑的绝境，依然可以打出破釜沉舟的灿烂一击，用自己的生命映亮战场整片天空的浩然正气！

　　这样的人，注定千军辟易，鬼神皆忌！

　　看着手拉手一起回到村子的龙建辉和龙雷，婶子脸上的笑容尴尬得一塌糊涂。

"她是我妹妹，你是我表婶。"

婶子无法回复龙建辉的这句话。

她以己度人，以为龙建辉是害怕龙雷对直系血亲的诅咒，才会把妹妹丢给她看管，几年间都没有回来探望一次。她当然不会告诉村子里的人，龙建辉每个月都会将大半工资邮寄过来，就是凭这笔九年来从未间断的金钱供应，她家在全村最早添置了全套家电，买了让全村人眼红的摩托车，拿出了一笔相对不菲的彩礼，给自家弟弟娶了一房漂亮的媳妇！

"她九岁了，你一给我打电话，就说学杂费怎么高，她在长身体，穿衣服怎么费。还告诉我她太贪玩，学习成绩不好，需要在外面的镇子里找老师上补习班。"

龙建辉握紧了拳头，只有这样，他才能控制住自己的怒气，不对眼前这个女人挥拳相向。"我把我妹妹交给你，不求你对她多好，别让她冷着，饿着，该上学的时候，能和其他孩子一样，去学校读书就可以了。婶子，你告诉我，我这些要求很过分吗？"

婶子无言以对，她真的无话可说。

龙建辉脸上的怒气渐渐被愧疚取代。他这个当大哥的九年没有回来，实际上最亏欠龙雷的还是他。

龙建辉紧紧握住了龙雷的小手。"我们走吧。"

龙雷用力点头，就在这个时候，一个小胖子跑了进来，他打量了龙雷一眼，眉毛一竖，道："哟，小野人长本事了嘛，还知道找人帮忙了？"

龙建辉微微皱眉，说话的是一个十一二岁的男生。这个男生身高将近一百五十厘米，由于营养严重过剩，体重有一百五六十斤，长得肥肥胖胖，一张脸圆得像盘子，但是在他的脸上，却找不到所谓的心宽体胖，有的只是被宠溺坏了的蛮横。

龙建辉依稀记得，这是婶子家的儿子，从辈分上来说，是他的表弟。

小胖子跑进房间，不一会儿就拎着一个塑料袋跑回来，将它丢到龙雷面前。

"啪！"

塑料袋里发出玻璃瓶破碎的声响。小胖子挥着手，动作就像是在驱赶一个乞丐："是我把它藏起来了，还好涎着脸上门要，快滚，别赖在我家！"

龙建辉弯腰拾起了塑料袋，将它打开。

摔碎的玻璃瓶里装的是黑乎乎的咸菜疙瘩，剩下的就是杂面馍馍。

龙建辉拿起一个杂面馍馍，送进嘴里慢慢咬着。他可以爬上猴子都不敢去尝试征服的险峰寻找食物，也可以吃下野山羊都不会去碰的野生苔藓，就算是这样，龙建辉依然觉得手中这块又冷又硬的食物很难吃，难吃得要命！

现在可不是计划经济时期，白面已经是最廉价的食材，可就算是这样，婶子在蒸馍馍时，还是往里掺了喂猪用的糠皮外加野菜。这究竟是想省钱，还是想用这种方法展现自己对龙雷的绝对掌握权，龙建辉不知道，他也不想知道。

默默吃完了整个杂面馍馍，龙建辉又拿起一块咸菜，小心地将玻璃碴剔掉，把它送进了嘴里。

这可真是咸菜，而且还是隔年的老咸菜，又咸又苦，而且还特别韧。如果是正常人，大概尝了第一口，就会把它吐掉。

龙建辉慢慢地吃着，这些东西就是龙雷的口粮，就算它们难吃得要命，还有人动不动就把它们藏起来，让龙雷双手空空地离开，躲在树棚里忍饥受冻。

在这个过程中，小胖子不断对龙雷挤眉弄眼，做出各种挑衅动作。就算是婶子不断轻轻拍打他，提醒他注意，这个被宠坏了的熊孩子当着龙建辉的面依然未曾收敛。

龙建辉低声问道："他经常欺负你？"

龙雷点头。小胖子曾经趁她睡着，用火柴点过她的头发，她吓得发疯似的乱跑，小胖子却和同伙站在一边拍着巴掌大笑；严寒来临，她在柴房中冻得一直发抖，彻夜难眠，直到天亮太阳出来的时候，才终于勉强睡着，小胖子端着一盆水，猛地泼到床上，水井里打出来的水刺骨地凉；就算她不堪其扰躲入大山后，他还是和几个狐朋狗友找上来，往她睡的树棚里丢了一条浑身五颜六色的蛇！

被蛇咬后，她发了整整三天三夜高烧，差一点就死在了大山里。

想到这里，龙雷的身体都在轻轻发颤，就连脸色都变得惨白起来。

"孩子之间互相打打闹闹开玩笑，就算有时候有点过火，这也没有什么恶意嘛。对了，我还经常教训那小子，让他对表妹好些的。"

婶子的话在耳边响起，龙雷想哭，又想笑。

人们常说，孩子的心思最单纯，没有坏心眼。可实际上，越是孩子，做起坏事来越是肆无忌惮。因为这种被家里惯坏了，以为天是老大，自己就是老二的熊孩子，根本不懂得同情与怜悯是何物，更不懂得换位思考，理解别人的痛苦！

所有心神都投注在这个妹妹身上的龙建辉，眼睛慢慢眯起。他的声音很轻，但是熟悉他的人都知道其中蕴含的分量："有仇报仇，有冤报冤。别的事，大哥处理！"

话音刚落，龙雷就对着小胖子猛扑过去，从正面发起了距离最短的直线攻击。蛮横惯了的小胖子脸上带着嘲讽的笑容，这小丫头竟然不自量力地主动对他发起进攻，真是三天不打，上房揭瓦。

可是当小胖子和龙雷对视时，一股生物面对死亡逼近的本能在瞬间就让他全身汗毛倒竖。

双方还没正式交手，小胖子就被龙雷的杀气彻底震慑！

没错，就是杀气！

同龄人还躲在父母的怀里撒娇的时候，龙雷就已经开始为生存而战。风霜雨雪是她的敌人，疾病饥饿是她的敌人，众人排斥是她的敌人，丛林中的野兽毒虫是她的敌人，面对这么多的敌人，她想要生存，想要长大，就必须无时无刻不处于战斗状态，而且必须用破釜沉舟的姿态向前攻击，直至赢得胜利。

大自然是残酷的，也是公平的，让她永远也不可能体会童年快乐的同时，也在她成长阶段，为她的身体倾注了最疯狂的野性与爆发力。当这种经历结合了龙家宁折不弯的血气与坚强，还有她逆天而生的命运时，终于打造出一个如此与众不同，又如此疯狂强大的她！

# 第四章　狂

只是一次撞击，小胖子就被龙雷狠狠撞得倒退几步。小胖子还没有站稳，龙雷长着长长指甲的十指就劈头盖脸地猛抓过去，在他脸上抓出几道深深的血痕。

龙雷用手指抓，用脑袋撞，用口水吐，用膝盖顶，用脚踩……她用尽一切手段，向小胖子身上发泄着积压了整整九年的愤怒。

面对如此疯狂，如此泼辣，如此不讲道理的野蛮攻击，小胖子连反击一下的胆量都没有，只能一边用双手拼命护住脸，一边发出惊惶的尖叫："二毛，旦旦，你们在哪儿，快过来帮我，这个小野人发疯了！"

围在院门外看戏的人群中跑出两个同样是十一二岁的男孩，他们是小胖子的死党，每次欺负龙雷时，他们都没有落下，欺负起人来，他们的手段甚至比小胖子犹有过之。

龙建辉看到他们，并没有伸手阻挡，反而微微侧身，让开一条通道。

只是短短几秒钟时间，小胖子已经被龙雷揍得倒在地上，又被龙雷一脚狠狠踏到腹部，疼得整个人弯成了虾米的形状。

二毛和旦旦还没有冲到龙雷面前，龙雷就霍然转身，对着两个男生主动发起了攻击！

龙雷就像是一只敏捷的黑豹般猛冲几步，在取得足够的加速度后全力跳起。龙雷的这一跃，凌空跳出七八米，在旁观者的眼里，这个又黑又瘦，但绝不弱小的身影竟然在飞!

啪!啪!

龙雷的身体迎面撞到二毛和旦旦身上,两个男生只觉得胸口一闷,竟然被龙雷硬生生扑倒。

龙雷跨坐在二毛身上,拎起拳头,对着两个人的脸猛揍。隔着十几米远,旁观的人都能听到龙雷拳拳到肉打出的那一连串噼里啪啦的可怕声响。

龙雷转眼间就在两个人的脸上连砸了三四十拳,她猛地跳起,又向小胖子冲过去。

刚刚从地上爬起来的小胖子还在揉着眼睛,努力想看清楚四周的情况,就看到一只拳头在自己面前迅速放大。

啪!

脸上挨了重重一击,但就是这一拳,反而打出了小胖子的血性。他反手抓住了龙雷,将龙雷死死抱进怀里。"二毛,旦旦,快上啊,揍死她!"

被小胖子抱住身体,失去移动力的龙雷,双手也抱住了小胖子的腰,猛地发出一声疯狂的嘶吼。

"我的天哪!"

在院外观战的成年人,如果说一开始还抱着看戏的轻松心态的话,这一刻他们全部目瞪口呆了。不知道有多少人在下意识地揉着自己的眼睛,不敢相信眼前发生的一切。

龙雷竟然在一声暴吼声中,将一个比自己大三岁,体重怎么着也得有一百五六十斤的男生给甩飞了!

这个只有九岁,身高充其量也就一百四十厘米,长得又黑又瘦的女孩,身体里究竟藏着怎样狂野霸道的力量,竟然能做到成年人都未必能做到的事情?!

啪!

小胖子过于肥胖笨拙的身体在空中画出一道漂亮的弧线,在地心引力的作用下,像个麻袋似的平拍在红砖铺成的地板上。

受到这样一记攻击,小胖子全身的骨骼都发出痛苦的呻吟,眼泪和鼻涕一起从脸上喷溅出来，混合着泥土，看起来说不出地滑稽和可怜。

刚刚涌起的血气，面对这绝对意外强大的一击，被彻底击碎。小胖子已经被打傻了，什么男子汉大丈夫流血流汗不流泪的豪言壮语，什么不能输给小野人的自尊，在瞬间全部变成了浮云，他嘶声哭叫起来："娘，救我，这个小野人疯了，她疯了！"

他不就是用火柴点过这个小野人的头发，冬天把凉水泼到她床上，逮着条蛇丢进她住的地方，时不时把她的口粮藏起来吗？

这个小野人吃他家的，住他家的，他看她不顺眼，捉弄她一下，她就算是受了委屈，这不也是应该的吗？现在她竟然敢打他，真是反了天了！

表婶想要冲上去救儿子，但是她没有成功，龙建辉拦在了她面前。

他只是静静站在那里，没有流露任何敌意，更没有瞪起凶眼睛，扬起野拳头，但是一股俯仰天地的大气魄，从他身上自然而然流露，让他看起来就像是一座巍然屹立的万仞高山，无可撼动。

婶子嘴角颤动，作为一个村妇，打架她有三宝——抓脸、吐口水、脱下鞋子当武器向对方脸上猛拍。就凭这三记绝招，在村子里和女人打架，她鲜少吃亏。可是面对龙建辉，她的本能却在疯狂地警告着她，这个男人危险，很危险，绝对危险。

第五特殊部队的信条：不动如山，侵略如火，狮子扑兔亦尽全力！

表婶当然不懂这些东西，但是她清楚地明白，不要在龙建辉已经彻底认真起来保护龙雷的时候，试图攻击他，否则，她一定会受到绝对无法承受的重创！

表婶嘴角不停颤动，她不敢向龙建辉发起进攻，面对这个明明已经怒极，却依然沉静如水，不动如山的男人，她害怕，怕得要命，怕得要死。如果可以选择，她宁可一辈子不认识龙建辉，但是她的儿子正在被龙雷暴揍，正所谓母子连心，哪怕小胖子是一个被惯坏的熊孩子，她又怎么可能弃之不顾？

表婶突然双腿一盘，坐在地上，脱下鞋子，在地上拍了起来。她一边有节奏地拍打着地面，一边哭叫着："天杀的，挨千刀的哟，大家都来看看啊，做侄子的打上门，要把他家老叔和婶子都逼上绝路哟！这满村的老少爷们儿，都是欺软怕硬的软蛋，只知道躲在一边看着我们老龙家的人被欺负哟！"

千万不要以为村妇哭大街就真的一点用也没有。

表婶一边哭一边骂，一边用鞋子拍着地面，其实她手中的鞋拍的哪里是地面，她拍的是在场所有爷们儿的脸面！

虽然大家都姓龙，但是同姓之间，也有远近亲疏之分。龙建辉常年在外，在村里人的眼里，他已经算是半个外人。更何况，侄子欺负上门，逼得婶子坐在地上当众哭叫，更放纵妹妹殴打表哥，这也太不像话了一些！

终于有男人站了出来，一张口，就先扣一顶大帽子过来："龙建辉，你到外面当了大官，回村子抖官威来了？"

"对啊，我们都知道你牛，但泥人还有三分土性呢，真当我们全村老少爷们儿都死光了？"

"侄子欺负婶子，这是没家教，天理难容，我们不能不管。"

随着人们七嘴八舌，似乎龙建辉已经站在了正义的对立面，正做着天理难容的事情。一时间群情激愤，有十几个摩拳擦掌的男人走进了院子，一起向龙建辉逼来。

"我每个月的生活费、学费从来没有落下过，可是我妹妹在婶子家天天挨饿受冻，你们这些老少爷们儿不管；我妹妹差点被狼咬死，你们这些老少爷们儿不管；我妹妹被一群男生欺负，你们这些老少爷们儿不管；现在我只是让妹妹找这些男生讨回公道，就是没家教，抖官威，你们这些老少爷们儿就不能不管了？"

这些话，龙建辉只在心里转动，却并没有说出来。

身为一个职业军人，全中国，甚至全世界最优秀的特种部队指挥官，他的天性是进攻进攻再进攻，而不是像个娘儿们，或者像个政客似的在那里喋喋不休地打嘴炮！

龙建辉迎着十几个村民走了过去，他一个人的气场竟然比十几个村民更强大，他的目光四下一扫，就在十几个村民当中找出最强大、最彪悍的那个，冲着对方直接挥起了右拳，一拳闪电般击出。

这个被龙建辉第一眼就选定的村民，在龙家村也算是小有名气的人物。他打架凶悍，几两黄汤下肚，就敢抄着杀猪刀和人拼命，他真发起疯来，村子里除了长辈和村主任，还真没有几个人敢正面应对。

但是，这对龙建辉来说都是扯淡！

男人只发出半声惨叫，就被龙建辉一拳打得倒飞出三四米远，人还在空中就已经陷入昏迷，就算是这样，还是龙建辉手下留情的结果。

"×，一起上……"

一个十八九岁的小伙子刚刚喊出半句话，就看到了一条腿，一条又快又狠，动作比正常人的手臂更灵活，居高临下对着他的头部猛劈下来的腿！为了震慑众人，龙建辉这一次使用了一记在他看来过于华而不实，但是杀伤效果和视觉震撼力绝对惊人的空手道大上段劈踢击技！

头部挨了这一记劈踢的小伙子，眼前先是一红，再是一黑，就陷入了昏迷，没有三四个小时，休想再恢复清醒。

一群村民都愣住了，打架斗殴他们见多了，但是谁见过如此干净利落，狠辣果断的攻击方式？

龙家村的人大概永远都不会忘记这一天，不会忘记龙建辉和龙雷这对兄妹。

小胖子的狐朋狗友，龙建辉一概不理，全部交由龙雷处理，剩下的"老少爷们儿"他一人独自应对。

几分钟后，院子里躺满了倒地呻吟的人，再也没有人敢站出来说"不能不管"。龙雷凭一己之力，击倒了六个熊孩子，这些熊孩子无一例外，都是十一二岁的男生；而龙建辉整整击倒了十九个爷们儿，在这些人的身边，还散落着一些折断的木棍之类的武器。

所有人看向这对兄妹的目光就像是在看来自史前文明的恐龙！就连坐在地上的表婶都不再哭叫，手里握着的鞋子都忘了再继续往地上拍。直到这时候，村子里的人才知道，原来一个"人"竟然可以把自己磨砺得如此强大。

"龙建辉！"

愤怒的咆哮声在院外响起，村民们脸上都露出喜色，终于来了。

就连表婶都一骨碌从地上爬了起来，还不忘伸手在屁股上拍了拍土，又将鞋子穿到脚上。

站在院门外的村民自然而然分开，让开通道。一个六十多岁，头发已经花白，但是腰杆依然笔挺的老人，脸上写满愤怒，大踏步走了进来。他带着严厉气息的目光四下一扫，直接落到了龙建辉身上。"立刻向你家婶子道歉！"

# 第五章　家人

"您是哪位？"

龙建辉的话让四周陷入了死一样的寂静，老人的眉头更是深深皱起，形成了一个大大的"川"字。

这位老人当然也姓龙，他不但是村主任，还是龙家辈分最高的长辈。不要说是龙建辉，就算是龙建辉的父亲见到他，也得毕恭毕敬地喊上一声"叔"。

可是这个混小子竟然敢当面揣着明白装糊涂，不把他的命令当一回事。

"立刻向你家婶子道歉，"老人加重了语气，"否则的话，别怪我去祠堂请出族谱，把你的名字从族谱中划掉！"

生活在城市中的人，也许不明白族谱的意义。

只有名字在族谱中，才代表你是某一个庞大而拥有悠久历史的家族中的一员，你才会被其他人接受。尤其是在龙家村这种偏远山村，这更代表大家会因为血缘关系抱成一团，守望相助。从某种程度上来说，这位老人的族长身份，比村主任更有分量。

龙建辉笑了，他真的笑了。他对着龙雷招招手，在龙雷走到自己身边后，龙建辉掏出手帕，擦拭着龙雷额角渗出的汗水。"龙雷，我们就要被逐出族谱了，怎么办？"

族谱是什么东西龙雷不知道，她伸手死死揪住龙建辉的衣服，她只知道，龙建辉对她好，她能一直跟在龙建辉身边就足够了。

龙建辉伸出大手宠溺地揉着龙雷乱糟糟的头发，他的声音柔和而低沉，轻而易举就叩动了龙雷的心弦："以后我不会再让任何人欺负你，你不喜欢的人，通通让他们滚蛋，好不好？"

龙雷的眼睛亮了，她对着龙建辉拼命点头。

"再看一眼这个村子吧，"龙建辉温言道，"以后我们再也不会回来了。"

龙雷轻轻摇头，这个村子给她留下了太多太多不堪回首的记忆，她只是死死抓着龙建辉，有他的地方，就是她的家。

龙建辉读懂了龙雷的目光，他微笑着牵起龙雷的手，信步向外走去。

几个爷们儿拦在了龙建辉面前，龙建辉没有理会他们，拉着龙雷继续向前走。在他的身上，有着一股无形的气势，逼迫得那几个人不由自主地让开。

看着这一大一小两个人的背影，再看看院子里还在不断呻吟的村民，老人的精神有些恍惚了。

已经活了六十多个春夏秋冬，一双老眼见识过太多世事无常的他，心里产生了一个明悟：自己和村民们犯了大错，他们竟然联手把两个如此强大、如此优秀的族人给排挤出去，而且就像龙建辉说的那样，他们之间的生命轨迹只怕再也不会有交集了。

龙建辉开的越野车就停在村外的公路上。一般的孩子第一次坐汽车，都会好奇地东摸摸西看看，可是龙雷没有，她就那么静静地、乖乖地坐在后面。当她发现龙建辉通过车内的观后镜打量她时，立刻对着龙建辉扬起了一张灿烂的笑脸。

哭，就是委屈，还敢委屈就是欠揍……那个龙雷要称为表婶的女人，充分将这种理念演变成家暴。

也就是因为这样，只有九岁的龙雷已经学会用笑来表达所有的情绪。

龙建辉狠狠一踩油门，越野车在公路上开始飞驰。那个龙雷生活了九年的小山村，还有村庄后面的大山，随之越来越远，越来越远，越来越远，直至彻底消失在龙雷的视野中。

二十分钟后，越野车进入了最近的城镇。

对正常人来说，这个只有几万人的城镇真的是太小了。它只有一条主商业街，说是主商业街，其实也就一两百米长。两侧的商铺前冷冷清清，里面陈列的商品也少得可怜，两家成衣店里摆放的衣服又老又土气，某些款式可以直接追溯到二十年前。

屁大点的小超市，里面的摄像头倒是有十七八个，外加四五个球面反光镜。只要有人进去购物，老板就会瞪大眼睛，死死守在监视器前，唯恐有人顺手牵羊。这种被人当贼一样全程监视的购物体验，会让顾客感觉自己人格都受到了侮辱。所以有些熟客索性不进店，直接站在店门口，告诉老板自己要什么东西，要老板去取，硬是把超市变成了小卖部。

就算是这样，龙雷脸上依然带着刘姥姥进大观园的兴奋。

她看什么都新鲜，看什么都好奇，就算是一幢六七层高的楼房，都能让她看得目瞪口呆。

龙建辉首先带着龙雷去宾馆洗澡，换衣服，在龙建辉想要出去打电话的时候，他的衣角被龙雷给揪住了。龙雷小心翼翼地望着他，脸上还带着笑，分明就是一只怕被主人抛弃的小狗。

龙建辉带着龙雷一起离开宾馆，当着龙雷的面，打了一个长途电话。

现在龙雷都清楚地记得，龙建辉对着电话彼端的人是这么说的："嫁给我吧，我需要一个家。还有，我要带我的妹妹一起过，你必须把她当成亲妹妹，不，要当成亲生女儿一样照顾。如果你能答应，咱们就去领证，如果你不答应，我就找别人！

"对，我就是浑蛋，一个把妹妹丢到外面九年不管不问的浑蛋！一句话，嫁不嫁？"

很多年后，再次回忆起这段内容，龙雷才知道，电话彼端的女人一定爱极了龙建辉，否则的话，她怎么可能接受这种目的太过不纯，而且太过生硬的求婚？

"对不起，谢谢！"

挂了电话，龙建辉对着龙雷露出一个大大的笑容。"我刚刚给你找了个嫂子，她告诉我，会在家里给你布置一张大大的床，上面会布置得又软又舒服，还会有一个洋娃娃和一个考拉熊等着你。怎么样，我这个大哥还挺有魅力的吧，捆绑销售都有人愿意买单！"

什么洋娃娃，考拉熊，这些东西对龙雷来说，实在太遥远了，遥远得她根本无法想象。但是看着龙建辉一脸得意地对着她比画出一个"V"字形手势，她也跟着笑了起来。

"咔嚓！"

一片白光闪过，紧接着照相机快门闪动声传来，龙建辉霍然转头，望向光线与声音的来源。

一个金发碧眼的老外手里捏着一部"拍立得"，也许是被龙建辉不经意中露出的杀气震慑，也许是中文不太过关，他说话都有点磕磕巴巴的："我……我……我看你们的造型很……很漂亮，不，是很唯美，就忍不住抓拍了一张。"

解释的工夫，"拍立得"相片上面的画面已经浮现出来，老外上前几步，将相片递给了龙建辉："送给你们。"

在相片中，夕阳斜斜欲坠，阳光倾洒在一大一小两个人的身上，给他们的身上镀了一层玫瑰般的色彩。

他们一看就是有着最亲密血缘关系的兄妹或者父女，他们只有三分形似，却有着七分神似。他们的面部线条都棱角分明，在深深的眼眶里，眼睛明亮得犹如在葡萄酒中浸泡着的黑宝石。他的目光中充满了温柔，而她的目光中涌起的却是让龙雷感到陌生的依恋。

在目光相交中，两个人都在笑，他们笑得开怀而灿烂，笑得就连相片中的世界仿佛都跟着更加亮丽唯美起来。

这是龙雷和龙建辉的第一张合影，也是……最后一张。

# 第六章　山寨勋章

七个月后，一个叫战侠歌的年轻大男孩出现在龙雷面前。战侠歌的衣领上别着的一枚银制飞鹰勋章，在瞬间就刺痛了龙雷的双眼。她清楚地记得，那枚银鹰勋章原本是属于龙建辉的！

在大山里独自生活了那么久的龙雷，可以清楚地嗅出战侠歌身上那股刚刚从战场上走下来，浓重得仿佛无法消散的血腥气息。龙雷不知道他在战场上杀了多少人，才会积累下如此可怕，只是站在她面前，就让她双腿发软、心脏狂跳的杀气，就算是那头在大山中独自流浪，差点一口咬断她喉咙的老狼，带给她的压迫感都没有战侠歌的十分之一！

但是龙雷依然咬着嘴唇，死死站在那里，盯着这个抢走了哥哥的银鹰勋章，自称是哥哥徒弟的大男孩。

龙建辉带领第五特殊部队还没有毕业的学员，外加武警部队，在一个叫"冰大板"的地方伏击恐怖组织，却陷入重围，遭到恐怖分子、阿富汗游击队和外籍雇佣兵的联手打击。

冰大板特殊的地理位置和地形，使援军无法通过空投的方式进入。当援军从地面匆匆赶至时，早有预谋，想要伏击并全歼中国军队，来向全世界宣扬他们的强大与信仰的恐怖组织用炸药引发了雪崩，封挡住援军的路。

明明在自己的国土上，却陷入兵家绝地。面对十倍于己的强敌进攻，为了掩护战侠歌和其他学员撤出，身为教官，也身为第五部队有史以来第三位获得"獠牙"称号的龙建辉，留在了战场上！

"这是龙教官的军功章。"

战侠歌手中是一枚金灿灿的军功章。"他在战场上坚守阵地，击毙了整整一百名恐怖分子……"

嫂子早已经支撑不住，痛苦地坐在沙发上，发出悲痛的哭泣声。

龙雷却依然咬着牙，死死地瞪着战侠歌，瞪着他衣领上那枚银鹰勋章。

"龙雷，你怎么不哭，你怎么不哭，你听明白了没有，你哥哥死了，你哥哥龙建辉死了！"

嫂子突然一把抓住了龙雷，揪着龙雷的衣领，用力摇晃着。"你哥哥对你那么好，他每次打电话，和我说得最多的就是你。他每次寄东西回来，礼物最多的也是给你。现在他死了，你为什么不哭，你为什么一滴眼泪也不掉？"

龙雷开口了。回到正常世界后，在哥哥和嫂子的悉心教导帮助下，她终于学会了说话，只是她的嗓音透着一个十岁女孩不应该有的低沉沙哑："哭，有用吗？"

嫂子猛地愣住了。

"哭，哥哥能回来吗？"

嫂子呆呆地望着龙雷，她的脸上慢慢露出了惨然的神色："你可真够冷静的。"

她其实想要骂龙雷冷血，她甚至想要给龙雷一个耳光，这样最起码龙雷在知道噩耗后，能当着外人的面哭出声来。

可是她在嫁给龙建辉之前，就知道龙建辉最宝贝的是龙雷。龙建辉婚假结束就匆匆返回部队，是她带着龙雷，像教导只有一岁大的孩子般，一个词一个词地教会龙雷说话，一点点纠正龙雷野惯了后留下的种种劣习。她每天做龙雷喜欢吃的饭，到了晚上悄悄走进龙雷的房间，检查龙雷有没有踢开被子……

不知道从什么时候开始，她已经习惯了照顾龙雷，用最温柔的态度和龙雷相处，她现在甚至不知道应该如何再向龙雷板起脸。她原本就是一个美丽而又温柔的女人，要不然的话，她也不会答应龙建辉并不是为了爱情而提出的求婚。

龙雷向战侠歌伸出了手，战侠歌下意识就想将军功章递给她，龙雷却并没有接。在她看来，这枚所谓的军功章不过就是一块闪闪发光的金属片罢了，她依然对战侠歌伸着手。

"哥哥的，骨灰。"

嫂子这才如梦初醒。丈夫战死沙场，他的徒弟亲自赶过来，除了一枚军功章，当然也应该把丈夫的骨灰送回来。

可是战侠歌的手中除了军功章，什么也没有。战侠歌垂下了头，低声道："战斗结束后，我们回到战场找了很久，那里经历了反复雪崩和轰炸，我们……没有找到教官。"

嫂子猛地用手捂住了嘴，但是一声痛苦的低叫仍然从她的指缝中逸出："天哪！"

龙雷的手依然没有收回，依然伸向战侠歌。战侠歌顺着她的目光低头望过去，他看到了自己衣领上的那枚银鹰勋章。

"那是哥哥的，还我。"

抬起头，深深打量着眼前的这个女孩，她到现在都没有落一滴眼泪，她不哭泣的理由正常人听起来只会感到不可思议，甚至会认为她冷心冷血。但是以战侠歌的敏锐，却看到了这个小女孩平静背后那个正在哭泣的灵魂。

她这么坚持索要勋章，就是因为她想要拿回一件属于哥哥的遗物吧？

第五特殊部队自成立到现在，已经经历了五十多个春秋。每一届学员都是人才辈出，但是包括战侠歌和龙建辉在内，只有三个人获得了银鹰勋章。他们无一例外都是身经百战，用敌人的鲜血铸造成兵王桂冠的超级强者。也正是因为这样，佩戴银鹰勋章的人还有一个非常响亮的称谓——獠牙！

这枚凝聚着军人使命与荣誉的勋章，又怎么可能给一个十岁大的小女孩？！

"你等等。"

不等龙雷和嫂子反应过来，战侠歌就夺门而出，走廊里旋即传来一连串"咚咚咚咚"的急促跑步声。

大约一个半小时后，战侠歌去而复返，在他手心中托着那枚银鹰勋章。

龙雷瞪大了眼睛，望着战侠歌的衣领，那儿赫然还别着一枚款式一模一样的勋章，只是成色明显新了很多。如果龙雷没有记错的话，在他们家附近，有一个小银匠铺子，经常可以看到里面的人踩着一个小风鼓用喷枪将白银制品烧成一颗亮晶晶，可以滴溜溜滚动的液态银珠子，再往沙子铸模里一倒，等到白银重新凝固，把沙子扒掉，就能浇制出诸如银戒指、银耳环之类的银器。

难道说眼前这位大哥哥刚才一路狂奔冲出去，就是跑到银铺，让人家现场铸模，做了一个山寨版勋章？

战侠歌指了指别在衣领上的那枚山寨银鹰勋章说："等我戴上十几二十年，再把它传给下一代，有谁能说它是假的，又有谁敢说它是假的?！"

龙雷愕然，她真的无法理解，为什么别人不敢干，不能干，不屑干的事，眼前这位大哥哥却硬是能干得理直气壮?！

"这枚银鹰勋章，代表了勇气、责任、坚强和信赖。"

战侠歌蹲在龙雷面前。他面前只是一个十岁的小女孩，但是他的神情却严肃而认真，让龙雷的心跳都变得急促起来。"我们做一个约定好吗？尽快长大，变成一个像你哥哥那样坚强的人，保护好师娘，无论遇到什么情况，都绝不能让她受到任何委屈！你要保证能做到这些，它就是你的了！"

这些话就算是对一个成年人来说都显得太过沉重，但是战侠歌却依然对龙雷说了出来。

这并不是他故意刁难。

战侠歌刚刚从战场上回来，就连他自己都不记得死在他手上的恐怖分子和雇佣兵究竟有多少。他哪怕只是静静往那里一站，一股无形的气场都会让周围的人呼吸急促，坐立不安，不由自主地远远离开他。

可是龙雷，这个十岁的女孩，竟然敢站在他的面前向他讨要龙建辉教官留下来的勋章。就算是迎着他审视的目光，曾经有过一瞬间的瑟缩，但是随后她咬紧牙关，从她眼睛里扬起的分明就是哪怕飞蛾扑火、螳臂当车也在所不惜的疯狂！

战侠歌真的不知道龙雷经历过什么，让这个只有十岁，理应生活在温室中，像花朵一样快乐成长的女孩突然爆发出这样的气势，但是他必须承认，从这一刻他开始对龙雷刮目相看了。

"如果有一天，你需要帮助，可以拿着它来向我提一个要求。只要你提的要求不是作奸犯科，没有危害祖国，我就一定会答应！"

这几句话说得实在是太像电影中的台词，但它们却是战侠歌这一刻真实内心的写照。也是因为这样，龙雷读懂了其中的诚意，她终于伸手，从战侠歌手中接过了那一枚还带着他体温的勋章，将它紧紧握在了手中。

龙雷对着战侠歌伸出了右手小尾指，战侠歌立刻反应过来，也伸出了他的小尾指，两个人的手指钩到了一起，一边在空中晃动，一边用相同的节奏说着："拉钩上吊，一百年，不许变！"

一大一小两根大拇指对按在一起，完成了这个没有书面合同的契约。龙雷在心里默默地背着那几个词："勇气，责任，坚强和信赖。"

她现在还太小，不能理解这些词的含义和分量，但是当她一天天地长大，迟早会真正弄明白一切。她会完成这份承诺，真的！

# 第七章　哥哥遍天下

三天后，嫂子的父母赶了过来，并在家里临时住了下来。有了他们的陪伴，嫂子的状态明显好了很多。

安顿好一切后，战侠歌带着龙雷登上了远行的火车，十几个小时后，两个人一前一后走出了火车站，出现在一个对龙雷来说完全陌生的城市。

一走出检票口，一个二十四五岁的男人就张开双臂，迎着战侠歌冲了上来。

战侠歌同样张开手臂，和对方来了一个热情的拥抱。两个人不理会其他旅客怪异的目光，用力拍打着对方的肩膀，尽情释放着久别重逢的快乐。

用男人的方式打过招呼后，战侠歌对着静静站在身后的龙雷挥手道："这是黄志鹏，是我在'特务连'时的死党兼狐朋狗友，你喊他哥哥就行。"

龙雷走过去，扬起头喊了一声："哥哥。"

黄志鹏连连点头，伸手在龙雷的脑袋上摸了摸。"乖。"

"乖个屁！"战侠歌瞪起了眼睛，"和我妹子第一次见面，见面礼呢？"

看到黄志鹏取出皮夹，战侠歌又开口了："别谈钱，那玩意儿俗！"

"呃……"

黄志鹏不由得苦笑起来。他摸遍全身，最后咬着牙从脖子上取出一条玉坠项链，把它戴到龙雷脖子上，这才看到战侠歌满意地点了点头。

"战老大你真不愧是咱们'特务连'的总扛把子兼连长大哥。"黄志鹏诚心诚意地对着战侠歌竖起了大拇指，"如果你带着妹子全国跑上一圈，把咱们'特务连'的兄弟都拜访上一圈，她纵然不能变成一个超级富婆，也可以满载而归，将来嫁妆满满了。"

被人狠狠打劫了一票，原本只是随口吐槽发泄一下郁闷，可是看到自家连长大哥竟然耷耷肩膀，直接来了个当场默认，黄志鹏彻底傻眼了："哥，你老人家不用玩得这么狠吧……"

黄志鹏的话戛然而止，因为他看到龙雷的衣襟上别着一枚小小的白花。作为"特务连"民主推选出来的指导员，黄志鹏可谓是心开九窍，只是在瞬间就猜出了龙雷的身份。

"她叫龙雷，是我妹子，亲妹子。"战侠歌沉声道，"我在部队，参加个训练或者执行个任务，往往能和外界隔绝几个月，远水解不了近渴，我就带她来拜码头了。我不管你们怎么做，总之一句话，帮我照顾好她！"

"废话！"

黄志鹏走到龙雷面前蹲下，取出一张名片，在背面又写了一串新的电话号码，把它送到龙雷手中。"'特务连'的宗旨就是帮亲不帮理！从今天开始，不管是谁，只要敢动龙雷妹子一根毫毛，我们'特务连'一百多号兄弟就会一起上去暴打狼踹，让他知道花儿为什么这样红！"

就算是刚刚失去大哥，心里还满是悲伤，龙雷还是被黄志鹏的宣言给震惊了。

"嗯，不错，上道。龙雷，咱们走。"

看到战侠歌带着龙雷竟然真的走向火车站进站口，知道老大今天要来，激动得一夜没有合眼，唯恐遇到堵车错过接站，提前三个小时就赶到车站的黄志鹏傻眼了。"老大你啥意思，不至于这样甩脸子吧?!"

"人见了，礼物拿了，联系方式也留了，你还想咋，难道还要介绍几个妹子给我？"战侠歌一副面对老虎凳、辣椒水依然坚贞不屈的共产党员形象，"哥哥我可是名草有主了，以后这些不健康不道德的东西，少往哥哥面前摆。"

"不是……"黄志鹏不知道是气的还是急的，说话都结巴了，"饭……

饭店都订好了，老……老……老大，你丫的，太那个啥了吧！"

战侠歌转过身，一把搂住黄志鹏的肩膀。"想想看，咱们'特务连'有一百多号兄弟，我的假期却只有一个月，就算老大我豁出去这张老脸不要，死皮赖脸装病打滚，也不能一年半载不归队，对吧？如果我还没有带着妹子把所有兄弟拜访完，就迫于上级压力中途折返，这对你们这些已经送出见面礼，明明肉疼得心里直打哆嗦，还勉强打起精神展颜'卖笑'的兄弟来说，是多么……不公平啊！"

老大就是老大，明明是好处到手就翻脸不认人，却还能说得如此情深意切，仿佛真的多为兄弟们考虑似的！

至于他黄志鹏，和战侠歌勾肩搭背，在"特务连"时就配合默契，是堪称"狼狈为奸"的货，深思熟虑了零点零一秒钟，就做出一个艰难的决定："老大，你放心去吧，兄弟我支持你！"

"对了，老大你等等，给我三分钟。"

黄志鹏从身上取出一个小本子，在上面飞快地写着什么，一边写嘴里还一边念念有词："许胖子，赵阳，二蛋，愣子，小马虎……嗯，还有张宁发，丫几个最近不是开煤矿就是搞外贸，一个个赚得盆满钵满不说，还天天在兄弟们面前嘚瑟，一看就肥得流油。老大你在拜访他们之前，刀子要磨利，给他们好好放放血，让他们知道莫装 ×，装 × 被雷劈的道理！"

战侠歌珍而重之地将字条折好，放进了口袋，用力一拍黄志鹏的肩膀，真情流露道："好兄弟！"

"嗯！"

黄志鹏用力点头，七情上脸，声情并茂："好兄弟，下次再有这种事……就别来了！"

两个人都大笑起来，他们再次用力拥抱在一起，刚刚见面，就离别在即，黄志鹏收起了玩世不恭的笑脸，在战侠歌耳边低声道："小心点，子弹不长眼，你要是敢躺进烈士陵园，信不信我带着兄弟们年年跑到坟前一边喝酒一边骂你，还不给你的坟头倒酒！"

温暖的笑意在战侠歌的脸上绽放，他也低声回应："实话告诉你吧，哥哥我真的有女朋友了，还是打算娶回家当媳妇的那种，就凭这一点，我都会瞪大眼睛竖直耳朵，让自己跑得比子弹更快！"

黄志鹏连连点头。直到战侠歌带着龙雷走进火车站，再也看不到他们的背影，伸手抹掉眼角不知道什么时候渗出的泪花，黄志鹏才终于回过味来，跳着脚骂道："×，战侠歌你丫的见色忘友，有异性没人性！"

带着龙雷走进车站的战侠歌根本不可能听到自家兄弟的咒骂，却仿佛心有灵犀般，举起右手竖起两根手指："耶！"

笑过，气过，骂过，黄志鹏一个人走出了火车站。

在火车站附近的停车场，停着两辆1998年出产的宾利，就算不懂名车的人，从那"999""888"尾数的车牌上，也能知道这两辆汽车的主人所拥有的分量。

一个西装革履，全身透着精明干练的年轻男人跳下汽车，飞快地迎上来，为黄志鹏拉开了车门，问："黄总，您的客人呢？"

"走了，宰了我一记狠的，又带着他亲妹子去宰其他人了。"

黄志鹏用最舒服的姿势坐在车座上，身为他秘书的年轻男人坐到副驾驶席上。司机发动了汽车，就算在闹市中行驶，隔音效果一流的车厢里依然安静得仿佛身处幽室。

"调整工作日程，通知子公司几位老总，让他们按照原定计划，到总公司向我报告项目进展。告诉安娜，我坚信在未来十年时间里，刚刚允许从军用转民用的传感器系统将会直接推动汽车、PC等民用商品产生几何式变化，甚至会因此改变人们的日常生活！明天我会亲自参加和维通公司的商务谈判，要她做好准备，务必将维通公司在中国的总代理权拿下来！"

黄志鹏闭上眼睛，一边思考一边做出结论："中国企业，在经历了人无我有，人有我优，人优我廉的传统竞争模式后，正在向信息化过渡。在这个时候，谁能抢先一步看穿未来市场走向，抢占核心生产力制高点，谁就是真正的赢家。后面的人就算是把产品卖得全国都是，受原材料供应和核心技术限制，也不过就是一个组装车间加销售公司罢了。"

秘书迅速将黄志鹏的工作安排记录到随身携带的小本子上，同时他还将黄志鹏的点评深深记在了心里，一句都没有遗漏。作为名校管理系毕业的高才生，他有着天之骄子的傲气，但是相处下来，他却对黄志鹏这个比自己大不了几岁的老总心悦诚服，甚至产生了近乎崇拜的情绪。

秘书小声提醒："黄总您今天预订的酒席，是通知酒店撤单，还是……"

黄志鹏看了一眼手表，现在已经是中午十一点三十分。"喊上总裁办公室所有人，告诉他们，最近大家工作辛苦，老板请大家吃顿好的！"

几个小时后，赶到一个新城市的战侠歌带着龙雷，先是让她用并不甜美的声音喊了一声"哥哥"，然后由他这位大哥出马，毫不脸红地又宰了一记狠的，这一次龙雷的小背包里又多了一块机械手表。龙雷对手表一窍不通，她只是记得那块手表的表盘上镶嵌着一个小小的皇冠状标志。

在后面的时间里，龙雷跟着战侠歌认了一百多位"哥哥"。这些人在自己的一亩三分地上大都已经披上了"年轻俊杰"的光环，但是他们无一例外，都喊战侠歌"连长大哥"，也无一例外，老老实实往龙雷越来越鼓的小背包里放了一件"见面礼"，并给龙雷留下了自己的联络方式。

当战侠歌终于停住脚步，买了返程的车票时，他已经带着龙雷在全国跑了六七十个县市。纵然他们行色匆匆，经常连夜赶路，前前后后加起来，也用了两个多月时间。

过了很多年以后，重温跟在战侠歌身后走过的路时，龙雷才终于发现，战侠歌带着她在全国乱窜时，对比着列车时刻表在全国旅游地图上画出的行程线，蕴含了多么可怕的智慧！

把每一列客车发车与到站时间，加上到站延迟可能产生的误差全部计算在内，战侠歌画出了一条以龙雷生活的城市为起点，又以龙雷生活的城市为终点的路线。在这条行程线的指引下，他们有序地一个个拜访，又按时登上一列列提前预订好车票的火车。在这期间他们两个人没有绕一公里冤枉路，就算是十几年后的计算机配上电子地图加GPS定位来设计最优行程，也没有比战侠歌用一支笔、一份图、一份列车时刻表做得更好！

　　能做到这种程度的人，无一例外都是战略级天才。他们到了战场上，就算是没有电子沙盘、卫星监控之类的高科技设备，仅凭军用地图和少量侦察相片，就能在自己的心里同样组建出俯视全局的上帝视角！

　　当他们回到终点，眼前的一切终于变得熟悉起来时，战侠歌带着龙雷安步当车，向家的方向走去。

　　"他们都是我在三十八军'特务连'时认识的兄弟。"向龙雷讲起曾经的经历，战侠歌的脸上露出一丝怀念的微笑，"你千万不要以为这个'特务连'有多牛，包括我这个连长在内，所有人都是军方高干子弟，成天游手好闲，打架斗狠，属于标准的大错不犯，小错不断。家里人抱着眼不见心不烦的态度，把我们丢进部队，希望部队能将我们身上的坏毛病、臭脾气纠正过来。"

　　紧紧抱着那只小背包的龙雷对战侠歌讲的话只能勉强听懂三成，却同意地用力点头。那些"特务连"成员给她最大的印象，就是一群浑身匪气，对待她却很温和、很大方的哥哥。

　　这些话原本也不应该对一个十岁小女孩说，但是战侠歌必须对龙雷说，理由很简单，只有让龙雷真正认识他们，并且喜欢他们，在遇到麻烦时，她才会主动向这些兄弟开口求助。

　　"我们这种在军区大院里长大的刺儿头，家里的长辈最起码也是两杠三四星的官。跑到部队，那些一板起脸来就能吓得新兵腿肚子直抽的一毛二、一毛三，在我们眼里的分量也就勉强能和鸟毛比上一比。什么半夜翻墙出去买夹肉饼，在宿舍里私藏香烟、啤酒、《花花公子》杂志之类的事，那是一个个干得乐此不疲。

　　"三十八军可是历史悠久，号称'万岁军'的王牌部队，怎么可能让我们一颗老鼠屎坏一锅汤？但是大家只要往深里扯，怎么都能扯出点鸡零狗碎的关系，真不好让我们集体滚蛋。索性把来自天南地北，根本不服管教的刺儿头全部整到一起，任由我们自己瞎折腾不说，为了让我们从此'安分守己'，还给我们弄了一个相当牛 × 的称号——'特务连'！"

　　现在提起这件事，战侠歌都觉得能想出这个主意的人是个超级天才。

他们这些"特务连"的少爷兵，每天不用起床跑操，也不用站岗放哨，一个个吃饱了睡，睡好了吃，用不了多久就会觉得索然无味，自己主动滚蛋回家。这样三十八军既保证了部队战斗力与光荣传统不受老鼠屎污染，又没有太过生硬地拒人于千里之外，弄得大家都下不了台。

战侠歌进"特务连"时，这支连队就已经到了有气无力，随时可能散伙闪人的程度。

"当时数我最能瞎折腾，'特务连'兄弟公推我为连长，黄志鹏为指导员。我们在宿舍楼里搭猪圈，把其他连队炊事班刚刚出锅的馒头整笼偷走，猪是吃饱了，整连的士兵都饿了肚子。最后我们硬是养出二十多头白白胖胖、身上喷香的猪，按照部队不成文的规定，我们养出这么多猪，是发挥我军艰苦节约、自力更生的光荣传统，而且已经达到水准线以上，上级应该给我们发一个集体三等功。"

龙雷瞪大了眼睛，张口道："你骗人！"

面对小妹子的指控，战侠歌很快就反应过来："你在农村待过，见过那里养的猪，觉得猪就应该是脏脏的、臭臭的？"

龙雷点头。

"特务连连部兼宿舍，都在部队已经准备拆除的招待所，为了省事，我们把猪圈也设在那里，就算是为了自己的鼻子着想，我们也绝不会让自己养的猪走上脏乱差的老路！我们专门弄出一个房间，装了淋浴头，每天轮班用大刷子帮猪洗一次澡。后来到了夏天，为了让猪不被蚊子叮咬，我们还专门批发了一箱花露水，天天给它们喷啊喷的。

"后来参谋长亲自下令，把我们的三等功给撸了。当时大伙儿都超级不服气，这明明是我们应得的。军队讲究有功必赏，有过必罚，嗯，那个啥，我们的军功章怎么能说不给就不给呢！"

这话无耻得就连龙雷都直撇嘴。

"没过多久，整个战区举行联合演习，三十八军也参加了，'特务连'的兄弟正憋着一股邪火呢，我代表'特务连'向上级主动请缨，上级给了我们一个特拉风、特艰巨的任务——独立行动，主动寻找捕捉战机，并伺机创造战果！于是演习还没正式开始，我们这支机动部队就提前两天戴着对方的标志，闯入演习区四处乱转寻找目标。"

龙雷："你耍赖！"

战侠歌觍着脸解释："这叫笨鸟先飞！"

龙雷："还是耍赖！"

战侠歌瞪起了眼睛。"这样较真，咱们还能不能愉快地聊天了？"

龙雷迟疑了片刻，勉强点了点头，示意战侠歌可以继续。

"我们无意中发现了蓝军正在进行技术伪装的信息自动化指挥中心，那儿有一个警卫连防守。虽然我们也是一个连，但真刀真枪地正面硬攻，估计人家只要一个班，就能将我们全摆平。后来我一合计，正所谓尺有所短，寸有所长，想要赢，就必须充分发挥'特务连'优势，对敌方警卫连的弱点实施针对性定点打击！"

说到这里，战侠歌也来了精神。说到底他也不过就是一个二十多岁的年轻大男孩罢了，如果没有在军队的经历，并因此上了战场，他还正处于爱玩爱闹的年龄。一提起自己曾经的"光荣历史"，这家伙明显是不以为耻，反以为荣，脸上满是嘚瑟。"'特务连'的兄弟在进部队前，老娘唯恐他们吃苦，大都偷偷塞了私房体己，让他们把银行卡都交出来，我们的活动经费一下子就达到了完成营一级作战任务的标准！"

龙雷小心地吞了一口口水。虽然她并不知道营一级作战任务究竟需要多少钱，但是听起来貌似很厉害的样子。

"我和指导员亲自出马，跑到附近城市，什么艺术学院、美术学院、师范学院，总之哪里美女多，我们就往哪里跑。不出半天工夫，我们就拉出一支总人数近两百人的慰问团，打着条幅，带着摄像机、鲜花和水果，轰轰烈烈地赶往演习现场。"

黄志鹏负责去定制条幅，看到其中有一条条幅上写的是"解放军叔叔辛苦了"，战侠歌大手一挥，用不容置疑的态度命令黄志鹏立刻换，去把上面的字换成"解放军哥哥辛苦了"。

黄志鹏当时立刻反应过来，对着战侠歌竖起一根大拇指，诚心诚意地道："高，高，实在是高！"

千万别小看这两个字的变化，一个是叔叔，一个是哥哥，双方的身份立刻产生了巨大变化，并给了对方让心自由飞翔，产生各种美丽遐想的空间。

按照演习规定来说，演习现场不允许平民进入，但是呢，首先演习还没有开始，还不存在误伤平民的问题；再者部队也一直在向士兵们灌输我们是人民子弟兵，必须为人民服务的理念，把获得群众支持认可当成政治任务来抓。在军队演习时，当地群众主动来慰军，在全国也绝非罕见，部队一直抱着欢迎的态度。如果谁敢在这个时候向慰军群众使脸子，人家向上面告状，你就等着受处分坐冷板凳吧！

最重要的是……

想想看吧，战侠歌和黄志鹏这两个在"特务连"都能脱颖而出的货色，眼睛多毒啊，能让他们看中并挑选出来的女生，有哪个不是美女？

一群环肥燕瘦、各具特色、笑语如花的年轻女大学生带着阵阵香风一拥而上，别说是那些刚入伍没几天的新兵蛋子，就算是在士兵们面前必须努力维持形象的年轻军官，又有几个抵挡得住这种"糖衣炮弹"的攻击？！

带着这么一支"慰问团"，战侠歌他们轻而易举突破了演习防线，一路打打闹闹洒下满地的欢声笑语，就这么大模大样，几乎不受阻扰地直杀向蓝军信息自动化指挥中心。


"四个！"战侠歌对着龙雷竖起四根手指，"能担任警卫连连长的人，肯定是那种心志坚毅，对危险逼近拥有极度敏感反应的角色，就算比不上现在的我，最起码也是个精英。所以我专门为他准备了四个能挤进学生会，集美貌、智慧、口才于一体的美眉。她们看到我的手势，一拥而上，左右包抄，前后围堵，这个夸他身上的肌肉练得够结实，那个感叹若能找到这样安全感爆棚的男朋友就好了，那位警卫连连长脸红得活像一只刚刚煮熟的大虾，手都不知道往哪儿搁了，就连我肥着胆子冒充他的手下，上去把他的枪'接走'，他都愣是没有反应过来！"

龙雷虽然只是听了个一知半解，但是听到这个的时候，都忘记走路了。

她呆呆地看着面前这个说得眉飞色舞、手舞足蹈的大哥哥，一个疑惑就那么自然而然地在她的小小心灵中升起："这位哥哥，不会是敌人打入我军内部的特务吧？"

那些以中国军人为主角拍摄的影片，不管是《董存瑞》也好，《上甘岭》也罢，对了，还有那部刚刚上映不久的《冲出亚马逊》，里面的中国军人哪一个不是铁骨铮铮，面对困难绝不言败，哪一个不是光明磊落的大丈夫、大英雄？

也只有电影中的鬼子翻译官或者打入我军内部的敌特分子，才会做如此猥琐的事情，就连他们做尽坏事时脸上露出的那不以为耻、反以为荣的笑容，也和面前的战侠歌一模一样！

这家伙究竟给大哥龙建辉灌了多少迷魂汤，才让大哥把他收为徒弟？

看出龙雷小脑袋瓜子里闪动着的念头，战侠歌收起了笑容。"最终的结果是，演习推迟两天重新开始，我和黄志鹏这两个罪魁祸首被人像送瘟神一样送出了三十八军。可是我们没有后悔，我们'特务连'是没走正规套路，但是我们针对敌人弱点，打出了属于自己的最强一击，直接锁定了胜利！演习是可以重置，但是在真实战场上，战斗结局绝不可能重置。而且我有信心，就算是到了真实战场上，被我战侠歌盯上，经过周密的安排准备，我一样能把糖衣炮弹砸进他们指挥中心，而且会砸得更猛，炸得更狠！！！"

龙雷呆呆地望着战侠歌，没有任何理由，她就是相信战侠歌说的是真的。

"在给我和黄志鹏送行的那一天，三十八军'特务连'解散了。在父母的眼里，我们是一群不务正业，天天游手好闲的家伙；在那些传统军人眼里，我们是一群仗着父辈余荫，不服管教的老鼠屎；可是在那场演习中，我们发现，只要愿意努力，我们不但能把事情做好，而且能做得比别人更好！

"就是在那一天，'特务连'的一百多号兄弟做了一个决定，大家回家各自努力，但我们绝不是就此分手。不管是谁遇到了困难，只要开口，所有人有钱出钱，有力出力。如果有谁不服气，敢和我们兄弟炸刺，只要招惹了一个，全连兄弟就会抱团一拥而上，不把对方收拾得主动认怂，那我们一百多号人就一起跪在对方面前唱《征服》！"

"所以，给我记住了！"战侠歌瞪着龙雷，相处这么长时间，龙雷从来没有见到他这么认真过，"小雷雷，我无法代替你做到兄弟遍天下，但是我可以让你哥哥遍天下！我不管师父以前是怎么教导你，要求你的，你既然是我战侠歌亲口向所有兄弟承认的妹子，从今以后，就只能你欺负别人，不能别人欺负你！"

龙雷欲言又止。她明明觉得战侠歌说的话太过横行霸道，不应该，是不对的，可是为什么她的心脏却越跳越快，她的眼睛正越来越亮？

"小雷雷，你要代我保护师娘，就不能像个邻家小妹妹似的乖巧无害！你必须让自己变成螃蟹，不管是谁，只要敢伸手来撩拨，你都得先给对方来上一记狠的，只有夹疼他们，夹怕他们，那些欺软怕硬的人才会对你敬而远之！

"当然，也不是所有人都外强中干。在面对绝对不能输的战斗，而对手又太强时，你必须灵活运用自己的一切武器。"

战侠歌伸手揉着龙雷的头发，他带着龙雷走了那么多地方，见了那么多人，敲诈勒索了那么多见面礼，不仅仅是想要让龙雷忘记失去亲大哥的悲伤，他更想在离开前，将自己的勇气与洒脱注入这个女孩现在还显得太过瘦弱的身体里。

"能打过对方，你就要多动拳头少动嘴；当你发现动拳头会吃亏，你就要不动拳头只动嘴；当你发现动拳头和动嘴都占不了便宜，就要去耍赖，就要不可理喻，让对方摸不着头脑，再来个趁乱取胜。记住，对女生来说，尤其是对龙雷你这样漂亮的女生来说，枪械是武器，刀子是武器，拳头是武器，男人对女人的轻视是武器，男人对女人的包容也是武器！等到你能暂时腾出手来，就立刻打电话叫人，我就不信'特务连'一百多号兄弟还淹不死他个狗 × 的！"

龙雷突然扑进了战侠歌的怀里，一把抱住了战侠歌。她抱得是那样用力，用力得就像是一个快要溺死的人在水里抓到了一根木头。

战侠歌可以清楚地感受到，这个小东西在自己的怀里不停轻颤，自己的衣服竟然被龙雷的眼泪给浸透了。

这下战侠歌真的有点手忙脚乱了："男子汉大'豆腐'，流血流汗不流泪……"

旋即战侠歌就想给自己一个锅贴，怀里抱的明明是一个女孩子，扯什么男子汉大"豆腐"的。

怀里的女孩发出闷闷的抽泣声："村子里的小孩都说我又黑又丑又瘦，是一个丑八怪，还有人说我是母夜叉，又丑又凶，专门克家里人和喜欢我的人。大哥说我不丑，漂亮，他死了。战侠歌哥哥，你也说我漂亮，你也喜欢我，你会不会也被我克死?！"

龙雷抬起了头，眼泪正从她的眼睛里疯狂地涌出。"要不，战侠歌哥哥，你还是别喜欢我了，我不想你死。"

她最渴望获得的就是亲情和喜欢，可是大哥龙建辉那么骄傲而强大，仿佛天塌下来都能用双手撑住，最终还是被她克死了。如果说有人接近她，真心喜欢她，愿意把她当成亲人，最终的结局都是被她克得横死，那她宁可没有人喜欢，宁可自己还是村子里原来那个又黑又丑又瘦，就连杂面馍馍都吃不饱的小野孩！

对龙雷的经历并不了解的战侠歌直到这个时候才终于明白，为什么他总是能在这个小女孩的眼睛里看到一种不应该属于她这个年龄的忧伤。有时候她明明坐在自己身边，思绪却不知道飘到了何方，甚至有意无意地躲避着自己对她释放出来的善意。

如果不是这近三个月时间朝夕相处，一点一滴渐渐打开了她的心房，如果不是走南闯北，看到了太多新奇的事，接触到太多陌生的人，让她始终目不暇接，而今天即将和她道别，战侠歌终于在最后关头获得了她的认同与喜欢，也许下次再见面时，她就是一个把自己内心世界彻底封闭，再也不允许旁人接近和碰触的重度自闭症患者了。

怀里的小姑娘因为害怕，身体在不停颤抖。她害怕因为喜欢自己，眼前这个叫战侠歌的大男孩也会步上大哥龙建辉的后尘；但是她又害怕他真的就这么把自己推开，一个人走了。

这种患得患失的奇怪感觉，让才十岁的龙雷根本无所适从，只能那样一边流着泪，一边抬头抽抽噎噎地望着战侠歌。

战侠歌低下头，在龙雷的额头上轻轻地吻了一下。

这是他第一次亲吻这个女孩，在之前相处的时间里，他从来没有做过这样的动作。在战侠歌看来，他会把龙雷当成一辈子的亲妹妹，但他毕竟和龙雷没有血缘关系，有一些事情，只有亲哥哥能做，而他这个半路杀出的哥哥应该考虑避嫌。

把这个女孩再次抱进了怀里，用下巴轻抵着她的小脑袋，战侠歌的声音中透着一丝鼻音："小雷雷，快点长大吧，等你长大后，我带你一起回村子，让那些曾经骂过你丑八怪的家伙睁大眼睛看清楚，什么叫作美女！"

"要是我长大了，还是丑八怪呢？"

战侠歌轻轻吸着气，抬头望着天空，悠然道："你可是我战侠歌的妹妹，'特务连'一百多号人都要宠着喜欢着的小公主，你说说看，这样你都丑得起来，那是多么不科学啊！"

趴在战侠歌怀里，龙雷认真想了很久。"嗯！"

"我做人的宗旨是对朋友义，对女人爱……嗯，这点你可以不必理会，对敌人狠，对国家忠，我现在也就这么点东西值得拿出来嘚瑟一下，你觉得对，就跟着学，你要觉得不好，那就当我胡咧咧。"

"嗯！"

"你未来的嫂子叫雅洁儿，她一定会喜欢你的。"

"嗯！"

"好人不长命，祸害遗千年。我这个人上看下看左瞅右瞅，咋看都不是啥好鸟，估摸着少说还能再活八十八年八月八天八小时！"

"……嗯！"

"我每年有一个月假期，外加四天路补，你愿意的话，我每年都过来，接你跟我一起回家。你不知道啊，老爷子这辈子最大的遗憾就是没有生出一个乖女儿，有事没事就在我耳边叨叨，说什么儿子是讨债鬼，女儿才是老爹的贴身小棉袄。哼，他也不想想，儿子生的是孙子，女儿生的是外孙!

"怎么不说话了……喂喂喂，怎么站着就睡着了?! "

看着在自己怀里睡着的女孩脸蛋上犹自轻淌的泪珠，还有她那在睡梦中依然轻轻颤动的睫毛，战侠歌这个在战场上保家卫国杀敌无数的职业军人心中某一块柔软的东西被触动了，他的脸上扬起一个带着几分宠溺、几分温柔的微笑，用最轻柔的动作将龙雷抱了起来。

当龙雷重新睁开眼睛时，她已经回到了阔别三个月的家，睡到了自己那张小床上。

在她枕头边的那只鼓鼓囊囊的小背包里，塞满了她从那些哥哥手里拿到的"见面礼"。

除此之外，还有一枚用子弹壳锯成的戒指。这枚戒指的做工丑得只能用惨不忍睹来形容，在它的下面压着一张字条。

"突然想起，整个'特务连'，就我这个连长哥哥没有送你见面礼。补上，补上，不许笑，它可是我用一个小锯条，花了整整半个月时间才一点点锯出来的。原本打算送给你未来的嫂子，现在便宜你了。"

字条的落款是：你亲亲的二哥。旁边还画了一个大大的吐着舌头的笑脸。

弾　雨

第三卷

# 强敌

# 第一章　一半是火焰，一半是海水

九年后……

一道闪电猛地撕破黑暗的苍穹，天地之间瞬间变得一片惨白，旋即震耳欲聋的雷声就夹杂着天地之威狠狠撞进每一个人的耳朵。

龙雷从沉睡中惊醒，隔着窗户，她可以听到雨点落到地面的密集声响，就连空气中都透出了浓浓的水汽。龙雷想要按亮桌边的台灯，却发现不知道什么时候停电了。她摸黑爬起来，走到窗前，窗外已经变成了一片雨的世界，豆粒大小的雨滴纷飞如箭，落在地面上溅起一朵朵小小的水花，一时间外面的世界只剩下雨点坠地发出的"哗哗"声响。

走到嫂子的卧房前轻轻叩门，里面并没有传来回应。龙雷直接推开了房门，几乎在同时，又有一道闪电在空中闪过，在一片惨白的电光照耀下，龙雷看到了吓得全身发抖，死命缩在床角用被子罩住脑袋的嫂子。

嫂子是一个很温柔的女人，同时她的胆子也很小，也许就是因为她的这份"怯懦"，才会在九年前明明知道龙建辉为了龙雷要组建一个家庭，还是答应了龙建辉的求婚吧？

龙雷默不作声地退出了房间，在她回来的时候，手中多了一把吉他。拿着吉他坐到了窗台上，调校好琴弦，当龙雷的五指从琴弦上扫过，清脆而欢快的琴声随之从吉他的琴箱中逸出，就在琴声响起的同时，缩在被子中的嫂子身体的颤抖似乎也停止了。

"让青春吹动了你的长发让它牵引你的梦，不知不觉这城市的历史已记取了你的笑容。红红心中蓝蓝的天是个生命的开始，春雨不眠隔夜的你曾空独眠的日子，让青春娇艳的花朵绽开了深藏的红颜……"

龙雷的嗓音有些低沉沙哑，但是在琴声的伴奏下，却有了和歌名《追梦人》近乎共鸣的沧桑与飘逸。

九年过去了，龙雷早已经不是那个十岁大的又黑又瘦的女孩了。

快十九岁的她身高达到了一百七十六厘米，也许是童年的经历让她彻底坚强起来，也许是龙家的战斗血脉薪火相传，她的肩膀有着和传统女性美背道而驰的宽阔，站在那些男生面前，甚至会让对方感受到压迫。

但是这样的龙雷并不让人感到讨厌，她强壮而充盈着力量美感的身体，线条优美得犹如一头雌豹。如果可以伸手抚摸，细腻紧致而又充满弹性的皮肤上传来的触感一定会让任何一个男人为之销魂蚀骨。

她有着一张更接近西方审美的轮廓分明的脸。在代表性格坚毅的高挺鼻梁上，深深的眼眶里，两只代表心灵窗户的眼睛里，找不到同龄女生的不解世事，取而代之的是一种难以言喻的深邃，而在这抹深邃下面，仿佛又流淌着什么，却被它们的主人给深深压抑、掩埋起来，透出野性难驯的美丽与性感。

在其他同学还在努力用一根发卡、一个耳钉，或者是非主流造型来彰显个性，吸引异性目光的时候，龙雷自然而然地和她的身高一起脱颖而出，形成了如此独一无二的奇特魅力。

在窗外，风声雨声雷声混合在一起，停电后没有了路灯照映，整片世界都沉浸到黑暗当中，只有当雷电闪过，整片雨的世界才会猛地出现在眼前。当闪电划破天空，眼前还残留着光的余影，轰隆隆的雷声就带着震慑人心的力量，在雨的世界中轰然滚动。

一窗之隔的卧房内，却再也没有了惊惶不安，就算是雷声雨声风声混合起来的声音，也无法压制住吉他伴奏着的歌声，只能任由音乐形成的韵律在这个十几平方米的封闭世界中反复回荡。

当外面的雷声终于停止，就连雨声也渐渐变小时，嫂子再次睡着了。

龙雷停止了弹唱，轻轻从窗台上跃下来。不知道为什么，龙雷虽然经常对琴弦进行保养，但琴弦依然每隔一段时间就会有些生锈，她的右手食指和中指都被琴弦割伤，渗出了血珠，但是龙雷一直很好地掩饰着手指上的伤口，没有让嫂子发现。

听着歌重新睡着的嫂子眉头依然紧皱着，脸上还带着几分委屈。她缩在被窝的双手似乎抱着什么，龙雷知道，那是一只加长版的枕头，而那只枕头上套着一件大哥龙建辉留下的衣服。就是这样的枕头陪伴着嫂子度过了三千多个孤枕难眠的夜晚。

伸手给嫂子拉起被角，龙雷轻声低语："晚安，嫂子。"

退出主卧室，轻轻关上房门，直到确定自己的行动再也不会吵醒嫂子，龙雷才嘘出一口长气。

她走到客厅的供桌前，拿起三支香点燃，插到了供炉里。袅袅烟幕随即在客厅中浮起，就连龙建辉的相片看起来都有些模糊起来。

"哥，你已经走了九年三个月零六天了。"

龙雷凝视着大哥龙建辉的相片，低声道："我知道嫂子这些年过得很苦，我也知道有个男人喜欢她，想要娶她当老婆，那个男人的条件还挺不错，但是嫂子这样，我真的不放心！"

相片中的龙建辉面露微笑，目光凝视着远方，似乎在思索着什么，而这个表情，他已经保持九年多时间了，这样的他当然无法回答龙雷的问题。

返回自己的房间，已经没有睡意，龙雷打开了自己的手机。当她习惯性地打开微信时，转眼间一个叫"亲亲小公主"的微信群就直接蹦出来六七百条信息。

将信息调到最上层，一条条看下来，龙雷的嘴角很快就扬起了微笑。

"小公主，我邮过去的鱼干吃了没有，那可是哥哥我亲自出海垂钓，又亲手晾制的，保证纯天然无污染，没有经过化学处理！只要放在炭火上面一烤，就会嗞嗞冒油，咬上一口，啧，那就一个字——香！"

"我呸，明明是你个色狼坏子，带着几个高价外围出海游玩，为了装×顺便钓了几条鱼，还非要把这种不文明、不道德的行为美化成为小公主服务，你丫的要脸不要？小公主还是试试哥哥我亲手酿的葡萄酒吧，原料是采选自法国波尔多地区的优质'梅鹿辄'，知道你喜欢喝甜的，我特地缩短了发酵时间，这样既喝得顺口，酒精浓度超低，也不会上头，而且还有养颜美容的功效！"

"得了吧，酒精浓度低就不是酒了？小公主现在还是高三学生，还是祖国的花骨朵呢，你这样把小公主往歪路上带，小心群里的兄弟们联手削你！"

"支持！"

"支持 +1。"

"顶！"

"赞！"

…………

各种邀宠卖乖的有营养没营养的话，外加表情图片，林林总总混杂在一起，组成了这六七百条密密麻麻的信息。

这些原"特务连"成员年龄相仿，基本上都是独生子女。突然间多了一个妹妹，经过短时间的适应后，一群人潜藏在内心深处的"哥哥情怀"被彻底诱发了。

这种画面就像是一个大家庭中，所有孩子都是野小子，某一天邻居来串门，带进来一个小姑娘。那群野小子自然是一拥而上，把各种好玩的好吃的东西一股脑儿地推到小姑娘面前，在这个过程中，还会不由自主地相互攀比，唯恐自己送出的礼物不够出众，小姑娘不愿意笑纳。

来自全国各地的礼物，就像是机关枪扫射般向龙雷住的家里猛丢。吃的、喝的、用的、玩的，五花八门，无所不包，甚至就连女孩子最隐秘的私人用品，龙雷也收到过几件。据说在"特务连"有业精于专的高手，通过龙雷发送到群里的相片，目测龙雷的身材数据，并将它们公布出来，让"特务连"的兄弟们在给龙雷挑衣服之类的礼物时，可以有的放矢，大大减少因为尺码不对而产生的退货换货概率！

略一迟疑，龙雷在微信群中发出一个微笑的表情。

没过十秒钟，第一只夜猫子出现了："咦，我们的小公主明天不是要高考了吗，怎么现在还没睡，是不是压力太大，睡不着？"

第二只夜猫子也跳出来了，而且一发就是长篇大论："高考又有什么了不起的。我参加高考那几天，照样喊一堆狐朋狗友半夜出去喝啤酒、吃肉串、泡美眉，第二天打着酒嗝上了考场，趴在桌上一直睡到交卷铃声响起，除了自己的名字，愣是一个字没写！"

"我初中一年级，英语才考了十九分，那还是我初高中生涯英语考试的最高成绩。"第三只夜猫子上来现身说法了，"参加高考时，我把橡皮切成了四方形，在上面分别写了 ABCD 几个字母，看到选择题就丢橡皮决定答案，小公主你猜，我英语最后考了多少分？"

龙雷沉吟着回复了一句："二十分？"

"错！"

第三只夜猫子纵然只是打字，一股得意扬扬的气息都能透过手机屏幕扑面而来："我整整考了二十二分，从那一刻开始我就明白了，高考都是纸老虎，根本没什么可怕的！"

看着这些家伙胡说八道，龙雷被手机屏幕映亮的脸上笑容越来越大。

她和嫂子相依为命，在这个不完整的家庭中，注定充满了压抑；但只要她打开手机，进入"特务连"一百多号人为她专门组建的世界，就立刻能得到众星捧月般的公主待遇。无论什么时候，有什么烦恼，只要她稍稍透露，就会有人跳出来，排着队陪伴她，开导她。而且这些曾经的二世祖兼不良少年全都是老江湖了，一个个练得嘴皮子都特溜，总是有办法在最短的时间内让她开怀而笑。

看着，笑着，不知道什么时候，捏着手机的龙雷又睡着了。

# 第二章　狼群

第二天早晨，没有任何预兆，龙雷睁开了双眼，她看了一下自己捏在手中的手机，现在是清晨五点三十分。

早在大家还在用 QQ 群聊天打屁时，有一个 ID 名叫"小楼"的哥哥就曾经教过她一个小游戏：在每天睡觉前，看着时钟在心里告诉自己，在几个小时后起床，在心里把这句话重复十遍，身体潜意识就会接收这个信息指令，到了指定时间，在生物钟的控制下，不需要任何外界刺激，人就会主动清醒过来。

这个小游戏很简单，也很容易见效，再通过规律的日常作息，就可以让自己的生物钟几乎和真正的手表一样精确。

对这个游戏产生好奇的龙雷特意将对方加到了自己的私信名单里。在战侠歌带着她全国拜码头的时候，小楼哥哥身在国外，所以她并没有见过。打开对方的 QQ 信息栏，龙雷气馁地发现，对方很懒，什么都没有留下，没有信息，没有相片，就连用的头像都是系统自带的。

很快，龙雷就发现，小楼哥哥的知识很渊博，尤其是在人类精神、生理双重领域，已经达到了专家水准，请注意，是专家而不是砖家！

"人类的身体会随着不同时间产生不同节律，比如说人类的体温，在凌晨四点最低，在下午六点最高。按照人体的生物规律合理安排自己的作息时间，能提高工作学习效率，减轻疲劳。亲爱的小雷雷，现在你还是个学生，你最大的任务就是好好学习，天天向上，你愿意配合我，做一个小小的测试，让我找出你的智力生物节奏吗？"

可能是知道龙雷无法理解"智力生物节奏"这个太过专业的名词，小楼哥哥又做出了解释："现在科学家们通过对人体生物钟的研究，已经开发出'时辰生物学''时辰药理学''时辰治疗学'三项学科，智力生物节奏就属于时辰生物学范畴。我用特定方法可以测试出你在一天二十四小时内什么时候记忆力最好，什么时候记忆力最差，你在记忆力最好的时候学习，在记忆力最差的时候干别的事，就可以将时间最有效地利用起来！"

龙雷当场就被小楼哥哥打出的这一连串专业名词和他准备做的事情给震惊了。

但是这还没完，小楼哥哥又继续开口了："一般来说，人的最佳记忆时间分为两段，合计四个小时。我可以在这四小时内测算出你的精神最专注区间，你可以挑选记忆力与专注力双重最佳状态，去背诵英文单词。"

如果不是能进入 QQ 群的全都是经过身份验证的成员，龙雷在这个时候一定会怀疑对方是搞网上营销的，先扯出乱七八糟一大堆似是而非的东西，最后再告诉她，想要最合理地学习，除了要了解生物钟，还需要配合服用某某某集团公司出产的"记忆宝""脑力神"之类的玩意儿，而且原价1988，现在活动价只需要 888！

龙雷真的是将信将疑，纯粹把这些内容当成一个游戏，但是她很快发现，这绝不是游戏！

在小楼哥哥帮她测算出来的记忆力与专注力双重最佳区间，她一个小时能够背诵的英文单词量是平时的两倍有余！

在小楼哥哥的建议下，她开始每天早晨五点半起床，因为五点至六点是人体生物钟最活跃的时间，体温开始升高，细胞活跃。在这个时候起床，会精神抖擞，而且身体面对疾病的抵抗能力会更强！

起床后，先喝一杯四十度的温开水，这样既可以补充睡眠中消耗的水分，还可以稀释血液，让血液循环加快，增加含氧量，晨练效果会更佳。

出去晨跑一个小时，大约十公里，然后直接进学校参加早自习，会让自己的大脑进入最佳状态，同时也进入了龙雷的次级记忆高峰期。在早自习至十一点钟之间，她的思维活跃度最高，创造力和分析能力达到巅峰，是拆解数学公式的最好时段。

到了十一至十二点钟，是龙雷意识最清晰、最能处理复杂问题的时候，不要管老师讲什么，她可以把平时自己看了就头疼的东西拿出来，一点点去推敲。

十二点到下午两点，龙雷进入情绪最高涨时段。她在学校吃完午餐后，可以先睡上一个小时，然后用半个小时和同学交流，用自己最好的一面去获得同学们的认可。虽然学习很重要，但是和同学打好关系，拥有几个处得不错的好朋友，也是一个孩子健康成长必须具备的东西。

下午两点到四点，会进入"下午低沉期"，学习效率会大大下降，走走神，开开小差，甚至是偷偷看小说都无可厚非，就算是在课堂上不听讲，落下了什么课程，拿到几个小时后去解决也完全可以。小楼哥哥严肃地补充："千万不要看小黄书哟，不是因为你是女生就不能看小黄书，而是青少年时期，最容易受到异性信息刺激困扰，一旦看了小黄书，大脑活跃起来，生物钟就会被打乱，那么你的最佳生物钟时间安排我就得全部重算！"

下午四点到六点，龙雷终于进入了她的记忆巅峰状态。尤其是四点到五点，她的专注力也达到一天最高的时段，在这个时候，无论是在干什么，手上都要拿一个小册子，去背诵英文单词！

到了下午五点到七点，人体的体温达到最高阶段，这代表龙雷的身体机能进入巅峰，在这个时候，如果进行体能训练，会达到事半功倍的效果。如果想有一个强健的身体，甚至要比男生更强健，就不能放过这个时间段！

到了晚上七点到十点，这也是学习的好时间，把下午低沉期落下的内容拿到晚自习中来补习，是一个好办法。

晚上十一点，这个时候一定要上床，因为晚上十一点至第二天五点，人的细胞活跃度最高，人体的造血排毒也在这一段时间完成。如果想变成一个美女，让自己的皮肤好得人见人爱，花见花开，就必须遵守这个"美容养颜"规律，千万不要真的以为自己是天生丽质，到了三十岁以后才开始亡羊补牢！

至于凌晨五点以后……想什么呢，快点起床吧！

没有人监督，从小楼哥哥那里拿到这套时间表后，龙雷就一直按照时间表上的内容安排着自己的每一天。

她努力学习，用知识充实着自己的头脑。无论在外面有多少人开始叫嚣学习无用论，用什么小学没毕业的人当了老板，在他们手下打工的人往往都是大学生，甚至是硕士生来证明自己的言论多么正确，在龙雷看来这都是扯淡。知识就是力量，这句话绝不是空谈，在其他条件等同的情况下，知识存储量多的人，必然会有自己的优势！那些小学没毕业就出去做生意，最后成了大老板的人，大多数又重新返回学校，花重金去学习 MBA 课程，难道还不能说明问题吗？

她每天早晨都会背起一个沙包，长跑十公里到学校，风雨无阻。下午五点至七点之间，只要你到学校的操场，就会看到龙雷在里面挥汗如雨地进行各种体能锻炼，在身体彻底活动开进入最佳状态后，她就会对着那个硕大的沙包进行长达四十五分钟的猛击，依然是风雨无阻。

没有一天延误，龙雷的日常生活精确得就像是一台上足发条的钟表，更苛刻得犹如一个苦行僧。

"特务连"的兄弟们遍布天南地北，他们总有些人会因为种种原因来到龙雷生活的城市。他们一开始都是抱着看看这丫头在干什么的心态，或者说抱着一种考校意味，并没有提前打招呼，就悄悄找到了龙雷。

在一个龙雷不知道的只属于"特务连"兄弟们交流的平台上，出现了龙雷的各种信息。

"哇，那丫头扛着个大沙包跑得飞快，我不服气，第二天专门换了一双跑鞋，悄悄跟在她身后，结果只跑了一半，竟然就被她甩到爪哇国去了！"

"那丫头对着沙包像拼命一样狠踢，看得我都心惊肉跳，各位，你们真别笑，想当年哥哥我也是拳打南山敬老院，脚踢北海幼儿园的牛人，但是看到龙雷，我有一种感觉，最多到十六岁，她就能把我们绝大多数人放趴下了。"

为了证明自己所言不差，这位兄弟还在 QQ 群发了几张他偷偷拍的相片。就是在快门闪动的瞬间，龙雷正对着沙包发起猛攻。这位兄弟用的相机相当不错，而且还配了高倍镜头，就算是距离较远，依然将龙雷的面部表情完整抓拍进去。

相片中龙雷瞪着沙包的目光就像是在拼命，不，旋即所有人就推翻了内心的推测，这不是像拼命，她真是在拼命！她对着沙包挥出的每一拳，踢出的每一脚，都是倾尽全力，都是抱着"我不打死你，你就打死我"的信念。否则的话，一个只有十几岁的小女生，怎么可能让"特务连"一个见多识广的滚刀肉级老江湖，发出了这丫头到十六岁就能放倒他们绝大多数人的感慨?!

"这丫头究竟经历过什么，怎么会是这个样子？"终于有人提出了疑问，"就算她的大哥战死沙场，也不至于这样吧！"

知道龙雷的名字，知道她的大哥叫龙建辉，曾经在第五特殊部队，是战侠歌的教官，有了这些情报，对"特务连"这些原本和部队有着千丝万缕关系的家伙来说已经足够了。很快，龙雷从出生到现在所有的情报就出现在他们群的共享空间中，甚至就连龙雷的小树屋中有一张狼皮，很可能是有一头狼想要攻击她，却被她反过来咬死这样的推测，都清清楚楚地标注了出来。

看着资料上的内容，所有人都沉默了。

不知道过了多久，终于有人在群里发了一句话："丫头够狠！"

"我有一种感觉，如果她是一个男生，进了第五特殊部队，说不定十年后就会成为和连长大哥一样的超级变态！"

这句话赢得了聊天群中绝大多数人的认可。

"每天自律得像是一个苦行僧，对力量有着近乎偏执的追求，只要能保持这份狠劲，她根本不需要进第五特殊部队，在任何一个领域，她都会成为一头狼！"

　　如果当时的龙雷知道自己被"特务连"的人视为一头"狼"，她真的应该感到自豪了。

　　能被这群因为家世经历，从一出生就站在顶峰，同时也注定眼高于顶的家伙视为"狼"，就是最大的认可。因为他们本身就是狼，是因为"特务连"而凝聚在一起，彻底抱起团来打拼天下，所以越发张狂而强大，将进攻进攻再进攻的理念发挥到极限的狼群！

# 第三章　大气女孩

在普通人眼中，这群人非常高傲，很难相处，更难成为他们的朋友。其实，他们并不想这样拒人于千里之外，但是在他们还太年轻时，他们根本没有足够的社会阅历和经验，去分辨究竟有哪些人是抱着真心来和自己相处，又有哪些人是抱着其他目的来接近自己的。

时间长了，他们要么选择拒人于千里之外，要么选择把那些"圈子"之外的朋友当成可以呼来喝去的马仔小弟，这样做的结果是把真心相处的朋友全部挤走，只剩下了狐朋狗友。

不是他们狗眼看人低，不是"圈子"里的人就不能成为真心朋友，而是因为他们明白，至少"圈子"里的人不会因为自己家有钱有权有势就刻意交好，至少在"圈子"里，他们还能找到几个真情真性，最起码也能吃到一起玩到一起的玩伴！

王子爱上灰姑娘的前提，是灰姑娘把自己打扮得比公主更像公主！

豪门子弟喜欢上了其貌不扬的女孩，这样的故事只会发生在给小女生看的偶像剧中。因为那些编剧根本就没有想过，或者说根本不需要告诉小女生们，嫁入豪门的女人除了每天吃吃喝喝拿着不限金额的信用卡四处乱刷之外，还必须跟随丈夫去参加各种晚宴之类的社交活动，通过"夫人外交"成为丈夫事业中不可或缺的助力。一个草根少女，没有几年的历练沉淀，又怎么可能和那些从小就生活优越的贵妇人拥有共同话语，并获得她们的认可?!

有人说，暴发户想要洗掉身上的铜臭，变成真正的贵族，至少需要三代的洗礼。这句话绝不是开玩笑。想要成为贵妇人，也绝不是把一堆奢侈品堆在身上，弄得犹如一个活动金库那么简单。

同样的道理，"特务连"的兄弟们可以接受战侠歌亲自带到面前的龙雷，但那也只是接受而已。当有一天龙雷遇到麻烦，向他们求救，他们也的确会伸出援手，但那也只是援手而已。龙雷休想他们会主动做什么，更休想他们在援手时会倾尽全力，理由很简单，简单得近乎残酷——她不配！

可是在这一刻，他们正默默收起自己的骄傲。

带着受诅咒的命运降生，从一出生就受到各种白眼，像石头下面的一株小草般，顽强而无人问津地活着，当她终于有机会获得什么时，她立刻爆发出让常人无法想象的自律与执着。也许别人无法看懂，但是战侠歌能够看懂，"特务连"的兄弟们也能看懂——她在战斗，这个在幼年时期就在和饥饿，和寒冷，和孤独，和风霜雨雪战斗的女孩，正在和自己这受到诅咒的人生战斗！

她失去过太多太多，在失去的路上，她学会了珍惜。为了守护现在的幸福，她每一天都要比昨天的自己更强。

像这样的人注定会视亲情友情重过一切！

"我应该说她不愧是龙建辉的妹妹呢，还是说她不愧是连长大哥的妹妹呢，抑或说她不愧是龙建辉和连长大哥的妹妹呢？"

这段近乎绕口令的话一出，就有人反对了："错，应该说，她不愧是我们'特务连'所有人的妹妹！"

"对啊，我早就想有个妹妹了，本来想要的是个乖巧可人像洋娃娃一样漂亮的妹妹，可是看龙雷这个样子，也挺好的，我喜欢。"

"就你想啊，我早就跟老爷子偷偷说过了，再生个吧，最好是个妹妹，实在不行出去找个小三生一个抱回来也行啊，我保证举双手支持，而且还会想办法做通老妈的工作。结果老爷子二话不说，一脚就把我踹出了书房，要我立刻滚蛋！"

"我倒是有个妹妹了，是老家来的表妹，长得也还马马虎虎，但是小地方出来的，干什么都缩手缩脚，带她去见朋友，连大气都不敢出，就是低头坐在我身边一声不吭，人家和她打招呼都不知道回一个。有人和她开玩笑，被逗急眼了就坐在那里默默哭，真是太没意思了！要是换成小雷雷，我估计她直接跳起来，把那帮孙子揍得满地乱跑，一起跪在她面前唱'女王万岁'了！"

"什么女王，我们小雷雷哪里像那个左手皮鞭，右手狼牙棒，身穿豹皮短裙、脚蹬红色高跟鞋，还非要戴上个骷髅头黑眼罩冒充独眼龙的女王?! "有人怒了，丝毫没有注意自己的话透露出太多不良细节，"说她是公主还差不多，从今天开始，她就是我的亲亲小公主了！"

一句"亲亲小公主"，让这个哥们儿逃过了被所有人群起而攻逼问"女王"细节的悲催命运。

"亲亲小公主？咦，这个可以有！"

"顶！"

"顶 +1。"

"顶 +2。"

"顶 +3。"

…………

第二天，龙雷被拉进了一个群，当时还只是 QQ 群，QQ 群的名字就叫"亲亲小公主"。

龙雷还没有反应过来究竟发生了什么事，一打开 QQ，就被海量信息给覆盖了。那些几年前见过一面后就鲜少再联系，甚至根本没再联系的哥哥全部跳了出来，一个个热情如火地喊着她"小公主"，各种卖萌讨乖，各种胡说八道山侃云侃，弄得龙雷晕头转向。

还没有从这突兀的变化中清醒，来自全国各地的礼物就铺天盖地地猛砸过来，把龙雷再次砸蒙了。这一砸，就连续砸了五六年，一直砸到了今天！

今天时针还没有转到六点钟，太阳公公还在睡懒觉没有上工，天空依然灰蒙蒙的，但是已经有人和龙雷一样开始晨练了，只是这些人大多是已经头发花白本来就觉少的老人。他们看到龙雷，都举手打招呼，龙雷则对着他们露出了爽朗的笑容。

扛着那只硕大的沙包，跑了不知道多久后，汗水微微浸湿了她的头发，汗珠顺着她身上充满年轻健康光泽的皮肤一点点滑落，更将她野性难驯的美丽展现得淋漓尽致，让男人们看得目不转睛。就算是被这样的目光盯着，龙雷也丝毫不见着恼，有人主动走上来攀谈，夸赞她的美丽，她都会回上一句："谢谢！"

这真不是客气，也不是虚伪，被"特务连"一群爷们儿宠溺着一天天长大的小公主，身上不可避免地沾染上了"特务连"式的大气！

大多数别有用心的人，面对这样的龙雷都会选择退却。

也曾经出现过几个身家不错，自以为能驯服龙雷这匹野马的人，当他们走到龙雷面前时，立刻放弃了心中的念头。

这个女孩，穿着看起来并不高调，但是如果他们没看错的话，龙雷穿的跑步鞋来自美国索尼康。在半个世纪前，第一个成功登月，并在月球上漫步的宇航员脚上穿的鞋子就来自索尼康！

龙雷穿的运动服，上面找不到任何品牌标志，但无论是裁剪还是缝纫都完美得无懈可击。稍有眼光的人就会明白，形成这种现象的唯一原因就是，这套运动服是为龙雷量身定做，而不是机器批量生产的。

如果到了这个时候还有什么富二代不死心想探个究竟，拦住龙雷一边借着问路，一边打量龙雷运动服衣袖下方，并终于在一个不起眼的地方看到了用相同颜色丝线绣上去的英文名字后，他会毫不犹豫地掉头就走。

能让连续几期上国际时装杂志专栏的意大利最著名的皮制手工作坊的缝纫大师，为她亲手缝制一套运动装，先不说她身后的家人有多么庞大的实力，光想想打动这样一个见多识广、早不把奢侈品当回事的女孩，他们得付出多大的代价，把他们自己卖了够不够？

早知道这一切的"特务连"兄弟们笑而不语，女孩要富养，这可是他们共同商定的基本策略啊！

虽然以龙雷的性格怎么看都不可能，但不怕一万，就怕万一，万一他们所有人宠溺的小公主无法抵挡诸如苹果手机、几千块一个的所谓名牌包包的诱惑，被人用仨瓜俩枣就诱拐成功，那根本不必连长大哥发话，他们所有人一起买块豆腐撞死算了！

# 第四章　惊变

原本就认真学习，充实度过每一天，学习成绩相当不错的龙雷，又因为牵挂嫂子，打算报考本市一所普通大学，高考这道关卡对龙雷来说也不过就是一次比较严格的考试罢了。

抱着这种轻松的心态，龙雷在考试时更加游刃有余，往往都不等到铃声响起，就主动交卷离开了考场。

两天后，高考结束了。

在当天晚上，一群刚刚参加完高考的未来大学生在 KTV 最大的包间里玩得很疯。

有人当场就将书本扯得粉碎丢到了空中，还有人在舞池跳着跳着，突然往地上一蹲抱着脑袋就哭了起来。一些在学校里公认的乖乖女，在蹦迪时用力地吼，放声地叫，仿佛要把几年压抑的东西都释放出来似的。

他们终于告别了高中生涯，再不必每天接受填鸭式教育，不用听家长和老师每天在他们耳边念叨什么"人生能有几回搏，此时不搏何时搏"，把他们逼得像陀螺一样高速转动，不能稍有松懈。

不管他们是不是变成了宝剑，有没有发出梅花的香味，最不堪回首的高中生涯已经成为过去，一旦踏入大学校门，他们就是大人，可以光明正大地谈恋爱，可以光明正大地将电脑搬进宿舍，去玩网络游戏了。

一个女生明显是喝得有些高了，她拎着两瓶啤酒冲到龙雷面前，在音乐声中，她的声音很大："龙雷，我不喜欢你！"

龙雷回望着这个女生。"为什么？"

"知道为什么别的班不管老师怎么管，都出了好几对情侣，就咱们班没有吗？是因为你！班上的男生都喜欢你，只要你在场，他们的眼睛就只会在你身上打转。"

说实话，龙雷真的没有注意这一点。"对不起。"

"这就是我最讨厌你的地方！"

女生瞪大了眼睛："所有人都说你大气，没错，我也承认你大气！你带到学校请我们吃的巧克力，是比利时王室特供；你书包上有一个小挂饰，班上的女生表示喜欢，你当场就摘下来送了她，后来她上网一查才知道，那个小玩意儿是全球顶级奢侈品公司发行的限量版，比两部苹果手机加起来还要贵，而且是有价无市，差点就把她吓尿了，最后把小挂饰交给老师，让老师还给你才算完事！你这么牛，为什么不去上你的贵族学校，非要和我们这些小老百姓挤在一起？把班上的女生比得全成了垃圾，你很得意，很开心是吗?！"

龙雷微微皱眉，她把所有时间都用到了学习和训练上，根本没有多余的时间和精力去研究所谓的奢侈品或者流行元素。她真的不知道，她每年都会收到的那些礼物竟然会这么昂贵。

"对不起，我没有想到会变成这样，我也不知道会给大家造成这么多的困扰。"

看着龙雷在自己面前诚心诚意地道歉，女生愣了好几秒钟，她满怀怨气，借着酒劲才敢冲到龙雷面前，她真的没有想到，在她们女生看来高不可攀的龙雷就这么道歉了，这种憋足了劲才使劲打出一拳，却打到了棉花上的感觉让她郁闷得想要当场吐血。

最重要的是，她知道龙雷是真心向她道歉，但越是这样，她越是觉得难受。

女生的目光落到了龙雷手边的玻璃杯上，这一天大家放开了，都在喝啤酒，只有龙雷在喝水，没有加任何料的纯净水。大家高中同学三年，在她的印象中，龙雷似乎也只喝水和牛奶，除此之外，就连果汁之类的饮料都没有碰过。

女生又抓了一瓶啤酒，"砰"的一声放到龙雷面前。"别光嘴上说些没用的，真要和我们这些小人物当朋友，你就喝了它！"

龙雷打量着那瓶啤酒，这是 KTV 里最常见的小瓶装啤酒，女生将酒瓶拍在桌面上时太过用力，里面的酒汁泛出的气泡已经溢出瓶口。

龙雷没有拿起啤酒，而是抓起了手边的玻璃杯说："我并不认为，朋友需要用一瓶啤酒来证明。我非常希望高中结束后我们还是朋友。"

龙雷手中的杯子往前一送，和女生手中的酒瓶轻轻一碰，她将杯子里的水一饮而尽，将杯口对着女生说："先干为敬！"

女生仰起脖子将啤酒喝光，然后望着龙雷说："我果然还是讨厌你的。"

龙雷望着女生，认真地道："等哪天你不讨厌我了，和我做朋友吧。"

女生再次愣住了，她愣愣地望着龙雷，她这辈子都没有见过龙雷这样的人。

女生突然丢掉酒瓶冲上主唱台，一把从同学手中抢过话筒。"给我点一首陈小春的《算你狠》，我要把这首歌送给咱们班最最最可爱，最最最漂亮，最最最大方，也最最最讨厌的龙雷同学！！！"

在场所有人的目光都落到了龙雷的身上，就算是万众瞩目，龙雷坐在那里依然平静如水，看不到半点局促不安。

一首歌唱完，当女生再寻找龙雷时，龙雷已经不在了。

"我从上托儿所开始，到上小学、初中，学习成绩一直都是最好的，所有人都夸我漂亮，班上的男生也总喜欢往我面前凑，可是到了高中，和你分到一个班，我就变成了一个路人甲，无论怎么努力，成绩也只能是第二名，大家眼里能看到的始终只有你一个。你说我是脑子进水了，还是有受虐爱好，放着好好的红花不当，非要凑到你身边做绿叶?！"女生坐到了龙雷刚才的位子，拿起了龙雷曾经用过的水杯，"像你这样的人，真是讨厌死了。"

夜已深沉，路上的车辆明显稀少起来，出租车在路上飞驰着，透过车窗向外望，整个城市灯火辉煌，霓虹灯和液晶广告牌依然闪烁着，为城市披上了一层梦的羽裳。在路边的烧烤摊上，工作了一天，终于可以放松下来的男人们正一边大口喝着扎啤，一边啃着刚刚用炭火烤出来，还在嗞嗞冒油花的肉串。

凝视着那一张张笑脸，就连龙雷的唇角都勾起一丝微笑。想起那个女生说的话，龙雷收回目光，打量着放在膝盖上那个她只是觉得挺结实，内部构造也挺不错的书包。这个书包上同样没有商标，它整体摸上去很柔软，而且针脚细密，在接缝处的手工更是堪称完美。最重要的是，把它背在身上，它的背包带能恰到好处地将重量分摊在全身各处，背得时间稍长，龙雷几乎都能忘了它的存在。

既然她书包上一个小挂饰都能把同学吓得把它交给老师，再还给她，那这个书包的价值当然是不言而喻的。

没有人告诉她这些礼物很昂贵，他们只是看到什么东西觉得适合龙雷用，他们就买了。龙雷觉得哥哥们送的东西用起来挺顺手，道一声谢后，也就用了。至于送的是高档奢侈品，还是一袋鱼干、一包咖啡豆，"特务连"的哥哥们不在意，龙雷也同样不在意。她真正在意的是这么多人喜欢她带来的开怀。

晚上十点三十分，龙雷准时返回了自己的家。

一推开房门，一股熟悉的"家"的气味就迎面扑来。在餐桌上放着两碟一盘，上面扣着大大的瓷碗，这样既能保温，又能阻挡苍蝇之类的飞虫，它们是嫂子给龙雷留的晚饭。

龙雷先走到了大哥的灵位前，拿起几支香，当她用打火机点燃手中的线香时，她的动作猛然顿住了。

相片中，那个总是会对她露出微笑和若有所思表情的大哥，脸上多了一个触目惊心的红叉！

红色油漆画成的叉叉，在寸许长的打火机火苗映照下显得分外刺眼！

龙雷冲进卧房，一把掀开床上的棉被。

在棉被下面，是几个拼在一起的枕头。最上面的那个枕头上还有一张画着"小丑"脸谱形象的纸，在月光下，小丑那五颜六色的脸，尤其是那张大大张开犹如血盆大口的嘴，显得分外诡异狰狞！

嫂子不见了！

龙雷深深吸了一口气，直到确定自己完全镇定下来，才打开卧室的灯，伸手拿起了那张画着小丑脸谱的纸。

龙雷果然在纸的后面看到了一句话：把客厅里的灵位砸掉，记住，是砸掉！

没有任何犹豫，龙雷拿着一把锤子返回客厅，连道歉的话都没有说，就举起了锤子，一锤就砸到了挂在墙上的相框上，将那个画着红十字叉叉的相框玻璃砸得四下碎裂。

回周邻居家的灯都亮了，外面传来了大声的抱怨。龙雷却并没有收手，她双手抓起供桌，全力砸到墙上，整张供桌被砸得变成一堆木板木条。龙雷把它们丢到地上，抬起脚狠狠踏下，一下一下又一下，直到将已经散成一堆的供桌彻底踏成了木片。

听着如此狂野的声音，四周反而又陷入了安静。现在生活在城市的人们早已经学会了各人自扫门前雪，休管他人瓦上霜。只是在这样的安静中，不知道有多少人兴奋地支起了耳朵，想要听听别人家的冲突和矛盾。

站在一堆碎片中，龙雷弯下腰细细寻找，但是她什么也没有找到。

龙雷不知道，她做的一切都被一只藏在客厅中的摄像头拍到，并将画面传送出去。

"外表的宁静给人以美，内心的平静给人以慧。"

一个男人望着电脑屏幕，丝毫不掩饰自己脸上的赞赏，他扭头对着"龙建辉"道："可惜她是你妹妹，而不是我妹妹。"

"坐在"男人身边的是一个人偶，它身上穿着一套中国军装，脸上挂着一张龙建辉的相片。

在男人和"龙建辉"身后，放着一张大床，特别大的床。

嫂子就像一只待宰的小羔羊一样瑟缩在床上，全身不停地颤抖。在床边站着几个怎么看怎么猥琐的男人，他们用恶狼看到小绵羊一样的眼神打量着她，那一双双眼睛在她的身上、她的腿上、她的胸部来回扫过，就像是蘸了油漆的刷子，让她感到害怕，更感到恶心。他们时不时对着她张开嘴，露出灵活的舌头，在唇边舔来舔去的，更让她全身的汗毛都在同时倒竖而起。

在床边赫然架着两台固定式摄像机，以及一个扛着移动式摄像机的摄像师。就算她再鲜少与外界接触，这辈子都不怎么接触"岛国爱情动作片"这种玩意儿，她也知道自己的处境很不妙！

男人站起来走到床边，其他人立刻有眼色地让开，退到了一边。

他穿着一身合体的西装，脸上带着绅士的温和微笑，他的手中还捏着一枝代表纯洁的百合花。"我叫柳七，柳树的柳，一二三四五六七的七。"

柳七打量着这个瑟缩在床上，吓得全身发颤的女人。她的姿色只能算是中等偏上，但是身上那股发自内心的温柔与柔弱，却能轻而易举激发出男人的保护欲，或者是征服欲。

"丈夫都死那么久了，怎么现在还不改嫁？"

柳七的声音很温和："如果你早就重新嫁人，又有了自己的孩子，我也许就会把你从名单中划除了。我必须承认，你身上的传统美，赢得了我的尊重。"

嫂子用恐惧的眼神望着这个一脸温和的男人，他越是温和，她就越是害怕，怕到了骨子里。

"我问了身边的人，一个拥有中国传统美德，珍稀程度近乎大熊猫的女人，最害怕什么。同样身为女人的吉儿给了我答案。

"龙雷如果没有按照我的指示去砸灵位，会有一个男人爬上这张床；她如果在动手砸烂供桌之前，先向龙建辉道歉，再点上几支香，会有两个男人爬上这张床；如果她蠢得打电话报警，或者向'亲亲小公主'群里的人求救，我会非常生气，那时候所有男人会一起爬上来。"

柳七微笑着："人一生，会有三次成长。第一次，是发现自己不是世界中心的时候。背负着诅咒命运降生的龙雷比任何人都更早懂得这个道理，所以她拥有远超同龄人的稳重与智慧。第二次，是发现即使再努力，面对某些事、某些人，依然无能为力的时候……我很乐意让她懂得这个道理。"

柳七没有再说一个人的第三次成长是什么，他花了十一年时间，终于找到了龙建辉的家人，并出现在她们面前。这就注定无论龙雷有多优秀，她的未来有多么广阔的空间，在这一天，她会折戟沉沙，而且是死得惨不可言！

柳七从口袋里拿出原本属于嫂子的手机，拨了一个电话号码，当拨通后，柳七打开了手机扩音功能。

柳七将手机送到了嫂子面前，又指了指站在不远处那几个"天赋异禀、业有专精"的猥琐男人。

电话彼端的龙雷仅凭话筒中传来的微弱呼吸声，就判断出了她的身份："嫂子，你怎么样？"

听着龙雷的声音，恐惧到极限的嫂子猛地发出了尖叫："龙雷，不要过来，不要过来，他想害死你，他想让你哥哥就算是死了在地下都不能原谅自己，他想毁了你，毁了你一辈子啊……"

喊着喊着，嫂子的声音戛然而止。她看到了柳七脸上的笑容，她也想明白了柳七脸上笑容的来由。

"我喜欢有自我克制力，能够遵守游戏规则的人。"

柳七切断通话，又打开微信，给龙雷发送了一个即时地址。

看着床上那个因为害怕和后悔已经泪如雨下，脸上鼻涕和眼泪混合在一起的女人，柳七拎着椅子坐到了床边。"龙雷过来还需要一些时间，要不咱们重温一遍'龙雷狂砸灵位，龙建辉天堂泣血'这出好戏？"

微信中，收到了柳七发送过来的地图坐标，但是龙雷并没有立刻冲出家门，而是走到了餐桌前，掀开几个瓷碗。

尖椒肉丝，酸辣土豆丝，外加一小碟花卷。虽然放了有几个小时，但是到了六月份，天气已经渐渐炎热，饭菜还微温。

龙雷走进厨房掀开汤锅，果然在里面找到了小半锅熬得滚烂喷香的小米粥。

通过笔记本电脑屏幕看到龙雷端着一碗小米粥坐到餐桌前，竟然真的拿起了筷子，先夹了一筷子尖椒肉丝送进嘴里，又慢条斯理地咬了一口花卷，柳七啧啧轻叹起来："世间之无情，当真是莫过于此！"

龙雷这一刻的表现冷静得的确近乎无情，但是……有效！

# 第五章　狮子扑兔

如果柳七的第一目标是嫂子，那么在龙雷回来前的这段时间，他足够做出很多很多事情，可是他没有。嫂子在电话里还能哭泣着叫喊，提醒她小心，唯一的解释就是，他的真正目标是龙雷！为了龙雷这道大餐，他不介意等待，甚至在享受等待！那么在龙雷自投罗网之前，嫂子就是安全的。

吃到五分饱，龙雷放下了碗筷。小楼哥哥曾经说过，战前不可不用餐，但不可过饱，不用餐则乏，过饱则倦。

"哈?！"

床边传来了一声女孩子的轻笑。

柳七双手交叉，淡然道："吉儿，你觉得很好笑？"

嫂子顺着声音的方向望过去，她就是想看看，究竟是什么样的女人会想出现在这样一个难为女人的恶毒主意！

有些出乎嫂子意料的是，那个叫"吉儿"的女人并不丑，她看起来也就二十四五岁的样子，正处于一个女人的魅力巅峰期。

吉儿染了一头奔放的火红色头发，脸庞原本就精致得无懈可击，用唇线勾勒，再用大红色珠光口红涂过的嘴唇，更透出了一股热情如火的性感。她似乎对红色有着绝对偏爱，她的衣服是红的，她的裤子是红的，就连她的运动鞋也是红的，配合着她曲线起伏有致的身躯，就像是一团火焰，隔着很远，一股火热的气息就扑面而来，足以烧得大多数男人心跳加快。

但是她的眉毛太过细长，形状似钩，就算吉儿在化妆时刻意用眉笔描过，依然无法掩饰这一点，透露出心眼太小，睚眦必报的刻薄。

但是不管怎么说，吉儿依然是一个让人赏心悦目的美女。

"看她的样子，就是在端，而且端得特别傻。您专门为这么一个傻丫头冒险进入中国，我觉得不值！"

吉儿说出了房间里大多数人的心声。

龙雷在吃过晚餐后，又抱着碗盘走进厨房，开始清洗餐具，最后她还拿起扫把什么的，将客厅里的破木板碎木屑给清扫干净。

难道她以为她和嫂子在被柳七这样的死敌找到并盯上后，竟然还能恢复原来的生活，继续她们姑嫂二人相依为命的小日子不成?!

柳七对吉儿的话一笑置之，他正在等待享受期待已久的大餐，心情愉快之下，话也比平时多了一些："你知道我在战场上最讨厌什么样的对手吗？"

这个问题真把吉儿给问住了。

作为贴身保镖，她跟随柳七有一年多时间了。在这么一段时间内，她亲眼看到柳七和各种对手在不同领域交锋，柳七就像一头狡猾、自信、残忍而又身经百战的狼，一次次将那些自诩高明的对手轻而易举踏在脚下，而且每一次都是在对方最自信的领域，将对方彻底击败。

每一次交手后，柳七都会成为那些对手的噩梦，让他们永远都不会，也不敢再生出和柳七对抗的勇气。

吉儿从一开始的眼高于顶，到渐渐喜欢上柳七，直至今时今日已经变成无药可救的痴恋。

她实在想不出还有什么样的对手能让柳七感到难缠，甚至被他归入"讨厌"的范畴。要知道，"讨厌"代表着就算是柳七面对他们时，都有可能有被击败的风险。

不要说是吉儿，就连周围的人也忍不住竖起了耳朵，好奇地等待着柳七公布答案。

"我擅长造势布局，我能用手中的力量层层布网，将猎物的生存空间一点点封死，直至让猎物窒息而死。但是有一种人，他们面对绝对逆境也绝不气馁，他们振臂一呼就能应者如云，带领信任他的人打出破釜沉舟式的攻击。如果说我是将'谋'应用到极限，这种人就是将'力'爆发到极限。他们根本不需要理会我布的局，更不需要和我见招拆招，他们只需要进攻进攻再进攻，将所有障碍全部击开，自然可以以力破局！"

柳七的脸色很严肃，这代表了他对敌人的认可与尊重。"对这种人来说，一力破万法！龙建辉，是这样的人；让我没有想到的是，我在他的妹妹龙雷身上，也看到了相同的潜质！"

房间里的人都若有所思。

吉儿盯着屏幕上的龙雷。"就凭她？"

柳七："她很棒，比我预想的更棒。只可惜，她是龙建辉的妹妹。"

吉儿猛地握住了拳头，她不知道龙雷凭什么能获得柳七这样的称赞，她只觉得电脑屏幕上那个年轻而美丽的女孩很刺眼，而且越来越刺眼！

龙雷拾起了龙建辉的相片，珍而重之地放到了桌子上，将所有垃圾和碎片都集中到一只大垃圾袋中。当龙雷做好这一切时，时钟的指针已经跳到了深夜十二点钟。就在龙雷关闭电灯，笔记本屏幕上的画面随着房间一起变成一片漆黑时，柳七通过笔记本屏幕的反光，看到了吉儿那张因为愤怒和忌妒而微微扭曲变形的脸。

龙雷拎着垃圾袋在走廊里慢慢走着，随着她的脚步向下，每一个楼层的声控灯逐一亮起。在每一个楼层的电灯亮起的同时，龙雷的身影也会出现在柳七面前的笔记本屏幕上。

柳七的手下早就在每一个楼层的电灯灯罩里安装了微型摄像头，龙雷的一举一动都在他们的全程监控之下。

"目标已经走出单元楼，在这个过程中，没有向邻居求助，也没有留下字条之类的求助信息。"

当龙雷走出小区等待计程车时，在小区对面的马路上，一辆越野车里有人透过车窗监视着龙雷的一举一动，并向柳七做出报告："目标已经离开小区，登上了一辆尾号为 4513 的红色捷达计程车。"

　　在房间右侧的便携工作台上，摆放着一排监听器材，有四名工作人员正在通过这些仪器对龙雷周围进行全方位监听。他们当中的小组长站起来，向柳七报告："目标一切正常，没有打电话报警，也没有用手机聊天软件发布求救信息。"

　　柳七从吉儿手中接过一杯红酒，轻轻啜了一口，淡然道："明智的选择。"

　　吉儿冷哼一声："那是因为她知道，警察办事效率太低，那些哥哥又远水解不了近渴。"

　　柳七微笑着摇头，却没有说什么。

　　人快要溺死时，抓住一根稻草都不会松手，更何况就连他自己都要承认，"特务连"那些人，是一百多根足够粗大的木头！

　　每过三四个街口，跟在红色捷达计程车后面的汽车就会更换一辆，就算是职业特工都不会发现自己正在被人跟踪。

　　以四人为一组的特殊情报小组事先在龙雷用的手机里植入木马，把龙雷的手机变成一个最便利的窃听器。

　　龙雷在汽车里和司机说了什么话，甚至是计程车内播放的音乐，他们都听得清清楚楚。龙雷手机中产生的流量消耗，有哪些 App 在活跃状态，也在他们的全程监控范围。他们还利用手机自带的卫星定位功能，将龙雷彻底锁定。

　　最传统的监视、监听，智能手机普及后带来的高科技手段窃听，外加需要动用大量人力成本，再加上周密准备才能实施的汽车轮换跟踪……这就是柳七的行事风格，他从来都不会小看对手，在出手前必定谨慎谨慎再谨慎，但是一旦出手，就狮子扑兔，必尽全力。哪怕这个对手只是一个十八岁的高中女生，也不会有任何变化！

# 第六章　赌局

计程车载着龙雷驶出了市区，计程车司机不停地通过观后镜打量着龙雷。他真的搞不清楚，像龙雷这样的女生为什么大半夜的不在家好好睡觉，要打车跑到市郊一个早已经废弃多年的工厂。

在距离目的地大约还有一公里时，司机停下了车，说什么也不肯再走了。他似乎也有些担心龙雷是不是还有同伙，到了没有人烟的废弃厂区，再来一个劫财杀人。

龙雷付了车费，一个人沿着没有路灯，路面坑坑洼洼的柏油马路一边看着手机上的导航地图校正方向，一边慢慢地走着。

工厂的大门已经脱离门框，倒在了门前。龙雷避开了已经锈坏的金属大门，走进了厂区。在长满一两尺高的杂草的院子里，一条掩映在其中的双排轨道伸向了厂区最深处。在它的周围，少了一两个轮子的轨道车车厢东倒西歪，站在这里，似乎依然可以聆听到二十几年前工厂全力开动时，车轮在轨道上滑动发出的声响。

抬头向远方张望，在黑暗的苍穹下，一座焦化炉直插向天空，成为整座厂区内最高的标志性建筑。在它的周围，是高高低低的厂房和车间，在它们之间，还有钢板制成的空中走廊相连接。到处都可以看到一些巨大的储藏罐，也不知道它们曾经装过什么东西。

这家工厂据说是在二十世纪六十年代建造的，来自五湖四海的人们聚集到这里，为建设祖国四个现代化而努力。现在中国已经完成了那段历史进程，这个工厂也在二十世纪九十年代因为国有转民营失败，资不抵债宣布破产，停止了前进步伐，直至变成今天的样子。

现在这里还能被人勉强记住的原因，说起来也相当可笑。每隔一段时间，总会有好事者杜撰几个以厂区为舞台的鬼故事，吓得一些小女生陷入了越是听越是怕，越是怕越是听的怪圈当中。

"啪！"

在路面上，一只汽水罐突然跳了起来。汽水罐在空中飞出五六米后又落到地面上，发出一连串的脆响。

龙雷停下脚步，折返回去，就着皎洁的月光只看了一眼，龙雷的瞳孔就猛地收缩成最危险的针芒状。那只汽水罐已经被什么生生打碎，变成了一块破破烂烂的铝片。

"啪！"

在正前方，又传来玻璃瓶被打碎的声响。

但是龙雷无论如何仔细聆听，都没有听到枪声，对方使用的是加装了消音器的步枪，甚至有可能是特种部队使用的微声狙击步枪！

"啪！"

又有一只玻璃瓶被子弹打碎，猛然炸碎的玻璃瓶混合着什么液体飞溅而起，其中有一部分直接溅到了龙雷的脸上。碎玻璃片在脸上划过，划起一片火辣辣的疼，但是液体却又让脸上感受到了一阵清凉。

龙雷伸出手指拈了一滴溅在脸上的液体，把它送进嘴中，龙雷的舌头尝到了焦糖特有的甜味，溅到她脸上的液体是可口可乐。

吉儿手里拿着一台微光望远镜，居高临下，她可以清楚地看到龙雷脸上每一个表情细节。她想要看到龙雷惊惶失措，放声惊叫，想要看到龙雷吓得抱住脑袋蹲在地上一动也不敢动，可是龙雷只是静静站在那里，脸上表情始终平静如水。

吉儿一拳重重砸在窗台，不甘心地低叫道："可恶！"

柳七脸上的笑意更浓，他取出一支香烟，左手执烟，右手打着了打火机，将香烟慢慢点燃，寸许长的火苗在黑暗中显得分外醒目。

在点燃香烟后，柳七松开手指，火苗熄灭，旋即他又手指一按，火苗再次出现。他就这样一按一松，让打火机不停跳跃出火苗，如此周而复始，形成了犹如红色警报般的效果。

龙雷凝视着不远处那幢三层高的办公楼，火光就是从三层某一个窗户中传出来的。

这幢始建于二十世纪六十年代的办公楼，通体是砖混结构，在工厂被废弃后，门窗都被人拆走，只剩下光秃秃的框架，在黑暗中整个办公楼看起来就像是张开了一张张大嘴，透着几分几欲择人而噬的狰狞。

一阵夜风刮过这片城郊的废弃厂区，掀起了龙雷的齐耳秀发，也带着厂区内那一两尺高的杂草随之飘舞。空洞洞的房间中形成风洞效应，传出呜呜的悠长低鸣，仿佛是人类亘古悠长的诅咒，又像是低低的叹息，让人的心脏都跟着不规律地跳动起来。

"美国中情局曾经做过一个心理统计，据说没有受过专业训练的人，在险些受到枪击后，心脏会骤然收缩再慢慢松弛，全身会随之失去力量，就算是再坚强的人，从她那个位置走到这里，都至少需要十分钟。"

柳七吸了一口香烟，看着吐出的烟幕在空气中不断翻滚，不断变大变浅。"也许，龙雷只需要五分钟。"

吉儿脱口道："不可能！"

"要不要打个赌？"

柳七从口袋中取出一个长条形的首饰盒，当他打开时，那串做工精致，每一颗蓝宝石都犹如大海般蓝得纯粹而透彻，在银色月光照耀下显得如梦如诗亦如歌的项链，在瞬间就让吉儿的心都醉了。"如果你赢了，我会亲手把它戴到你的脖子上。如果你输了，我只要你一个承诺。"

心仪的男人，外加一串美丽得足以让全世界绝大多数女人的心脏狂跳的蓝宝石项链，这两者加在一起，形成了吉儿根本无法抗拒的强大诱惑。她咬着嘴唇，眼睛死死盯着那串项链。"什么承诺？"

"不许恨我，永远都不许恨我。"

吉儿的脸红了，在坠入爱河的女人耳朵中，柳七要求的承诺就是世界上最动听的情话。她的目光回到了柳七的脸上，看着他帅气的脸庞上透出的温柔，吉儿几乎是魔怔般地痴痴点头。

在龙雷终于走进他们所处的房间时，柳七按下了手机上倒计时软件的暂停键，他将手机屏幕送到了吉儿面前："四分五十五秒，就差五秒钟，真的很可惜。"

吉儿霍然转头，盯着龙雷，她猛地发出一声愤怒到极点的厉吼："龙雷！！！"

不明白眼前这个全身火红的陌生女人为什么会对自己流露出如此强烈的恨意，龙雷的目光跳过吉儿的肩膀，落到了柳七的身上。

虽然这个原本可能用作会议室的房间中有十几个人，但是那个根本不需要任何强调，只是静静负手而立，气场就强大得犹如众星拱月般让人无法忽视，唇角总是带着一缕若有若无的笑意，胸有成竹得一切尽在掌握之中的男人，当然就是她此行必须直接面对的最终 boss！

当柳七回望过来时，他那平静的目光中蕴藏着的重剑无锋，在瞬间就刺痛了龙雷的双眼。但是龙雷在深深吸了一口气后，反而迎着柳七的目光一步步走到了他的面前。"我哥和你有仇？"

"他杀了我二哥。"

柳七在回答后，又补充了一句："虽然我们是结拜兄弟，但我一直把他当成父亲，我相信你懂这种感情。如果你还有什么疑问，只管提问，我一定会尽力回答。"

龙雷伸手指着嫂子。"我要怎么做，才能把她带……"

话还没说完，龙雷就看到了一条腿，一条快得迅雷不及掩耳的腿！

"啪！"

直到头部结结实实挨了这一记鞭踢，龙雷的耳朵中才听到这一记踢击的破空声。

眼前猛然炸出几百上千颗金星，耳朵里更发出嗡嗡轰响。过了四五秒钟，龙雷终于勉强恢复了意识，她一点点从水泥地板上支撑起身体，回头望去，直到这个时候才发现，自己竟然被刚才那一脚直接踢得倒飞出三四米远。

那个站在柳七前方，一身火红色运动装，看起来就像一团火焰般充满侵略张力的女人，只用了一脚就将她踢成这个样子。

吉儿望着龙雷，抬起了下巴。"想要带走你嫂子，先过我这一关再说！"

# 第七章　生死斗

"吉儿你可是跆拳道黑带五段，在世界跆拳道比赛中获得过名次，要一个没有受过专业训练的女生打赢你，是不是太不公平了？"柳七望着龙雷，"只要能在吉儿腿下支撑三分钟，就算你赢，怎么样？"

吉儿上下打量着龙雷，目光中满是不屑："最多三十秒，我就能打烂她的那张脸！"

"最好别碰脸。"柳七指着房间中那张床，"应你的要求，我准备了一张又大又软的床，又按你罗列的名单，请了那些专业演员，这么一出大戏布置得花团锦簇，要是最后女主角花了脸，先不说会让人多失望，就连网络点击量都会低很多的。"

吉儿望着那张床，脸上露出了笑容。"那我踢断她的腿，怎么样？"

柳七笑了笑，声音中透着宠溺："行，都听你的。"

龙雷慢慢撑起了身体。她深深地吸气，再慢慢地吐气，几次深呼吸后，她的大脑恢复清明。回头看了看那张床，还有站在床边那几个看了就让人觉得恶心的猥琐男。"我大哥和你有仇？"

"没有。"

"那我和嫂子，有谁不小心得罪过你？"

吉儿一抬下巴："你们配吗？"

龙雷不再说话，她双手一前一后慢慢抬起，形成了一个攻守兼备的格斗起手势，她整个人立刻稳得无懈可击。

吉儿的眼中先是闪过一丝意外，旋即就被不屑所替代，就算眼前这个小丫头片子练过几天功夫，那又能怎么样？

一个冲刺，在瞬间就将两个人之间的距离拉到了触手可及的程度。吉儿整个人还在惯性的推动下高速冲刺，右腿就在空中连续弹踢，也许是灯光的作用，也许是她踢得实在太快，就在她展开连续攻击的时候，周围的人都看到了她双腿踢出的残影！

这根本不是对战，面对吉儿双腿轮番攻击，龙雷竟然根本无法反击。在龙雷的感觉中，她面对的根本不是一个人，而是一群人在拿着木棍对着她劈头盖脸地猛砸。

龙雷用双臂死死护住头部，这样才能让她不遭到致命攻击。她的视线透过双臂缝隙死死盯住吉儿，一边挨打一边顺着吉儿的攻击方向不停移动，用来减轻身体受到的震荡伤害。

房间中响起一连串的双腿破空声，以及双腿落到龙雷身上发出的沉闷声响，中间混杂着嫂子惊惶而悲伤的哭泣声。所有人都睁大眼睛，聚精会神地看着这场绝不公平的徒手格斗。

"一分钟！"

当柳七平静的声音响起，房间里的人们才猛然惊醒，在这场一面倒的单方面殴打中，只能不停防守防守再防守的龙雷竟然抱着脑袋硬生生撑过了一分钟。只要看看吉儿那狂轰滥炸式的攻击，就绝不会有人认为这一分钟有半点侥幸。

刚才曾经当面放出大话的吉儿听到柳七报时，羞恼到极点的情绪让她猛然发出一声厉喝："开！"

吉儿的身体凌空跳起，在转身的同时，她的右腿在空中画出一道凌利到极点的弧线，挟着高速旋转形成的动能，以及身体关节弹动形成的加速度，居高临下对着龙雷颈部狠狠斜劈下去，这赫然是跆拳道中攻击力最强悍的凌空侧身后旋踢！

就算是举起双臂全力防守，龙雷也无法抵挡住吉儿这倾尽全力的重击，被踢得倒飞而起。可是这一次她只倒飞出不到一米远，后背就重重撞到墙壁上。退无可退，手臂被踢得又酸又麻，一时间无法再重新举起来护住头部的龙雷，眼睁睁看着吉儿落地后，再次跳起，转身，右腿挥出，几乎没有半点停滞地对着她又踢出第二记凌空侧身后旋踢！

"啪！！！"

第二记凌空侧身后旋踢毫无花巧地踢中了龙雷的头部。

观战的人当中有人嘘出一口长气。

"结束了。"这句话几乎道出了所有人的心声。

吉儿用的这种攻击技术很难出现在势均力敌的比赛或者格斗当中，因为踢出这一记攻击，必须借助身体的大幅度摆动，将腿像抡大刀一样狠狠抡出。一旦攻击失败，就代表着招式用老，必须承受对方的猛烈反击。真正的格斗高手只有在占据绝对上风，将对方的防御或者平衡彻底打破时，才会用它作为锁定胜利的最后一击。

鲜血同时从龙雷的鼻子、嘴角、耳朵中流淌而出。她的眼前泛起一片血红，看什么都是模糊而艳红的。她的耳朵里更像是钻进去一百只苍蝇般，嗡嗡嗡地响个不停，让她根本听不清周围的任何声音。

睡神在龙雷的耳边不停轻声低语着，诱惑着她："睡着吧，只要闭上眼睛，睡着，你所有的痛苦就都会消失了……"

真的，差一点，龙雷就真的陷入黑暗的沉睡了。

她的头真的好疼，不只是头，挨了那么多记攻击，她全身的每一个细胞都在哀号。承受了早已经超出人类极限范围的伤害，人类身体自我保护的本能在一次次向她发送"晕倒过去吧"的信号。小脑受到震荡，她面前的一切都在呈螺旋状旋转，转得她头晕眼花……

可是她依稀听到了嫂子惊惶悲伤到极点的哭叫，她好像看到那个胆子小得不得了的嫂子冲开几个人的拦阻向她跑过来，却被人一拳重重打在腹部，痛苦地跪在了地上。

"那个孩子就是火刑克宫命，她原本就不应该出现在这个世界上，她克死了全家，让自己活了下来。"

"爹，别打我了，俺知道错了，以后再也不敢和她一起玩了！"

几乎已经遗忘的声音再次在她的耳边回响，这些声音是那么刺耳，让她郁闷得只想放声狂吼。

龙雷又看到了餐桌上那两盘一碟的晚餐，想到了厨房的锅里，那小半锅熬得又浓又香的小米粥。

还有那枚银鹰勋章，以及那一群喊她小公主的哥哥！

作为龙建辉的妹妹，她可以死，但她绝不能在身后那张床上，用最屈辱的方式死去。她答应过战侠歌一定会保护好嫂子，她更清楚地明白，如果她真的按照对方的剧本结束了生命，那些喜欢她、宠溺她，把她当成公主一样宠爱的哥哥都会因此而受伤！

嘭！

龙雷的右脚死死撑在了地上，她竟然重新撑住了自己的身体。当她重新对着吉儿抬起双臂，摆出防御姿势时，她明明全身伤痕累累，可是所有人都认为，想要击倒这个女孩绝不是一件容易的事情！

龙雷望着吉儿，她的嘴角向上一掀，竟然笑了。

# 第八章 反戈一击

她满脸是血，看起来人不人鬼不鬼，明明疼得全身每一块肌肉都在发颤，没有人知道她这个时候为什么还能对着吉儿露出如此灿烂的笑容。更没有人知道，她为什么敢，或者说凭什么竟然主动对吉儿发起了挑衅。"来啊，来啊，就凭你那软绵绵的花拳绣腿，想打残打死我，还早一百年呢。"

呆呆地望着全身是血，却依然向她摆出战斗姿态的龙雷，吉儿可以清楚地感受到一股犹如大漠风起般的杀气浩浩荡荡地扑面而来。

她看到了一头生活在大自然中，和风霜雨雪为敌，在优胜劣汰的丛林法则中不断磨砺牙齿和爪子，纵然面对强敌也绝不退缩，只会越战越强，越战越疯，哪怕是战死沙场也会勇往直前，只为在对方身上留下一道爪印而至死无悔的猛兽！

"两分钟。"

柳七冷静的声音突然在几乎凝滞的空气中响起。吉儿猛然惊醒，她这才发现，自己被龙雷的气势所迫，竟然呆呆站立了几十秒钟，给了龙雷最宝贵也是绝对必要的喘息时间。

她竟然被一个随意几脚就能踢得无法还手的女生震慑得忘记了进攻！而她最在乎的柳七，以旁观者的立场把所有的一切都看到了眼里。

"你……浑蛋！"

吉儿猛扑过去，再次对龙雷展开了狂风骤雨式的攻击。

"你以为自己很强？"

龙雷用双臂死死护住头部。她的身体已经疼得麻木，也是因为这样，吉儿反而无法再轻易让她失去平衡，在这种情况下，龙雷竟然抱着头部开始说话了："你踢得是挺快，也挺花哨的……可是你知道不知道，你的格斗就像是跳舞？噢，我想起来了，'跆拳道'本来就是一种以各种比赛规则束缚，所以看起来特别漂亮，特别华而不实的舞蹈。"

说到这里，龙雷似乎若有所悟："难怪我觉得你的脸挺漂亮，却怎么看怎么不对劲，你一定是在韩国做过不少整容手术，弄出来的批量产品吧。也难怪你喜欢的人不喜欢你，任谁也不会对着一个'量贩式'洋娃娃产生好感，否则的话，这会显得自己多么……没有品位啊！"

吉儿真的被气疯了，龙雷在短短几分钟时间里就发现了吉儿对柳七的心思，她那句妙手天成的"量贩式"更是直刺吉儿敏感的内心。

吉儿疯狂地对着龙雷发起了连续攻击，她不顾一切地疯狂踢击。"闭嘴，闭嘴，闭嘴，闭嘴，你给我闭嘴啊！！！"

龙雷眼睛突然微微一眯，她放弃防守踏前半步，右拳就像是看到目标的毒蛇般猛然挥出。

"啪！"

"啪！"

吉儿的右腿踢到了龙雷的身上，几乎在同时，龙雷的拳也打在了吉儿的脸上，一拳将吉儿打得连退了两三步。

龙雷被吉儿一脚踢倒，但是所有人的目光都盯到吉儿脸上。有人对着吉儿比画了一个擦擦鼻子的动作，吉儿下意识地伸手一摸，才发现自己竟然被龙雷一拳就打出了鼻血。

"我杀了你！！！"

吉儿原本精致的脸被愤怒彻底扭曲，她这个人造美女，脸部扭曲得让周围的旁观者心里都涌起了惊悚的感觉。就在吉儿对着龙雷猛扑过去，即将发起最疯狂的攻击时，柳七不含半点情绪的声音在身后响起："时间到！”

吉儿冲刺的身体猛然顿住，她再恃宠而骄，也知道柳七绝不容人碰触的底线！

吉儿回头委屈地望着柳七，似乎在责怪柳七的无情。

柳七走到龙雷面前，他的声音平静得不见一点波澜："你赢了。"

听到柳七的话，吉儿张口想要说什么，但她只是被柳七平静的目光微微一扫，就立刻闭上了嘴巴，再也不敢多说一个字。只有熟悉柳七的人才能明白，这一刻柳七的目光中蕴含的分量。

龙雷慢慢走到了嫂子面前，将嫂子从床上拉起来，脱下自己的外衣，罩到只穿了一身睡衣的嫂子身上。

呆呆地望着满脸是血，到处青肿的龙雷，当那件外衣罩到她的身上时，嫂子只觉得鼻子一酸，眼泪再一次喷涌而出，她泣不成声，哭得全身颤抖。龙雷那件衣服在几分钟之前还是干的，现在却已经被浸透了。她这个当嫂子的，真的分辨不出来有多少是龙雷的汗水，又有多少是龙雷身上流出来的鲜血。

就算是这样，这个傻丫头害怕她担心，竟然还对她露出了一个安慰的笑脸。她知道不知道，自己刚才差一点被人活活打死?！

"我知道你和那家伙偷偷约会过，"龙雷弯下腰，低声问道，"什么程度了，上本垒了没有？"

嫂子猛地一呆，迎着龙雷那张近得要命，似笑非笑的脸，猝不及防之下，她的脸竟然在瞬间就红得几乎能滴出血来，讷讷辩解着："那天他升职了，心情好，找我出去庆祝，我们都喝了点酒……就……就一次……"

旋即嫂子就反应过来，这都什么时候了，龙雷竟然还拿这件事情和她打趣！

"怪不得嫂子身上有股香水味，挺好闻的，是他送的吧！"龙雷眼睛微垂，看着嫂子的脚，"咦，不仅开始用香水，竟然连脚指甲都涂了红色指甲油，原来这就叫女为悦己者容啊。"

"他……他……他……"面对小姑子的打趣，嫂子都结巴了，在她心里颇有一种小女孩出去和情哥哥幽会，却被家里长辈发现的尴尬，"他是个老实人，他……他说过的，只要你愿意，你可以和我们一起过，他会把你当成亲妹子……我……我还没答应他，说……说要……说要和你商量后，再决定。"

"恭喜嫂子，你的第二春到了。"

龙雷四下扫了一圈，没有找到嫂子的鞋，嫂子本来就是在晚上换好睡衣缩到床上后，被人摸进房间直接裹成了一个粽子，人家哪儿可能好心地帮她把鞋子也带上？

龙雷脱下自己的运动鞋，给嫂子套上。龙雷比嫂子高出大半个头，她的鞋子套在嫂子脚上就像是两条小船。龙雷半跪在地上，解开鞋带，在嫂子脚上重新系紧后，打了一个漂亮的蝴蝶结。

看着龙雷那张低垂下去的脸，她的神情专注而认真，仿佛给自己系鞋带就是这世界上顶顶重要的事情似的。嫂子惊讶地发现，明明周围还站着那么多穷凶极恶的人，可是自己的内心竟然没那么害怕了。

"嫂子，对不起。"

"嫂子，谢谢。"

听着这两句突如其来的话，嫂子整个人都愣住了。

龙雷在代大哥龙建辉向嫂子道歉。不管有多么充足的理由，大哥都不应该告诉嫂子求婚的原因，那对一个女人来说太残忍，残忍到她宁可不知道真相。当年只有九岁的龙雷不懂，但是现在的她已经懂了。

是嫂子给了她一个家，带着龙雷相依为命十年，让她终于知道什么是家庭的温暖。如果没有嫂子，就算是"特务连"那么多哥哥众星捧月式地宠溺，生命中有着太多缺失与遗憾的她也绝对不可能健康地成长起来。

没有身临其境，又怎么可能听懂龙雷这短短两句"对不起"与"谢谢"背后所蕴藏着的含意！

# 第九章　斩铁

　　眼泪不知不觉中再一次涌上了她的眼眶，就在泪眼模糊中，她听到了龙雷的第二次道歉："对不起，嫂子，我不应该霸占着你，一直阻挠你的婚事。如果你早一点嫁给那个男人，也许就不会变成这个样子……"

　　这句话听起来有些耳熟，那个叫柳七的男人似乎也曾经对她说过类似的话。

　　嫂子的身体猛地颤抖起来，她霍然转身，瞪着柳七，明白了，她都明白了，同时嫂子的心也直接沉到了谷底。

　　面前这个一身笔挺西装，看起来比绅士更像绅士的男人，从一开始就没有打算让她们姑嫂活着出去，他从一开始，就在玩一个猫戏老鼠的游戏，老鼠在猫的爪子下为了求生越努力，他就会越开心！

　　其实想想也对，如果他与他口中的那个"二哥"，真的像龙雷和嫂子的关系……她这个嫂子要是遭遇不测，无论用多少时间，哪怕赌上整个人生，龙雷也会对伤害她的人追杀到底，至死方休！

　　柳七从一开始就没有打算让她们活着离开，所以才会允许龙雷随意提问，他会尽力回答。打赢了，就允许她们离开的承诺，不过是出自那个叫"吉儿"的女人之嘴，再愚蠢的人看到吉儿虽然愤怒到极点，但是赌斗时间结束，就不敢再对龙雷发起攻击的一幕，也会明白，她在柳七面前是受宠，但她绝对无法更改柳七的决定！

"那你……"嫂子看着伤痕累累的龙雷，几次欲言又止，终于还是问了出来，"那你为什么还要接受那个疯女人的挑战，让她把你打成这个样子？"

龙雷的目光落到了柳七的脸上，她指着嫂子，说出了刚才只说了一半就被吉儿打断的话："我要怎么做，才能把她带离那张床？"

原来这才是她接受战斗的原因，就算是必死无疑，她至少还可以为保住嫂子最后的清白与尊严而拼死一战！

柳七的声音很平静，就算是再熟悉他的人，也无法从声音中听出他的所思所想："你已经做到了。"

龙雷笑了，她笑得开怀而灿烂。经常有人说，死亡是人性的试金石，在面对死亡时，龙雷身上爆发出来的就是近乎放肆的洒脱与张扬！

真的，在场所有人都确信，无论今天的结果如何，他们都会永远记住这一天，记住这个叫龙雷的女孩，记住她的坚强、美丽、勇敢与放肆！

"我还有一个问题。"

"说。"

龙雷的手指指向了房间的角落，那里放着一个被绑得活像一个粽子，嘴被胶带粘得死死的，就连眼睛都被布带裹死，什么也看不到的女孩。她赫然就是几个小时前，在 KTV 唱了一首《算你狠》送给龙雷，作为她们高中生涯最后总结的那个女生！

她为什么会被人绑到这里龙雷不知道，她只需要知道，如果不是自己，这个女生绝不会遇到生命危险就足够了。

"我要怎么做，才能让她离开，好好地回家？"

女生被人封住了嘴，还罩住了眼睛，她什么也没有看到，这样她至少还有一线生机。或者说，这是柳七故意留给她的生机，他真的是把龙雷的性格给摸透了！

柳七伸出了三根手指："和吉儿再打一局，还是三分钟。"

吉儿笑了起来，她的笑容艳丽而杀气腾腾。

"别笑了，你不笑的时候，还勉强算是个美女，你一笑起来，怎么看都像是僵尸咆哮。"

龙雷的目光在吉儿脸上来回打转。"我听说有些女人为了让自己看起来年轻，会往皮肤里注射什么药水，弄得面部神经失调，你不会就是其中之一吧？虽然说美丽很重要，但是健康才是根本，又有哪个男人会喜欢女人脸蛋下面还藏着一层福尔马林之类的玩意儿，那也太……惊悚了吧！"

吉儿脸上的笑容戛然而止，她过于饱满的胸脯在快速起伏，显然被龙雷的话给刺激得不轻。她也许没有像龙雷说的那样在皮肤角质层注射什么药品来维持光泽和弹性，但是她的确做过整容手术，像她这个群体的人，最担心的就是自己的面部神经受损，或者过上十几年，面部肌肉松弛后整个变形。

"Sorry（对不起）！"

龙雷竟然又对吉儿道歉了："请原谅我现在还太年轻，不能理解已经年近三十，正努力抓住青春尾巴的大妈的心理。"

吉儿愤怒到极点，但是没有得到柳七的许可，她再愤怒还是不敢就这样对龙雷发起进攻。她从地上拾起一块砖头，一拳将砖头打成了两截，她瞪着龙雷嘶声叫道："我一定会撕了你的嘴，我要你哭着跪在我面前求饶！！！"

"我建议你最好找个人代替你，因为……"龙雷收起了笑容，凝视着吉儿，一字一顿地道，"我会打死你。"

"…………"

吉儿愣了十几秒钟，在反复确定龙雷并没有开玩笑后，她猛地笑了起来。她笑得上气不接下气，笑得连眼泪都呛了出来。

眼前这个刚才差一点被她活活打死的丫头，竟然一脸认真地说要打死她，这个笑话真是太好笑了。

可是笑着笑着，不知道为什么，吉儿却笑不出来了。

站在她面前的这个女孩，刚刚受了连续重击。她站立不稳，似乎只要再受到轻轻一击就会倒下，可是她的眼睛中燃烧着的分明就是野性难驯，混合着一击必杀的自信与残忍的光芒。

在她沉默而认真的注视下，一股犹如大漠风起般的杀气就这么扑面而来。

这个生活在和平环境中的丫头，究竟经历过什么，才会拥有这种让人不寒而栗的杀伐果断？

看着自己皮肤上轻轻炸起的鸡皮疙瘩，吉儿不敢置信地瞪大了眼睛。直到这个时候，她才肯正视，在自己心底缓缓升起的竟然是寒意，发自内心的寒意。明明占尽上风，稳操胜券，可是在她心底竟然涌起了一个生物面对死亡时特有的寒意！

身为一名优秀的格斗家，在面对致命危险时，吉儿本能地摆出了一个攻守兼备的格斗姿势。

可是龙雷身上的气势却在瞬间消失得干干净净。"唉，天天听人说什么上兵伐谋，我是在智商上把你彻底碾压了，可是到真动手的时候，怎么算，我都觉得很难赢。"

"呃……"

已经做好面对最疯狂攻击准备的吉儿，只觉得自己仿佛全力一拳打到了棉花堆里，这种一拳落空的感觉，让她难过得几乎吐出血来。

吉儿连喘了几口大气，才伸手指着被丢在墙角的女生，嘶声道："她是你同学！"

龙雷回答得理直气壮："对啊，她是我同学，又不是我妈。"

"你……"

吉儿只觉得一股邪火从脚底板直冲天灵盖，这股郁闷之气憋得她恨不得当场狂吼，或者砸坏些什么东西才能顺畅起来。可是人家都当面认怂，承认自己害怕了，她还能说些什么？

"反正你们姑嫂今天怎么也不可能活着离开，你和我打一场又怎么了？"吉儿气急败坏之下，大实话冲口而出，"说不定你真能打赢呢？"

龙雷若有所悟："也对啊，反正是死定了，临死能拉个垫背的也算不亏。"

吉儿用力点头："对啊！"

龙雷旋即肩膀一塌："可惜，我想了又想，怎么想都是打不赢。"

吉儿再次瞪目："你……"

"我知道，你喜欢那个穿西服的斯文败类，想在他面前展现自己的强大。这个道理，就好像公熊到了发情期，总要找其他公熊比试力量，用胜利来彰显自己的帅气似的。"

龙雷认真地道："问题是，你别欺负我一个高中小女生啊。要不，咱们换个比法？"

吉儿嘶声问道："怎么比？"

"比谁能活得更长，比谁的哥哥更多，比谁的嫂子更温柔，比谁吃得更多，比谁的个子更高，比谁爬树更快……"龙雷掰着手指，一边说一边算着，"这么多选项，你挑一个吧。"

柳七一直静静冷眼旁观，他抬起手，轻轻啜了一口杯中的红酒，低声道："嬉笑怒骂，喜怒由心，上兵伐谋，攻心为上。看来在'特务连'中，还真有几个能人。"

"能打过对方，你就要多动拳头少动嘴；当你发现动拳头会吃亏，你就要不动拳头只动嘴；当你发现动拳头和动嘴都占不了便宜，就要去耍赖，就要不可理喻，让对方摸不着头脑，再来个趁乱取胜！"

九年前，战侠歌临别时说过的话再次在龙雷的耳边回响，这段集猥琐无赖于一体的话，曾经让龙雷不以为然，但是在这一刻她发现，这段话真他妈的有道理，简直堪称真理！

不信的话看看面前这位跆拳道黑带五段高手吧，她已经被龙雷气得暴跳如雷，心跳骤快血压爆表！

这代表着吉儿从三分钟格斗结束到现在，都没有得到真正的休息，她的体能正在持续高速消耗，而愤怒更让她的判断力和反应速度不断受损。至于这些变化，对一名能在国际跆拳道比赛中拿到名次的格斗高手来说，能产生多少作用，那龙雷就不得而知了。

发现"嘴炮"战术有效，龙雷继续挑衅，她平时是不太喜欢多说话，但是到该多说的时候，她也绝对当仁不让。"要不然，我们比比智商吧，我可以确定，在这方面，我对你拥有绝对碾压级优势。"

说到这里，龙雷的目光落到了柳七身上，还抛过去一个特别生硬，但是依然别具风情的媚眼："你说呢，帅气的哥哥？"

这句"帅气的哥哥"说得龙雷自己都想吐，生平第一次抛媚眼，更让她全身汗毛都倒竖而起，在那儿狂跳霹雳舞。做出这么巨大的"牺牲"，换来的结果也是喜人的。

柳七竟然真的点了点头。就事论事，龙雷在智商方面的确对吉儿形成了绝对碾压，对柳七这样的人来说，他根本就不屑于说谎，或者为某一个女人去圆谎。

吉儿的眼圈一下就红了，就连晶莹的泪花都开始在她的眼眶中聚集闪烁。她这一辈子都没有受过这样的委屈，更何况她这一次是在自己最喜欢的男人面前丢尽了脸。

"好端端的哭什么，咱们都是女的，你就算是掉金豆豆，我也不可能对你手下留情，还是省省吧。"

听到这句话，吉儿就像是一条快要渴死的鱼，又被人丢进水中，整个人都爆发出疯狂的斗志，她瞪着龙雷："你?!"

"看来你也就格斗能拿出手，敢拿出手了。你说得对，反正我死定了，就算不是为了那个同学，死前能拉一个垫背也总是好的。"

龙雷询问道："要不，咱们先等等，你缓过气再开始？"

吉儿用手背狠狠擦掉眼角渗出来的泪水，嘶声叫道："不用！"

"那……开始？"

吉儿几乎咬碎了牙齿："嗯！"

龙雷慢慢抬起了双手，再次摆出了她在刚才已经整整摆了三分钟的防御姿势。

"啊呀!!!"

吉儿发出了一声长吼，这是跆拳道选手在参加比赛时，对目标发起进攻前经常发出的声音。通过呼气与吸气的调节，跆拳道高手可以让自己的身体在瞬间拥有更强大的爆发力，或者更坚韧的抗打击能力。

甫一交手，就这样吐气发力，这说明吉儿在第二局一开始就会倾尽全力。

龙雷的目光却跳过吉儿，落到了柳七的脸上："啊，你说什么？"

吉儿下意识地停止攻击，回头望向柳七。这一次就连柳七都有了一种不忍直视的感叹，平时吉儿并没有这么蠢，她真的是被龙雷给气傻了。

龙雷并没有趁机向吉儿发起进攻。她用小尾指挖了挖耳朵，如果让班里的男生看到，龙雷在他们心中的"公主"形象一定会在瞬间崩塌，而且再无可修补。迎着吉儿血红的双眼，龙雷还非常礼貌地道歉："不好意思，刚才被你打得有点耳鸣，好像听错了。那咱们，继续？"

"啊呀！！！"

吉儿再次狠狠踢向龙雷，她一脚直踢向龙雷的太阳穴，龙雷的双手没有护在头部，她要在龙雷重新抬起双臂前一脚就将龙雷踢死！不，一脚把龙雷踢死那不是太便宜龙雷了？她要把龙雷一脚踢晕，然后站在那张大床前，亲眼看着这个牙尖嘴利的丫头片子如何接受一个女人最悲惨的经历。如果爱情动作片拍得够好，她甚至可以考虑私人珍藏上一份！

就在右腿侧踢向龙雷的头部时，吉儿突然看到龙雷的双眼猛然眯起，面对她这一记猛击，龙雷竟然没有做出任何防御，而是抬起右脚，对着她的左腿膝弯处猛踢过来。

这个丫头疯了，竟然想和参加过国际比赛还拿到过名次的她以攻对攻！

胜利的笑意还没有来得及在吉儿的脸上绽放，就化为了绝对震惊。

龙雷这一脚刚刚踢出，一种职业格斗高手特有的敏锐感觉就在对吉儿放声疾呼，提醒这一脚的可怕。

吉儿心里的第一个想法，就是不可能！

龙雷踢出来的真的只是一记再普通不过的低段位侧踢罢了。

但是当龙雷这一脚踢出一半，吉儿就知道危险的来源了！

按道理来说，双腿练得比正常人双手更灵活的吉儿，就算是高段位鞭踢，她的腿也应该先踢中龙雷才对，但是龙雷的这一脚，竟然踢得比她的腿更快！

知道为什么龙雷每隔半个月，就要换一次沙包吗？

因为她只会踢一个位置！

别人都是将各种腿法练得炉火纯青，在格斗的时候，再通过随意组合，变成密不透风的凌利攻击技，但是龙雷不同，她只练低段位侧踢，而且只练右腿！

她每天会在学校操场上训练一个半小时，抛开各种体能训练，她还有四十五分钟时间对着沙包猛踢。每天四十五分钟，只重复这一个踢击动作，这一练就是整整八年！吉儿在练习格斗术上投入的时间，踢击的次数，肯定比龙雷多得多，但是单论这一种攻击……

现在就连龙雷都不记得自己究竟踢坏了多少个沙包，她当然更不可能记得，自己究竟对着沙包踢出过多少次这种低段位侧踢！

小楼哥哥教她每天如何训练，如何让身体处于最佳状态，却只教给了她如此简简单单的一招。

"你的时间有限，根本不可能把自己变成一个没有弱点的综合型格斗高手，既然如此，那我们不如剑走偏锋，把你打造成一个全身都是漏洞，却拥有一记撒手锏的格斗刺客！

"绳锯木断，水滴石穿。把你所有的时间，所有的精力，都用在练习一种攻击技上，把它变成你的绝对撒手锏，就算是踢中石头，你也必须将石头生生踢碎，否则就不要使用它！这一记侧踢，我给它命名为——斩铁！"

"啪！"

就在吉儿的右脚离龙雷的头部只剩最后两三寸时，龙雷的低段位侧踢后发先至踢中了吉儿的左腿膝弯，在场所有人都可以清楚地听到，吉儿的左腿膝弯处传来了木棒折断般的可怕声响。

只是一脚，龙雷就将吉儿踢得左腿膝盖粉碎性骨折，吉儿就像是一只麻袋般凌空横摔向地面。在她身体摔落到坚硬的水泥地面上，反作用力猛地上扬的同时，龙雷一脚狠狠踏下，直接踏到了她的胸膛上。

"咔嚓！！！"

吉儿胸部传来了肋骨折断的声响，至少有两根肋骨刺穿她的胸腔，露出白森森的骨头，而鲜血更是从她胸腔部位的伤口中喷涌而出，转眼间就浸湿了她身下的大片地板。

四周一片死一样的沉默，所有人都呆呆地看着倒在血泊当中的吉儿，没有人能想到，第二局赌斗，竟然甫一交手就立判生死，而倒下的还是他们认为必胜的一方。

柳七走到了吉儿面前，他脸上的神情很怪异。吉儿望着柳七，张开嘴想要说什么，可是她还没有说出一个字，嘴里就喷出了一口含有大量血沫的鲜血。断裂的肋骨不但刺穿了她的胸腔，还刺伤了她的内脏。

吉儿望着柳七，脸上满是对死亡的恐惧，其实她自己也知道，就算现在把她送进医院手术室，她活下来的机会也微乎其微了。

柳七走上前，抱起了吉儿，把她抱上了那张原本给龙雷和嫂子准备的床。

鲜血渗透了白色的床单，显得分外醒目和美丽。

周围的人有眼色地关闭了摄像机，退到了二十米以外。

柳七在吉儿的耳边低声道："是不是很不甘心，也很奇怪，你明明比她强得多，就算她暗中藏了一手，你也应该能取得胜利，为什么最终输的人会是你？很奇怪，就算她有什么撒手锏，你依然比她强得多，为什么输的会是你？"

吉儿微微动了一下头，这已经是她倾尽全力的结果。

"因为你真正的对手，不是一个，而是两个——龙雷和我。"

吉儿瞪大了眼睛，她想要说什么，可是她的气管都被鲜血给灌满了，她一个字也说不出来。

"龙雷在发现根本不是你的对手后，她不断挑衅你，激怒你，让你失去了冷静。在这个过程中，我一直放任不理，甚至最后还和她配合了一下。你是因为我们两个人联手，被刺激得彻底失去了理智。

"你一定想问我，为什么这么对你吧？"

吉儿再次动了一下头，她根本无法呼吸，她知道自己的时间不多了，她能做的就是拼命坚持着，不让自己因为缺氧而失去意识。她就算是死，也要知道答案。

"你是一个称职的保镖，还曾经帮我挡过子弹，我感激你的忠诚，也欣赏你的美丽，平时你哪怕做错什么，我也可以包容。但是你不应该因为忌妒，私下拦截我和大小姐之间的邮件，也许这只是你和情敌较量的小手段，可是对我来说，这代表着越线，代表着有人正在威胁我的生命！"

因为缺氧，吉儿的脸色涨得青紫，但是她依然露出了一个惨然的表情。她终于懂了。

她越过了柳七的底线，但是柳七却并不能随意处决她，毕竟身为保镖的她曾经救过柳七的命，作为一个领袖，柳七必须考虑如果他对吉儿使用太过强烈的手段，会不会寒了其他人的心。

所以柳七在把龙雷逼入绝境后，从一开始就不断刺激吉儿，让吉儿对龙雷产生忌妒心理，一看到龙雷就主动跳出来向龙雷发起挑战。从一开始，吉儿就心浮气躁，柳七提醒她不要踢死龙雷，更是束缚住吉儿的双手双脚，让她没有从一开始就对龙雷痛下杀手。

就像柳七说的那样，吉儿是败在了柳七和龙雷两个人联手之下。

"你刚才和我打赌，你输了，按照赌约，你不能恨我，永远不能恨我。"

已经处于弥留之际的吉儿，两只眼睛无神地望着天花板，她的意识已经渐渐模糊了，但是她依然听到了柳七说的话，两滴眼泪从她的眼角渗出，在她精致的脸庞上滑出两道长长的泪线。她直到这一刻，才知道自己喜欢上了一个什么样的男人。她喜欢他，喜欢得不得了，就是因为这份喜欢，她反过来被这个男人害死了，他竟然还提前算计好了，让她连恨他的权利都没有！

他可真是一个其智若妖，又心狠手辣的男人。

柳七从口袋里拿出那条蓝宝石项链，把它戴到了吉儿的脖子上，天空般的蔚蓝，象牙般洁白的皮肤，艳红的鲜血，三者组合在一起，形成了一种近乎妖艳的反差。

"你单纯，任性，把什么情绪都写到脸上，和你相处，根本不需要去计算什么，提防什么，那种轻松，是我在别人身上没有得到过的。如果我累了，想休息了，也许我真的会考虑你。只是，很可惜……现在的我事业才刚刚开始，不能为一个女人停下脚步，也不会为一个女人改变自己。"

柳七伸手合上了吉儿死不瞑目的眼，低声道："下辈子，千万不要再喜欢我这种人了！"

# 第十章　龙家

在旁人的眼里，柳七一脸怜惜地凝视着吉儿，在她耳边低声说着什么，最后将一条名贵的蓝宝石项链戴到了她的脖子上。在他伸手合上吉儿的双眼时，动作温柔得仿佛在对待世界上最易碎的瑰宝。

整个画面透着一种唯美而凄艳的温馨，又有谁能想到，柳七在吉儿耳边说的那些话，可谓是语出如刀，字字诛心！

柳七站起来，取出一块白色手帕，慢慢擦拭手上沾的血迹。当他走到龙雷面前时，他的绅士风度又显得无懈可击。

龙雷轻哼道："虽然我不喜欢她，但是我还是要说一句，像你这样的极品渣男，可真不多见。"

"渣男，指的是自我感觉良好，极度自私，擅长索取，不负责任，以玩弄别人感情为乐的男性人类。"

柳七淡然道："你可以称我为坏蛋，也可以叫我败类，因为我的确是三观不正，道德低下，但是极品渣男这个称谓，恕我不能接受。"

"也对，渣男至少还有感情，而你不过就是一个利益至上的冷血机器罢了。"

柳七脸上带着温和的微笑，打了一个响指，两名部下走上前，将一直被丢在墙角的女生搬起来抬出了房间。"我的人会把她拉到城市，丢到某个无人角落，也许会是个垃圾堆，也许会是个天桥桥底，等到我们这边收尾工作完成，就会有人给她家里打电话，让她家里来接人。现在已经是初夏，晚上最低气温也有十九点五摄氏度，除了可能会被蚊虫叮咬，应该不会再有其他问题。"

说到这里，柳七又补充了一句："在这个过程中，我的手下会做好预防措施，保证她不会被诸如流浪汉、醉鬼之类的角色无意中发现，受到意外侵犯，我保证，她会好好回家。"

一群"特务连"的哥哥曾经闲极无聊，在"亲亲小公主"群里讨论起什么样的坏人最可怕。或许他们并不是无聊，而是想用这种方法教会龙雷分辨哪些人可以惹，哪些人遇到就要能躲则躲。

黄志鹏作为"特务连"指导员，除了连长大哥之外，数他的理论水平最高，说起话来都是一套一套的，轻而易举就获得"特务连"全部兄弟的认可。"坏，不是靠瞪起凶眼睛，扯起大嗓门，扬起野拳头去彰显。真正的坏人，他们有着一套属于自己的价值观甚至是信仰，这样的人，注定会一言九鼎，坚决遵守自己制定的游戏规则，哪怕会让自己的利益受损，也绝不会弄虚作假。"

当时龙雷看到这长长的一段话，虽然把它记在了心里，却一直有些不以为然。

如果按黄志鹏的话来看，这年头想当坏人都不是一件容易的事，以后做"坏人"要不要先参加个职业资格培训，考试合格后再持证上岗？

可是今天，面对眼前的柳七，龙雷终于懂了。

柳七做的每一件事，甚至是说的每一句话，都是经过深思熟虑的。当他的选择产生结果，无论是有益也罢，有害也罢，他都会一力承担，绝不会因故推诿，甚至会主动去把善后工作做得更好。

不是他有恻隐之心，不愿意伤及无辜，而是他在第二场赌斗之前，答应了龙雷，要让女生活着，而且要让她好好地回家！

看着柳七那张挂着温和笑意的脸，听着他认真的保证，一股发自骨髓的寒意缓缓涌遍了龙雷的全身。

只有面对柳七这样一个集聪明、冷静、残忍、行事不择手段于一体，却偏偏能信守承诺，对一个将要死在自己手中的仇敌都可以一诺千金的坏人，并成为他必须铲除的对象，才会真正明白这种人的可怕。

他就算是对着你温和地微笑，都会笑得让你心中发冷，冷得仿佛浑身的血液都会被冻成冰块。

"今天这场戏，虽然没有得到我想要的结果，但是我已经很满足了。"

柳七在自己用的那只酒杯中滴入了一滴不知名的液体，他轻轻摇晃着酒杯，让酒汁和那滴无色的液体混合在一起，再不分彼此。

"你们龙家家谱上的第一代老祖宗叫龙铁，在山东犯了事，被判流刑。他担心老娘没人照顾，半途跑回去，背着老娘一路流浪千里，从山东愣是跑到了江苏一代，最后在一个叫'义乌'的镇上停下脚步，当了一名矿工。后来加入了戚继光组建的戚家军，成为步兵队杀手营队正，征战二十载，终于洗掉罪名衣锦还乡，并建立了龙家村。

"后来明朝被推翻，你们第二代龙家人，就成了反清复明的反贼，这一反就是三百年；好不容易民国建立，摘掉了反贼帽子，龙家人开始四处走镖，无论男女都能成为镖手、趟子手。民国中期，日本人为了在山东掠夺财富，开始大量输入鸦片，销售网据说都铺设到了村一级单位。龙家族长一声令下，龙家立刻又变成了远近闻名的'响马村'，专门抢日本人的硬货，烧日本人的鸦片，你们龙家走了二十年镖，再转行当响马，自然是无往不利。当时有句话叫作'天下响马出山东'，我要再补一句：'山东响马出龙家。'"

柳七端着杯子，走到了龙雷面前。"抗日战争爆发，你们龙家的男人有一半加入了国军转战四方，一半加入了共产党游击队，坚持在自己的故乡和侵略者作战。抗战结束后，龙家的真正嫡传子弟，男丁只剩下三个，其余全部战死沙场，在朝鲜战场上，又死了两个。之所以没有死绝，是因为你的太爷爷在抗日战争时期受了重伤，这虽然让他过早退出部队，没有混出太大名堂，却也保住了龙家最后一点嫡系血脉。"

龙雷已经听呆了。龙建辉没有向她提过，所以她真的不知道自己的家族竟然还有这样一段鲜为人知，却在一听之下就会在心底扬起一股坦坦荡荡、俯仰天地之气的历史！

"看样子，你似乎并不知道自己家族的历史，那你大概也不知道你们龙家的家训吧——人生一世，草木一春，轰轰烈烈，死而何憾！"

在嘴里念着"人生一世，草木一春，轰轰烈烈，死而何憾"这几句龙家家训，龙雷真的痴了。

# 第十一章　折翼的鹰

就是在这样的家训下，有多少龙家的子孙，为了自己的信念，带着无悔的决心，握紧手中的武器，走向了注定敌众我寡、九死一生的战场，一次次将他们的热血倾洒到了脚下这片如此厚重，又是如此深沉的大地上！

"我已经反复排查过，为了保证没有落网之鱼，我用了半年时间，暗中对整个龙家村的人进行了 DNA 检测，可以确定地告诉你，拥有真正龙家嫡系血脉的人，只剩下你一个了。无论是拿着你哥哥的钱，却把你当成乞丐放养的那个远房表叔，还是村子里其他人，他们虽然也姓龙，但是他们都不是，也不配是！"

柳七仔细端详着龙雷的脸。"你们龙家，从来就人丁不旺，其实想想也是，一个在几百年时间里一直与战斗为伍，坚强得像一块石头，顽固不知变通得像一块石头的家族，又怎么可能枝繁叶茂、宗族昌盛？你说对吗，原本不应该出生在这个世界上，却凭借龙家的战斗血脉，硬生生冲出一片生天，在雷雨之夜降生，克死所有血亲，终于获得了生命的……阎王？"

听到"阎王"这个词，龙雷的身体猛地一颤。尘封已久，从来不愿意去回忆，更不愿意去触及的伤口，在这一瞬间被重新撕扯开来。这种疼痛，让龙雷的脸色在瞬间就变得一片苍白，更疼得让她几乎连呼吸的力量都失去了。

有人曾经说过，最了解你的人，往往并不是你的朋友或亲人，而是你的敌人。

这句话真是一点没有错，柳七真的是把龙雷、龙建辉，还有龙家给研究透了。

柳七将酒杯递到了龙雷面前。"今天你死在这里，龙家的血脉就算正式断绝了。我知道你很不甘心，我也很好奇，你们龙家的血能不能让你再创造一个奇迹。"

盯着那杯红酒，龙雷握紧双拳。她不甘心，她才十八岁，她的人生才刚刚开始，她还有很多很多想做的事没有做，她还想着等自己大学毕业了，就去一个个拜会那些哥哥，当面谢谢他们这么多年来对自己的照顾和宠爱，谢谢他们无论身在何方，都不会忘记给她买上一份礼物。真的，龙雷在乎的并不是礼物，她在意的是这一份份礼物背后，所蕴含的她曾经最渴望获得，却无法触及的关爱。

她想活下去，想和嫂子一起活下去，她还想要参加嫂子的婚礼，看着这个和她没有血缘关系，却更胜血亲的嫂子，重新找到人生的幸福。

可是……她真的不知道用什么方法才能在眼前这个男人的手中挣扎出一片生天。

这个男人的脸上总是挂着温和无害的微笑，哪怕是吉儿死在他面前，都没有让他稍有动容。他就像是一只镇守中军帐专捉飞来将的蜘蛛，面对猎物时，总是会用冷静、自信而残忍的方式，围着猎物慢慢打转，直至用蛛丝将猎物彻底缠死，再也不可能逃出自己的股掌，才会对猎物发起最后一击。

当他出现在龙雷面前时，就代表胜负已分，想要用对付吉儿的方法试图激怒他再火中取栗，不过是班门弄斧。

"你的格斗能力还不错，要不，试试看能不能用碎酒杯为武器制服我，以我为人质，带着你嫂子离开？"

柳七的态度温和，似乎真站在龙雷这一边为她出谋划策，这似乎也是龙雷仅剩的最后一次机会。但是不知道为什么，看着柳七那张带着无害微笑的脸，一股连血液都能冻结的寒意在龙雷的心底涌起，转眼间就流遍了她的全身。

　　显得文质彬彬，又近在咫尺的柳七，仿佛她真的一伸手就能制服他！

　　龙雷的大脑还没有做出决定，一个女人面对危险的本能就已经在向她放声疾呼，提醒她小心眼前这个男人，绝不要轻易向他发起进攻，否则她一定会遇到这一生最悲惨的事情。

　　"怎么，不敢？你不是挺大胆的吗？"柳七脸上露出淡淡的不解，"还是说，龙家的战斗血脉只能在男人的身上起作用，而你实际上只是一个欺软怕硬的小可怜？"

　　他在挑衅自己?!

　　龙雷猛地瞪大了眼睛，她终于懂了。

　　她和吉儿一共激战了两场，第一场她把嫂子从那张床上抢了下来，第二场她为同班女生赢得了离开这里，生存下去的机会。但是她并没有为自己赢得第三场胜利！

　　柳七先向她讲述了龙家祖先的故事，这绝不是好心，他成功激起了龙雷血液中属于龙家人的自豪与不屈，又故意把自己送到龙雷面前，给了她拼死一搏的机会。实际上，那张床，还有那几个猥琐的男人，并没有失去作用。

　　第三场赌斗已经开始了。不同的是，这一次赌斗的目标不再是那个被龙雷轻而易举就挑衅得失去理智的女格斗家，而是换成了柳七亲自下场。

　　如果她不想在死之前承受一个女人最痛苦的经历，她就应该接过那杯红酒，老老实实地喝下去，估计她很快就会进入永远的长睡。如果人死如灯灭，那自然是一了百了，如果死后真的有什么阴曹地府，有大哥龙建辉疼着她，又有谁敢再对她耀武扬威？

　　如果她心有不甘，真的向柳七发起攻击，能成功自然是万事大吉，可以带着嫂子一起活着离开。如果失败了……那张沾满吉儿鲜血的床，可是还放在那里，那几个猥琐的男人和几台摄像机，都还没撤走呢！

　　她不怕死，但她真的害怕让自己的大哥龙建辉九泉之下都无法瞑目。如果她失败了，以柳七的心狠手辣与不择手段，一定会把她人生最后那段最屈辱的经历拍下来，发送给"亲亲小公主"群里的所有人，并把这段录像变成他以后震慑其他潜在敌人的有力武器，让他们在与柳七为敌之前，一定会三思而后行。

不甘不屈，宁可粉身碎骨也要以命搏命，打出最灿烂一击的血气与冲动在龙雷胸膛中翻涌，可是她的直觉却在拼命呐喊，提醒她面前这个看似无害的男人，对她拥有的碾压优势。

这两种强烈到极点的感情在内心彼此冲突，彼此角逐，让龙雷难过得几乎要吐出血来。

"怎么，害怕了，怕得连尝试一下的勇气都没有了？"柳七微笑着道，"你还有什么死中求活的方法，可以都试试。"

龙雷突然一把抢过柳七手中的酒杯，但是她却并没有攻击柳七，而是迅速往后连退了几步，双手护住酒杯，猛地使出身为一个女人最大的力量，放声叫道："救命啊！！！"

每天早晨起来都会扛着沙包跑上十公里的龙雷，肺活量之大可想而知。她拼尽全力吼出来的这一声"救命"，当真是气贯长虹，形成的声浪在房间中反复回荡，震得每一个人的耳朵都嗡嗡作响，在寂静的夜里传出很远很远。

"呃……"

就算是以柳七的镇定从容，在这一刻也被龙雷的表现震得有点发怔。虽然看到一条蛇就会吓得尖叫，吃饭的时候从碗里吃出半条菜青虫，会一蹦三尺高，走夜路的时候稍有点风吹草动，就能吼得声嘶力竭，这些都是女人的专利，龙雷也的确是一个女生……

但是，拜托，你可是龙家最后一个血脉，你可是龙建辉的亲妹妹！

你可是在绝不可能的情况下获得出生的权利，在风雨交加、电闪雷鸣的夜晚，背负着诅咒所有血亲的命运降生的龙雷，你和吉儿殊死相搏，更展现出龙家"人生一世，草木一春，轰轰烈烈，死而何憾"的勇气与坚韧，怎么一转眼，就开始喊救命了？！

"哥，救命啊！"所有人的耳朵还在嗡嗡作响，龙雷的第二波撒手锏就冲口而出，轰轰烈烈地再次撞进大家的耳膜，冲击着大家的脑神经。"一个身上带着白手绢，恶心死人不偿命的笑面虎，在欺负你们妹妹呢，帮帮我啊！！！"

望着一边放声呼救，一边死死护住手中红酒的女孩，在片刻的惊愕后，一个大大的笑容在柳七的脸上绽放，旋即他指着龙雷放声大笑，他越笑越是欢畅。

所有人都惊愕地望着笑得如此开怀的柳七，在他们的记忆中，柳七就是淡定从容，临泰山倒而不变色的典范，是他们每一个人都想要效仿的目标，就算跟着柳七时间最长的心腹，也从来没有见过柳七这个样子。

"好，好，好。"

柳七连说了三个"好"字，他对龙雷可能做出的反应已经做了充分的预估，并根据龙雷今天晚上的实际表现做出了针对性调整，可是在这一刻，他必须承认，他被龙雷最后死中求活的"撒手锏"给震惊了。

房间里的人也都笑了。"这用中国人现在流行的网络用语来说叫什么来着，对，神转折，真的是神转折啊。"

"是啊，一开始我真以为她不怕死呢，敢情都是装的啊，boss往她面前一站，她就像个被人抢走糖块的小女孩一样，哭着喊着要找妈妈了。"

"拜托，你没听boss说吗，她可是背负诅咒降生的，只要是血亲都克，连她大哥龙建辉那么一个牛×的特种兵都被克死了，你觉得她妈还有可能活到现在吗？"

"我这儿有她的资料，可以和大家分享一下……她还没有出生，在半年时间里就连续克死了她爸，她爷爷，她奶奶，她姥姥，她姥爷，刚出生，就又顺手克死了她妈，啧啧啧，这克得可真是心狠手辣，毫不留情啊。"

"哇，这么厉害，那我以后要是遇到什么仇家，把他们的相片和龙雷的放在一起，岂不是比什么都灵？"

这些人的话将龙雷心底最疼的伤口一遍遍撕扯开来，让她的身体都开始轻颤，但是龙雷依然用尽全力喊着："哥，救救我们，救命啊！！！"

柳七的目光跳过龙雷，落在了嫂子的身上。这个女人吓得脸色惨白，缩在龙雷的身后全身瑟瑟发抖，就连她自己都没有注意，在这个时候，她躲在龙雷的影子里，用这种方法寻找着虚假的安全感。而龙雷也始终牢牢护在正前方，替嫂子挡住了房间内几乎所有的目光，也替她挡住了所有的压力。

明白了，他终于明白了。

龙雷不是因为害怕，或者是知道和他之间的力量等级差距而选择了退缩。她只是不放心嫂子，哪怕只有万一，甚至是百万分之一的机会，她都想让身后的女人活下去，为了这一点，就算是没脸没皮地放声喊救命，她也在所不惜。

而她之所以死死护着手中那杯有毒的酒，就是为了在真的绝望后，在第一时间把酒汁灌进嫂子的嘴里。

虽然有了第一场赌斗的胜利和柳七的承诺，龙雷依然不放心。她如果不能保护嫂子，让嫂子活着离开这里，她至少可以让嫂子干干净净地来，再干干净净地走，这样当嫂子在天国重新遇到大哥龙建辉时，还可以带着眼泪与欢笑扑进龙建辉的怀里。

在柳七面前的分明就是一只原本可以翱翔九天之上，却为保护家人而和入侵者对抗不休，直至双翼折断，再也无法飞翔，却依然用自己伤痕累累的身体死死护住巢穴，发出最凄厉鸣叫的鹰！

如果没有后顾之忧，什么最后的赌局，什么一张大床几个猥琐的男人，什么一个女人最悲惨的经历，在她眼里都是扯淡，她必然会化身修罗，向柳七发起最疯狂、最灿烂、最破釜沉舟的一击！

如果她能成功，她自然能逃出生天，如果她失败了……又有谁在这样一个看似弱小，却能让生命都燃烧起来，打出最疯狂一击的女孩的冲锋路上，让她活着停下脚步？

她的呼救，也是一种反抗，她的声音，也是一种力量！或者说，她在用自己的方式，坚持着龙家家训——人生一世，草木一春，轰轰烈烈，死而何憾！

柳七收起了脸上那招牌式的温和笑容，走到了龙雷面前。

"在正常人的世界中，你那群'特务连'的哥哥的确拥有强大力量，当他们凝聚在一起，形成一个整体后，他们的力量更形成了几何式变化，达到了'庞大'级别。"

柳七认真地道："但是和我比，他们的力量还不够，远远不够。别说你现在喊破嗓子也没用，就算你把那个'亲亲小公主'群里的所有人都喊过来，力量角逐的结果，也只能是所有人为你陪葬。"

龙雷停止了呼救，她看得出来，柳七绝不是那种信口雌黄胡说大话的人，既然说了可以将"特务连"所有人一举消灭，他就真的拥有这种力量，甚至可能有过之而无不及。

其实想想也对，眼前这个男人在十年前，敌人就已经是大哥龙建辉那种级别的强者。经过十年的沉淀积累，现在的他又会有多强?!

当这样的仇敌带着等级上的绝对碾压，出现在龙雷面前时，所有的不甘不服、血气、勇敢、智慧，似乎都变成了笑话，除了让对方享受到更多猫戏老鼠的快乐之外，再也没有了其他意义。

# 第十二章　强者对峙

"是吗？"

一个陌生的声音突然在房间外的走廊中响起。

柳七的笑声停了，他转头望着走廊的方向，双眼轻轻眯起。

为了保证自己在享受龙雷这道大餐时不受打扰，光是外围狙击手就整整布置了三名，这三个狙击手，无一不是世界各国特种部队身经百战后退役的老兵。除此之外，在厂区里还有一支十二人编制的私人武装部队。他们虽然名不见经传，却接受过不亚于特种部队的专业训练，而且彼此之间配合默契，再加上布置在厂区各个角落的红外探测器，形成了一张疏而不漏的大网。

别说是一个人，就算是一支中国陆军特种部队想要强行闯到这个房间，都不是一件容易的事情。

可是这个声音的主人就这么突然，又这么轻描淡写地出现了。

"啪，啪，啪，啪……"

对方走得很慢，脚步声也有些混乱，听起来就像是一群乌合之众。在所有人瞪大眼睛的注视中，一团人硬是从没有门框的门洞中挤了进来。

是的，一团人。

整整五个人，被人用绳子绑住手臂，穿成一串，再首尾相连绑成一团，让他们彼此牵制，根本无法反抗，只能慢慢地向前挪动。而这五个人，赫然就是柳七布置在厂区中，接受过不亚于特种部队的专业训练，而且配合默契的私人武装卫队成员。

他们有的人脖子上挂着酒瓶，酒瓶里灌着微微发黄的液体，如果柳七没有猜错的话，那是汽油。在瓶底还塞着几枚子弹，随着这几个人"抱成一团"跌跌撞撞地行走，子弹在瓶底滚来滚去，发出细碎的声响。

一只手突然从"人团"中伸出来，又将一只彩色灯环套在其中一名护卫脖子上。

这个彩色灯环怎么看都像是到了炎炎夏日，那些在广场嬉戏的小孩子手里拿的玩具，在半透明的 PVC 管子里，红的、绿的、粉的、紫的、黄的……各种颜色的灯泡不断有节奏地闪烁，让你的心情都会随之飞扬起来。

可是这一刻，护卫脸上的表情却诡异得如同白日见鬼，嘴唇都在不停哆嗦着，每当灯环中的彩灯欢快地从他眼前闪过，他的心脏就会一阵疯狂跳动，他一次次不由自主地思考，一旦这个彩色灯环里藏的杀人武器启动，他是被炸死，烧死，电死，烫死，扎死，还是吓死？！

这真不是他胆小，对人类来说最可怕的就是未知，更何况这玩意儿还直接套到了人类最脆弱的脖子上，还在那儿欢快地转动，如果换成是你，你不怕？

这一刻就算对方认真而礼貌地告诉可怜的护卫，这条彩色灯环，真的只是他在逛夜市时，一时开心随手买的玩具，十块钱一个，而且还买二赠一，这位护卫也绝不会、更不敢相信。

柳七敏锐地看到这五个护卫除了手臂被绑，他们每一个人的双手大拇指也被人用鞋带彼此绑在了一起。这些护卫都接受过反绑架训练，就算是没有任何工具，也能徒手把手铐解开，但这样做有一个前提……他们的拇指不能被束缚住。

那只手又伸了出来，从护卫甲的脖子上把彩色灯环摘下，护卫甲嘘出一口长气。就是这么短短几十秒钟时间，汗水就浸透了他的全身，就连他的精神都有了一丝恍惚。

千万不要小看这丝恍惚，在顶级特种作战高手的世界中，这一丝恍惚，就代表了生与死的距离。

那只手随意一抬一落，又将彩色灯环套到了第二名护卫的脖子上，护卫乙看着那条充满塑料廉价质感的灯环，突然间有点膝盖发软。刚才他还和身边的同伴不断用眼神交流，想要找机会反戈一击，这些念头却在瞬间全部变成浮云。

柳七在心中发出一声低语："漂亮！"

能悄无声息制服他五名护卫，这个突然出现的敌人当然强大得可怕，但是更可怕的，却是他信手拈来，堪称大师，不，是堪称宗师级的心理战手段。

柳七慢慢嘘出一口长气，下意识挺直了腰杆。

在五名护卫众星捧月般的簇拥下，一个穿着一套普普通通休闲服的男人居中而立，指挥着这个"人团"的前进节奏。

猛地看上去，这个男人似乎只有二十出头，但是他脸部的轮廓却有着几分经历岁月洗礼的沧桑。

他长得并不算很帅，却很有内涵，属于那种你第一眼看上去觉得平凡无奇，再一看会觉得有点味道，仔细观察，就会发现，原来他竟然是一个非常有魅力的男人。

他的身材不算高大，也不是特别魁梧，就算是在亚洲人种中，也不过就是中等偏上，但是不知道为什么，所有人都觉得他是一个非常有力量的人。

他的眼睛就像是深不见底的万载幽潭，清澈得仿佛一览无余，却偏偏又深不见底，在平静中隐隐折射着周遭的一切，仿佛他什么都没有注意，又仿佛什么都无法逃过他的观察。

在他的身上，仿佛蒙着一层无形却真实存在的伪装，让他明明拥有夺人的光华，走在人潮汹涌、车水马龙的街头，却可以自然而然地融入芸芸众生，再不分彼此。

如果非要柳七给面前这个男人做出一个定位，那他就是一个刺客，一个学会了用平凡无奇为剑鞘，将自己的锋利与危险小心包裹起来再不露半点狰狞的刺客。只有当他发现目标，发起致命一击时，才会猛然绽放最灿烂的光芒。

最让人心中发寒的是，他站在"人团"中，右手握着一枚已经拔掉保险栓的手雷，面对七八支指向他脑袋的枪，脸上竟然还带着阳光般灿烂的笑容。

走进房间后，男人目光四下巡视，很快就找到了龙雷。他对着龙雷顽皮地眨了眨眼睛。"见势不妙，还懂得呼叫求援，真不愧是我们的亲亲小公主，就连喊救命都喊得这么帅。"

说到这里，男人突然左手一伸，拿出一部手机，按下了播放键。

"救命啊！！！"

龙雷那声震全场的呼救声从手机扬声器中传出，男人听得如痴如醉，连连点头："嗯，肺活量不错，活到八十岁不成问题。"

"一个身上带着白手绢，恶心死人不偿命的笑面虎，在欺负你们妹妹呢，帮帮我啊！！！"

男人打量了一下柳七。"的确是有点恶心。"

"哥，救救我们，救命啊！！！"

男人微笑着对手机回应："嗯，没问题。"

看着这个家伙在那里对着手机玩问答游戏玩得乐此不疲，龙雷突然间觉得牙齿有点发痒，她瞪着这个狗嘴里吐不出象牙的家伙，在脑海中寻找对方的资料，可是她惊讶地发现，她明明跟着战侠歌和"特务连"的所有人都见过面，拜过码头，却唯独没有眼前这个家伙的记忆。

但是迎着他温和的目光，听着他用熟稔的口吻喊出"小公主"这个称呼，除了还有些被人当众调戏的不甘和羞涩，心中所有的紧张和不安竟然在瞬间都消失了。

柳七的瞳孔在慢慢收缩。在男人带着"人团"刚进来的时候，他只是觉得对方有些棘手，直到这一刻，他才终于发现，眼前这个行事手段看起来比恐怖分子还恐怖的男人，竟然是一个和他相比都毫不逊色的超级强敌！

"怎么，不认识了？"男人对着龙雷，不满地撇着嘴，声音中满是幽怨，

"以前用得着人家的时候，就亲热地喊人家小楼哥哥，现在翅膀硬了，要读大学找男朋友，过自己的二人世界了，就装不认识了。"

眼前这个家伙，竟然是通过网络教会了她根据自身生理与心理双重规律，将时间最有效利用的小楼哥哥，风影楼？！

如果不是现在的环境太过恶劣，惊喜交加的龙雷大概已经冲上去，给风影楼来一个热情如火的拥抱。

风影楼显然对龙雷的态度很满意，脸上露出了灿烂的笑容。他继续右手捏着拔掉保险栓的手雷，左手从口袋中摸出一只"大白鹅"外形的塑料瓶，这个动作让所有人的精神都猛然紧张起来，可是当他用比职业特工还灵活的手指单手扭开瓶盖后，从里面倒出来的却是几粒比黄豆略大的糖豆。"有人想吃吗，可酸啦，一粒就顶得上半斤老陈醋。"

这一刻所有人的表情都诡异得有如白日见鬼。

当然没有人敢走上前去拿他手中的糖豆，风影楼将一粒丢进嘴里用力咀嚼，旋即他的眉毛眯成了弯月的形状，发出一声心满意足的叹息："好酸哪！"

柳七走上前，从对方手中拿起一粒糖豆，学着风影楼的样子丢进嘴里，用力嚼了几下。"嗯，的确很酸。"

风影楼对着柳七露出一个大大的笑容。"我经常请人吃糖豆，但是总没人理我。你不错，我很喜欢。"

柳七脸色平静，但是周围的人却齐齐在心中翻了一下白眼。

"我做事情，喜欢谋定而后动，很少能有人打乱我的布局，也很少能有人站在我面前，让我看不透深浅。"柳七并没有掩饰他对风影楼的忌惮，"你算一个。"

"其实我还没有准备好。"风影楼脸上露出一丝苦恼，"你布置在外面的三个狙击手，我只来得及干掉一个，现在还有两把枪在瞄准我的脑袋。要是能再多给我十分钟，我就不用这样兵行险招了。"

柳七打量着围在风影楼外面的那五名护卫。"你已经做得很不错了。"

"保护自己是绰绰有余。"

风影楼轻耸了一下肩膀，他这个动作，吓得周围的五个护卫身体齐齐一颤，六个人的动作，竟然有了一种集体舞蹈的美感。"但是想把小公主和嫂子活着带出去，还略显不足。"

就在柳七和风影楼彼此对峙时，两名狙击手各自行动，迅速攀上了附近的厂房顶层，由于办公室的门窗早已经掉光，只剩下光秃秃的门洞和窗洞，所以在瞄准时，他们没有任何阻碍，轻而易举就用狙击镜找到了风影楼。

在柳七的耳朵中暗藏的一只迷你步话机里，传来了狙击手的报告声。

"一号狙击手到位。"

"三号狙击手到位。"

柳七脸色平静。"那怎么办？"

风影楼又将一粒糖豆抛进嘴里。"你在等狙击手抢占有利地形，找到一枪将我击毙，而又不引爆炸弹的机会；我在等老婆大人赶到，替我收拾外面的麻烦。咱们就看谁能先打破僵局，取得胜利吧。"

两名狙击手很快就发现，他们虽然能清楚地看到风影楼，但是风影楼被五个护卫团团围护，再加上射击角度受到环境限制，他们根本无法对风影楼实施有效狙击。

"一号狙击手，缺乏狙击角度，更换狙击地点。"

"三号狙击手，缺乏狙击角度，更换狙击地点。"

柳七点头，对着风影楼笑了："有理。"

风影楼也笑了："我说的话，一向就是道理。"

两个男人脸上都带着淡定从容的微笑，不带一丝烟火气。如果不知道他们之间暗潮汹涌，只要逮住机会就会将对方直接打倒，再往要害部位狠狠踏上一脚，让对方永无翻身之机，仅仅从表面上来看，他们彼此对视，微笑着点头轻叹，真的像极了两个在茫茫人海中意外相逢，彼此志同道合，所以注定惺惺相惜，成为人生知己的好朋友。

"反正闲着也是闲着，柳兄你不是最喜欢赌斗吗，要不咱们也玩玩？"

风影楼提出了建议："真心话大冒险，怎么样？"

柳七展颜一笑："好啊，我最喜欢真心话大冒险了。"

两个人都是谋定而后动的类型，都擅长通过种种细节，挖掘对方的内幕和缺点，并将这些情报转化为自己胜利的基础。

在发现无法凭现有情报取得胜利后，两个年龄不大，却绝对称得上老谋深算的家伙，开始不谋而合地"游戏"了。

作为"主家"，柳七有先发问的权利："风兄，你和嫂夫人，谁更厉害些？"

这个问题，看起来问得很无聊，却绝对另有深意。

首先柳七可以确定，风影楼绝不会报警，先不说警方的行动速度有待提高，他们这边的问题也绝不是普通公安力量能够解决的。而调动武警或者特种部队，更需要大量时间去协调。

那么风影楼的救兵，自然就是他嘴中的"老婆大人"了。

"当然是老婆大人更厉害。"风影楼一脸的自豪，"敢于追求比自己更强的女人，并把她变成自己的媳妇，这可是一个男人一生最值得骄傲的事情，更是一个男人学会包容与忍让，并为之成长的醍醐啊！"

听着风影楼的话，就算是气氛紧张，在场的所有人仍然被震惊了！

男人怕老婆，并不可耻，被老婆收拾了，选择笑脸相对，也是个人自由。但是您这不以为耻反以为荣的骄傲，您这怕老婆怕出了风格，被老婆收拾，愣收拾出人生境界的宣言，到底算哪样啊？

柳七诚心诚意地对着风影楼竖起了一根大拇指，同时在心里将随时可能杀到的"风嫂夫人"列入了最危险敌人的范畴。

这次轮到风影楼提问了："为了保护第五特殊部队阵亡烈士家属，名单都会被列入一级保密项目，就算是遗属补助，都会绕开当地武装部和民政局，由专人负责发放，你是怎么找到龙雷的？"

柳七淡然道："既然想保密，就要先学会低调，那个'亲亲小公主'群，可是有一百多号人，而且人人交游广阔。龙生九子，各有不同。"

风影楼沉默片刻。"对。"

柳七的第二个问题是："在对龙雷展开行动后，有人全程对龙雷进行监控，确保她不会向外界发出任何求救信息。为了不引起你们怀疑，还专门有人破解登录了她的微信号码，模仿她的口吻，在她最常出现的时间向群里的人道了一声晚安。我现在看来，这次行动都做得滴水不漏，你怎么发现了破绽？"

"原因有二。"风影楼伸出了两根手指，"第一，小公主的作息时间非常稳定，每天夜间十一点之前，必定会准时上床睡觉，她还有一个不错的习惯，是睡觉前会关闭电脑总电源，这样连带家里的无线网络也会中断。我针对这一点，以小公主舅舅的身份，专门拜访单元楼对面的人家，说小公主最近迷上了网游，到了晚上经常半夜偷偷开电脑上网，如果他们发现十一点以后小公主家的 Wi-Fi 网络还开着，请他们一定要打电话通知我。通知一次，并能证明小公主半夜上网，我就会给他们指定的手机号充上一百块话费。他们家的人专门弄了一部手机连小公主家的 Wi-Fi，只要十一点后手机上的 Wi-Fi 还没有断，他们就会立刻截图，再向我报告。"

龙雷瞪大了眼睛，怪不得只要她一改家里的无线网络密码，住在对面的邻居家里的网络就会出现问题，专程跑过来向她"借"用一下网络 Wi-Fi。敢情对面的邻居就因为区区一百块一次的手机充值，而把她给卖了啊！

"小公主你也别怪他们，"风影楼还不忘替对面的邻居解释了一下，"我拜托他们的时候，把一个疼爱外甥女，却因为外甥女沉迷网游而无可奈何的舅舅形象演绎得入木三分，你们邻居家的女主人当时听得眼圈都红了，连连向我保证，一定会好好监督，努力让你尽快克服网瘾，考上一个好大学！在离开的时候，我发现她似乎对我有好感，临别握手，还用小尾指在女主人的手心里搔了搔。她的脸立刻就红了，但是老公就在身后，她也不好多说什么，就那么剜了我一眼，啧啧啧……她虽然长得没有我老婆大人漂亮，但那一刻，也称得上风情万种……"

"喂喂喂，"柳七竟然都听得吐起了槽，"你如果写小说，这么大段地写对白，叫作注水，在玩真心话大冒险时，这叫耍赖，拖时间不要拖得这么明显好不？"

风影楼回答得理直气壮，再次刷新了下限："反正我们都在拖时间，等待后援，我这叫能者多劳嘛。"

柳七无言地轻耸肩膀，示意风影楼继续能者多劳。

"第二，我和小公主一直在做文字密码游戏，每天我设谜，她破解，玩得乐此不疲。她每天晚上睡觉前在群里发的话，都会藏着一个破译出来的'关键词'。"

风影楼做了最后总结："我收到了邻居的截图，又没有看到关键词，要是再不知道小公主遇到了麻烦，那我可真成了笨蛋蠢材猪小弟了。但偏偏就是今天，我那个比老妈还烦，比老爹还凶，其智若妖的媳妇回来了。大半年不见，她洗了一个澡，喷了香水，亲手做了一顿烛光晚餐，热情如火、妩媚动人地看着我，那目光差点就把我融化了。结果红酒还没有醒好，牛排还没来得及吃进嘴里，小公主就出事了。我可以用脑袋打赌，我老婆大人的怒气值绝对到了爆槽程度，随时可能发出必杀大招……"

"一号狙击手到位。"

"三号狙击手到位。"

由于风影楼叽叽歪歪、七情上脸、注水复注水的"大活跃"表现，两个人才问到第二个问题，柳七的耳朵里就传来了两名狙击手的声音。

柳七的脸色终于微微变了，因为那名"三号狙击手"的报告，竟然变成了一个女人的声音。

"砰！"

耳麦里传来了什么被打碎的声响，紧接着，柳七又听到了"滋滋"的喷水声。

那个抢夺了三号狙击手装置的女人，一枪打碎了一号狙击手的步枪，子弹余势未消，又打断了一号狙击手的颈部大动脉，鲜血正在以每秒钟八十四毫升的速度从一号狙击手的颈部大动脉喷溅而出，在空中狠狠喷溅出三四米远，形成了一片扇形的血雾。

几秒后，柳七的耳朵中传来了"扑通"一声重物坠地的声响。一号狙击手因为失血过多，已经进入了休克状态，当然，他再也没有重新睁开双眼的机会了。

风影楼犹如一千只鸭子般的喋喋不休停止了，他的唇角扬起了一个宣扬胜利的笑容。

他们都知道，"风嫂夫人"在击毙第三名狙击手后，已经用枪瞄准了柳七的脑袋，双方的局势逆转。

柳七有感而发："这真是我玩过的最有意思的真心话大冒险，以风兄你注水成海，却还能让人听下去，甚至听得津津有味的高素质、高水准，不去写网络小说赚钱，真是太可惜了。"

"喀，我说柳兄，"风影楼再次展现出他的不要脸，"虽然胜负已分，但是这真心话大冒险游戏，你问了两个问题，我才问了一个，是不是有点不公平啊？"

"你问。"

风影楼收起了笑脸。"除了把你一枪干掉，还有什么办法，让你停止对龙雷进行追杀？"

柳七没有任何犹豫，认真地回答道："没有。"

"那真是太遗憾了。"风影楼扬了扬手中的手雷，"虽然有了外援，但是我依然没有把握在交战情况下，把龙雷和嫂子不伤分毫地带走。"

"这房间里有十几把枪，只要我一声令下，她们就会被乱枪击毙。但是我相信，战斗一开始，第一个死的人肯定是我。"

风影楼连连点头："要不，咱们今天到此为止，各回各家，各找各妈，以后再找机会一决雌雄？"

"好啊。"

风影楼用刀挑断"人团"中间连接的绳索，走了出来。"龙雷，带上嫂子，我们走。"

风影楼没有回头，手里始终捏着那枚拔掉保险栓的手雷，一步步后退，在这个过程中，他一直保持着和柳七面对面的姿态。

柳七也在挪动脚步，让自己退向房间角落。

两个人的动作都很慢，很慢，尽量不刺激到对方，让对方做出什么激烈反应。

就在这种彼此克制的前提下，风影楼带着龙雷和嫂子退到了走廊阴暗处，柳七也离开了被狙击位置，站到了相对安全的房间角落。

# 第十三章　狂奔

"龙雷，快跑，往工厂大门外跑！"

听到风影楼低声的话语，龙雷猛地瞪大了眼睛，她旋即反应过来，一把抓住嫂子，不顾一切地向外飞跑。

几乎在同时，风影楼手一扬，将手雷抛进了房间。

第五特殊部队信条：不动如山，侵略如火，狮子扑兔亦尽全力！

手雷在空中画出一道漂亮的小弧线，在落入房间的瞬间，房间里的灯光全部消失，显然是走到安全位置的柳七也选择了武力解决问题。

"轰！！！"

身后的房间中传来了手雷爆炸的轰响，就算是跑出几十米开外，龙雷都可以感觉到爆炸形成的气浪顺着走廊追上来，撞在她们身上形成的推力，紧接着房间中响起了密如爆豆的枪声。

被龙雷拉着飞跑的嫂子，突然一跤摔倒，捂着脚踝发出痛苦的呻吟。龙雷没有时间检查嫂子脚部的伤口，双手一抄，用"公主抱"的姿势抄起嫂子，继续飞跑。

脚下突然一绊，龙雷抱着嫂子向前扑倒，就在两个人身体即将接触到地面的瞬间，龙雷充满爆炸性力量的腰部猛然一扭，在扑倒前抱着嫂子硬生生扭过身，让自己的背部重重摔落到地面。

被龙雷用身体护住，没有受到一点伤的嫂子听到龙雷发出一声低低的闷哼。她刚才差一点被吉儿给活活打死，这一下摔得会有多疼！

嫂子刚想开口说话，龙雷就抱着她又跳了起来，在痛苦的刺激下，龙雷全身都在发颤，她双手一松，竟然没有抱住嫂子，但就在嫂子跌落之前，龙雷猛地一抄，再次用力死死抱住嫂子，她的喉咙里发出一声犹如受伤野兽般的狂吼："起来啊！！！"

嫂子再次被龙雷抱进了怀里，旋即她就感觉到有什么炽热的东西一滴滴落到了她的肩膀上。嫂子抬头瞪大眼睛望着龙雷，借着窗洞外透进来的月光，她终于看清楚，鲜血正从龙雷的左肩上不断涌出。在龙雷的肩膀上，赫然插着一根足有成年人小手指那么粗的钢筋！

这根锈迹斑斑的钢筋直接刺穿了龙雷的肩膀，难怪以她的坚强，刚才都失声痛哼，难怪以她对嫂子的看重，都差一点将嫂子脱手摔出。

在身受重伤，肩膀被一根钢筋刺穿的情况下，龙雷放声狂吼，她竟然越跑越快，越跑越疯，从她肩膀伤口处淌出的鲜血自然也是越流越快。从一开始的滴落，到最后成了淌落，甚至是喷溅。

滚烫的鲜血喷洒在嫂子的身上，烫得她全身发颤，烫得她想要抱着龙雷求龙雷停下，更烫得她想要抱住龙雷放声痛哭。但是嫂子不敢，她不敢在这个时候哭出来，她只能死命咬着牙，拼尽全力让自己一声不吭。她是一个胆小的女人，她无法帮助龙雷，那么至少在这个时候不能再让龙雷分心！

"轰！轰！轰！轰……"

背后的战场上，突然传来了连续的爆炸声，不知道那里的战斗究竟有多激烈，也不知道风影楼在那敌众我寡的战场上能不能活下来，但是现在这些已经不是龙雷所能思考的了。

那根插进她肩膀的钢筋，是螺纹钢，上面带着螺纹形状，这样用在建筑物里，可以大大增加它和混凝土的摩擦效果，增加抗震能力。同样的道理，它插在龙雷的血与肉之间，也会大大增加和龙雷身体的摩擦，龙雷每跑出一步，它都会像钝刀割肉一样，在龙雷的身上不断摩擦，用上面的纹路制造出远超正常人承受极限的痛苦。

"我要和你一起准备嫁妆！"

"我要亲眼看着你嫁人！"

"我要做你的伴娘！"

"我喜欢你，我喜欢你，我喜欢你，我不要你死！！！"

听着龙雷的话，嫂子瞪大了眼睛，她真的不明白龙雷为什么在这个时候，会突然说出这些。可是当龙雷终于抱着她冲出大楼，两个人都沐浴在月光下后，炽热的眼泪终于忍不住像开闸的洪水般，从嫂子的眼睛中奔涌而出，她用手死死捂住嘴，但还是忍不住发出了一声悲呼："我的天哪！！！"

银色的月光倾洒在龙雷的脸上，映得她原本就失血过多的脸庞更加苍白，像纸一样白。但是更重要的是，龙雷那双原本充满热情与盎然生机，受尽万千宠爱后，更有着公主般骄傲与自信的眼睛，现在已经失去了焦距，看上去就像是洋娃娃，再也找不到半点灵性的波动。

她已经疼得失去了意识，她吼出来的每一句话，都是她藏在内心最深处的灵魂呐喊。就是这些声音，这些让她不能放弃，不能屈服的信念，支撑着她伤痕累累的身体在明明失去意识的情况下，硬生生越跑越快，越跑越疯。

冲到废弃的工厂大门前，龙雷猛地发出一声狂吼："风影楼，我把嫂子带出来了……"

已经失去思考能力，就像个单细胞生物般，只是在凭本能行动的龙雷，甚至已经忘了，风影楼还留在那幢小楼里，在和十几倍于己的敌人激战。

她只记得，风影楼要她带着嫂子跑，一直跑到大门前，她就拼命地跑，她终于跑到了！

城市郊外的山风吹得附近的丛林和杂草不断飘舞，发出"哗啦""哗啦"的声响。放眼望去，周围近十公里内，都看不到人间灯火，在这个被时代抛弃，几乎与世隔绝的世界里，龙雷的声音传出去很远很远。

当她终于完成了属于自己的任务，意识松懈下来的时候，她的眼皮也越来越沉，越来越沉，她不由得向后倒去。就在她处于崩溃边缘，甚至已经越过崩溃边缘的身体即将重重摔落到地面时，一条手臂突然探出，挽住了龙雷和她怀里的嫂子。

在失去意识的最后时刻，龙雷看到了一张女人的脸。她无论如何努力，都无法再看清楚对方的长相，但是她听到了对方的低语："放心睡吧，谁敢动你嫂子，我海青舞灭谁！"

这个叫"海青舞"的女人，大概就是小楼哥哥嘴里的老婆大人了吧。

她真的……好霸气！

对海青舞伸出右手，但是只伸了一半，彻底放下心来的龙雷就陷入了黑色的沉睡。

海青舞看着龙雷右手那根独独探出的小尾指，沉默不语地蹲下身子，抓起龙雷的右手，也伸出自己的右手小尾指，和龙雷的手指钩了钩，完成了女孩子之间"拉钩上吊，一百年不许变"的誓约。

# 第十四章　生命的回响

看着刺穿龙雷肩膀的那根钢筋，再回头看看她这一路上跑过来，用淅淅沥沥的鲜血浇洒出来的路，海青舞的脸上扬起了混合着欣赏与怜惜的表情。

嫂子小心翼翼地站在一边，距离海青舞还有两三米远，她就觉得呼吸紧张。

胆小怕事，固然是让嫂子紧张的理由，但更多的原因是，海青舞给她带来的压力太过庞大。

接到自家老公的求救电话，原本还在一个人生闷气的海青舞匆匆跑出来，她只穿了一套晨练的运动服，外加一双同样适合晨练的跑鞋。但纵然这样，依然掩饰不住她身上那股从小就受尽万千宠爱，长期手握大权，生死一言可决，培养出的华丽与骄傲。

没错，她是华丽的。

精致得无懈可击的五官，犹如受到九天诸神的祝福，美丽得让女人都能看得目不转睛。一百七十厘米以上的身高，配合上黄金比例，能让男人看得口干舌燥。但是她身上那种难以言喻的气势，让她有着不怒自威的沉稳如山，足以让绝大多数人连偷看都得小心翼翼、如履薄冰。

而她的目光，总是习惯直接投到别人的脸上，强迫别人和自己对视。这又说明，她是一个非常强势，而且非常有力量的女人！

也是因为这样，她背在身上的那支新式 M110 狙击步枪，在中国这种枪械受到绝对管制的国度，都只能沦落到绿叶衬红花的地位。

　　根本不需要任何交流，嫂子就可以知道，这个叫海青舞的女人和她处于两个完全不同的世界，如果不是今天的事情，她们一辈子都不会有任何交集。

　　海青舞只是略一检查龙雷的伤口，就皱起了眉头。

　　"嫂子，你过来一下。"

　　猛地听到海青舞喊她"嫂子"，嫂子只觉得双膝微微发软，可见海青舞给她带来的压力有多大。也难怪那位风影楼先生明明强到以寡敌众都不落下风，提起自家媳妇儿，都要用"老婆大人"这样的称谓，甚至还以被媳妇儿收拾为荣。

　　海青舞将一只军用手电筒按亮，递给嫂子。"帮我照明。"

　　海青舞取出从敌方狙击手身上缴获的急救包，从里面取出止血绷带，用它压住龙雷肩膀的伤口，伸手抓住那根血淋淋的钢筋，似乎准备把它硬拔出来。嫂子再也顾不上对海青舞的本能畏惧："你是医生？"

　　海青舞摇头。

　　"那，你是护士？"

　　海青舞仍然摇头。

　　"那……咱们，能不能……到医院再……再让医生到手术室，取……取这个东西……"

　　"这根钢筋上的螺纹，就相当于刺刀上的血槽，我必须把它从龙雷肩膀上拔下来，再给她止血。否则根本撑不到医院，她就会失血过多死亡。"

　　听着海青舞的话，嫂子呆住了。没有合适的工具，就这么硬生生地从肉里往外拔，身体极度虚弱的龙雷会不会直接疼死了？！

　　海青舞让龙雷躺在自己的腿上，她弯下腰，在龙雷耳边沉声道："我知道你能听到我的话，你也必须听到我的话。你已经做得够多，够好了。你是我见过的除了我之外，最坚强的女人！你做到了这个世界上绝大多数男人都做不到的事，但是我要告诉你，这还不够！"

　　厂区深处的枪声、爆炸声更加激烈，海青舞的眉角微皱，这绝不是区区十几个最多装备了自动步枪和手枪的人，和风影楼对战能够形成的战况，但是她并没有抛下龙雷赶去支援。

"那边出了状况，柳七还藏着撒手锏，估计小楼这一次没办法把他除掉。无论是我、风影楼，还是战侠歌，甚至是'特务连'的那些人，都可以为了保护你而作战。但是，我们不会为了保护你嫂子而去拼命。原因很简单，她连孩子都没有，她终究是要再嫁人的，现在我们叫她嫂子，但是在我们眼里，她只是一个外人，一个随时可能离开龙家的外人。"

海青舞在这个时候当真是吐字如刀，刀刀见血："真正肯为她拼命的人，只有你。她最大的依靠，也只有你。如果你敢在这个时候撑不下去死掉，我会拎着风影楼的耳朵，把他带走，而且永远不许他再管你们的事。因为，你让我惊讶和欣赏后，又让我失望了！"

海青舞将一根从地上拾的树枝放到了龙雷嘴边。"咬住它，可以止疼。"

嫂子瞪大了眼睛，因为已经陷入昏迷的龙雷竟然在海青舞的命令下，真的张开了嘴，将那根树枝咬进了嘴里。

海青舞的脸上露出了一丝赞赏的微笑。"我拔出钢筋的疼痛，会超出你的承受极限，你已经虚弱到极点的身体会认为你受到了致命伤害判定你已经死亡。我会帮你做心肺复苏急救，但是这不够，你必须配合我的节奏，努力努力再努力，让自己的心脏恢复跳动！"

嫂子瞠目结舌，如果不是海青舞的气势太过迫人，陷入昏迷的龙雷又真的张嘴咬住了那根树枝，她一定会认为海青舞是在胡说八道、草菅人命。

一个人的心脏都停止跳动了，还怎么努力让自己活下来？！

海青舞突然右手狠狠一拽，就那么将插进龙雷肩膀的钢筋连带着几根肉丝和大片鲜血一起硬生生拽了出来。几乎在同时，海青舞左手抓着的止血药棉就狠狠压在了伤口上。

这种超出人类承受极限的痛苦，让陷入重度昏迷的龙雷双目圆睁，猛地坐起，可是旋即又一头栽倒在海青舞的腿上，在同时她的心脏也停止了跳动。

轰！！！

一团火光突然从厂区交战位置飞过来，落到附近轰然爆炸，冲击波夹杂着炽热的温度扑面撞来，那种近在咫尺的震耳欲聋的声响，那种死亡形成的震慑在瞬间刺入心脏的感觉，吓得嫂子双腿一软，重重坐倒在地上。

在爆炸扬起的火光中，海青舞竟然一动不动，她虽然坐在地上，但是看起来就像是一座巍峨的高山，无可撼动。她的双手更是稳得无懈可击，她先是按下手腕上手表的倒计时按钮，然后迅速翻转龙雷的身体，将第二块药棉盖到了龙雷背部的贯穿伤伤口上。

"你的头……"

嫂子发颤的声音在身边响起。殷红的血珠正在海青舞的额头上迅速凝聚，一滴滴地淌落下来，那发榴弹爆飞溅出的弹片，有一块划伤了她的额头。

海青舞随意用衣袖擦掉额角的鲜血，又从地上抓起一把泥土，在伤口上揉了揉，用这种集迅速、有效、野蛮于一体的方法，硬生生止住了流血。

海青舞抓起一卷绷带，发现嫂子还傻愣愣地坐在地上，她沉声道："照明。"

嫂子这才如梦初醒，又将手电光打到了龙雷的身上。

嫂子发现海青舞在帮龙雷包裹伤口时，一直在关注手腕上那块处于倒计时状态的手表，再看看躺在海青舞怀中一动不动，就连胸膛都停止起伏的龙雷，一股犹如被冰水从头浇到尾的绝对凉意直接涌遍了嫂子的全身。"龙雷，她……她……她怎么样了？"

"别慌，她只要能在四分钟内恢复心跳，就不会死亡，而且身体不会受到太大损伤。"

"龙雷的心跳都停了，你……你还在这里裹伤口。"嫂子瞪大了眼睛，她也不知道哪儿来的勇气，对着海青舞放声叫道，"你是想眼睁睁看着她死吗?!"

"不处理好伤口，我每帮她进行一次按压式心肺复苏，她就会失去一部分鲜血，你认为，以她现在的状态还能再流多少血？"

嫂子被问得哑口无言，呆呆地望着海青舞。以她的人生经历和性格，真的无法想象，一个人的心脏都停止跳动了，为什么海青舞还能这么镇定，镇定得先去包裹伤口，再去进行心肺复苏。

对一般人来说，还有什么比心跳停止更可怕?!

# 第十五章　另类对决

可是不知道为什么，看着海青舞和龙雷，嫂子又觉得这两个第一次见面的女人才是真正的同类，而她反而永远无法融入龙雷的生命，顶多只是一个陪着龙雷走过一段人生旅程的过客罢了。

一分钟后，海青舞处理完伤口，将龙雷平放到了地上。海青舞突然抱着龙雷在地上连翻了几个滚，一串机枪子弹在地上打出一条一尺多高的泥浪，从她们刚才的位置狠狠犁过，在地上留下了一排密密麻麻的弹孔。

海青舞真的愤怒了，她霍然抬头，放声喝道："风影楼你干什么呢，立刻解决它们！"

顺着海青舞的目光呆呆望过去，嫂子的瞳孔在瞬间放大，她下意识地伸手，揉了揉自己的眼睛，没错，她看到的并不是幻觉。

风影楼就像是一头猎豹，在战场上高速移动，不停做出各种战术动作，将敌机向他射出的子弹、炮弹全部甩到身后。

而他面对着的根本不是什么敌人，而是两台奇形怪状，拥有袖珍版坦克式履带的机器人！这两台机器人身上，有一台加装了二联装重机枪，有一台则加装了自动榴弹炮，它们一左一右，对着风影楼展开攻击。它们身上，那一排拥有微光、红外夜视功能的扫描仪，还有那不断扫射的车载重机枪，以及三十毫米口径榴弹炮，都在诉说着它们的强大。

嫂子很少关心军事武器知识，所以她并不知道，这种高将近一米，长一点二米，拥有坦克式履带，可以直接跨越各种复杂地形，在它的小型旋转炮塔上装备了重机枪或者突击步枪，还有榴弹或者火箭弹发射器的武装机器人，美军早已经在伊拉克战场上投入使用。通过遥控指挥，专门用来对付躲藏在建筑物或者坑道中的武装恐怖分子。

这种武装机器人火力比一名普通的特种兵更强悍，最重要的是，它只是一台机器，在战场上由人躲在安全位置进行遥控，所以它根本不可能有人类士兵面对死亡的恐惧，它就算是受伤，只要基本功能还在，也不会喊疼，更不会哭着闹着要求撤下火线。

到了夜间，这种拥有红外、微光瞄准系统的武装机器人，更是能够直接成为特种部队的天敌。

而正和风影楼交战的那两台机器人，明显比美军在伊拉克战场上投入的"剑式机器人"更先进，也更强大。

它们首先应用了新式电能和更高功率的电动机，解决了"剑式机器人"行动速度缓慢，无法追上快速奔跑的人类的问题，一左一右，来回包抄，竟然在速度上和风影楼拼了个不相上下。

它们的载弹量也远远超过了只能进行室内战斗，而且只能用于辅助功能的剑式机器人，车载重机枪一直射击，虽然操作它们的人也使用了短长点射相结合的方法来节省弹药，但是激战到现在，依然火力充足，这说明它们的内部空间中应该还有类似舰载密集阵火神炮的自动供弹系统。

这些战斗机器人，在世界最精锐的特种部队中已经崭露头角，帮助士兵们解决最危险的任务，但是对嫂子这种生活在和平环境中，顶多是上上网，看看手撕鬼子之类抗战剧的女人来说，眼前这一幕已经无异于看到了未来战士驾到，科幻战争爆发。

亲眼看到装备着重机枪的机器人，竟然玩出了一手围魏救赵，向自己老婆大人的方向射出一梭子弹，又听到自家老婆大人的怒吼，已经连续和两台机器人交手几分钟时间，将它们的各种作战参数都基本掌握的风影楼猛地开始弧线奔跑。

这种机器人火力是凶悍，在人的遥控指挥下，反应也够灵活，但它们毕竟还是机器，是机器就有属于机器的弱点！

风影楼的弧线奔跑，只需要保证自己跑得比那台装备了重机枪的武装机器人炮塔转得更快，就够了。

武装机器人射出的机枪子弹都被风影楼甩到了身后。如果真是和特种兵交手，风影楼绝对不敢这么拼尽全力飞奔，这样的话，对方立刻会计算射击提前量，掉转枪口，将风影楼立毙于枪下。

"轰！"

一声沉闷的轰鸣响起，是第二台装备了三十毫米榴弹发射器的武装机器人设好射击提前量，向风影楼开火了。

一发三十毫米口径，拥有高爆燃烧双重功能的榴弹飞射过来。爆炸扬起了浓浓的硝烟，冲击波夹杂着被烧红的碎弹片，以亚音速向四周飞溅，填装在榴弹中的高热剂和附加剂在地面迅速燃烧，形成了一片覆盖面积超过十平方米的火焰地带。

就在火焰熊熊燃烧，腾起的硝烟还在空中翻滚而起时，风影楼的身影闪现，竟然放弃了一切闪避，对着那辆加装了重机枪的武装机器人展开了疯狂的直线冲击。

在这个时候只要开枪，哪怕是一枪，就可以锁定胜利，但是加装了重机枪的武装机器人却并没有开火。

这并不是意外，更不是风影楼脑袋一热，中二小宇宙一爆发，运气都跟着爆发的结果。

风影楼绕着武装机器人高速奔跑，他跑的方式，就像是黑胶唱片的纹路，一边跑一边向加装了重机枪的机器人逼近，最后的终点就是那台机器人的位置。

操纵这台机器人的人显然也明白了这一点，他要做的就是操纵机器人的炮塔不断旋转，努力追上风影楼的节奏。只要风影楼在高速冲刺中受到干扰，速度稍稍降低，自然就会被重机枪火力追上，当场打成一个筛子。

在风影楼的刻意引导下，那名遥控操作人员的大脑中已经形成了"谁更快，谁就能赢"的定式。当高爆燃烧榴弹落到地面，爆炸形成的火焰和硝烟让加装了重机枪的武装机器人夜间扫描系统全部失效，遥控器的显示器上什么也看不到的时候，那名操作人员在固定思维的推动下，依然在旋转着机器人的炮塔，想要转得更快。

而风影楼就在这个时候来了一个反其道而行，对着武装机器人展开了冲刺！在这个时候，操作人员是想开枪，但是武装机器人的炮塔已经转了整整一百八十度，他就算是开火，也是枪屁股对着风影楼，除了能听上几声枪响，打出几个弹壳之外，还能起到什么作用?!

"支援，支援，我需要支援！"

操作人员不顾一切地吼了起来，坐在他身边的另外一名操作人员立刻遥控指挥那辆加装着自动榴弹炮的武装机器人旋转炮塔，试图锁定猛扑上去的风影楼。

在战场上被风影楼狠狠涮了一把的操作人员继续吼着："不要节省弹药了，用连射功能，把剩下的榴弹一起轰过去，我倒要看看他怎么躲！"

虽然这座废弃的工厂远离城市，但是他们这边又是重机枪，又是榴弹炮，打得炮声隆隆，热火朝天，要是再指望没有人发现并报警，那纯粹是老寿星上吊嫌命太长！

他们回收武装机器人需要时间，为了避免技术外泄，让中国情报部门发现端倪，他们还需要将武装机器人打出的弹壳以及在交战过程中受到攻击，散落的一些零配件一起回收，这都需要时间。

他们在干掉风影楼后，还需要再将包括龙雷在内的知情者一起干掉，这更要时间。

显示器上面的数字显示，遥控指挥的武装机器人里，还有十二发三十毫米榴弹，第二名操作人员一咬牙，打开了榴弹炮连射功能。"好！"

就在第二名操作人员即将一口气把十二发高爆榴弹对着风影楼一起轰击出去的时候，战场上扬起了一团几乎无法看到的火焰，甚至没有传来枪声，一发七点六二毫米口径步枪，以惊人的精准度，直接打中了第二台武装机器人炮塔部位的自动变焦设备。

第二名操作人员面前的显示器立刻变得一片模糊，就在操作人员手动调整机器人瞄具焦距时，子弹接连飞来，转眼间武装机器人受到体积限制，只能暴露在外边，没有任何装甲保护的夜间微光瞄具、白光瞄具、红外瞄具就全被狙击步枪子弹击毁。

除了车载摄像机依然能将实况画面传送回来之外，能够通过遥控指挥，进行高强度、高密度作战的第二代战斗机器人，已经变成了一个空有一身力气，却无法再作战的重度神经失调患者。

在战场的角落，海青舞一脸平静地放下了那支加装了消音器的M110狙击步枪，在她的脚边，几枚弹壳还冒着袅袅白烟。在战场上，从来没有人在见了她的血后，还能安然无恙地离开，就算对方是没有生命的武装机器人，也不行。

第一台战斗机器人的炮塔终于旋转回来，但是双方的距离已经近到了风影楼只需要横移几步，就可以让炮塔必须再转上几秒钟的程度，到了这种阶段，除非这台武装机器人能够突然进化到第六、七、八代，否则的话，战况已定。

操作这台机器人的操作人员眼睁睁看着风影楼猛扑上来，抬起他的大脚丫子，居高临下一脚踹在了机器人炮塔上，将什么传感器，什么夜光微瞄，什么红外瞄准，什么白光直瞄，都踹得直接变成了一堆废渣。

"平时我老婆揪着我的耳朵，把我训得像个孙子似的，我都不敢回嘴。你丫的竟然还敢用机枪射我老婆，我让你射，我让你射，我让你射……"

转眼间武装机器人上安装的四台摄像机也被风影楼踹成了一堆破烂，但是风影楼的声音混合着他对着机器人猛踹的原声响，还是通过车载麦克风清楚地传了过来，听得操作人员只觉得小腹部位传来一阵抽痛。

真的，他真的可以肯定，如果是自己在战场上用枪向海青舞扫射，又被风影楼逮住，他的结局绝不会比那台武装机器人更好，而且他可以肯定，风影楼将他揍趴下后，会对着他身体哪一个部位狠踹！

"还有你！"

风影楼抬起手中的自动步枪，对着第二台安装了榴弹发射器的机器人，扣动扳机将整个弹匣三十发子弹都倾泻上去，将第二台机器人上面加装的摄像头全部打坏。

做完这一切后，风影楼突然丢掉手中的自动步枪，转身撒开脚丫子高速飞窜。

两台武装机器人一起轰然爆炸，武装机器人里的弹药全部被殉爆，爆炸形成的火焰直冲上近百米的高空，几百发还没有来得及打出来的子弹弹头在空中横着、直着、转着、斜着、弯曲着乱飞乱窜，发出一连串"嗖嗖嗖"的声响，在瞬间就对方圆百米范围内进行了一次乱七八糟的无差别覆盖攻击。

勉强逃出爆炸覆盖范围的风影楼，在冲击波撞到自己之前猛地向地面扑倒，虽然啃了一嘴烂泥，但又生龙活虎地站了起来。

"丫丫个呸的，怎么在战场上看到点高科技的玩意儿，最后的结局都是自爆？害怕技术泄露，那就藏着掖着别拿出来猴子献宝啊，还一起藏在那张怎么看怎么猥琐的大床下面，这点出息！"

风影楼一脸的不爽。"刚才还想着，要是能抢上一台回来上交给国家，最起码也能换到五百块奖金，外加一面锦旗呢……啊哟，疼疼疼……"

抱怨的话说到一半，就变成惨叫的原因，赫然是海青舞走过来，熟稔而又辛辣地揪住了风影楼的耳朵。

"风影楼，虽然你现在还小，但是拜托，你已经是有老婆孩子的人了！我也不要求你学会成年人的稳重自持，但是你最起码保护好自己，不要动不动就孤身犯险好不好？"海青舞把风影楼揪得鬼哭狼嚎，"不要告诉我，你赶过来的时候，只能用那种方法去拖延时间，你自己说说看，要是对方根本不管不顾，见到你就来个乱枪齐发怎么办？你是不是非要死了，看到我在你尸体面前掉泪才会开心？"

风影楼的呼痛声停止了，他不再理会被海青舞揪得生疼发红的耳朵，他的目光在这一刻变得有些深沉，更透着一丝发自内心的忧伤，这样的眼神看得海青舞心头微微一颤。

"青舞。"

听着他有些低沉，却充满磁性，似乎又有些疲倦的声音，海青舞的眼睛猛然睁大了。

"这些年，苦了你了。"

风影楼深情地凝望着海青舞，他伸出手，轻抚着海青舞精致的脸庞，指尖有意无意地掠过她的耳垂，还在上面轻轻打了一个圈，带得海青舞的脸庞上涌起了一丝娇艳的潮红。

"有人说得好，想让一个男孩懂得责任和义务，最好，也是最有效的方法，就是先让他变成男人。"风影楼是有感而发，所以说得特别认真，特别严肃，"亲爱的老婆，今天晚上，我和你一起睡吧。"

"啪！"

话音刚落，风影楼整个人就被海青舞用一记漂亮的过肩摔狠狠抡到了地上。就算是这样，海青舞犹不解气，猛然蹲下一拳擂出，可是在拳头砸到风影楼的脑袋上前，看着面前这张熟悉而又陌生的脸，却硬生生顿在了那里。

泪花，在海青舞的眼眶中一闪而逝。她的骄傲不允许她在任何人面前落泪，这其中也包括她最爱的男人，但是这一闪而逝的泪光却并没有逃过风影楼的眼睛。

"风影楼，你要是再这样自己冒充自己，我会恨你，恨你一辈子。"

海青舞站起来头也不回地走了，龙雷和嫂子还在那边，等着她开车送去医院。

风影楼爬起来，拾起海青舞丢在地上的步枪，跟在了海青舞后面。他脸上的表情有着和实际年龄不相符的叛逆及好奇，低声喃喃自语着："自己冒充自己，这个说法挺有意思的。我不明白的是，八岁的那个我，送你一封情书，要做你男朋友，当时已经是第五特殊部队风云人物的你都能欣然接受，怎么现在我们连孩子都有了，我提出一起睡的要求，却会当众挨揍？这可真是'女人心，海底针'哪。"

# 第十六章　十八岁后，我娶你

当龙雷睁开眼睛的时候，第一个反应就是，疼！

全身骨头都像是刚刚被人碾碎了，又用万能胶给重新粘起来一般，骨头缝里都透出了要命的疼，肩膀部位更是火辣辣的，就算是有人告诉龙雷，用她肩窝为油盏，点了一盏长明灯，她都会立刻相信。

疼，真疼，要命地疼。

但是还知道疼，这就说明她还活着。她都能活着，嫂子自然也活着。

活着，真好！

想到这里，龙雷的脸上露出一个笑容，扯到脸上的伤口，让她只笑了一半，就变成了脸皮僵硬、半哭半笑的诡异模样。

"女人，你终于醒了。"

一个明明很年轻，却怎么听怎么老气横秋的声音在耳边响起，紧接着，一只带着吸管的水杯送到龙雷面前。"不要说话，你做完手术后，又整整昏迷了四天五夜，喝水。"

经这个声音一提醒，龙雷才发现，自己的嗓子就像是着火一样，干得要命。她咬住吸管，使出吃奶的劲拼命吸吮起来，吸得水杯里都发出了"吱吱"的声响，就连那只用软性塑料制成的杯子，在气压作用下都硬生生陷进去一大截。

"有人告诉我，你是一头披着女性外衣的超级霸王龙，我一开始根本不信。"那个老气横秋的声音的主人用一块手帕擦掉了龙雷嘴角渗出的水渍，淡然道，"结果你醒过来，只是喝水，就让我改变了想法。"

这是夸她呢吧，夸她呢吧，还是夸她呢？

龙雷根本没有时间去理会对方的话，她只是拼命吸着，直到整杯水都吸进自己的胃里，她才满足地叹息了一声。这一声叹息下来，脸皮抽动又扯到了伤口，她脸上的表情立刻又变成了半哭半笑的诡异模样。

一面镜子突然放到龙雷面前，刚刚从昏睡中醒过来，眼前还是一片模糊的龙雷，努力了好久，才终于让自己的视线凝聚起来，旋即就在镜子中看到了一张只有在生化危机类电影中才会出现的僵尸脸。这张脸仿佛是在水中泡了七八天，彻底浮肿起来，上面一块青一块紫，还有着一丝不知道怎么形成的划痕，最可怕的是，这张脸上的表情，有一半是笑，有一半是哭，两种矛盾的表情通过一种肌肉生理扭曲，化腐朽为神奇地融合在一起，形成了一种绝对诡异的画面。

"医生叮嘱，这几天你要多休息，想笑，忍着，想哭，憋着。我知道你有些问题想问，我可以先做简单回答。一、你嫂子没事，现在很安全；二、除了你，大家都没受伤；三、之所以大家都不在，是因为他们去寻找线索了，想要尽快解决问题，最起码也要先弄清楚对方的身份；四、这里很安全；五、如果还有什么问题，等你脸上的伤好了再问！"

从小就在山上一个人长大的龙雷，骨子里有着野性难驯的张扬，想要让她当乖宝宝，绝不是一件容易的事情，就连她的亲大哥龙建辉都没有做到这一点。可是看着面前镜子里的这张僵尸脸，听着她最关心的几个问题的答案，她老老实实地闭上了嘴巴。

镜子被挪开了。

龙雷眨了一下发酸的眼皮，打量着四周，她很快就发现，她躺的地方并不是医院的病房，而是一间有六七十平方米，大得夸张的卧房。

整个卧室的装潢采用了欧式风格。虽然不懂艺术，但是跟着"特务连"的一群哥哥时间长了，龙雷至少知道，墙壁上挂的那几幅意大利油画价格绝对不菲。至于那些家具，猛一看其貌不扬，但是仔细观察就会发现，它们竟然全部是用非洲特有的独木舟拆解后为原料，再加上巧手匠师精心组合，形成的艺术结晶。怪不得龙雷第一眼看上去，就觉得一股沧桑而原始的气息扑面而来。

铜制的壁炉里，还放着木柴。估计到了冬天，这间卧室的主人真的会靠点燃木柴取暖，这在人口众多，天然物资越来越紧张的中国来说，不仅仅是奢侈，甚至可以说是犯罪了。

而她躺的这张床……更是腐败与奢侈的综合品。它又大又圆，就算在上面连翻两个跟头，都不会掉下去，在床的四周，垂着一层薄纱，除了可以在夏天阻挡蚊子的侵袭，到了晚上，沐浴在月光下，更会透出一种飘逸的唯美。

为什么会提到月光呢，因为龙雷觉得暖洋洋的，她一抬头就发现，头顶的天花板竟然是一层玻璃，阳光直接倾洒下来，到了晚上躺在床上，可以直接仰面看到头顶的群星和圆月。如果下雨了，这样仰面看上去，估计更是一种难得一见的美景。

旁边那个老气横秋的声音又响起了："想看下雨？"

龙雷不知道那个声音的主人是如何看出自己心思的，她还没有回答，那个声音就继续道："好。"

头顶的玻璃屋顶上，突然蒙上了一层水花，而且在不断流淌涌动，躺在床上看去，真的像极了下雨后的场景。类似于此的画面，龙雷也曾经在餐厅中见过，但是直接把这种水墙弄到天花板上，她还真是头一次目睹，龙雷必须承认，有钱人就是会玩。

"我出生在非洲，习惯了广阔无垠的大草原，在那里极目远望，天与地之间凝成一线，无数生命在那里繁衍生息。旱季与雨季的交替，会让你感谢大自然的恩赐，并对自然产生一种由衷的喜爱。"

声音的主人淡然道："后来，我跟着从出生起，直到八岁才第一次见到的老爹回到了中国，城市对我来说，人太多，太挤，太吵，也太现实了。每一个人的脸上都戴着面具，努力而虚伪地活着，他们为了每个月多赚一两百块钱，彼此敌对，互相拆台，却还要在明面上摆出好朋友的模样，这种表里不一的样子，让我觉得恶心。后来老娘在城市外面给我建了这座房子，让我可以按照自己的心意布置。你看到的那几幅'名贵'的油画，是我自己画的，铜制壁炉是我自己手工做的，那些家具，是我把在非洲时收集到的废弃独木舟拆开，用集装箱运回来，再自己组装的。"

龙雷瞪大了眼睛，再次看了一眼那几幅油画和木制家具，这个家伙倒还真是多才多艺。

"对了，忘了说了，我那个不负责任的老爹就是你的'小楼哥哥'。"

听到这里，龙雷的好奇心在瞬间爆棚，再也不顾转动脖子可能会带来的疼痛，扭头望过去。

这一眼望过去，龙雷差一点失声惊呼，那个老气横秋的声音的主人竟然只是一个十六七岁的大男孩。不过算算小楼哥哥的年龄，有这么大一个儿子，已经相当厉害……关键是这个家伙竟然就半躺在她身边，和她在同一张床上，甚至和她枕着同一个长长的大抱枕。

在这个时候，天知道脑袋里哪根筋出了问题，或者说少女情怀总是诗，龙雷心中想到的第一个词竟然是——同床共枕！

"床这么大，我要是在床下照顾你，还得爬来爬去，太麻烦。"

男孩半躺在龙雷身边，手中拿着一把水果刀，正在削一个苹果。他的手指修长而灵活，随着刀锋转动，削出一串长长的水果皮，从头削到尾，都没有断过。削下来的水果皮，更像是用尺子精密量过般，无论是宽度还是厚度，都精确得没有半点波动。

将削好的苹果放到一只镶金边的白瓷盘中，男孩随意几刀，就在盘子里将苹果切成了薄薄的片，他拿小叉子叉起其中一片，递到龙雷嘴边。"没错，我们这样的确算是同床共枕，如果你真的在意，想要我负责，十八岁后，我娶你。"

# 第十七章　倾城

苹果片白生生的，散发着淡淡的香甜。龙雷忍不住张口咬了半片，还在咀嚼，就听到男孩的话，她猛地咳嗽起来，嘴里嚼到一半的苹果被她喷得满床都是。

坦率地说，这个男孩虽然只有十六七岁，但是已经长得可谓是"倾国倾城"。

拥有海青舞那样一个老娘，脸部只要没有在出生时被海马踏过，这底子绝对差不到哪儿去。

可能是自小在非洲生活，见惯了海阔天空风吹草低的缘故，他拥有着亚洲人普遍欠缺的高挺鼻梁和线条分明的硬朗面庞。在深深的眼眶里，一双眼睛清澈得直透人心，被他深深凝视，足以让任何一个怀春少女心跳加快。

他的皮肤是健康的小麦色，身体线条优美中更透着难以言喻的动感。他的嘴唇微厚，放在女生身上，也许会扣分，但是放在一个男生身上，却让这个只有十六七岁，还没有完全长成的男孩有了一种天然的魅惑，让人不由自主地想要探究他的嘴唇里面蕴藏的味道。

和现在流行的"小鲜肉"相比，他更阳光，更帅气，更野性，唯一美中不足，却让他显得更加特立独行的是，他总是习惯板着脸，做什么都做得一丝不苟。如果不是他长得实在太帅，又太过于多才多艺，这份老古董的气质足以让他把身边的男生和女生都赶到千里之外。

但老古董也有老古董的好处，至少在龙雷把苹果喷得满床都是后，他没有像这个年龄的男生一样咋咋呼呼，而是一脸平静地半跪在床上，用纸巾将苹果渣一点点地捡起来。

看着他那张微微低垂，专注而认真的脸，龙雷第一次发现，原来"秀色可餐"这句话，真的没有说错。

"你现在是病人，我原谅你的无礼。但是等你好了之后，如果再敢在心中转动'秀色可餐'之类的话，我会很生气，知道了吗，女人！"

龙雷愕然，如果说猜对一次是偶然，那么连续几次都一口道出她内心想到的词，代表了什么？

如果说这个男孩仅凭她的表情，就能把她的内心活动彻底看穿，这也太惊悚了吧！

"我是擅长观察别人的微表情和肢体语言，来判断对方的心理活动。但我不是测谎仪，也不是你们肚子里的蛔虫。"

说着这样的话，男孩依然是沉静而古板的。"只要你别像她们一样，只看皮囊不看人心，就不必担心我动不动就猜出你的所思所想。"

收拾干净，男孩回到龙雷身边，伸手去解龙雷的衣扣，龙雷再次被他的行为给惊到了。"你干吗？"

男孩打开圆床床头柜，取出一只急救箱。"换药。"

看着男孩从急救箱中取出绷带、有消炎药成分的药棉、生理盐水和棉球，龙雷吞了一口口水，小心翼翼地提问："这个……能不能，找个女护士来……"

"两个问题。第一，在弄清楚那个柳七的身份之前，我们不能让陌生人接触到你，这其中自然包括女护士。"男孩解开了龙雷的衣扣，"第二，在你做完手术，昏睡的这四天五夜时间里，都是由我负责帮你换药、擦洗、处理排泄物，该看的，不该看的，都看过了，你现在才着急，晚了。"

龙雷瞪大了双眼，还想再说什么，男孩一句话就让她当场厖了："如果你真的在意，想要我负责，十八岁后，我娶你。"

用生理盐水将伤口上的药棉完全浸透，再慢慢地揭下，换上新的药膏，贴上药棉，再用绷带重新包扎……

男孩做得一丝不苟，而且相当熟练，龙雷肩膀上受了那么重的伤，她却几乎感觉不到疼。

"伤口恢复得不错，"男孩用剪刀将绷带尾端剪开，最后打了一个漂亮的蝴蝶结，"我专门去过那个工厂实地查探，从你的体重、体能、距离，以及你当时的负重和负伤程度综合来看，你根本不可能抱着一个女人再跑出那么远，哪怕一半都不可能。你是怎么做到的？"

不等龙雷回答，男孩就向她道歉了："抱歉，我明明知道你现在的身体太过虚弱，并不适合说话，请无视我的问题。"

看在人家这么体贴细心地帮自己换药疗伤的分儿上，龙雷刚想开口回答，就被对方的自问自答自道歉给硬堵了回来。明明对方是为自己着想，可是不知道为什么，一口闷气憋在胸口，让龙雷闷得要命。

男孩将换下来的绷带和药棉收在一起，把它们放到了门外，旋即又折返回来。

男孩坐到了办公桌前，他没有打开桌子上的台式电脑，而是打开了一台苹果笔记本电脑。

心细的人才会明白，他这样选择是因为苹果笔记本的键盘打字时发出的声音要比台式机的键盘声小得多。

他应该不是在玩游戏或者看小说，而是在忙碌着处理什么工作。他时而在键盘上快速却轻柔地连续敲击，打出长长的文字，时而皱眉思索，旋即又打开网页，通过互联网浏览着什么东西。

看着他认真而专注的脸庞，听着笔记本键盘发出的轻微敲击声，龙雷只觉得平安喜乐，眼皮越来越沉，不知道什么时候又睡着了。

龙雷再次恢复意识时，头顶的天空已经是繁星点点，一股强烈的尿意猛地袭来，让她咬紧了嘴唇。以她现在的身体状况根本无法自己起来去解决私人问题，可是……难道她真的要去喊那个还坐在电脑前，一直工作到现在，甚至连名字都不知道的大男孩？

男孩没有回头，他的脑袋后面却仿佛长着眼睛般，他停止工作，站了起来，很快他就拿着一个医院里经常看到的便壶走了过来。

看到龙雷下意识地用双手抓住睡裤的裤腰，男孩没有强迫，他站在床边，手里还拎着那只便壶，淡然道："我妈在非洲成立了一家保安公司叫'东方海燕'，专门为非洲地区的华人提供安保服务。一旦发生战乱，他们还会协助国际人道主义组织进行撤侨，或者为深入战区的国际医疗援助队以及战地记者提供保护。我从六岁开始，就跟在医疗援助队身后打下手，帮那些护士给病人端屎端尿。当时所有人都说，我上辈子一定是个以救死扶伤为己任的名医。"

这个男孩的人生，可真是够多姿多彩的。难怪他给自己处理伤口时那么老练。

# 第十八章　东方海燕

"东方海燕帮助了很多人，在同时也得罪了不少人。在我八岁那年，正好是二〇〇八年，奥运会要在北京召开，中国决定打破惯例，请有实力的私人保安公司协助安保，就连东方海燕都接到了邀请。当时大家一片欢腾，所有人都觉得，自己付出的所有努力都不枉了。结果就在大家都在准备回国，把全部注意力放在未来的奥运会安保工作上时，十几支当地武装叛军、恐怖组织、雇佣军，外加一些华人黑帮组成了联合军队，在内鬼的接应下，趁夜突击东方海燕基地！"

听到这里，龙雷现在明明嗓子还沙哑得厉害，还是忍不住开口问了："为什么?!"

龙雷问得没头没尾，但是男孩却知道，她问的是为什么东方海燕为华侨四处奔走，最终当地华人黑帮却加入了共同讨伐东方海燕的行列。

"非洲犯罪率很高，经常会发生抢劫和绑架事件，被抢得最多、劫得最多的，就是当地华人或者中国游客。这一方面是因为中国人习惯了带大量现金，在劫匪眼里，就是一个活动金库，抢一个中国游客，比抢二十个西方游客赚得都多。另一方面，是因为中国人习惯了'忍一时风平浪静'这样的人生哲学，就算是被抢了，也不会报警。当地华人黑帮专门针对自己同胞，抢劫绑票，逼良为娼，下手比外人更狠。东方海燕的存在影响了他们的'生意'，自然被他们视为眼中钉，肉中刺。"

男孩的声音很轻，但是他说出的内容，却在龙雷的心中引发了一阵惊涛骇浪。"那一天晚上，东方海燕遭到了近乎灭顶之灾的攻击，他们虽然都是身经百战的老兵，但是大部分人连枪都没有来得及拿起，就被敌人像杀鸡一样乱枪击毙。剩下的人虽然勉强集结起来，但是他们面对的却是拥有坦克、火炮等重型武器的武装联军，这些人有不同的出发点，但是他们的目的都一样，那就是消灭东方海燕！剩下的人在第二条防线中拼死抵抗，不断有伤员送到后面，就连地下室的走道里都摆满了身受重伤的伤员。他们发出痛苦的呻吟，却没有足够的人手去帮他们，不断有士兵受不了令人绝望的痛苦，对着自己开枪自杀。"

龙雷看着男孩掩映在黑暗中，就连五官都模糊起来的脸，猛地瞪大了眼睛，因为她似乎想明白了为什么这个男孩六岁时就会跟着国际医疗援助小组去救死扶伤。

"当时一片混乱，我拎着一只小小的急救箱，走到了那些伤员面前。我问他们，是躺在这里等着活活疼死，还是相信一个八岁大的小屁孩，让我给他们处理伤口。"

就算心里已经有猜测，听到真实的答案，龙雷还是听呆了。

"非洲，是一个神奇的地方，秩序和无序，两种规则在那片土地上血腥厮杀。在那里有八岁大就杀人无数的童子军，自然也可以有八岁大就拿起手术刀，去救死扶伤的医生。"

男孩淡然道："在后面的二十五天时间里，我做了五十七场手术，中间死了十一个，又残了十七个，剩下的都重新站起来，又拿起了枪。他们中有男人，也有女人，但是在我眼中，他们都一样，既是病人，也是保护我妈，可以让我妈活下去的士兵！"

龙雷呆呆地望着男孩，难怪她觉得这个男孩明明比自己还小，却要比她成熟得多。一个男孩，在六岁时就开始担心母亲的安全，用属于自己的方式去学习成长；在八岁时，就开始经历战火烧到家门的洗礼，并在一片混乱中挺身而出。

那些生活在和平环境中，现在最大的壮举就是旷课去上网玩游戏，每天以顶撞老师和家长为荣的同龄男生，又怎么可能和他比？！

事实上别说是那些十六七岁的男孩，就算是成年男人，又有几个能做到他这种程度?!

"我答应老爹老娘，在他们离开时好好照顾你，你就是我的病人。我在照料你时不会掺杂其他任何想法，我希望你也能做到这一点。"

男孩拎着便壶爬上了床，他将毛毯盖在龙雷身上，用看似温柔，实则不容拒绝的动作，扒下了龙雷身上会对某种自然生理活动产生不小障碍的布料，将便壶塞到了她身下。"如果你真的在意，想要我负责，十八岁后，我娶你。"

当便壶里传来"哗啦哗啦"的水声时，龙雷整个人的脸庞像是煮熟的虾子似的，红得几乎能滴出血来，她几乎不敢看男生的脸。

但是当男生处理了便壶，去而复返时，龙雷却开口问了："后来呢?"

"后来，我出生八年都没有见过的老爹风影楼出现了。"

男生的眼神里流露出了几分追忆。"我当时很排斥他，觉得他到这个时候再来没有任何意义。我甚至觉得，他的出现抢走了老妈。结果，老爹在战场上让我见识了什么叫作'以死亡为艺术'的刺杀技术。原本只是因为利益关系捆绑在一起的联合军，在老爹的刺杀下，利益纽带不断崩裂，最终就像三国时期十八路诸侯组成的'反董联盟'一样，分崩离析。那时候的他真的是……强大到让我敬仰!"

回想着风影楼救她时，带着五名护卫组成的"人墙"走进房间的样子，龙雷由衷地轻叹道："你老爹，是很厉害。"

"现在的他?"

男孩摇头，他按下遥控按钮，天花板上传来电动马达转动的轻微声响，一层仿天花板幕布慢慢拉伸，直至将龙雷头顶的天空彻底遮住。"一个到了叛逆期的小屁孩罢了。你现在的身体还很虚弱，再多睡会儿。"

男孩似乎不想再多说什么，返回了办公桌，又开始处理文件。

龙雷无聊地瞪大眼睛，望着头顶再也没有点点繁星的天花板，直至困意一点点淹没了她。在睡着之前，她的脑袋里还在想着一个问题："一个叛逆期的小屁孩? 有这么说自己老爹的吗? 为什么觉得他提到小楼哥哥时，仿佛在说另一个人似的?"

# 第十九章　永生殿

李卫华从李氏大楼走出来，在他走过的时候，大楼里的员工纷纷停步，态度恭敬地向李卫华打招呼。李卫华每次都会以一种经过形体礼仪专家为他量身定制，并经过上千次反复演练的神情和动作，向那些员工微微颔首。

别说，这套量身定制的动作和表情真的很适合李卫华，让他看起来既严肃又活泼，既认真又洒脱。配上他那身专人定制的名牌西装，以及挺得笔直显得充满力量的身躯和炯炯有神仿佛可以直透人心的双眼，让他全身上下都充满了男性魅力。

李卫华真的很享受这种被人尊敬的感觉，他更享受那些刚刚从大学毕业来公司实习的小女生，望向他的羞涩中透着几分仰慕的目光。

李卫华清楚地知道，只要自己钩钩手指，就可以轻而易举将这些小女生诱拐到自己床上。像他这样的"成功男士"，也只会碰两种女人：一种就是这种"新鲜"而羞涩的女生，这种女生会让他觉得，自己依然很年轻，依然处于二十岁的黄金年龄；另一种就是拥有庞大家族和社会资源，能为他的事业添砖加瓦的白富美。前者是他的玩物，后者，是他结婚的对象。

至于那些年龄已经过了二十四岁，失去了女孩的娇嫩新鲜，必须开始用化妆品来掩饰皮肤皱纹，用名牌首饰去彰显所谓品位，一心想要嫁入豪门做阔太太的女人，还是早点洗洗睡吧。

当然了，如果这种女人是明星，或者是名人，娶她们进门，能够增加自己的社会知名度，带着她们参加晚宴，可以成为众人关注的焦点，让她们去参加夫人聚会，可以为自己拉来利益，也可以考虑。

走出李氏大楼的旋转大门，李卫华的专用汽车已经停在了那里，但是李卫华脸上的笑容却猛然凝滞了。

在汽车旁边静静地站着两个人，其中一个，就是他们"特务连"的总扛把子战侠歌，而另外一个虽然并不熟识，但是能和战侠歌并肩而立，气势绝不逊半分的男人，也绝不会是什么简单角色。

李卫华慢慢嘘出了一口长气，他们，终于还是找上来了。

战侠歌上前几步。"卫华，好久不见。"

李卫华的声音有些干涩，这位李氏集团的总裁，本市最年轻、最有前途的钻石王老五，在这一刻脸色苦涩，再也没有了刚才的意气风发。"大哥，好久不见。"

两个当年在"特务连"相逢，彼此志同道合，或者说是臭味相投，一起度过了一段难忘岁月，又一起奋发图强，在各自领域内向上努力攀登的兄弟，隔着四五米距离，站在台阶上，一上一下彼此对视。

一晃眼，十几年过去了。他们再也不是当年那群年少轻狂，做事全凭一己喜好，混在一起更是无法无天的二世祖。他们成熟了，他们的身上青涩不再，取而代之的是事业有成的春风得意，是向人生金字塔顶端发起冲锋时，积累下来的自信和世事洞明。他们在自己的事业王国中，拥有了举足轻重的地位，让他们无论走到哪里，都会自然而然地成为众人关注的焦点。

但是在同时，李卫华无论如何努力，哪怕他的身体依然挺得笔直，但是因为应酬太多，生活不规律，也因为年龄到了的原因，他的小肚子明显发福。他学会了用柔和的手段、迂回的方法去解决问题，他的眼睛里也失去了曾经梦一样的神采和憧憬。

李卫华羡慕兼敬畏地看着站在面前的连长大哥。当年能从一百多号二世祖中脱颖而出，无可置疑地成为他们龙头扛把子的战侠歌，依然没有变！

他站在那里，依然是一把光彩夺目的剑！他嘴角总是带着一丝若有若无的微笑，这并不代表他开心，而是因为他有自信面对任何问题、任何敌人，并在战斗中取得胜利！这一抹微笑，对他来说，就是胜利的宣言，是他登高一呼必将应者如云，随时可以打出破釜沉舟式最灿烂进攻的信号旗！

今天的战侠歌只穿了一套几百块钱的制式作训服，好像他自从进入第五特殊部队后，就再也没有穿过别的衣服。可是他静静地站在那里，站在李氏大楼的门前，和全身穿戴加起来总价值已经突破七位数的李卫华对峙，不需要多说什么，也不需要多做什么，他这条过江之龙，就压得李卫华这条地地道道的地头蛇不敢轻举妄动，甚至就连呼吸都不顺畅起来。

人们常说强龙不压地头蛇，这只能说明那条龙还不够强，不够猛！

"怎么，多年不见，李先生也不请我去你家坐坐？"

李卫华脸上的苦涩更浓了。以战侠歌的性格，如果还把他当兄弟，一张口肯定就是："多年不见，你丫的装什么，还不请哥哥我去你家，好好宰宰你这个黑心资本家！"

现在，他已经是战侠歌嘴里的"李先生"，这代表着他们将来纵然不会成为敌人，也绝不可能再做兄弟。

李卫华品尝着嘴里的苦涩，慢慢走到汽车前，汽车里的司机早就有眼色地跑出来，为李卫华拉开了车门。李卫华努力镇定了一下，勉强让自己的声音没有发颤："把车钥匙给我，你先去吧。"

司机双手将车钥匙递给李卫华，又转过身，对着战侠歌和风影楼这两位能够劳动总裁亲自驾车接待的贵客九十度弯腰鞠躬后，走开了。

战侠歌打开车门，坐到了副驾驶席上，他打量着汽车内部，淡然道："红旗HQE，李先生的品位不错。"

李卫华没有回答，或者说他不知道在这种情况下如何应对连长大哥这明显带着嘲讽的夸奖。

汽车发动了，战侠歌也不再吭声，汽车里的三个人各自想着心事，空气中流淌着一股压抑的沉默。

大约半小时后，汽车驶进了一幢花园式别墅。在李卫华的带领下，战侠歌和风影楼跟着他一起走进了二楼的会客室。

作为一个明星企业家的私人会客空间，它不但要够大、够豪华，更要能向来访者彰显主人的品位。

所以战侠歌和风影楼首先看到的，就是在房门正对面，那连成一排的巨大书柜，里面摆满了各种书籍，粗粗一算，有几百本之多。

风影楼走上前，看着那些书籍，他很快就发现，这些书当中有相当一部分都是近一两年印刷，而且市场反响良好的新作。

"书是好东西啊，它不但是知识的载体、装 × 的道具，也是拉近与陌生人的距离，让彼此产生认同感的桥梁。"

风影楼回望着李卫华，一脸认真地讨教："看样子，你的书柜最起码两年一换，每年光背这些书的大纲，也会占用你不少时间吧？"

李卫华这才发现，说到牙尖嘴利，连长大哥带来的这位同伴更加犀利。

作为一名企业家，他根本不可能一年读上几百本书，有专门的公司为他这样的老板提供"选书、换书"服务，在每次更换书架上的书刊后，都会发给他全部书籍的大纲，这样如果有客人来拜访时，对书柜上的某一本书特别有兴趣，和李卫华展开交流，李卫华至少也知道书里的大概故事，以及最重要、最出彩的几个角色的名字及性格。

这样做，在普通人看来是太过功利，太过装 ×，但是对企业家来说，却可以让他们拥有"博学多才"的好名声，在进行社交时，可以更加如鱼得水，见人说人话，见鬼说鬼话。

战侠歌却走到会客室另一端的收藏品展架边，顺手从上面拿起一个花瓶，啧啧叹道："虽然我对古玩没有研究，但是依然觉得，它好像很厉害的样子。"

风影楼走过去，竟然从口袋里取出一只折叠放大镜和一把小手电筒，仔细观察着，最后得出结论："翠绿莹亮如梅子青青，色泽均匀考究，这是宋代龙泉窑出产的极品青瓷彩釉瓶，保存完整，没有一点瑕疵的精品。拿到古玩市场上，最起码也是七位数起。"

说到这里，风影楼叹息起来："竟然比我儿子还腐败！"

战侠歌沉下了脸，望着李卫华。"在找到你之前，我还在心里想着，是不是你遇到了什么过不去的坎，我希望看到你周转不灵，资金紧张，甚至就连公司都被人暗中抢走了管理大权，这样我至少还能理解，你为什么把龙雷给卖了！"

"可是我在李氏大楼前，看到了一个意气风发的李总，到你家里，看到了这些用我一辈子的工资大概都买不起的古玩！"

说到这里，战侠歌猛地举起那只价值不菲的花瓶，把它狠狠砸向李卫华，花瓶砸在地上轰然碎成几百块碎片，战侠歌瞪着李卫华，放声喝道："你拥有了别人一辈子都拥有不了的财富，你年少得志，事业有成，虽然没有结婚，但是光我查到的情人，就足足有一个步兵班，你还有什么不满足、不满意的？那个柳七又给你开出了什么样的价码，能让你这样一个身家过亿的集团公司老总，把兄弟情分全部踏到脚下，把我们所有人都喜欢的妹子硬生生当成了货物，送到要她命的仇人面前?！"

风影楼望着满地碎片，啧啧感叹着弯腰，从地上拾起一块，用衣袖擦了擦。"李先生，这古玩碎了，就不值钱了，能不能让我带走一块，拿回去当纪念？让我可以在老婆大人面前，一边拿出实物举证，一边绘声绘色地向她讲述'李卫华权色不缺卖良心，战侠歌怒砸花瓶没钱赔'的好戏？"

李卫华叹了一口气，终于开口了："大哥，就算你不认我这个兄弟了，我依然想喊你大哥，喊了这么多年，我已经习惯了。你出现在我面前，我就知道，我完蛋了。有什么问题，直接问就行，用不着一个唱红脸，一个唱白脸……"

话还没有说完，李卫华就被战侠歌掐住脖子推得倒飞起来。战侠歌的力量大到让李卫华根本无法抵御，整个人的后背重重撞到那排书柜上，震得书柜里只能沦落为道具的书籍一阵乱晃。

"啪！"

战侠歌一拳砸在书架木框上，用上好厚实红木打造的书柜，被战侠歌这一拳砸得硬生生塌下去半尺，更被他这一拳砸得木屑飞溅。

"人活一世，不管有多风光，都是生不带来，死不带去，你赚的钱还不够多吗?! 难道真像书里说的那样，资本家的欲望是永无止境的，为了百分之三百的利润，就可以悍然践踏任何法律，啊?!!"

李卫华扭头，看着被战侠歌一拳打得近乎支离破碎的书架。"大哥威武，小弟佩服，甘拜下风!"

战侠歌没有再扬起拳头，他深深地吸着气，再慢慢吐出去，两次反复后，他就恢复了冷静，松开了李卫华的脖子。"虽然变成了一个二五仔，但总算还有点'特务连'的样子。"

李卫华整理了一下自己的西装衣领。"大哥你说得对，钱这种东西就是王八蛋，生不带来，死不带去的，世界上最悲哀的事情，不是死前没有钱，而是死后钱没有花完。但是如果……我能永生呢?"

"笑话!"战侠歌瞪着李卫华，"不要告诉我，以你李卫华的眼光和阅历，还会被人恶性洗脑，加入什么狗屎邪教组织。那个柳七不就是黄金暗道'哈瓦拉'的成员吗，他又不是万能上帝，凭什么能让你永生?!"

所谓的黄金暗道"哈瓦拉"，是一个活跃在世界各地的地下金融组织。

这个地下组织，最早是以较低的收费，替人们进行跨国金钱汇兑业务，有着很强的地域性和互助性。但是随着互联网的发展，人类进入地球村时代，"哈瓦拉"的作用也发生了极大的变化。

从二十一世纪开始，"哈瓦拉"更多地作用于洗黑钱上面。

地下赌场会用"哈瓦拉"将自己的钱洗成合法的，他们会支付大约百分之二十的金钱作为报酬。如果是抢劫来的赃款，尤其是连号的钞票，一旦在外界使用，就立刻会被国家级情报机构发现，溯本追源找到劫匪。在这种情况下，劫匪就需要通过"哈瓦拉"来兑换钞票，但是这样的兑换业务，往往十块钱只能兑到一块钱，洗白的费用高达百分之九十。但是至少这样换出来的钱能花了。

从这一点上来说，拥有洗钱功能的"哈瓦拉"才是全世界最大的抢劫犯头子。但是他们的生意覆盖面绝不仅仅如此，他们随着互联网的发展，将业务拓展得越来越广。

网络赌博、电信诈骗、黑社会组织洗白、偷渡、贩毒、走私……这些违法行当和行为背后，必然会有跨国地下钱庄的存在，而这些地下钱庄，往往都会和"哈瓦拉"有着千丝万缕的联系。

甚至就连国内的一些人，在卷款潜逃的时候，替他们洗钱的也是"哈瓦拉"！

在八年前，投入大量资金将各方势力凝聚在一起，险些将"东方海燕"彻底歼灭的背后黑手之一，依然是"哈瓦拉"。

现在八年时间过去了，没有人知道，在地下世界拥有天文数字的金钱的"哈瓦拉"发展到了什么程度，也没有人知道，他们究竟有了多少成员，掌握了多少人见不得光的秘密，并因此而让自己愈发强大。

而柳七，就是"哈瓦拉"网络在亚洲地区的负责人之一！

这样的人当然是强大而可怕的，但是，就凭他想让人永生，那依然是扯淡！

"大哥就是大哥，这么快就把我和柳七一起揪了出来。我承认大哥你很强，但是大哥，你在部队待得时间太长了，长到你已经开始和社会脱节，你已经不明白金钱的力量了。"

李卫华回望着战侠歌："我们小时候，上思想品德课，听得最多的一句话就是'金钱不是万能的'，理由是金钱买不了健康，金钱买不了永生。可是现在，只要有足够的钱，真的有可能永生，至少柳七一手推动的'永生殿'让我看到了希望。"

2012 年，美国俄亥俄州一个十九个月的男孩，气管有先天缺陷，出生六个星期后就呼吸困难。经检查发现他是通往肺部和心脏的主要动脉错位，气管受到压迫，医生判定这个孩子无法活着离开医院。

密歇根大学公共医疗中心使用了 3D 激光打印技术，制作了一个人工气管，并将这个人工气管植入孩子的身体，最后手术成功，成为全世界首个 3D 人体器官移植成功案例。在此之前，遇到类似的病例，只能通过干细胞培育治疗，或者是通过器官捐赠来移植。

《新英格兰医学杂志》报道了这个案例后，不少医学专家都表示，这种人体器官"打印"技术，可以推动人类的医学革命，在不久的将来，甚至可能出现人工打印心脏等关键器官，帮助病人恢复健康。

当然也有医学界权威质疑，因为人类的身体组织非常复杂，有细胞、纤维组织、结缔组织、脂肪等等，想要通过人体 3D 生物打印技术"打印"人体这些器官，显然以现在人类的科学与医学综合能力，还远远不能胜任。

但是不可否认，3D 生物打印技术已经掀开了人类医学技术的新一页。事实上这种技术的原理已经相当成熟。研究人员会先从成年病人的骨髓和脂肪中提取干细胞，采用不同的生长因子，这些细胞就能被分化成不同类型的其他细胞。然后再将这些细胞弄成滴液，这些滴液在 3D 打印机中沉淀并聚合在一起，形成一个结构，打印头每经过一次，进行打印操作的底座就下移一个刻度，通过这种方式，可以和病人的身体完全吻合，不会出现任何生理排斥作用的人类身体器官就会被逐渐"打印"形成。

只要人类医学技术朝这个方向继续研究发展，也许不出二十年，3D 打印心脏并移植，就可以成为现实。

…………

看着李卫华珍而重之地取出的这些资料，战侠歌皱起了眉头。只要愿意去搜索，就能通过互联网找到这些东西，如果再较真一点，通过打电话或者发电子邮件的方式，去向这些单位询问，真的会得到肯定的答复。

这些资料都是真的，看着它们，战侠歌也承认，3D 生物打印技术真的可能会出现，并改变人类的医学现状，甚至就连中国都可能出现类似于此的研究机构，但是他依然看不出，这些东西和"永生殿"有什么关系。

风影楼也凑过来一起看资料，他的脸色从一开始看好戏般的不以为意，渐渐变得认真起来。"我曾经看过一篇医学报道，说人类在五十年后，可能通过器官移植等技术，有效延缓衰老，让人类的寿命延长五十年。"

风影楼望着战侠歌，道："老战你和我都是三十岁出头，如果我们小心保养，说不定真的能活到八十岁，到时通过器官移植技术增加五十年寿命。

那么谁又能保证，在我们新增加的五十年寿命中，人类的医学技术不能再次发生飞跃式革命，让我们再多活五十年？当我们延长了一百年的寿命，可以活到一百五十年以后，那个时候的人类就算是完全自我克隆，把'灵魂'传输进一个年轻的自己的身体里，也不是不可能吧？"

战侠歌下意识地摇头，风影楼的这套理论，猛一听上去的确可能存在，但是中间有太多意外和不确定性。比如说，医学家宣称人类五十年后就可能通过器官移植技术，让人类寿命延长五十年，但如果这五十年计划，因为种种原因延期，变成了七十年、八十年呢？

他和风影楼又有谁能保证自己活到一百一十岁，而且还有充足的体力去接受换人体器官这一系列注定会伤筋动骨的手术？

至于后面继续五十年、一百年地延长寿命，甚至是直接更换新的完全克隆身体，获得近乎永生的生命，这一系列"可能"与"如果"铺设出来的路，让战侠歌想到了"一个鸡蛋"的故事：有了一个鸡蛋，把它孵成小鸡，小鸡再生蛋，蛋再孵成鸡，如此周而复始，用不了十年，拥有这颗鸡蛋的人就会成为一个超级富翁。

用一颗鸡蛋发家致富，这个理论当然是行得通的，但是放眼古今中外，能用一颗鸡蛋就变成亿万富翁的人能有几个？这种充满太多变数，根本承受不住半点风险的理论，最大的意义也就是煲成一锅"心灵鸡汤"去温暖人心了。

可是当战侠歌的目光落到李卫华脸上时，他真的怔住了。

他在李卫华的脸上看到了近乎狂热的嫣红，李卫华竟然真的相信这个理论，或者说，李卫华真的相信柳七所成立的"永生殿"，能够给李卫华带来永生！

"我再补充几句吧。人类任何一项医学突破，想要大面积普及，都需要一个相当漫长的过程，而且还要经历从昂贵到廉价，受众群体慢慢增加的逐级递进。就算是五十年后，人类真的拥有了通过更换器官延长寿命的技术，在相当长的一段时间内，也无法大面积普及。"李卫华开口了，"考虑到现在地球总人口已经超过七十亿，如果人口还在不断增加，生活在地球上的人类却因为寿命延长而无法形成出生与死亡的平衡，这必然会造成人口老龄化加剧、劳动力稀缺、社会资源不足等问题，所以就算真的拥有这项技术，而且已经可以批量化廉价化，在解决上述问题之前，世界各国政府也会把这项技术给压制住，只会在小范围内流通。"

战侠歌听得眉头越皱越紧，风影楼却在连连点头。作为一个博学多才的"杂家"，风影楼可以负责任地说，李卫华讲的这些东西很厉害，在逻辑上无懈可击！！！

就拿艾滋病来说，这种病被称为"世纪绝症"，在人们的观念中，只要得了它，就必死无疑。但是早在十年前，就有一位世界体育明星在花天酒地时被传染了艾滋病，他用普通人一生都无法触及的资金，请医疗专家组成团队为自己治疗，硬生生将体内的病毒抑制住，虽然无法清除，却也让它彻底潜伏下去，再也不会发作。现在十年过去了，那位明星活得好好的，艾滋病依然是世纪绝症，每年依然有几十万人因为它而死亡。

这就是金钱带来的魔力！

李卫华那段话最后提到的关于人口出生与死亡的平衡被打破，带来的人口老龄化、劳动力稀缺、社会资源严重不足等问题，更是一个让无数智者竞折腰的世界性难题，把这个问题装模作样地夹在宣传中，可以让愚者崇拜、智者深思。

"医学领域有了革命性突破，想要普及，需要经历高死亡率志愿者临床试验、小批量试验、批量试验几个步骤，等到技术完全成熟，有超过三千例病例来证明项目的安全性和实用性，才能正式投入民间使用。而这些都需要时间。如果西方伦理协会质疑，认为人类自己制造器官并进行器官移植打破了自然规律，是在试图扮演上帝，科学和伦理道德站在了对立面并爆发争议，这个项目就必须暂时停置，而这个时间，也许是几个月，也许是几年，甚至有可能是几十年！"

李卫华说到这里，脸色潮红起来，他激动地挥舞着手臂。"永生殿的创始人柳七先生向多个生物研究机构大量注资，合法拥有了这些技术的知识产权，并掌握了在这个领域的第一手情报。在柳七先生的带领下，我们可以大大缩短等待时间，成为这项医学技术的最早受益者。只要我们能抱成团，在柳七先生的带领下一直强大下去，一直掌握最先进的技术和资源，我们就能五十年、一百年地增加寿命，直至获得永生！"

李卫华盯着战侠歌，满脸热切。"大哥，加入我们吧！我可以断言，以大哥你的能力和名望，只要肯点头加入，位置一定比我更高，甚至可能会直接进入永生殿长老会！真到那时候，大哥你不但拥有投票权，可以参与永生殿未来发展决策，按期领取红利，而且还能优先获得延长生命的机会！"

战侠歌盯着李卫华，双眼慢慢眯起。处于亢奋状态的李卫华没有注意到战侠歌的眼睛中一闪而逝的凌厉光芒。

风影楼知机地前移一步，拦到了战侠歌和李卫华之间。"你们这些社会精英都是成功人士，要让你们收敛锋芒进行团队合作，根本不可能！就算勉强聚在一起，也是乌合之众！先不说你们随时可能为了利益纷争就各回各家，各找各妈，就算你们能够一直抱团，老战又真当了长老，说出来的话别人都当放屁，又有什么用？"

"你这么说，就太小看柳七先生，太小看柳七先生一手创建的'永生殿'了！"

信仰被人质疑，李卫华瞪大了眼睛。他最敬畏的战侠歌被风影楼挡住，这让他在潜意识中也更加张扬放松，就连他的语气也变得咄咄逼人起来："柳七先生采用了层级管理模式，顶级的就是包括他在内，人员限定为七人的长老会成员，他们是核心管理层和决策层；再往下，分成了钻石、翡翠、金、银、铜、铁六个等级，这些等级，不单单是根据会员的能力身家来定位，还要计算会员对'永生殿'做出的贡献！越接近核心的人，获得的利益越大，将来接受寿命延长手术的顺序也越靠前！"

"至于你说的有点利益纷争就分崩离析，这更是一个想当然的笑话！你以为'永生殿'是什么地方？参加过入殿仪式，我们就是绑在一起的兄弟，谁要是想退出去，就要先做好身败名裂的准备，这个道理，和士兵在战场上不能当逃兵是同一个道理！"

"噢噢噢，"风影楼的语气依然轻松，但是他的眼睛也像战侠歌一样微微眯起，"还有入殿仪式啊，是摆上香案，斩黄鸡，烧符纸，一起喝血酒，从此大家就像小混混一样成为'兄弟如手足，女人如衣服，如果你动我衣服，我就动你手足'的好兄弟了？"

再次被人小看的李卫华愈发亢奋。"你知道个屁！任何一个人想要入会，都要在每个月的十五月亮最圆的时候，带一个不超过十八岁的女孩，记得，必须是女孩，把她带到进行仪式的场所后，和会里的兄弟们在神坛上分享……"

李卫华的话还没有说完，两只铁拳就一左一右在他面前迅速放大，"砰"的一声将李卫华打得倒飞出三四米远，他的身体还在空中倒飞，就陷入了重度昏迷。

赫然是战侠歌和风影楼同时向李卫华的脸挥出了全力一击。

战侠歌脸色铁青，盯着李卫华，从牙缝中挤出一声低语："人渣，我以曾经有这样的兄弟为耻！"

风影楼找了一张沙发坐下去，在他的身上再也看不到惯有的嬉笑怒骂、玩世不恭。风影楼沉默了好半晌，才沉声道："老战，咱们这次可真遇到大麻烦了。"

战侠歌露出倾听的神色，他在等着风影楼的解释。

"首先，这个永生殿，它提出来的理论有似是而非的科学基础，虽然我们都知道，想要五十年一百年地累加生命，直至获得长生，纯粹是在扯淡，但是我们不信，有人信，或者说，绝大多数人都愿意相信这个理论可以变为现实。"

战侠歌思索着点头，有希望，哪怕希望渺茫，也比彻底绝望强。而且越是知识丰富、头脑睿智的人，对这种希望的执念也越强烈。老年人总是会被那些卖假药、假保健品的人骗，并不仅仅是因为他们和时代脱节，更大的问题还在于，年龄越大，对死亡的恐惧就越重。

"再者，它采用了传销和直销的层级管理模式，我相信有'哈瓦拉'为基础，他们除了追求长生，一定还有别的利益捆绑，在永生殿内的等级越高，权力和利益分成越高，将来获得长生的机会也越大，这些社会精英当然会拼命提升自己的等级。我估计李卫华之所以出卖龙雷，就是因为柳七用了'提升等级'为花红，撒网大面积寻找龙教官的信息。他用这种方法能找到龙雷，既是偶然，也是必然！

"最后，它利用了宗教模式，确切地说，柳七将邪教组织管理成员的那一套引入进来。新会员加入永生殿的仪式，是带一个女孩和其他会员'共享'，除非那个女孩天生犯贱，否则绝不会心甘情愿把自己人生的第一次拿出来让一群陌生男人分享，成为入会仪式的祭品。这样的仪式是犯法的，首先就会将那些抱着'玩玩看'心态的人隔绝在外，最重要的是，大家都犯了法，成了一根绳上的蚂蚱，自然会一荣俱荣，一损俱损。如果他们仪式过程中再录个像，或者保存点证据什么的，那些人上了贼船，再想下去可就难了。"

风影楼对第三点做了一个总结："罪恶感，羞耻感，这可是邪教组织用来发展信徒、控制信徒的最强撒手锏。"

战侠歌听得脸色阴沉如水，一开始他真的对这个"永生殿"不以为意，可是听着风影楼的逐层剥解，他终于明白，柳七一手打造的竟然是一个集科学、传销、邪教传播于一体的超级怪物！

一般的邪教能够发展的信徒，大都是社会底层，就算是受过高等教育，也注定是生活郁郁不得志，想要改变生活，却受到环境和自身能力制约而无力回天的人。

但柳七的这个"永生殿"却恰恰相反，跟那些社会底层的人说这些，他们只会一笑置之，因为他们清楚地明白，自己就算是拼了命去蹦跶，也无法获得这样的权利。长生再好，没有庞大的资金和权力为支撑，也不过就是镜中月、水中花罢了。

越是精英，越是实权人物，"永生殿"对他们的吸引力越大。因为他们生活优越，什么都不缺，最大的心愿就是将这种优越的生活继续下去，直到永远！

为了能够"升级"获得更多资源，更接近"长生"，这些在入会时就已经践踏过人间法律与道德底线的"精英"，真的会无所不用其极！

更可怕的是，只要"永生殿"的实际掌控者增加对龙雷的悬赏花红，再继续扩大他名为科学，实为邪教组织，偏偏又有庞大资金链支撑的"永生殿"，将来可能会对龙雷出手的潜在敌人就会越来越多！

战侠歌和风影楼联手有信心打退任何敌人的进攻，可是，当他们的敌人携着金钱与长生的双重诱惑，躲在暗处通过传销加邪教传播双重形式的几何发展，不断增加成员和战力，随时可能在最意外的环境，以最意外的方式再次发起袭击时，他们感受到了沉重的压力。

因为他们面对的不单单是战场上拿枪的敌人，更是人心，是人类汹涌而至、永无止境，注定会发起一波波连续攻势的欲望！

就算他们是中国最优秀的特种兵，换成你是他们，又敢说自己必胜，一定能保护住那个他们生命中必须保护好的女孩吗？

# 第二十章　生存游戏

今天，是龙雷和男孩"同床共枕"的第七天了。

她的伤口恢复状况好得让男孩都感到惊讶。

龙雷也终于知道，这个男孩的名字叫风小飞，但是这个从小缺乏父爱的家伙又给自己起了一个名字叫海悠然。龙雷承认，海悠然这个名字真的比风小飞要好听，所以龙雷决定，这个男孩就叫海悠然了。

"今天早晨，我的私人手机上接到了一个陌生号码发送的短信，有个人想和你通话。"

海悠然找到那条短信，选择了电话回拨，顺手又按下了免提键。

电话接通了，一个已经刻进灵魂最深处，让龙雷一辈子也绝不可能稍有忘怀的声音就那么突然地传进了她的耳朵，让龙雷猛地坐直了身体。

"我是柳七。

"我知道，他们会想办法重新给你们弄一个新的身份，甚至可能会送你们去做整容手术，让你们彻底人间蒸发。但是没有关系，找不到你，我可以找你那群哥哥。"

柳七的声音很平静，但是那股发自灵魂的森森杀意却透过扬声器，直接刺进了龙雷的心脏："他们身边可没有风影楼和东方海燕的保护，我倒想看看，要杀多少个，才能让你不敢躲藏。恭喜，你这个背负着'刑克'命运降生的阎王升级了，现在不但能克家里的血亲，就连对你好的人也会一起遭殃。"

龙雷抓起手机，她抓着手机的手力量大得指节都微微泛白，只有这样，她才能让自己的声音不颤抖："不关他们的事，有什么冲着我来！"

"我柳七要的东西，就一定会拿到！"

柳七的声音就像是钝刀子，在龙雷的身上一遍遍地刮着，激起了她皮肤上一层层鸡皮疙瘩。"我想要你的命，我要听到你临死时小动物般的哀鸣，我要龙建辉就算是死了，都不能闭眼！所以，我为你量身定制了一场新的赌斗，就连名字我都想好了，叫作生存游戏。游戏规则是，你不许消失，也不许更换身份，你必须在我的阴影下努力活下去，活得越久越好。作为参赛奖励，在你失败之前，我不会对任何人出手，这其中也包括你那个已经迎来了'第二春'的嫂子！"

海悠然没有开口说话，他一直静静地站在一边，听着龙雷和柳七之间因为实力悬殊而导致的一边倒式对话。看着龙雷因为紧张和恐惧而不断发颤的身体，海悠然的脸上闪过了一丝淡淡的失望，龙雷这一刻的反应很正常，但是他真的以为，在那天夜间打破人类身体极限，做出让他都为之惊讶举动的龙雷会与众不同一些。

柳七的声音变了，在这一刻就像是恶魔的低语，带着蛊惑人心的力量："想想看吧，只要你接受赌约，又一直活着，她就可以不必隐姓埋名，可以嫁给喜欢的男人，把肚子里的孩子生出来。你和你大哥龙建辉已经耽误了她整整十年，她已经不年轻了，一个女人还有多少个十年可以挥霍……"

"没有谁永远都是猎人，也没有谁永远都是猎物。"龙雷终于开口了，"我知道，现在说的这些话，在你听来很可笑，很不自量力。但是，柳七，请你听好了，你要下手，就快一些，不要给我时间，让我有变成猎人的机会！"

电话彼端的柳七眉角轻轻一挑，嘴里发出不置可否的回应："哦？"

龙雷捏着手机，一字一顿地道："从今天开始，我们之间的生存游戏就开始了，看谁的命更硬吧！！！"

不等柳七再说什么，龙雷就断然切断了这次通话。

长长嘘出一口闷气，身上感到一阵凉意，龙雷这才发现，在短短几分钟的通话时间里，冷汗竟然渗透了她身上的衣服。

龙雷抬头，对着海悠然露出一个汗津津，又有点虚弱的笑脸。"我刚才是不是特中二，特傻 ×？明明被人家虐得活像一条死狗，要没有你老爹老娘救命，也早就成了死狗，竟然还敢向人家叫板挑衅。"

好笑吗？

如果没有见过龙雷，他知道了故事的前因后果，在听到这段对话后，也许真的会笑起来吧。

但是，凝视着龙雷那张在过度紧张后终于松懈下来，所以透出几分病态与虚弱的脸，海悠然却分明在龙雷的眼睛最深处，看到了正在沸腾燃烧的疯狂战意，更看到了面对强大压力，退无可退，避无可避，要为保护爱她和她爱的人，不惜发起飞蛾扑火式进攻，哪怕拼得粉身碎骨也在所不惜的破釜沉舟！

拥有这样桀骜不屈的灵魂，并让整个灵魂都开始燃烧起来的女人，一个现在看起来如此弱小，偏偏又如此精彩的女人，又有谁敢说她好笑？

海悠然突然道："喂，想不想听故事？"

在这种气氛中，海悠然的提议怎么看都可谓是神转折，龙雷却点了点头。她现在也的确需要一些东西来转移自己的注意力。

"那我就给你讲一讲，'神'是怎么来的吧。"

龙雷有些惊讶了，这个话题有些怪异。

"人类一开始，对世界了解得非常少，他们对火山爆发、洪水冲击、日月盈亏等等，都抱着敬畏心态，但在同时，人类也对这些自然现象产生了旺盛的好奇心，他们认为在这些现象背后，一定隐藏着主宰引导的力量，而拥有这份力量的特殊生命，就被人类命名为——神！

"人类开始崇拜神，或者说，他们在崇拜这种远超人类理解的力量。人类毕竟是万物之灵，纵然在文明还不发达的时代，人类在大自然中也没有天敌，那么他们在设定'神'的形象时，自然会以人类本身为蓝本。但既然是神，肯定要和人类有所不同吧，所以，以人类为蓝本创造出来的'神'

身上，往往会多出一条蛇的尾巴，或者是一对翅膀，或者是一对牛角。"

平心而论，海悠然并不太擅长讲故事，但是他言之有物，还是吸引了龙雷。

就算是心情沉重，龙雷仍然忍不住提问了："为什么人类在创造'神'的形象时，会选择加上蛇尾巴、翅膀，或者牛角，而不是其他东西？"

"古代的医疗条件很差，人被毒蛇咬一口，除非特别强壮的人，否则很容易死亡或者残废，他们在神的图腾上加上蛇的尾巴，代表了人类对死亡的畏惧；加上翅膀，代表人类对像鸟儿一样展翅飞翔的向往；加上牛角，代表人类对力量的尊敬。畏惧、向往、尊敬，这三者就组成了人类对神的最基本崇拜元素。"

龙雷轻轻点头，将畏惧、向往、尊敬这"神之三要素"记在了心里。

"一开始，人类崇拜的都是最原始的神，比如水神共工、火神祝融、创造人类的女娲等等。但是当人类社会结构发生了变化，有了城池、君主、臣子后，人类创造的'神'，也拥有了等级和官阶，比如玉皇大帝、王母娘娘、天兵天将。人们害怕死亡，他们希望自己死后可以在另外一个世界重生，所以人类有了灵魂，有了好人上天堂，恶人下十八层地狱，有了喝孟婆汤后的转世轮回。

"人们总是喜欢在超出自己知识范畴，无法用科学与逻辑解释的领域，创造超自然角色，并形成了一套理论体系，这也就是所谓的神学。这注定了科学和神秘主义往往是对立的！

"母亲戴了节育环，再次怀孕并非特例，但是在这样一个小范围群体中，偏偏又有一些人特别倒霉，还没有出生，长辈就在短短几个月时间内相继过世。全中国现在有十几亿人，从概率学角度分析，出现这样的极端现象并不奇怪，可是大部分人宁可相信那个倒霉的孩子是丧门星，说她原本就不应该出生在这个世界上，说她克死了身边的亲人，获得了生存的机会……这样的八卦传起来既神秘又刺激，讲的人眉飞色舞，听的人啧啧称奇，那又枯燥又乏味的数学概率论，相比之下，又哪里值得大家理会？！"

龙雷终于听懂了，原来他说了这么多只是想告诉她，在她身上发生的一切只是一个数学概率问题，那些拿着她"刑克"命运当话题的人，不过是看热闹不嫌事大，当作茶余饭后的谈资罢了。现在海悠然已经借着讲"神"的来历，把前因后果讲得清清楚楚，如果她还非要介意那些人的话，并且因此而不断影响自己，那她就是天字第一号大傻瓜！

"海悠然，谢谢。"

# 第二十一章　我的家人

几天后，战侠歌和风影楼回来了，战侠歌还给龙雷带回来一份手写的入伍申请书。只要龙雷在空出来的位置填上自己的名字，她就会是一名军人了。

"我正在调查柳七，柳七真正要报复的目标是你哥，他们结仇的原因是在十一年前，教官带队伏击一支通过'新月线'运送毒品和武器的私人武装力量，并在激战中打死了柳七的结拜二哥。龙雷，你记住，这不是私人恩怨。保护烈士遗属，让他们不受犯罪分子报复，可以好好地活下去，这是国家，是军队必须尽到的义务！"

看到龙雷欲言又止，战侠歌拿着一把椅子坐到了龙雷面前，沉声道："柳七的行为，是对国家、对军队赤裸裸的挑衅！现在人们'扶不起'，至少还能打个电话报警叫救护车。要是有一天，军人面对敌人'打不起'，警察面对犯罪分子'抓不起'，人们能给谁打电话，能叫谁来帮忙？

"第五特殊部队的保密制度太严格，你一进去，就无异于人间蒸发，这样就等于违反了和柳七的赌约；面对柳七这样一个强敌，就算是进了普通部队，也很难保证安全，所以你必须进入不仅仅能参加演习，而且还要有丰富的实战经验，能够对敌人形成强大震慑力的部队！"

战侠歌放柔了声音："给我们点时间去解决柳七。在部队里，你会很安全，也许你无法赶上九月份新生入学，但是等一切恢复正常，我可以给你开具一份书面证明，向学校说明你遇到的情况，我相信学校校长只要脑袋没有被驴踢了，就一定不会拒绝你插班加入。到那个时候，你会重新过上自己想要的生活。所以在军队的这段时间，不许偷懒，要通过网上视频学习，跟上大学课程的进度，别等真进了大学，我们'特务连'一百多号兄弟都以你为荣的小公主高才生，竟然变成了吊车尾。对了，有个好消息要告诉你。"

战侠歌拿出手机，打开了一个视频软件。在视频里，龙雷首先看到的就是穿着新娘喜服的嫂子，在她的旁边，站着一个长相憨厚的男人，四周的人频频笑闹，这个男人替嫂子挡住了几乎所有调侃，就是因为这份挺身而出，他被亲朋好友们"调戏"得很惨很惨。

而一直被他保护在身后的嫂子，脸上散发着的分明就是一个小女人受到宠溺，沉浸在幸福当中发自内心的快乐，以及几个月后就要初为人母的幸福。这些快乐与幸福，加上那身大红的礼服，让长相原本平凡的嫂子身上散发出一种美丽的韵味，更让新郎看得目不转睛，频频傻笑。

龙雷记得这个男人，他出现在嫂子身边已经超过五年了吧，一次次被拒绝，却锲而不舍，现在他终于抱得美人归。像他这样的人，也许一辈子都不会有太大出息，但是他会在平平淡淡的生活中，倾尽全力去守护自己喜欢的女人，对嫂子来说，这真的足够了。

在视频中竟然出现了战侠歌，就算龙雷还不懂第五特殊部队的保密制度，她也知道，战侠歌应该尽量回避类似场合，更不会让自己被拍摄进去，可是看样子，战侠歌竟然是这场婚礼的主婚人?!

"她是我姐，"在婚礼现场，战侠歌将嫂子的手递给了那个男人，他的笑容很温和，"我不知道的就算了，从今天开始，如果你敢欺负我姐，我会收拾你。如果你敢让她受伤，还溜了，我就算是丢掉自己的工作不要，也会追在你的屁股后面，哪怕你跑到天涯海角，逃到火星，也没有用。不信的话，你试试。"

婚礼现场所有的人都笑了，都在为战侠歌的幽默和风度而喝彩。现场几个女孩，看着往那里一站，昂然屹立中浑身透着猎豹般的攻击性与敏捷，目光和声音中透着强大力量与感染力的战侠歌，眼神里流露出浓浓的兴趣。

在女人们都追求"小鲜肉"的时候，其实她们生命中最渴望获得的另一半，还是像战侠歌这样自信而强大，仿佛天塌下来都可以用双手撑住，为怀里的女人撑起一片安全天空的男人！

小鲜肉是用来看的，男人是用来依靠的，就是这么简单。

龙雷怔怔地看着手机屏幕，不知道什么时候，眼泪竟然就那么无声无息地在她的眼眶里打转，真的，自从她懂事后，她只流过一次泪。

听到那段话，她又怎么可能不知道战侠歌担任主婚人的理由？她又怎么可能不知道，战侠歌的那段话其实是说给柳七听的？

风影楼是很强，他在非洲战场上为了救自己心爱的女人和兄弟，打出一系列最灿烂的战斗，更展现出以死亡为艺术的大师级刺杀水平，终于将胜利的天平一点点扳向己方。最终，东方海燕支撑下来，海青舞、雷洪飞，他最爱的女人和兄弟都活了下来，但是他自己却因为承受了太大的心理压力而丧失了八岁以后的记忆，所以到现在，他纵然还很强，心智只是勉强成长到十六岁，在柳七眼里，也只是"半颗獠牙"罢了。

而战侠歌不同，他还处于全盛状态。当他接手了第五特殊部队后，他的眼光，他的阅历，他的气度，更随着地位的不同，每天都在成长，每天都在提升。

假如柳七真的违反游戏规则，跳过龙雷去伤害嫂子，激得战侠歌抛下一切，和风影楼联手对他展开不死不休的追杀……就算是有亿万财富，真的可以通过科技一步步追溯"永生"，柳七未来的人生也注定会在无尽的死亡恐惧中度过！

哪怕战侠歌只是带着温和的微笑，用开玩笑的口吻对一个路人甲级别的新郎说着这些话，真正读懂其中含意的人，有哪个敢无视他的警告，敢忽视他的威胁？

就在这一刻，龙雷只觉得全身都轻松下来，仿佛一块一直压在她身上的巨石被搬开了似的，那种难以言喻的轻松和畅快感，让她只想抱着战侠歌的脖子，一边流着眼泪，一边放声欢笑。

而且……她也真的这么做了！

龙雷跳起来，抱住了战侠歌的脖子，"吧唧"一声，在战侠歌的脸上狠狠吻了一下。

战侠歌坦坦荡荡回手抱着龙雷，坦坦荡荡承受了这个吻，他一脸嘚瑟。"唉，有时候已婚男人长得太帅，也是麻烦啊！"

战侠歌收起了笑脸，在龙雷耳边低声道："放心，一切有我。"

眼泪流淌得更加无法自抑，酸酸涩涩的感觉，就像是喝了两斤老陈醋般，一阵阵涌向心头，让她喉咙发紧，说不出一个字来，龙雷在这个时候只能不停地点头。

风影楼觍着脸走了过来。"小雷雷，你不能厚此薄彼啊……"

话音未落，风影楼的脖子被龙雷抱住，他的脸庞上传来一阵温热，赫然是龙雷也在他的脸上狠狠吻了一口。

"不够，"风影楼显然是要无耻到底，"我比师兄帅，你吻了他一下，我应该是两下。"

"吧唧！"

第二个吻又落到了风影楼的脸上，同时沾在他脸上的还有龙雷炽热的眼泪。

风影楼忽地沉默下去，他也学着战侠歌刚才的样子搂住了龙雷的腰。在这个时候，从旁观者的角度看，他们的动作真的像极了情侣，但是内心光风霁月。在这样的亲密接触中，沾在他们脸上的滚烫眼泪，让他们的心中齐齐有了一种血缘相连般的亲密感。

海悠然站在一边，看着这一幕，嘴角轻轻勾起，他似乎想要说什么，却又忍住了。

龙雷却向海悠然挥了挥手，海悠然忍不住走了过来，龙雷"吧唧"一声，在他的脸上也留下了一个大大的吻。

海悠然的脸皮在瞬间就像煮熟的螃蟹一样红，他猛地连退了几步。

"谢谢，谢谢，谢谢……"

望着面前这三个没有血缘关系，却比血缘牵绊更亲密的男人、家人，龙雷眼眶里大海一般的潮水还在一波波地荡漾，眼泪还在她精致的脸庞上不断流淌。快乐的欢笑，就犹如春河解冻、万物复苏般，在她的脸上绽放，那一刻的感性与唯美，混合着青春的微酸微甜，就像是一柄无形却真实存在的剑，迎面飞来，在瞬间刺进了海悠然那十六岁，虽然年少老成，但是在某些方面却依然懵懂的心。

他只是觉得，这一刻的龙雷，好美。

弹雨

第四卷

火色红花

# 第一章　离别

在单元楼外，战侠歌、风影楼、海悠然、嫂子，还有一个长相憨厚的中年男人，他们都静静地站在汽车旁等待着。

换好崭新的 07 式作训服，打好武装带，龙雷望着镜子里那个挺拔如剑的身影，作为一个还没有授衔的士兵，她的军装衣领上空空的，只有两张长方形的黑色魔术贴，而她戴的军帽上那个八一标志的帽徽，代表了身为职业军人，一旦面对强敌入侵，山河破碎，哪怕是战死沙场，马革裹尸，也必须死战不退的守护宣言！

她慢慢走到了大哥龙建辉的灵位前，龙建辉正对她微笑着。

点上三支线香，插到了香炉中，这一走，她真的不知道自己要过多久才能回来和大哥重逢了。

"哥，我参军入伍了，还是特招入伍。"

说到"特招"两个字，龙雷有点脸红。怎么看她这次入伍都是把特种部队当成一个免费避难所，吃人家的喝人家的穿人家的住人家的，由于是"特种兵"，还是个堪称国宝级的"女子特种兵"，她在部队的岗位津贴一定高得吓人，但这钱还不能不收，否则她就真成了去度假的二世祖了。

"听柳七说，我们龙家祖祖辈辈都和军队有关，他还称我们为'战斗家族'，这个名称听起来挺响亮，挺带劲的，但是说实话，在一个月之前，我从来没有想过参军入伍。"

　　这一别，不知道什么时候才能再回来，甚至有可能这是她最后一次和大哥龙建辉说话，说一些她的心里话。"战侠歌哥哥，小楼哥哥，还有'特务连'的那些哥哥，都是或者曾经是军人，我很喜欢他们，但是有时候我心里也在想一个问题，如果他们也像大哥你一样战死沙场，那他们的家人又有谁来照顾？大家情同手足，守望相助，有了一群生死与共的兄弟是很美好，但是这个世界上，又有什么能弥补妻子失去丈夫，孩子失去父亲带来的伤害与遗憾？"

　　"对国家，对民族，对军队来说，大哥你是英雄，可是对嫂子来说，你是一个不合格的丈夫。你和她只有区区几天的实质婚姻，却整整耽误了她十年青春，给她心里留下了无可磨灭的悲伤记忆，又给她引来了一个普通人根本无法对抗的可怕仇敌！"

　　龙雷盯着相片中的大哥，低声问道："战侠歌告诉我，你在战场上为了掩护部下撤退，自己留在了那里，让战侠歌可以带着更多的人突出重围。你不愧'獠牙'的称号，也不愧教官的身份，但是，哥，告诉我，在你拼尽所有力量已经无法再继续战斗，只能等待死亡来临的时候，你走得是坦坦荡荡，还是心中突然想到了嫂子和我，有了几分愧疚和不舍？"

　　相片中的龙建辉当然无法回答这一系列太过尖锐而又太过沉重的问题。

　　"我不懂，我真的不懂，你明明知道家里还有必须依靠你的妻子和妹妹，却会为了保护一群和你没有血缘关系的人而主动选择留下，战死沙场。这一次进入军营，也许我能找到答案，也许我永远都不会懂。"

　　明明房间里只剩下她一个人，明明面前的大哥龙建辉只是一张遗照，龙雷却弯下腰，凑到龙建辉耳边低声道："你把我从大山里带出来，那么神采飞扬地告诉我，放眼全世界能要你命的人真的不多，你还告诉我，保家卫国杀敌无数，只要坦坦荡荡无愧于心，又何惧鬼哉。你让我相信，我找到了依靠；你让我相信，我的'刑克'诅咒不会对你有用；你让我相信，在这个世界上能要你命的人屈指可数……可是，你死了，你战死沙场，连尸体都没有找回来，你知道不知道，那一刻我有多难过、多自责、多恐惧？"

"大哥，我恨你。

"大哥，我喜欢你。"

所有的话都说了，香炉中那三支线香依然烟幕袅袅。

龙雷挺直了身子，看着这个她生活了十年时间，有着太多太多回忆的家。眼前的一切，熟悉得几乎可以印进骨髓，就连空气中的味道都没有变化。但是，嫂子已经重新嫁人，再过几个月，她就要成为一个母亲。无论她们姑嫂这些年相依为命积累了多少情分，也不可能和母爱相比，而且龙雷也不希望自己再去打扰嫂子终于回归平静的生活。

别了，我的家，别了大哥，别了，我曾经平凡而幸福的人生。

再次看了一眼身后的小家，深深吸了一口"家"的味道，把它刻在心底，龙雷终于还是关上了房门。

在汽车里，嫂子抓住龙雷的手，还没有说话眼泪就不停地往下掉，那个憨厚的男人手忙脚乱地用纸巾帮嫂子擦拭着眼泪。

当龙雷跟着战侠歌走进机场的安检关卡，所有送行的人都必须止步时，海悠然将一只小木箱递到嫂子面前。"这是龙雷让我交给你的。"

嫂子擦掉脸上的泪水，打开那只小木箱，她整个人都怔住了。

"怎么？"

憨厚的男人疑惑地走了过来，当他的目光和嫂子一样落到小木箱里时，他也怔住了。

这个小木箱并不大，使用的也只是普通的木料打造，手工也称不上精良，但是里面却塞满了各种东西。已经有十几年历史，依然保养良好，越放越值钱的世界名表；用料考究，拥有几百年历史的古董级玉佩挂件；得道高僧终生佩戴，只会送给有缘人，精神意义远大于实际价值，而实际价值也相当不菲的紫檀佛珠……

这些价值不菲的奢侈品，满满当当地塞了一箱，几乎没留半点缝隙。它们赫然是当年战侠歌和龙雷初次相逢后，带着她用几个月时间逐一拜访"特务连"的兄弟，给龙雷硬"顺"出来的嫁妆！

"里面的物品一共一百零三件，在十年前就已经价值不菲，现在有些东西被爱好者炒到了天价。我找人帮你们估算过，这一箱东西的总价值是两千二百四十二万，如果你想出手的话，我可以帮忙处理，也可以直接将收货人介绍给你；如果你想继续收藏的话，也没有问题，它们当中有相当一部分，还有不错的升值空间。"

就算是对箱子里东西的价值有所预估，听到海悠然的话，嫂子和男人还是吓傻了。嫂子捧着木箱的双手都轻颤起来。

两千多万的"嫁妆"，龙雷竟然全留给她了。

"龙雷有几句话，让我转告给你。"

海悠然平静地复述着龙雷的话："女人们常说，男人有钱就变坏，说这话的人，首先就把自己放到了弱者立场上，在渴望获得同情。要是一个女人比男人更有钱，还怕男人会变坏？"

嫂子听到这里，下意识地看了一眼身边的丈夫。憨厚男人脸上的表情尴尬得一塌糊涂，海悠然却根本没有理会，甚至没有正眼看过他。东方海燕的少帅，本来就是骄傲的，甚至是眼高于顶的。

"龙雷还有一句话，"在复述这最后一句话时，也许是回想起了当时的情景，海悠然的声音中透出一丝怆然，"嫂子，忘了我，忘了我大哥，忘了龙家，去过你自己的生活，追求属于你的幸福吧。"

紧紧抱着那只木箱，嫂子再次泪如雨下。

从这一刻开始，龙雷和她划地为界，她和龙家，就再也没有半点牵扯了。

嫂子张开嘴，想要对消失在安检口的龙雷喊上几句什么，但是她却真的不知道自己还能说什么。她只能嘴唇嚅动着，紧紧地抱着那只木箱，泪眼模糊地望着龙雷消失的方向。

龙雷为什么每次在雷雨之夜去弹吉他安慰这个嫂子，都会弹着弹着，手指被琴弦割伤？

不是因为龙雷太懒，总是弄得琴弦缺乏保养，而是嫂子每隔一段时间，就会故意把盐水浇在上面，让钢丝制成的琴弦一点点生锈。一开始龙雷还不知道，经常擦拭和保养琴弦，再打上专用的"琴弦油"防锈，中间还换过两次琴弦，后来她似乎明白过来，就不再这么做了。但是只要在雷雨之夜，她总会拿起那把琴弦生锈的吉他，走进嫂子的房间，为嫂子边弹边唱，用琴声和歌声抚平嫂子的恐惧。

作为龙建辉的妹妹，龙雷并不傻，相反，高考分数达到北大录取线的她比绝大多数人更聪明，但是龙雷没有去问嫂子为什么要这么对她。而是像什么都不懂的傻瓜一样，一次又一次重复着会让自己受伤的事情。

"我不是贪财，我只是不甘心。"嫂子抱着那只木箱，喃喃自语着，"我嫁给了龙建辉，是他的妻子，是要和他过一辈子的人，你不过就是他从大山里捡回来的一个妹妹，他为了你才愿意娶我，能嫁给喜欢的人，我认了。可为什么你哥哥死了，无论是战侠歌，还是那些'特务连'的人，只把你当成小公主，而把我当成无足轻重的路人甲？"

新婚才几天丈夫就离开，最后战死沙场，从此一个人孤枕难眠，就连过年时都不能在大年三十前回家，因为按照当地的风俗，她这样嫁出去的女人，尤其是寡妇，大年初三以后才能回家，否则就会给娘家带来噩运，哪怕她这个寡妇是烈士遗属，在这方面也不会给她更多帮助。

她还没有真正品尝到婚姻的甜蜜，就一头扎进了坟墓，身后还带着一个像野人一样的小姑子，必须又当嫂子又当娘。她原本是一个善良的女人，既然答应过龙建辉要好好照顾龙雷，她就会努力做到，结果她一天天变得苍老，皮肤开始失去光泽和弹性，而小姑子却不断长开，透出惊人的美丽不说，小姑子身边还有那么多人宠，那么多人爱，礼物像下雪一样飞过来，她却无人问津。

当她知道龙雷"天煞孤星"式的经历，在经历了一个个孤枕难眠的夜晚后，她再善良，再温柔，又怎么可能真的无怨无悔?!

所以龙雷在看明白、想明白之后，什么也没有说，她只是继续做着自己应该做的事情，每到雷雨之夜给嫂子弹吉他时，任由琴弦割伤手指。

当她终于要离开时，龙雷将这只装满自己"嫁妆"的小木箱留给了嫂子，这是安慰，是道歉，是补偿，也是……最后的诀别！

无论在龙雷的心里有多少不舍，从此以后，她们人生的轨迹再无重叠的可能，她们之间的情，断了。

走在前面的战侠歌突然停下脚步，转身将龙雷抱进了怀里。"想哭，就哭吧。"

只是在瞬间，温温热热的液体就浸透了战侠歌胸前的衣衫。

周围的人用奇怪的目光打量着战侠歌和龙雷，却没有人放缓脚步，在他们的身边人来人往。

"胜利者的眼泪，代表了骄傲与自豪；失败者的眼泪，却只有软弱和卑微。"战侠歌轻轻拍打着龙雷的肩膀，沉声道，"这是你最后一次因为失败而哭泣，在你战胜柳七之前，无论面对什么，无论有多委屈，有多难过，你都必须笑着面对！"

龙雷在战侠歌怀中抬起了脸，在她的眼睛里还盛着大海潮起一样的水雾，一个笑容已经在她的脸上慢慢扬起。

# 第二章　小卒突击队

几个小时后，客机降落到另外一个城市。没有走出机场，战侠歌带着龙雷进入了和机场跑道只有一墙之隔的直升机停机坪，在那里停着一架白色的民用直升机。

直升机腾空而起，就算是心中还有离别的愁绪，但龙雷毕竟还是一个十八岁的女生，她的注意力很快就转移到了这架直升机上。这可是她第一次乘坐直升机，对平民来说，搭乘直升机进行远距离飞行，绝对是奢侈的享受。

龙雷透过玻璃窗，居高临下看着脚下越来越小、越来越密的城市，直至脚下的一切变成了犹如逛房屋预售会时，业务员向人们展示的那种小区建筑规划 3D 模型。

像火柴盒般大小，密密麻麻挤在一起的是单元楼；相对宽松很多，明显绿化更好，中间还有一方蓝色水塘的，是高档别墅区；那蜿蜒曲折，看起来像根细绳，不停贯穿，不停交叉的，是向整个城市源源不断输送着氧气与血液的城市公路。

直升机飞得够高时，龙雷的视线被一层灰黑色的雾气挡住。看着这片犹如云层一样在翻滚，阳光照射上去，黑得要命、黑得诡异的气团状物质，龙雷有些惊讶了："这是要下雨吗？"

战侠歌就算是听不到龙雷的声音，也能读懂龙雷的唇语，他指指龙雷身边的耳机，示意龙雷戴上，然后抓起另外一套耳机，对着麦淡然道："那是雾霾！"

生活在中国的城市，从一开始的警惕，天天关注气象预报，到现在近乎麻木，包括龙雷在内的大多数中国人似乎已经习惯了雾霾这种东西的存在，甚至把它当成一种生活的调侃话题。还有人专门跑到北京，用了一年时间将雾霾收集后再将里面的物质提取出来，弄了一块"黑宝石"，制成了一枚订婚戒指，看到这样的新闻，大家也只是一笑置之。

站在城市的街头抬头往上看，只是觉得天阴得厉害；坐在客机里往下看，客机飞得太高，很难看到什么……可是当龙雷坐在直升机上，近距离看着这些不知道有多厚，随着气流变换还会不断上下翻滚，在阳光照耀下扬起一片另类而绝望的黑，每天笼罩在城市的天空，压抑在每一个人的头顶，每一个人都无可避免会吸进肺里的雾霾时，她只觉得心惊肉跳。

每天晚上十点以后，都能看到洒水车在城市街头跑来跑去，把城市主干道用清水浇湿，以减少粉尘；每天白天在街道上都可以看到带着一门"巨炮"的特种空气清洁车，在城市的街头跑来跑去，不知道往空中喷着什么；看新闻说，中国已经成立了雾霾治理小组，第一站就是工业企业最密集，雾霾最严重的河北省……

雾霾这玩意儿，是无差别覆盖，不管是贫穷也好，富足也罢，只要生活在中国的城市，就无可避免地会接触到。龙雷相信中国一定能将雾霾治理好，她现在希望的是这个速度能够快点，快点，再快点，不要等到雾霾影响了中国几代人的健康，让中国人真的变成"东亚病夫"，才让它成为一个历史名词。

心情再次沉重起来，随着新鲜感消失，龙雷也失去了四处观望的兴趣，不知道什么时候，她枕着战侠歌的肩膀在直升机发动机的轰鸣声陪伴中睡着了。

当龙雷重新睁开眼睛的时候，直升机已经落到了远离城市繁华的大山当中。现在他们所处的位置是一个水泥直升机停机坪，和四周的群山与丛林相映衬，看起来说不出地怪异。在整个停机坪上，用彩色颜料画出来的巨大骷髅标志，还有下面那用刀子和步枪组成的支架图案，都透着一股和中国传统军队格格不入的张扬放肆。

由一辆轮式装甲车和两辆中国猛士版军用吉普车组成的车队从远方快速驶来，一直开到停机坪前。有人从吉普车上跳下来，大步走上来。看着对方熟悉的脸，战侠歌的脸上透出一丝笑意，他也跳下直升机，迎着对方走了过去。

那是一个看起来二十五六岁的男人。他穿着一套中国丛林迷彩，全副武装之下，明明应该显得杀气腾腾，但是嘴里叼着的那根狗尾巴草还有他滴溜溜在龙雷身上打转的目光，让他怎么看都显得有些吊儿郎当。

走到战侠歌面前，年轻男人霍然立正向战侠歌敬礼，一股只可能属于王牌超级精锐的挺拔如剑，又诡异地在他身上绽放，形成矛盾到极点，又让人印象深刻到极点的气质变化。"小卒突击队副队长万立凯，向您报到！"

战侠歌也挺直身体，对着万立凯认真地回了一个军礼。

礼毕，万立凯脸上那股属于职业军人的严肃认真在瞬间消失。"不愧是师父，您真是太贴心，太赞了……嘿嘿。"

战侠歌打量着面前这个"帅不过三秒"的徒弟。"说人话！"

"我两个月前刚请了探亲假回家，师父您猜猜咋着了，我竟然被老妈安排相亲了！"

万立凯瞪着一双无辜的大眼睛，一脸的委屈和无奈，仿佛真的刚刚经历过什么非人的待遇。"师父您说，就凭我万立凯的人品、长相、谈吐、身份，就算距离万人迷级别还差那么一丢丢，这九千九百九十九迷总没问题的吧，我用得着相亲这么土的方式去找人生的另一半吗？"

这下战侠歌也来兴趣了。"怎么样，有没有看对眼？"

"哈，师父您是不知道，我妈帮我安排的那个相亲对象有多矬！"

万立凯脸上满是不堪回首。"那姑娘，不，那位年轻妇女长得还不错，但是往那里一坐，一股廉价香水味就扑鼻而来，只有天天泡在 KTV 那种地方，搞得嗅觉都退化的妞，才会把自己喷得活像是有狐臭。她面对我妈时，表现得还像是个乖乖女，但是看到我，您知道她第一眼看我哪个位置吗，她看的是我的屁股！看完了，似乎对我完美性感的身材非常满意，她还下意识地轻舔了一下嘴唇！"

战侠歌也有些无语了。正所谓物以类聚，人以群分。这个叫他师父的家伙，是战侠歌在六年前收的第二个徒弟。从本质上来说，和"特务连"的兄弟们是一路货色，在某些方面甚至有过之而无不及。

总之，这货绝不是个好鸟！

那些同样不是好鸟的女生想在他面前扮乖乖女，玩过了疯过了，还想找个"老实男人嫁了"，遇到万立凯，那就相当于白骨精跑到了齐天大圣面前玩七十二变，纯粹就是找不自在！

"我说不喜欢这样的女生，老妈还嫌我眼界太高，我实在烦了，就找兄弟查了一下那个妞，然后我当场就怒了，让我买个转手无数，还经常主动倒贴的二手房也就算了，毕竟我万立凯也不是什么好鸟，二手对二手，咱谁也别嫌弃谁，但是这二手房还死过人，而且死过不止一次，就太过分了吧！"

战侠歌问："死过人？"

万立凯连连摇头叹息："唉，师父啊，您是真老了，如果再不与时俱进，不出三年，您身上可就要出现'老古董'的标签了。"

"老古董？"

战侠歌从口袋中拿出一部手机，对着万立凯轻轻晃了晃，手机屏幕上显示，有一个录音软件正在工作。不等万立凯反应过来，战侠歌就手指连按，将这段录音通过微信发送出去。

万立凯在瞬间就感到大事不好，房子要倒，他望着战侠歌手中的手机，吞了一口口水，小心翼翼地问道："师父，您刚才……做了什么？"

战侠歌笑眯眯地望着万立凯："你猜。"

只有最熟悉的人才会知道战侠歌这一刻脸上的笑容有多可怕，万立凯怂了："师父，咱别玩了行不？"

"玩，必须玩，要是太死气沉沉，被人当成老古董怎么办？"战侠歌轻抚着自己的下巴，"再说了，你见过这么帅气的老古董吗？"

万立凯真的要跪了，就在这个时候，战侠歌的手机中传来一声提示音，战侠歌嘴角带着笑意，将手机调到扩音状态，打开了手机上接到的一段视频信息。

一个从眼角和面部轮廓来看，和万立凯有五六分相像的中年女人对着摄像头横眉竖眼，声音中带着浓重的火药味："万立凯你这个小兔崽子，连个正儿八经的女朋友都交不到，老娘我豁出这张老脸不要，到处求爷爷告奶奶地托人给你找对象，你倒好，受委屈了是吧？见人就要讲讲你相亲的历史，让人知道老娘我有多有眼无珠是吧？我看你纯属皮痒痒了，这是病，得治！等你下次回来，我用家里的擀面杖帮你治治，让你小子知道花儿为什么这样红！"

视频结束了，万立凯伸着手指着手机屏幕，这一刻他真是欲哭无泪，欲语还休。好吧，他必须承认，师父很年轻，非常非常年轻，有这么一个丧尽天良笑呵呵，坑死人来不偿命的腹黑师父，他除了低头认尿之外，还能干吗?!

有人推着一桶航空燃料上前，用手摇泵给那架民用直升机添加燃料，龙雷走下直升机，打量着停机坪右翼的那支小型车队。

两辆军用越野吉普车应该是最新款的东风猛士。这款汽车说是借鉴也好，山寨也罢，看起来像极了美国部队使用的悍马吉普，车身宽而低，棱角分明，霸气外露，据说除了供给军队使用，在市场上销售的民用版售价高达八十八万元，绝对是有钱没地儿使的军事发烧友才会选择的败家玩意儿。

但不管怎么说，这种能在帕米尔高原六千米海拔无道路地带飞驰，在漠河零下四十一摄氏度极限环境中启动，在新疆吐鲁番盆地咆哮的越野吉普车，在战场上能为部队提供相当优秀的输送能力和火力支援。

就拿这两辆猛士来说，前面那辆加装了十二点七毫米口径重机枪，另外一辆上装载了二十四联装小口径迷你火箭炮。就算是受过最严格训练的特种部队狙击手，面对这两辆越野车也不敢轻举妄动，因为一旦开火，就必然会遭遇强火力压制和追杀。

　　但是最吸引龙雷的，还是那辆 ZBD-09 轮式装甲车。它同样拥有宽阔而低矮的车身，这样的设计能让它在战场上有效降低中弹率。通体看起来像是一艘登陆艇，这说明它是水陆两栖型战车。八只巨大的橡胶轮，让它拥有强大的越野能力，在公路上使用时，不但可以跑出每小时一百公里的速度，也不会对路面造成任何损伤。

　　这辆装甲车不但有最常见的基本装甲，还加装了最先进的披挂式陶瓷装甲，虽然还无法抵御 RPG 反坦克火箭筒的攻击，但是反器材狙击步枪和普通枪榴弹已经很难对车内乘员造成实际损伤。在遭遇攻击时，炮塔两侧的烟幕弹发射器，可以在短时间内让敌方失去攻击目标。

　　炮塔上那门三十毫米口径机关炮是没办法和坦克一较长短，但是在打击敌方软目标，也就是步兵时，它高速发射形成的弹雨就是最疯狂的死亡乐章！

　　无论是重机枪还是火箭炮，都是罕见的实弹上膛，就连装甲车平时都会罩着的机关炮都摘掉了炮衣，露出了黑洞洞的炮口。

　　龙雷平时不是没有见过军队，但是看着面前这支由一辆装甲车，两辆吉普车组成的小型机动部队，她却清楚地感受到一股根本不加掩饰的杀气扑面而来。

　　她敢用自己的脑袋和任何人打赌，无论是谁，只要敢对这支小部队展开攻击，都会在瞬间遭到他们最强力的反击，而且这种反击会一直持续到将攻击者彻底歼灭才会停止！

　　正在和战侠歌亲密交谈的万立凯偷偷瞄了一眼走出机舱的龙雷，他的眼神突然间有点发直了，万立凯迅速从口袋里取出一面在战场上用来观察敌情的小镜子，利用战侠歌的身体为掩护，躲在龙雷看不到的角度，整理了一下身上的衣饰。"师父，帅不帅？"

　　战侠歌："很蟀！"

　　确定自己处于最佳状态，可以将自己的气质风范展现无遗，万立凯有异性无人性地抛开自己的师父，大步迎向了龙雷。"小雷雷，你好。我叫万立凯，万金油的万，扬刀立马的立，凯子哥的凯，作为副队长，欢迎你加入小卒突击队。"

万立凯对着龙雷露出一个自以为最帅气、最拉风、最能展现中国人民解放军特种部队军官风采的灿烂笑容。"小雷雷，放心吧，以后'小卒突击队'就是你的老窝，别的地方不敢说，谁敢跑到我这一亩三分地炸刺，哥哥我一声招呼，就能喊来百八十号兄弟，让那个什么柳七知道花儿为什么这样红！"

这个家伙的表现实在够浮夸的，可是听着他大包大揽的宣言，再看看那架还在加油的民用直升机，以及全副武装如临大敌的装甲车和武装越野吉普车，一种发自内心的安全感，让龙雷一直处于高度紧张状态的神经突然彻底放松下来。

柳七的赌约要求是，龙雷不许人间蒸发，否则他就会立刻对其他人展开屠杀，逼龙雷自己重新浮出水面。

柳七这一手不可谓不狠，但是他面对的战侠歌可是一位不折不扣的战术加战略大师。战侠歌特意带着龙雷搭乘民航客机，再租乘一架民用直升机，就这么大张旗鼓地一路行来，就算不是柳七，只要稍加留意，也能打听到龙雷的行踪。战侠歌就是要光明正大地将龙雷送进身经百战的特种部队，送到他最信任的徒弟手里。

既然柳七想玩猫戏老鼠的游戏，那战侠歌就在龙雷这只"老鼠"成长起来前，先把她送进狼窝。那只猫就算是再强壮，再胆大妄为，面对一群全副武装、杀气腾腾的狼，在做什么前也必须三思而后行！

"小雷雷，感动吗？"

万立凯对着龙雷张开双臂，脸上的表情怎么看怎么不正经、不靠谱、不三不四、不可信任。"多余的话咱就不要说了，快点扑进哥哥的怀里，来一个热情的拥抱吧……"

万立凯的话音未落，就看到龙雷真的迎面走上来，用双手抱住了他。"谢谢。"

万立凯微微一怔，脸上玩世不恭的笑容淡了几分。"拿上行李上车，师兄在营地伙房里，正张罗着亲手给你做面条。"

龙雷轻轻点头。"上车的饺子下车的面"，这套中国军队的老传统她从龙建辉那儿听说过。

看着龙雷背着一只硕大的背包走向装甲车，再扭头回望着万立凯，战侠歌微笑道："看起来，龙雷给你的第一印象不错。"

"那是当然了。"

刚刚被自家师父收拾过一顿，万立凯就故态复萌，将三天不打上房揭瓦的特性展现得淋漓尽致。"小雷雷可是一个让人赏心悦目的美女，身材好，气质佳，最重要的是，她一点也不'作'，面对这万片绿叶中的一点红，我喜欢也是理所当然的。最重要的是……如果我把她追来做女朋友，过年的时候带回家，老妈一定会惊喜交加，彻底忘记我刚才说过的话，反而要夸我不愧是她老人家的儿子，眼光就是好，手段就是高！"

"那你可要小心了，我们整个'特务连'都是龙雷的后援团，只要她稍稍受点委屈，都不需要吭声，就会有几十号人冲上来，争着抢着要把你揍成猪头。"

万立凯愕然："敢情追小雷雷还要捆绑销售，买一送百啊?！"

已经登上装甲车，就坐在门边的龙雷虽然努力想要让自己显得行若无事，可是听着万立凯这声色俱佳的感叹，却还是忍不住"扑哧"一声笑了。一时间所有的离别愁绪，前途未卜的不安，都一扫而空。

战侠歌在龙雷看不到的位置，对着万立凯竖起了一根大拇指。说到油嘴滑舌逗女孩子开心，他这个师父和万立凯比起来，那真是拍马难及。

直升机已经补充好燃料，在登上直升机返程前，战侠歌脸色沉静下来。"小心柳七，这个人，很危险。"

万立凯脸上依然带着吊儿郎当，让女人看了又爱又恨，男人看了恨不得在他脸上猛揍十七八拳的玩世不恭的笑容，但是在他的心底却涌起了惊涛骇浪。

战侠歌是谁？他可是在最残酷的战场上一步步崛起，创造出一个又一个非凡奇迹的超级强者。到了今时今日，已经年过三十的他，经验与心志随着时间的洗礼不断成熟，无论是单兵作战，战前指挥，还是战略布局都达到巅峰状态，能被他列为"强敌"范畴，哪怕本土作战都要小心提防的人物，就算是放眼全世界，都屈指可数！

面对战侠歌的叮嘱，平时口若悬河的万立凯，这一次回答得简短而直接："是！"

战侠歌不再说话，用力拍了拍万立凯的肩膀，登上了直升机。

加满燃料的直升机腾空而起，脚下的世界不断变小，渐渐变成了一片高低起伏的绿色。战侠歌居高临下，望着机舱下的群山与丛林，他的目光在几个区域有意无意地停留了一下，然后微微颔首。

"一号狙击手，没有发现危险，请求撤退。"

"二号狙击手，没有发现危险，请求撤退。"

"三号狙击手，没有发现危险，请求撤退。"

…………

在万立凯戴的步话机里，不断传来报告声，除了表面上的一辆装甲车和两辆军用越野车组成的车队，他还在附近区域布置了整整五支狙击小组。这五支狙击小组无一例外都是由最优秀的狙击手和一名观察员组成，哪怕这五名狙击手当中有不需要观察员就可以独立作战的"狩猎者"级别的王牌狙击手，也必须带搭档！

战侠歌在空中目光稍稍停留的地方，赫然就是这五支狙击小组潜伏的位置。

轮式装甲车在行驶过程中速度要比履带式步兵战车快得多，噪声小得多，也舒适得多。虽然龙雷只是一个还没有正式进入军营的新兵，但是她已经有资格知道一些关于"小卒突击队"的内部资料。

"小卒突击队，是加强营编制。下辖三个特战连，一个陆航连，一支教导小队，外加一个警通排，作战人员有五百多人，但是如果加上后勤保障和文职人员，全营超过一千四百人。虽然常年面向海陆空三军招收优秀成员，但是这里的军官有将近一半都是来自第五特殊部队，换句话说，这是第五特殊部队浮出水面的触角。"

万立凯向龙雷介绍着："第五特殊部队是中国在自我封闭环境中，为了保卫机要部门而成立的特殊作战机构，这注定了第五特殊部队必须潜伏在水面之下。但是到了现在，无论是作为一个新兴的超级大国，还是作为联合国安理会常任理事国，我们都需要积极参加世界维和行动，以及全球反恐行动。中国需要一支像美国海豹突击队一样浮现在公众视野中，能够在任何情况下，完成任何任务，对恐怖组织及犯罪分子形成军事威慑的特种部队，所以就有了现在的小卒突击队！"

万立凯手臂上贴的"小卒"特种部队臂标，是一个手拿盾牌和利剑的骷髅形象，衬着黑色的底幕，这个标志做得很酷很拉风。但是"小卒"单纯从字面意义上来讲就是"小兵"，这样的名字显得相当谦虚，怎么看都和战侠歌、万立凯这对师徒过于张扬放肆的性格格格不入。

"小卒突击队，这个名字是师父亲自取的。他告诉我，寓意有二。"

别看万立凯在战侠歌面前没有个正形，实际上战侠歌是他这一辈子最尊敬的人，当他提起战侠歌，声音中透着浓浓的自豪与骄傲。"第一，中国特种部队从建立到现在，时间还很短，和西方特种劲旅相比，我们很年轻，还是不折不扣的新兵，我们可以坚信自己世界最强，但绝不能因此就无视别人的存在，不承认对方的强大。"

龙雷点头，到现在还有人死死抱着"中国陆军天下无敌论"不放，把昔日的光荣当成今日的资本，而战侠歌这位第五特殊部队的掌门人，明显站得更高，看得更远。只有承认别人的强大，正视自身的不足，才能有更大的压力与动力努力让自己变得更强。

"第二个理由，我希望你牢牢记住。"

万立凯凝视着龙雷，当他认真起来的时候，那种专注中透出的认真，让龙雷在他的身上看到了十年前战侠歌的影子。"无论是在中国象棋还是国际象棋中，小卒都是炮灰，为了保护其他棋子，或者为了完成棋手的某一个战略意图，它随时都可能被牺牲。为了赢得胜利，也为了生存，小卒必须顶着炮火，踏着敌人和战友的鲜血往前冲，不能左躲右闪，更不能胆怯后退，虽然九死一生，但是一旦让小卒突破封锁冲过界线就会——小卒过河，当车使！"

龙雷突然间有些头皮发麻。

抱着小卒过河当车使的信念，这支年轻的特种部队在战场上面对敌人必然会全力进攻进攻再进攻，直至踏过他们的"楚河汉界"，乳虎啸谷，干将发硎，化身为最强、最猛、最疯，只要往那里一站，就会震慑全局，让敌人做出任何一步选择都必须三思而后行，只要自己动上一步，就会让整个战场都因此而发生变化的最强铁血劲旅！

虽然还没有踏入军营，还没有见到庐山真面目，但是龙雷已经对这支"小卒突击队"产生了足够的好奇甚至是敬仰。

# 第三章　火力至上

从车外突然传来了爆炸轰鸣声，中间还掺杂着大口径反器材狙击步枪发射时特有的沉闷轰响，紧接着车载重机枪扫射声混合着自动步枪长短点射声，形成了一片密如爆豆的枪响。

"停车！"

随着万立凯一声令下，武装车队戛然而止，停在距离大本营不足一公里的位置。万立凯打开车门，对着龙雷做了一个"请"的手势。

走下装甲车，举目远眺，龙雷的心中涌起一股难以言喻的震撼与感动。

足足有三米高的混凝土围墙，在群山与丛林中的绿色世界里划地为界，硬生生围出一片几万平方米的广阔世界。这种足足有三十厘米厚的混凝土围墙，采用了中国最擅长的"模块化"塑造工艺，它并不是一个整体，而是由一块块一米多宽的水泥板像摆麻将一样拼接而成，再用速凝水泥固定。这样的"模块化"围墙，不但能在近距离直接抵挡小口径火炮轰击，更能在最短的时间内进行局部更替修补，使之成为永不破损的钢铁防线。

"模块化"围墙外面，围绕着一条宽上百米的焦土隔离带，在围墙上到处都可以看到能够左右摇动的摄像探头。在一些最容易被敌方特种部队渗透的位置搭建了哨塔，上面装备的并不是传统的重机枪，而是六联装速射炮。

这种速射炮一般安装在战舰上，可以同时锁定十几个目标，并用超高射速的密集弹雨，拦截低空飞来的战斗机和导弹，可以想象一旦有人试图摸入军营，却在没有任何掩护的焦土隔离带被发现，将会遭到何等恐怖的死亡风暴打击！

在三米高的围墙上，拉了一圈蛇形铁丝网。这是在第一次世界大战期间就被广泛使用的防御手段，就连普通侦察兵都能用钢钳将其轻而易举地剪断，和哨塔上的速射炮相比，不但过于落伍，似乎也拉低了整个军营的防御水准。

发现龙雷的目光在蛇形铁丝网上不断打转，脸上露出不解的神色，万立凯解释道："这些蛇形铁丝网上加入了传感器，只要有人剪断了哪怕是一根，小卒突击队警通排就会立刻接到警报。就算不去剪断它们，而是用扩充器或者木棍试图在铁丝网上撑出一个能让成年人爬过去的洞，传感器一样会感应到，并向警通排发送警报！"

换句话来说，混凝土围墙上拉的蛇形铁丝网就是军营外围最敏锐的触觉神经，无论谁小看它们，都会付出最惨痛的代价。

龙雷收回目光，好奇地打量不远处的训练场。

这座训练场依托山地原有的地形地貌，加上少量后期改建工程打造。吸引龙雷注意的，是训练场上三辆静静停在那里的坦克。

在"亲亲小公主"群里，不知道哪位哥哥曾经念过一段顺口溜，让龙雷记忆深刻：远看炮塔猛如虎，近看一二三四五。

这段话的意思是说，不管你看到的坦克被"魔改"得有多先进，有多威风，只要看到它的负重轮只有五对，那它肯定就是中国的五九式！

作为已经服役超过六十年，现在中国陆军依然在使用的世界第二代坦克，就算再魔改，受限于整体设计格局，它依然过于落后，濒临被全面淘汰。在小卒突击队看到它，龙雷必须认真思考，在它们看似老旧的车身里，是不是隐藏着什么比传感器更尖端的黑科技。

一辆五九坦克炮塔左右两翼突然发射出几枚烟幕弹，烟幕弹在周围炸开，迅速腾起的浓烟将整个车身笼罩，龙雷还没有明白发生了什么，在不远处的丛林中，突然有一团火球飞出，在空中拉出一条近乎笔直的尾烟，撞向隐藏在烟幕中的五九式坦克。

爆炸声轰然响起，烟幕被爆炸形成的冲击波狠狠吹散，那辆五九式坦克的炮塔竟然被反坦克导弹炸得直接掀飞，失去炮塔的战车内部火焰翻滚。如果这是在真实战场上，坦克挨了这么一击，里面的车组人员绝不可能有任何生还的希望。

又有一发反坦克导弹在近距离射向第二辆坦克。这辆坦克并没有发射烟幕弹进行隐藏，就静静地停在那里，一动不动地任由反坦克导弹轰击到车身上。

和第一辆坦克不同的是，这辆五九式坦克车身上整整齐齐、密密麻麻贴着一圈可以更换的小方块。这些小方块学名叫"主动防御装甲"，猛地听上去挺高端，其实就是在坦克车身四周安装了一层可以更换的块状"惰性炸药"包。

这种炸药特别"懒"，被子弹打中都不会爆炸，但是一旦被反坦克火箭、导弹或者炮弹击中，单位压强达到临界点，"惰性炸药"就会在瞬间爆炸，用定向爆炸形成的反向冲击波，将敌方反坦克武器形成的杀伤力抵消，有效保护战车里的车组人员。

被反坦克导弹命中的主动防御装甲轰然爆炸，爆炸形成的滚滚浓烟看起来声势惊人，但实际上并没有对坦克车身造成实质性破坏。

反坦克导弹和主动防御装甲爆炸形成的硝烟还在空中翻滚，在丛林深处，又有一发反坦克导弹在空中带出一条漂亮的尾烟，以惊人的精准度打中了第二辆坦克已经失去主动防御装甲的右翼。

在轰然爆炸中，第二辆坦克炮塔再次被炸飞出去。

万立凯低声道："干得漂亮！"

在训练场中还剩最后一辆坦克孤零零地停在那里，仿佛已经注定了被击毁的命运。

但是当单兵发射的反坦克导弹飞射向它时，坦克炮塔部位的一门小口径速射炮开火了，这门拥有自动火控和雷达锁定的速射炮，在空中打出一条肉眼清晰可见的弹道，轻而易举地将反坦克导弹凌空击爆。

　　烟幕隐藏，主动防御装甲，速射炮火力拦截，那几名躲在丛林深处现在还未曾露面的"小卒突击队"特种兵，面对的就是这样逐级递进的"敌方坦克"。

　　万立凯哂然一笑，对着龙雷道："走吧，他们已经到极限，虽然现在坦克陆地之王的地位受到挑战，再也无法成为左右战场形势的主因，但是单凭便携式反坦克武器，和装备了最新防御系统的坦克正面死磕，怎么看胜率都太低了。"

　　护送的车队没有再跟随他们，还没有谁可以（能／敢）在小卒突击队大本营攻击他们的成员。万立凯光明正大地带着龙雷往军营大门方向走，一边走，一边解释道："特种兵也是人，受过的训练再严格，装备再精良，战力也有自己的极限，他们只需要知道自己在面对不同'敌人'时，极限在哪儿就足够了。"

　　龙雷问道："要是遇到根本无法对抗的敌人，比如说刚才那种坦克的追杀，怎么办？"

　　最后一辆坦克已经达到三代主战坦克标准，根本不是以小队为单位执行任务的特种部队能够正面对抗的。坦克强大的越野能力，以及强大的火力，让它可以对特种部队不断实施压制攻击，如果不能迅速将其摆脱，可以预见那支特种部队最终的命运。

　　"社会上的小混混打架，打输了都知道打个电话喊兄弟们抄家伙支援，你不会认为特种兵脑袋瓜里练的都是肌肉，只知道自己和对方死扛吧？"

　　万立凯抬头，望着从头顶掠过的四架武装直升机，微笑耸肩，一脸的无赖。"喊个比对方更牛 × 的 boss 支援不就行了。看看，不愧是我万立凯带的兵，一喊就喊了四架！这就叫作'不动如山，侵略如火，狮子搏兔亦尽全力'，不但要打死你丫的，还要一出手就吓死你丫的，让你知道花儿为什么这样红。"

　　龙雷不停眨着眼睛，她这些天是听战侠歌说过，第五特殊部队的信条就是"不动如山，侵略如火，狮子搏兔亦尽全力"，可是，战侠歌说出来的这两句话，是这么理解的吗？

"中国军队只有小米加步枪的时代，早已经一去不复返了。"

万立凯仿佛能看穿龙雷心里是怎么想的，他哂然道："我们中国可是泱泱大国，这泱泱大国，不是自己嘴里吹出来的，也不是用'吃亏就是占便宜'谦虚出来的，在战场上一出手就是'彻底覆盖，火力至上'，一开火就打得天翻地覆，日月无光，所过之处掘地三尺，寸草不生，这可是身为超级大国才有资格使用，才能彰显出来的败家加烧包啊。"

"×！"

万立凯突然一把将龙雷抱进怀里，用双手护住了龙雷的耳朵，龙雷还没有搞清楚发生了什么，整个地面就像是遭遇了七八级地震一样狠狠一颤。要不是被万立凯抱进怀里，猝不及防之下，她真的可能会被地面形成的剧烈颤抖甩倒在地上。

强大的冲击波以超音速在地面狠狠画出一个直径超过两百米的巨大圆环，一团硝烟翻滚着直升上百米的高空。

当硝烟终于慢慢散尽，人们望过去，那辆以中国五九式坦克为基础，经过特殊"魔改"，在被动防御和主动防御两项上都达到三代坦克中上等水平的标靶坦克，竟然被生生炸成了零件状态。

"×！×！！×！！！"

放下心来的万立凯愤怒的吼声在整个训练场的上空狠狠扬起："你们收了军工厂那些货多少好处，三天前刚送过来的重磅激光制导炸弹现在就试上了？能直接炸沉一艘航空母舰的重磅激光制导炸弹，用来炸一辆坦克，你们倒是说说看，那辆坦克究竟是被炸坏的，还是砸坏的?！"

"我呸！"

万立凯又狠狠往地上吐了一口含着大量泥沙的口水，拍了拍自己被震得现在还嗡嗡直响的耳朵，然后伸出了他的右手大拇指，对着四架耀武扬威够了，正一起返航的武装直升机道："干得漂亮，炸得过瘾，下回继续！"

仿佛是回应万立凯的手势般，四架武装直升机编队队形变了，它们在空中组成了一个大大的"V"字形。突然，四架武装直升机在保持队形位置相对不变的情况下，一起在空中进行了一次堪称特技级的360度横向翻滚。

站在地面的龙雷瞪大了眼睛，她还真是头一次见到，或者头一次听说，直升机也能在空中翻跟头。尤其是当四架武装直升机排着整齐的队列，以相同的节奏与动作一起翻滚时，那种仿佛四架直升机一起失控，眼看着就要摔下来的画面冲击感，足以让最坚强的人的心脏都几乎要从胸腔里直接跳出来。

能做出这种动作的飞行员，无一例外都是王牌！而在小卒突击队，一个营级编制的特种部队，这样的王牌竟然一出手就是四个！

一个看起来已经年过四十，脸上带着明显的岁月痕迹，眼睛犹如鹰隼一样锐利，嘴角却挂着温和笑意的男人迎着他们走了过来。

"赵海平，我大师兄，一名得了师父真传的资深狙击手，小卒突击队指导员。"万立凯在介绍时，还不忘坑自家师兄一把："除了拿狙击步枪杀人，师兄最擅长的就是做面条，用来收买人心。"

就算是特种兵身体素质远超常人，面对高强度训练，一旦受伤也会生病，而只要有了病号或者伤员，赵海平总会端一碗自己亲手擀的面条去探望。

作为一名资深狙击手，赵海平的手又稳又有力量，他擀的面条劲道十足，更重要的是，和机器碾制的面条相比，赵指导员的手擀面更有"家"的味道，经常会让伤员吃着吃着，金豆子就不争气地掉下来。所以说，在小卒突击队内部，赵海平这位指导员要比万立凯更得人心。

赵海平大踏步走到龙雷面前，举起右手想要和龙雷握手，可是手刚伸出来又收了回去，他从口袋里取出一块手帕擦掉上面沾的面粉，才再次送到龙雷面前。

赵海平的手掌很大，手心和手指上都布满了老茧。两个人的手掌相握，可以清楚地感受到赵海平手掌中传来的沉稳。"我在炊事班给你准备了打卤面，西红柿鸡蛋酱里面放了葱花，没有撒香菜，只要你一到就可以下锅，还有老干妈香辣牛肉酱和豆腐乳。"

　　这真是一顿普普通通的便饭，但都是龙雷最喜欢的，可见赵海平提前做了功课。他之所以说这些，是想让龙雷找到"家"的感觉，而不是像万立凯一样，动不动就猴子献宝。

　　龙雷刚想说话，一个挂着两杠三星肩章的上校军官带着几个人匆匆赶过来，看到万立凯和龙雷，这位上校没说什么，和他们擦肩而过。但是从小受尽白眼的龙雷却能从这位上校的目光中看到排斥与厌恶。

　　"那货叫王正，小卒突击队队长，从来没有上过战场，实战经验为零，却爬到了我这个身经百战的超级精英头上！"

　　万立凯这个副队长明显和正牌队长很不对付，根本尿不到一个壶里。"我们的王正队长当然不能尸位素餐，为了彰显自己的存在价值，他能在冬天凌晨三四点钟，披着一件军大衣，脚上穿着一双'小花园'去查岗！"

　　所谓"小花园"，是老北京出产的一种白底黑面的布料"板鞋"，这种鞋子最大的特色就是轻，走在路上几乎不会发出脚步声。

　　小卒突击队坐落在中国北方群山中，到了冬天夜里，屋外滴水成冰，就算是穿着里面衬有羊毛的高筒军靴，站在外面时间长了都会冻得脚趾发麻，而这位王正队长却能披着厚厚的军大衣，穿着一双鼓上蚤时迁最喜欢穿的"薄底快靴"，踏着比猫还轻的脚步，要么鬼鬼祟祟地摸到士兵宿舍，透着门缝窗缝偷偷打量里面的士兵，检查他们有没有违纪违规，要么悄悄摸到岗哨那里，看看哨兵有没有打瞌睡……只要发现问题，队长大人就会立刻跳出来，对犯错误的人当场进行最严厉的批评！

　　在脑海中想象着类似的画面，龙雷必须承认，这个画面的确是有那么一点点诡异！

　　"师弟你就是个孙猴子，有队长在上面压着，你还时不时要来个大闹天宫，要是连队长都没有了，你还不得带着整个小卒突击队一起翻筋斗云了？"

　　还是老实厚道的赵海平说了一句公道话："作为一个窗口型单位，部队需要王队长这样做事认真严肃，能够将每一个细节都做到极致，还擅长和外界沟通，着力展现新时代中国特种兵风貌的领导。你们两个，一个严肃，一个活泼，一个主抓形象，一个主抓军事，各有侧重，挺好。"

　　"我不否认他的作用，但我就是看他不爽。"万立凯不满地一撇嘴角，"他看到我们，冷若冰霜，活像是欠了他八百吊钱。面对记者和外面的人，就笑容满面，如沐春风，说白了不就是一个两面三刀，见人说人话，见鬼说鬼话的官油子吗！咦……今天是什么好日子，来了个小雷雷不算，竟然还有前凸后翘的金发洋妞到访?！"

# 第四章　访客

一支由几辆越野车和中巴车组成的车队停到了军营大门外。

首先从中巴车上下来的是一群穿着俄罗斯军装的外军军官，在这群来自异国他乡的职业军人当中，最吸引人注意的就是在场唯一的女军官。

她看起来应该有二十五六岁，一身蓝色尉官夏常服，可以去参加模特选秀的高挑身材，让她显得更加挺拔，近乎完美的黄金比例，和几欲裂衣而出的丰满高挺，让她轻而易举就能让男人看得目不转睛。一头微微卷曲的金色秀发上，扣着一顶蓝色的"国际帽"，让她的身上有了一种"制服诱惑"式的性感。

但是她的那双眼睛，却锋利得有如鹰眸，透着一种难以言喻的自信。在她的左胸前，还别着一枚金质"双头鹰"星形勋章。当万立凯在自己的记忆中找到这枚星形勋章的含意时，就连他这个眼高于顶、吊儿郎当的家伙都忍不住倒吸了一口凉气。"师兄，她是戴着玩的吧？"

赵海平神色凝重。"他们可是俄罗斯派出来的小规模军事交流团！"

在俄罗斯军队，"双头鹰"造型的勋章、奖章多如牛毛，海陆空三军，包括特种部队都可以使用，但是那名大尉女军官戴在左胸的金质"双头鹰"勋章，上面有两把贯穿整个勋章的利剑，这可是俄罗斯的"祖国功勋"勋章！

就算不懂苏联和现在俄罗斯的功勋体系也没有关系，只需要再读一遍

"祖国功勋"这几个字，就可以明白这枚勋章所代表的含意！

王正快走上前，热情洋溢地向对方伸出了代表友谊与欢迎的右手，他的动作、表情、姿态，都堪称完美，透着现代职业军人的风度与干练，和那些来访者逐一握手。一名随团翻译自然而然站到了王正身边，为他和来访者进行翻译，很快，现场气氛就变得一片融洽。

那名俄罗斯大尉女军官的目光很快就跳过王正，落到了龙雷的身上。万立凯发现事情不对，挪动脚步试图拦在龙雷面前，可是已经晚了，那名大尉女军官已经迈开脚步，径直走向了龙雷。

"你好，年轻的中国女兵，我叫瓦列里娅。"这个俄罗斯大尉女军官竟然能说一口流利的中文，"这一次来中国进行小规模军事交流，我已经拜访过你们全部由女兵组成的女子特战连，她们在训练场上表现得很坚强，也很勇敢，但是，我依然有些失望。"

当瓦列里娅直接站到龙雷面前，并且主动向龙雷开口时，于情于理，万立凯都无法再赖在她们中间当电灯泡，他只能轻耸肩膀，退开一步。

"我十八岁时，加入独立空降团，和男兵们一起接受训练，一起参战。四年后，我成为空降团一名大尉，六年后，我成为空降特种部队 A 小队指挥官。"

瓦列里娅并没有吹嘘什么，她只是在向龙雷讲述自己的经历："我之所以能成为一名指挥官，是因为我和男兵在一起执行任务时，用事实告诉了他们，我比任何人都强！"

瓦列里娅的话，让四周的小卒突击队老兵脸上都腾起了如火的战意，这个俄罗斯女军人够狂，她说的内容，更会让拥有足够力量与自信的男人产生针锋相对的"敌意"，但是他们又必须承认，这个站在他们面前，从容平静中透着冰凌般坚硬，胸前还别着"祖国功勋"勋章的女军官，的确有骄傲的资本！

"女兵，在体力方面先天比男兵弱，只有和男兵一起训练，一起作战，才会发现自己这方面的缺点，有了缺点，就必须去弥补。可是把女兵围在一个独立环境中，让她们在自己的群体中'优胜劣汰'，就算她们中间的佼佼者，在和男兵对抗时也会输得很惨！"

说到这里，身为中国通的瓦列里娅引用了一段中国哲言："有压力，才会有动力！你们的女子特种部队却回避了这份压力。这导致中国女子特种部队将来就算是参加战斗，也只能在反恐和敌后侦察领域发挥作用，无法真正变成国家战争机器的爪牙！所以，很抱歉，在我看来，你们中国女子特种部队存在的装饰意义大过实际作战需求。"

瓦列里娅的话很尖锐，却难以反驳。

早在第二次世界大战期间，德国纳粹对苏联发起了闪击战，苏联士兵大量阵亡，兵员严重不足，在这期间苏联一共征召了八十万女兵，组成了人类历史上最庞大的女兵队伍。这些女兵几乎覆盖了所有战斗岗位，狙击手、机枪手、战斗机飞行员、坦克驾驶员、侦察兵等等。

她们和男兵一起混编作战，更涌现出大量的战斗英雄，其中最著名的，就是在战场上击毙309名德军，最终晋升为苏联海军少将，而且是第一个得到美国总统罗斯福接见的苏联公民，二战超级王牌狙击手帕夫柳琴科！

苏联女兵直接参战，用战场上的铁与血获得了尊重和认可，这种传统一直延续至今，使得俄罗斯从来不会小看女兵。只要女兵能够达到征召标准，除了诸如三代战斗机驾驶员之类的特殊兵种，任何一支部队都会向女兵开放，甚至会允许女兵成为指挥官，这其中包括俄罗斯最强的特种部队"阿尔法"和"信号旗"！

这样的传统，使得俄罗斯女兵想要在作战部队崭露头角，她们就得和男性军人竞争！

"你是我见过的第一个和男兵在一起混编的中国特种部队女兵。他们告诉我，小卒突击队，是中国最强的特种部队之一，我想知道，能在中国最强特种部队和男兵一起训练，也会一起上战场的你——中国最强的女子特种兵，究竟有多强！"

赵海平和万立凯同时皱起了眉头，在心中暗呼"要命"。

近十年来，中俄两国的军事伙伴关系越来越密切，一直在进行联合反恐演习。从一开始的普通军种，到后期的特种部队和航空部队，双方投入的精锐力量越来越多。这支小规模军事交流团到中国"拜访"特种部队，就是一个拥有老牌特种劲旅的军事强国，真正重视起中国年轻的特种部队，想要通过实地观察真正了解中国特种部队，并加强两国特种部队在未来战场上的配合默契。

按照行程安排，这支小规模军事交流团应该是一周后才会来到他们这里，但是对方却没有提前打招呼就突然改变行程杀到，未尝不是有着突然袭击，让小卒突击队来不及准备的念头。

瓦列里娅盯住了龙雷，想要"较量"一番，这既是女子特种兵遇到同类，甚至是天敌后开始沸腾的如火战意，也是俄罗斯老牌特种部队对中国年轻特种部队真实战力的衡量与考校！

龙雷并不知道这些，但是她在万立凯和赵海平的脸上看出了对方的"挑战"蕴藏的分量。

她这一刻并没有戴小卒突击队的臂标，但她穿着中国制式军装，出现在小卒突击队大本营，她就代表了中国特种兵！

在这个时候，如果告诉对方她今天刚刚入伍，还没有接受过任何军事训练，只会让对方当成她避战的借口，觉得中国女子特种兵不过如此。可是如果接受对方的挑战……胜利的概率，小得无限接近于零。

龙雷却并没有迟疑，她眉角一挑，下巴微微一抬，一股在"亲亲小公主"群被上百个哥哥几年如一日地宠着疼着终于培养出来的骄傲，就那么自然而然地在她身上绽放。"你，想和我以武会友？"

龙雷的话一出口，万立凯就差点跪了。

姐，你知道不知道站在你面前的是什么人？对方可是一个战斗英雄，获得了"祖国功勋"勋章的战斗英雄，别看人家比你大不了几岁，那可是在战场上杀人无数，估计放出来的血都够洗几条街的主儿！

瓦列里娅在嘴里重复念了一遍"以武会友"这个词，想明白其中含意后，她的脸上满是兴奋。"是，我要和你以武会友！"

# 第五章  以武会友

"你们没有自带枪械吧？"

龙雷的面色平静，但是她的大脑却像高速硬盘一样转动，到了这个时候，能解决问题的人只能是她自己。而她现在掌握的唯一底牌，就是对方并不知道她根本不是特种兵，连一个普通的士兵都不是！

"我有一个朋友是刑警队队长，叫欧阳卓，他刚刚成为警察时，在夜间巡逻，抓到的犯罪分子就比老警察多得多，而且是一抓一个准，你猜他是怎么做的？他看到有人半夜在街上形迹可疑，不会上去盘问，那样会给对方缓冲的机会。他会一脚油门将汽车加速，然后在对方身边猛地一停，只要惊惶失措转身就跑的，百分之百是犯罪分子；理都不理他，甚至还会回头，用充满厌恶和鄙夷的眼光扫他一眼的人，哪怕脖子上戴根比狗绳还粗的金链子，手里拎着个酒瓶子，也没必要去浪费时间！这就叫做贼者心虚，放屁者脸红！"

这是战侠歌无意中向龙雷讲起的一段小故事，说者无心，听者也是随意，但是在这个时候，龙雷的大脑中却鲜明地浮现出了战侠歌说的这个故事，并将它进行了逆推——不心虚，你就看不出我做贼；不脸红，你就不会发现是我放的屁！

既没心虚，也没脸红，在明知故问，果然看到瓦列里娅摇头后，龙雷轻叹了一口气说："射击，是一名士兵在战场上生存的基础，但是我拒绝和你进行射击比赛。"

瓦列里娅脱口问道："为什么？"

"因为不公平！"龙雷一脸坦荡，将泱泱大国的风度展现得淋漓尽致，"我相信你能熟练使用任何一款制式枪械，而且能够做到手起枪落，枪枪命中，但是能打出最好成绩的，肯定还是自己用惯了的'人机效应'最佳状态的武器！和现在的你比试，就算我在射击环节赢了，也没有什么好骄傲的！"

瓦列里娅点头，认可了龙雷的说法。

瓦列里娅绝对不会知道，龙雷之所以能说出这么"专业"的话，是因为她暑假曾经去网吧打工，当时最流行的游戏就是 CS，有一支三流 CS 战队，天天跑到网吧里和人对战，他们的队长还自带键盘鼠标，而且每次一定坐在同一个位置，用同一台机器，显得贼有范儿。"作为一名优秀的 CS 队长，我是能用任何一台机器打出不错的成绩，在游戏中做到手起枪落，枪枪命中，但是能打出最好成绩的前提，肯定还是用自己的键盘和鼠标，以及能达到最佳状态的机器和位置！你们谁要抢了我的机子，让我无法处于'人机效应'最佳状态，就算把我打赢了，也没有什么好骄傲的！"

现在 CS 游戏早已经成为明日黄花，那位当时风华正茂、意气飞扬的"队长"，大概现在也成了一个打工族，每天累得像死狗似的，还要劳心劳力地处对象，天天盘算着一个月能省多少钱，要工作多久，才能买上一个洗手间大小的婚房。

如果让他知道，自己在网吧颇有大侠风范地说过的话，竟然让龙雷借鉴模仿，把一名获得过"祖国功勋"勋章的俄罗斯女战斗英雄唬得一愣一愣的，他大概也会为之骄傲自豪的吧！

射击环节，自此揭过，而且揭得特别有范儿。

"至于近身格斗……"

龙雷凝视着就站在自己面前的瓦列里娅。这位俄罗斯大尉女军官，也许是外交礼仪的要求，也许是军队希望她能展现女子特种兵的风采，她涂了一点点口红，描了一点点眉毛，化了一点点淡妆，虽然都是这么一点点，却让她显得更加美丽性感。

两个人在彼此对峙，一股无形却真实存在的"敌意"正在缓慢升腾。龙雷在这一刻就像是一个面对狂风骤雨，吹响无畏号角的水手，她非但没有退缩，反而主动向前一步。

在强者对峙的时候，这一步，往往代表了挑衅！

两个人近得鼻息可闻。龙雷的鼻端闻到了一股淡淡的幽香，那是香奈儿五号的味道。龙雷先是伸手，拈起了瓦列里娅衣领上散落的一根断发，又帮瓦列里娅抚了抚衣领，把上面可能并不存在的头皮屑扫掉，然后附在对方耳边，低语道："像我们这样漂亮的女兵，走到哪儿都是人们关注的焦点，作为交流团成员，你现在似乎有点不方便。"

龙雷的态度亲昵而自然，犹如两个熟识已久的闺密，在谈着只属于自己的悄悄话，让瓦列里娅有些不适，却又无法产生厌恶和排斥。

这一手，龙雷也是师出名家！

"特务连"的一个哥哥送给龙雷一张全国连锁的美发沙龙卡，龙雷常去的那家店，副店长是一个年过四十，风韵犹存，总是脸带微笑，笑得如沐春风的女人，她手艺肯定是没的说，而且她让第一次进店的消费者成为专属贵宾的概率高达百分之八十！

这是一个近乎传奇的数字！

龙雷因为好奇，也因为在剪发护发时比较无聊，曾经仔细观察过副店长的一举一动，她最终发现了一个小小的细节。

这家还能为客人提供免费现磨咖啡的美发沙龙，价格相当不菲。能到这里消费的人非富即贵，这样的客人一般戒心都比较重，也比较骄傲，不会轻易让人靠近，更不会允许陌生人做出太过亲昵的动作。

但是副店长在面对刚刚进店的新客人时，却总会带着一脸微笑，一边像面对熟识多年的朋友一样打招呼，一边平平淡淡地走近，再平平淡淡地将客人刚刚美发后很可能存在的断发摘掉，顺手帮客人整理一下衣领。

副店长的行为无疑踏过了客人的心理警戒线，但是她却做得恰到好处，让客人在微微惊愕，有过片刻的不适应后，对副店长心生好感。

从那一刻龙雷就懂得了一个道理，并不是"交浅言深""动手动脚"就一定是错的，只要你能把握好这个度，并且拥有足够的魅力去弥补，反而会让你和对方更快地变得亲密起来。

当然，这有一个前提，首先，你得是一个女人，要是男人这么大大咧咧走过去，伸手就在人家的衣领上摸，那叫性骚扰！

这一刻，不是龙雷一个人在对瓦列里娅展开"心理攻势"，而是她和副店长联手，发起了"动手动脚"加"交浅言深"加"臭美嘚瑟"式综合打击！

看着面前这个穿着一身丛林迷彩作训服，同样显得英姿飒爽，举手投足间都透着猎豹般敏捷和爆发力，虽然还略显青涩，却已经有了女人骄傲资本的女兵，再回头看看那些手持相机和摄像机的记者，瓦列里娅微不可察地皱了一下眉头。

作为一名身经百战，从无数男兵中脱颖而出的特种部队指挥官，她有充足的自信，认定自己绝不会输。但是面对小卒突击队中唯一和男兵一起训练，将来必然会一起参战的女兵，她也不会自大地认为自己可以毫发无伤地瞬间结束战斗！

多年的军旅生涯让瓦列里娅得出了一个不太友好的结论：越是漂亮的女兵，在格斗时越喜欢往对方的脸上招呼！

瓦列里娅并不害怕受伤，但是她现在以俄罗斯空降特种部队指挥官的身份来参加这个小规模军事交流团，她化了淡妆，喷了一点点香水，也是展现俄罗斯女兵的"军容军貌"，也是任务之一。

小卒突击队并不是他们的第一站，也不是最后一站，如果她和龙雷交手时脸部遭到重击，青一块紫一块的，甚至是多了个黑眼圈，后面的行程安排她还怎么参加?!

万立凯神色诡异，用低不可闻的声音道："师兄，咱们这位小雷雷妹妹，拉大旗作虎皮的段位可是不低啊。"

赵海平脸色平静，低声做出了一个中肯的评价："有师父的风采，但光靠这些，不够。"

"对，在军营中，一切还是以实力说话。"万立凯望着和瓦列里娅对峙的龙雷，"但是呢，我堪称国宝的第六感告诉我，这丫头一定有办法继续坑蒙拐骗，把优势往自己这边拉！"

就算是老成持重的赵海平想了想后，也认真地点了点头。

龙雷在这个时候也终于善意而温和地露出了小狐狸尾巴："要不，我们就比一比女兵在部队中最容易受到歧视，也最难取得优异成绩的项目，超极限负重越野吧！"

这下不要说是万立凯了，就连赵海平都在心里对着龙雷竖起了一根大拇指。听听，听听，听听，真不愧是战侠歌师父亲口认定的妹子，人家说的这话，这就是飞机上挂暖瓶，高水平啊！

一番话说得有理有据，不卑不亢，既拉近了现场两名女军人的距离，又呼应了瓦列里娅一开始关于女兵体能不如男兵的话题，画龙点睛般地在这个领域向瓦列里娅发起了挑战！

根本不知道这个提议后面还有这么多弯弯绕绕的瓦列里娅问出了她最关心的问题："什么叫作超极限负重越野？"

"你我两个人，背上相同的负重，不限时间，不限距离，用跑步进行PK，直到有一方跑不动，停下认输为止！"

瓦列里娅笑了，她真的笑了。说到打乒乓球这些技巧项目，肯定是中国人厉害，但是说到综合体质，肯定是俄罗斯人更强悍，"北极熊"这个称呼，可不仅仅是因为他们生活在西伯利亚冰雪世界那么简单。"有点意思，我喜欢！"

不等其他人做出反应，两名彼此对视，对抗气息越来越浓烈的女兵就不约而同地举起右手，"啪"的一声，在空中狠狠对击了一掌。

在两个人分开各自做热身运动的时候，一个上尉军官走了过来。这个军官的脸上带着和蔼的笑容，看起来亲和力十足，但是从小就受尽白眼和歧视，对旁人情绪有着敏感直觉的龙雷却能在对方的微笑中看到对自己的审视揣度。"是龙雷吧，今天刚进军营就碰到这事，是挺倒霉的。"

"这位是负责小卒突击队对外形象宣传的杨干事。"万立凯向龙雷介绍这位不请自来的杨干事。单纯从他讲述的字面意思来看，满是认可与推崇，但是万立凯的声音中却透着不加掩饰的浓浓嘲讽。"杨干事可是国防大学毕业的硕士高才生，学的专业就是新闻传播，虽然毕业才两年，但是业务熟练，能力极强，年年都能评上先进，军功章都好几枚了。"

杨干事被万立凯当面夹枪带棒地冷嘲热讽，脸上却看不出任何情绪波动，或者说他从一开始就将目标锁定在龙雷身上。"你一个刚从学校出来的小姑娘，刚进军营不到十分钟，就被逼着和一个入伍近十年的特种兵进行体能对抗，是强人所难了，但是没办法，这不是正好赶上了，想解释都解释不清嘛。"

必须说，杨干事温和的态度，体贴的话语，还是让龙雷对他产生了一丝好感。

"一会儿比赛开始，不要看人家跑在前面，你就死命跟在后面猛跑，非要和别人较真，这样跑不了多久，你就会喘不过气来。"

龙雷点头："是，明白。"

杨干事突然扭头打量了一下四周，在他们附近没有俄罗斯小规模军事交流团成员，就连那些跟着交流团一起过来的记者，也大部分都围在瓦列里娅和王正队长的身边，关注他们这里的人少之又少，就算是这样，杨干事还是压低了声音："你们也别越野了，就在军营外跑，这样对你来说更容易节省体力。还有，如果瓦列里娅超过你后，又从后面追上来，你就想办法用身体挡住她，让她不要那么快超过你。"

龙雷疑惑地望着杨干事，实在不明白杨干事神秘兮兮提出来的这个要求有什么意义。

在所有知情人的眼里，她只是一个没有接受过任何训练的平民，和一名俄罗斯特种兵围着军营赛跑，当然是失败的一方，就算是瓦列里娅超上一两圈，甚至是四五圈都没有什么好奇怪的，但这挡上一挡又是什么鬼？

"不愧是杨干事，脑子转得就是快，再一次让我见识到了'业精于专，方显卓越'这句话的真谛。"

龙雷还百思不得其解，对杨干事为人处世知之甚详的万立凯却已经想明白了其中的门道。"只要龙雷将瓦列里娅堵在身后的时间足够长，我们的杨干事就能安排记者，抓拍到中国女子特种兵跑在前方，俄罗斯女子特种兵在后面紧追不舍，双方激烈角逐的珍贵画面。反正这只是你们两个的私人 PK，既不会有人专门记录成绩，也不会对外公开，只看到相片的人，又有谁知道你已经整整落后人家一圈?！"

龙雷的第一反应就是万立凯在随意调侃，但是看到站在自己面前，任由万立凯冷嘲热讽都不动声色，脸上始终挂着和蔼的微笑，既没解释也没争论，显得气定神闲的杨干事，龙雷的眼睛慢慢睁大。

不会吧?！

"没错，这种方法猛一听上去是有些不择手段，也许还会让你感到不舒服，但是你有没有想过，现在你代表了小卒突击队，如果输得太惨，丢的不仅仅是个人的脸面，还有小卒突击队的荣誉?"

杨干事看出龙雷的排斥，他的声音渐渐转厉："不管是什么原因走进军营，既然已经成为一个兵，你就要学会个人利益服从集体利益！我命令你好好想一想，务必做出正确决定。"

思索良久，龙雷终于开口了："你说得对，如果我输得太惨，丢的不仅仅是个人的脸面，还有小卒突击队的荣誉。"

杨干事脸上露出满意的微笑。赵海平欲言又止，最终却只是发出一声轻叹。而万立凯看向龙雷的目光中却透出一丝玩味，他绝不相信见面不到一分钟，就让他心生好感引为同类的龙雷会是一个趋炎附势的软骨头。

"但是……"果然，龙雷话锋一转，"我从来不知道，集体利益，军人荣誉，要靠令人作呕的弄虚作假来维护！"

杨干事脸色变了："你说什么?"

龙雷眼睛眨也不眨地回瞪着杨干事。"我虽然今天才走进小卒突击队军营大门，但我能感受到，我加入的是一支面对任何强敌都敢勇往直前，打出最灿烂攻击的超级劲旅！在对抗中输了，这没什么，不管输得多惨，只要不气馁，不放弃，拼命提升自己，迟早能把输掉的尊严抢回来！可是如果我们输了之后，还使用下三烂的手段粉饰失败，保住了无聊的‘面子’，却失去了自尊和骄傲，凭什么能爬起来，继续勇往直前?！”

　　这番话龙雷讲心中所想，言心中所思，当真是说得坦坦荡荡，掷地有声。杨干事想要斥责龙雷不识大体，可是他手指指着龙雷，过了好半晌才勉强挤出一句话：“好，好，好，我倒要看看，一会儿你输得灰头土脸，让整个小卒突击队蒙羞时，还能不能理直气壮地说出这样的话！”

　　不再理会龙雷，已经明显有些气急败坏的杨干事掉头就走。在他的心里直接将龙雷划入了不可结交，有多远闪多远，最好大家老死不相往来的“超级黑名单”！

　　“嘿嘿，不愧是小雷雷，这话说得跟组合拳似的，够劲够味，把杨干事直接给轰得脸色铁青，再多轰一会儿，只怕都会气得爆血管了。”

　　万立凯拿起一只负重背包掂了掂，这只背包里面的模拟负重大概是十五公斤。“那家伙虽然讨厌，但是有一点说得对。千万不要看着别人跑得快，就硬跟在后面，哪怕是被她‘超圈’，也不要理会，用自己的节奏慢慢跑。实在不行，就早点认输，输给一个获得了‘祖国功勋’勋章的俄罗斯女特种兵，不丢人。”

# 第六章　突击

十分钟后，小卒突击队军营大门前。

瓦列里娅换上了一套俄罗斯空降特种部队丛林迷彩服。她并没有穿防弹衣或者携行具，小开领的新式迷彩服同时兼顾了实用与美观，腰间那条紧紧缚起的武装带，将她充满爆炸性力量的腰肢彻底勾勒出来，更完美地支撑了一个女人几欲裂衣而出的骄傲与自信。

俄罗斯空降特种部队特有的蓝色贝雷帽下，是编成两条麻花短辫的金色秀发，让瓦列里娅看起来有点像是《古墓丽影》里的女主角劳拉。在深深的眼眶里，一双琥珀色的眼睛正散发着熊熊战意，而她脚上换的那双高筒伞兵战靴，更在告诉所有人，她已经做好了面对任何挑战与危险的准备！

当同样一身丛林迷彩的龙雷走到瓦列里娅面前时，两个人一言未发，狭路相逢勇者胜的气息就已经在她们之间迸溅沸腾。

虽然这只是一场"友谊"切磋，但是双方都有自己的骄傲和坚持，而军营历来以强者为尊，这样的信念，更让她们在"友谊"切磋中必然倾尽全力。

两个人都背起了背包。作为东道主，由小卒突击队副队长万立凯担任裁判，就在他把右手高高举起，准备下令开始时，瓦列里娅突然道："请等等，我们身上的背包太轻了，我希望能够加到标准作战状态。"

赵海平站在龙雷身后，压低声音，临时抱佛脚地给龙雷迅速进行科普："在单兵作战领域，负重分为三个级别，分别是战斗负重、行军负重和应急负重。战斗负重二十五公斤，是单兵在接近敌人，随时可能交战的情况下的负重；行军负重四十公斤，除了武器弹药、水壶、指南针等作战器具，还包括睡袋之类的生活用品，有时候还要帮火力组成员携带部分弹药；应急负重，是车辆和空投补给中断，暂时无法获得后勤保障的特殊情况下，一个士兵需要在战场上保持战斗力，在战场上的总负重，这个重量高达六十公斤。"

平时看起来木讷老实的赵海平，说起军事知识却能滔滔不绝。他略一沉吟，又补充道："作为女兵，哪怕是特种部队的女兵，只需要接受战斗负重和行军负重这两项训练就够了。"

赵海平补充的这段话真没有小瞧女兵的意思。

有些特别强壮的女兵，也能像男兵一样背着六十公斤负重行军，但无论是男兵还是女兵，一旦体力透支，和敌人爆发遭遇战，反应速度和爆发力都不足，必然会产生额外伤亡。敌人战败逃走，失去追击的力量，无法扩大战果也就算了，要是己方战败，连逃跑的力量都没有，那只怕就是全军覆没。

也是因为这样，美国普通陆军部队人人穿着防弹衣，把自己小心翼翼保护起来，他们的特种部队反而很少穿防弹衣和戴防弹头盔，战斗负重甚至比普通步兵还要低！

很快就有人拿着模拟负重包匆匆跑过来，将两个人的背包负重从十五公斤增加到二十五公斤。

万立凯的右手再次高高扬起，但是在他准备挥落，下令比赛开始前，龙雷开口了："请等等。"

万立凯望向龙雷，目光中透出一丝隐忧，这丫头不会是……

"我们是负重越野跑，又不是去打仗，当然应该背'行军负重'才对。"

万立凯的担忧并没有落空，龙雷将背包放回地上，竟然真的对着负责调整背包负重的士兵道："麻烦加到四十公斤。"

站在一边观战的杨干事听到这段话，不屑地挑起嘴角，脸上露出不加掩饰的嘲讽。"装，使劲装，你现在装得越高，一会儿摔得就越狠，我倒想看看，一会儿你怎么下台！"

别说杨干事，就连王正队长脸上都露出一丝不悦。

四十公斤，这样的分量已经接近一个比较瘦的女孩的体重。对抗竞赛输了不怕，但如果龙雷一开始大话说满，结果背着四十公斤负重连一圈都跑不下来就累成死狗，那不但是她自己，就连小卒突击队的脸都得一起丢到喜马拉雅山去。

万立凯亲手拎起四十公斤负重的沙包，帮着龙雷将它背上。龙雷可以感受到万立凯是在一点点地放手，目光紧紧盯着她的脸，态度小心翼翼得犹如在面对一个易碎的瓷娃娃，唯恐他的动作稍大，龙雷就会被这份力量拉得身体失去平衡，当场摔倒。

龙雷可以清楚地看到万立凯和赵海平脸上的担忧，在场这么多人，无论是知道内情还是不知道内情的人，都对她没有半点信心。在他们看来，这不是对抗，而是一场毫无悬念的单方面碾压。

四十公斤负重在身，龙雷并没有刻意挺直腰肢来彰显自己的力量。这就好像一头独自生存在大自然中的狼，在前无猎物，后无追兵的情况下不会随意奔跑挥霍体力一样。她只是慢慢走到瓦列里娅身边，和她相隔大约一米，并肩而立。

"开始！"

万立凯的右手狠狠挥下，随着他一声令下，龙雷就像是脚下装了弹簧般，一下子就猛蹿出去！

慢慢起步，有节奏地一点点加速度，用来调整身体每一个关节协调能力的瓦列里娅还没有真正跑起来，龙雷就已经硬生生蹿出去四五十米。看她游刃有余，而且正越跑越快的样子，就算是杨干事都不敢认为龙雷只是在硬撑，跑不了多远就会身体脱力扑倒。

小卒突击队的一群老兵包括万立凯和赵海平在内，所有人都瞪大了眼睛，呆呆地看着龙雷的背影。当他们看到龙雷在跑过一条排水沟时根本没有选择绕行，反而猛然加速，背着四十公斤的负重，猛地一跃而起，硬生生跳过那条一米多宽的排水沟，又稳稳着地，继续向前飞奔，一群人的脸色当真精彩得有如见鬼。

万立凯脸上担忧的表情还没有来得及完全消散，他的嘴巴就张成了大大的"O"形。他用手揉着眼睛，嘴里发出不敢置信的低呼："我的妈妈咪呀，我看到了什么?!"

就算让万立凯背着四十公斤负重去跑步，他都不敢像龙雷那样连蹦带跳地挥霍体力。

龙雷跑出一公里后，她和瓦列里娅的距离拉开了一百多米。但是随着瓦列里娅的身体彻底跑开，每一个关节都进入最佳柔韧状态，瓦列里娅也开始不断提速，直至两个人隔着一百多米距离，以几乎等同的速度围着军营奔跑。

绕着整个军营跑一圈下来，大约是二点五公里，一圈还没有跑完，龙雷就发现自己错了，而且错得厉害，错得离谱。

她曾经把自己每天扛着飞跑的沙包放到体重秤上称过，那只沙包有三十二公斤，她真的以为自己的极限就是四十公斤的"行军负重"了。可是当她跑起来，身体彻底跑热，进入最佳状态时，她却发现背包真是……太轻了！

这只背包是比她平时扛的沙包重了八公斤，但是用符合人体工程学，能够将重量有效分布到肩膀和腰部的军用背包，背着四十公斤负重跑起来的感觉竟然比扛在肩膀上还要用双手扶住的沙包轻多了。对了，有句话怎么说的来着，一个男人可以抱起一百斤重的新娘，可是他却很难抱起一百斤重的大米！

产生这种现象的原因，除了有心理作用之外，还有新娘会主动调整身体姿态，还会伸手抱住男人的脖子，将身体重量均匀分布到男人身上。不信的话，把新娘灌醉了，再让男人去抱抱看，一样死沉死沉的！

一圈跑完，龙雷以领先瓦列里娅一百多米的成绩，冲回了军营大门口，万立凯担心地喊了一句："龙雷，怎么样？"

怎么样?!

在这远离城市繁华,同时也远离雾霾的群山当中,迎面吹来的山风不但富含清新的氧气,更带着植物特有的清香,这大大驱散了她负重奔跑时体温不断升高带来的燥热。在悠长的一呼一吸中,她的心脏有力地跳动,将新鲜的氧气顺着血管输送到全身每一个细胞,再转变为她的体能,让她可以背着沙包,以均匀的速度不断奔跑,仿佛可以这样一直奔跑下去,没有休止。

听到万立凯的问话,重伤了一个多月,天天被海悠然盯着,几乎闷出毛病的龙雷,用衣袖擦掉额头上滚滚而落的汗水,放声回应:"过瘾!"

万立凯彻底愕然,过了好半晌才道:"师兄,小雷雷究竟是吃什么长大的?"

赵海平望着龙雷匆匆跑过的背影,认真思索着。

# 第七章　骄傲

当龙雷和瓦列里娅以一百多米的间距，又将跑完第二圈的时候，杨干事已经"打过招呼"，准备抓拍"中俄女子特种兵激烈对抗"精彩画面的几个军旅记者，都向杨干事投过去一个意味深长的表情——想夸耀你们小卒突击队的女子特种兵够牛 ×，您就夸呗，反正这种能够提升民族自豪感的新闻大家都是喜闻乐见，但是您老人家用得着这么拐弯抹角，还在这儿玩反转吗？

大家都是老江湖了，这种以退为进的戏码见多了，咱就省省心，好不好？

跑完两圈整整五公里的龙雷，在一群老兵和军旅记者诡异的目光注视下，霍然停下脚步。"太轻了，太轻了，加到应急负重状态！"

应急负重状态是六十公斤，就算是身材高大的美军男兵，平均支撑距离也就是五公里，而且不可能再奔跑起来。

负责发放模拟负重的士官把询问的目光投到万立凯的脸上，万立凯打量着龙雷的模样，现在龙雷全身汗如雨下，军装上腾起一层层淡淡的白雾，但是她的精神却进入亢奋状态，也就是说，直到这个时候，这位龙妹子才真正进入状态！

万立凯一点头："按她的要求去做！"

当瓦列里娅跑到军营大门前时，龙雷恰好再次迈开脚步，只是这一次，她的奔跑速度慢下来，只是用比正常人走路略快的速度慢慢向前跑着。

在后面早就看到这一幕的瓦列里娅也停下脚步道："照她的加！"

当第三圈跑完后，龙雷和瓦列里娅的距离依然是一百多米。

她再次停到了大门前，望着万立凯，问了一个问题："我还能再加吗？"

已经麻木的万立凯只回答了一个字："能！"

在瓦列里娅赶过来时，龙雷已经背着又增加了五公斤负重的背包开始向第四圈冲刺。

第五圈的时候，龙雷又停下了脚步，在所有人凝神静气的倾听中，她果不其然再次加码："三公斤。"

六十八公斤，这已经是一个成年男人的体重，连续跑了十公里的龙雷再也无力奔跑，她迈开步子，选择了步行前进。第六圈的时候，龙雷还没有开口，拿着模拟负重的士兵就自觉地走了过来。

龙雷："一公斤。"

大家都知道，六十九公斤应该是龙雷的极限了。他们现在更想知道的是，背着极限的负重，龙雷究竟能坚持多远，而在她的"活跃"刺激下，瓦列里娅又能遇强则强地坚持多久。

龙雷在这个时候，必须由衷地感谢风影楼。

直到和瓦列里娅这样一位俄罗斯女子特种兵对抗，龙雷才知道，自己这些年在风影楼的指导下究竟获得了什么。为她量身定制的作息安排表，让龙雷无论是学习还是训练，都能事半功倍。每天上学放学，都扛着沙包，进行长达十公里的"行军负重"越野跑，日积月累下，让她渐渐拥有了运动员级的体能。

那一招堪称撒手锏的侧踢技术"斩铁"，除了让她拥有突然爆发，和格斗高手拼死一搏的能力，更让她在没有人监督的情况下，踢出超过十万次反复而枯燥的同一个动作，这个过程，磨砺出她铁一样的自律。

再加上她从小在大山里生存必须拥有的坚韧，以及被"特务连"一百多个哥哥宠溺培养出来的骄傲，才终于打造出一个如此野性难驯，面对任何强敌都绝不低头的她！

从第七圈开始，龙雷没有再要求增加负重，在所有人的注视下，她以正常人步行的速度走过了军营大门。当瓦列里娅也完成第七圈时，心细的人已经发现，她和龙雷之间的差距已经扩大到了三百多米。

第八圈，第九圈，第十圈……

两个女兵围着小卒突击队的军营一圈圈地走着，她们越走越慢，当走到第十二圈时，龙雷追上了"前面"的瓦列里娅，她明明可以慢慢超越过去，不知道为什么，却一直没有这么做，龙雷一直默默跟在瓦列里娅身后，一直跟了大半圈，再一次回到了军营门前。

龙雷终于停下了脚步，包括俄罗斯小规模军事交流团的客人在内，所有人都用怪异的眼神望着龙雷。

十二圈，合计三十公里，整整用了七个半小时，无论是谁，也早应该体力透支了。可是龙雷的身体却依然挺得笔直，任何人都相信，只要她愿意，她还可以背着那个沉得要命的背包继续走下去！

龙雷的目光在人群中掠过，体力严重透支，让她的视线都有些模糊起来，她看了好几遍，才终于在人群中看到了杨干事的脸。龙雷丢掉身上重得能压死人的负重背包，挺直了腰，迈着稳健的步伐径直走到杨干事面前。"不好意思，是我太自私自利，没能让您拍到满意的相片。"

在龙雷走过来的时候，杨干事自然而然成为全场关注的焦点，感受到四周投来的疑惑目光，杨干事只觉得如芒在背。

他要求，不，他命令龙雷，在被瓦列里娅"超圈"时，尽量拖住瓦列里娅，让那些记者拍出一个她跑在前面的画面，可是龙雷却从一开始就冲在前面，用她野蛮到极限的爆发力和持久力，硬生生拖垮了瓦列里娅不说，还反过来倒超了对方一圈。在已经追上瓦列里娅，完全有余力追到前面的情况下，却一直跟在瓦列里娅身后……她的确是没有完成任务，而且百分之百是故意没有完成任务！

身后已经没有了龙雷的脚步声，瓦列里娅依然一个人走了下去，这最后一圈，她从头到尾没有停下脚步休息，却整整用了五十二分钟，才慢慢走回了起点。

两名俄罗斯军人冲上去，先帮着瓦列里娅拿掉了身上那只太过沉重的背包，又帮着她脱掉身上被汗水反复浸透的迷彩服，换了一件干净的衣服。在这个过程中，一阵夜间的山风吹过，瓦列里娅的身体随之轻轻颤抖了几下，下意识地伸手拉紧了衣领，想要让自己更暖和一些。

可是当瓦列里娅的目光落到龙雷身上时，她又重新挺直了身体，大踏步向龙雷走过去。当她站在龙雷面前时，她的身体已经挺拔如剑。体力极度透支再加上身体失水过多，她的嗓子沙哑得厉害："你赢了，你，很优秀。"

龙雷的声音同样沙哑得厉害，她回望着瓦列里娅，主动伸出了右手。"你也很优秀。"

两个女子特种兵的右手在空中紧紧握到了一起。在场的所有军旅记者一拥而上，包围了龙雷和瓦列里娅，他们不断按下照相机快门，将这温馨而精彩的一幕反复记录下来。

站在不远处的王正队长脸上露出一丝满意的微笑，中国女子特种兵在单兵对抗中战胜俄罗斯女子特种兵，而且还是一个获得过"祖国功勋"勋章的作战英雄，这份胜利来之不易，更没掺杂一丝水分！

杨干事分开包围在外面的记者，走到龙雷身边，在龙雷耳边低语道："一会儿摄影师会过来，给你们拍摄特写，还会有一个简单的采访，记住，一定要对着镜头说'友谊第一，比赛第二'这句话！"

以不容置疑的语气给龙雷下达完命令，杨干事对着记者们点头微笑示意，在记者们重新将注意力集中到龙雷和瓦列里娅身上后，悄然退出人群。

万立凯远远地看到这一幕，狠狠向地上吐了一口口水。"这小子别的本事稀松平常，这蹭热点、刷存在感、揣摩上意、闻风而动的伎俩，倒是已经练得炉火纯青。"

万立凯这话绝不是随口乱说，不信的话，你看看王正队长，在注意到这个小小的细节后，脸上的笑容更加灿烂。显然王正队长相信，有了杨干事的提点，龙雷在媒体前会表现得更加得体，更加能展现一个军事强国的风度。

借用一个 RPG 游戏术语，杨干事成功利用事件，让王正队长对他的好感度加一。

赵海平脸色依然平静，说出的话也是不温不火："猫有猫道，鼠有鼠道，大家都想上进，这么做，也没什么不对的。"

万立凯轻耸着肩膀，叹息起来："师兄啊，你可真是活到老好到老，堪称'老好人'的典型了。"

扛着机器的摄影师站到了龙雷和瓦列里娅的面前，给了两个女人一个面部特写。杨干事就站在摄影师身后不远处，用严厉的目光盯视着龙雷，示意龙雷立刻完成他交代的任务。

对着摄像机，龙雷神态自然，她继续握着瓦列里娅的右手。"你的宝宝多大了？"

瓦列里娅脸上露出母性的温暖，这位获得了"祖国功勋"勋章的女特种兵这一刻笑容甜蜜得像是一个沉浸在爱河中的小女人，脸上带着发自内心的骄傲与憧憬，让她整个人都变得温和起来。"八个月了，是个像他爸爸一样的英俊男孩子。他那双天蓝色的眼睛，就像是蓝宝石，望着我出神的时候，能让我的心都醉了。相信我，等长大了，他一定会让姑娘们迷死的。"

"那你可得看紧，免得在他十几岁时就带个漂亮女孩跑到你面前，说你要当奶奶了。"

龙雷开了一个闺密式的玩笑，四周的记者们微微一愣，旋即发出善意的笑声。在不远处的杨干事，脸色却彻底阴沉下来。就算没有回头，他也可以感受到王正队长对他投过来疑惑的目光。

一个中国女子特种兵在面对来自他国的小规模军事交流团骨干成员时，竟然开出这种玩笑。虽然她们都是女性，在经历过一场激烈对抗后，又有些惺惺相惜，但是龙雷说的内容怎么看都过于随意，过于不注重场合。

龙雷今天才进军营，本质上还是一个平民，说出不合时宜的话，王正队长可以理解，可是她已经得到杨干事的"指点"和"命令"，还能说出这样的话，那就是杨干事的问题了！

但恰恰是这种玩笑的口吻，让瓦列里娅望着龙雷的目光中多了一丝亲切。她显然早就想过类似的问题，非常认真地回答道："我会在宝贝十二岁生日那天，认真地和他谈上一次，叮嘱他遇到喜欢的女孩，一起做浪漫的事时，一定要采取安全措施。这不但代表他在身体上已经长大成人，更在精神上拥有了一个优秀男人的责任与觉悟。"

龙雷轻叹起来："对，就应该这样！"

万立凯走到了赵海平身后，像打摆子似的肩膀不停耸动，赵海平沉声道："忍住，不要笑出声。"

话是这么说，但是看着不远处脸色黑如锅底的杨干事，别说是万立凯这个唯恐天下不乱的家伙，就连赵海平脸上都忍不住露出一个笑容。

在很多老一代军人的意识中，职业军人就应该没有自己的思想，没有自己的判断，只需要把自己练成一台以服从命令为天职的机器就够了。

但是对于特种兵，尤其是像小卒突击队这种最精锐，同样要面对最精锐强敌的超级劲旅来说，他们的士兵要是没点小骄傲、小放肆，没有老子天下第一的嚣张放肆，又凭什么能在最绝望的战场上，面对看似不可对抗的强敌，还能破釜沉舟地打出最灿烂的一击，杀出一个山重水复、柳暗花明?!

没有性格的士兵，必然缺乏爆发力，没有性格的部队，注定在战场上无法创造奇迹！

更重要的是，千万不要以为龙雷是战侠歌送进来的，万立凯和赵海平就会从一开始就毫无保留地对着龙雷掏心掏肺。他们也会有自己的考量，如果发现龙雷只是扶不上墙的烂泥，甚至在小卒突击队唯唯诺诺丢了战侠歌的人，看在师父战侠歌的面子上，该有的照顾还是会有，但想让他们把龙雷当成最亲密的家人去贴心照顾，那就纯属做梦。

龙雷还只是一个十八岁的女生，但嫂子怀孕期间，她因为那一场格斗身受重伤，天天没事躺在病床，被某个太过少年老成的家伙当猪养，闲来无事只能拿着手机上网随意乱看，查阅了大量关于怀孕保养和孕后恢复的资料，因此她才会清楚地知道，瓦列里娅刚才换衣服时，身上露出来的那些粉红色波浪状花纹，叫作妊娠纹。

瓦列里娅能在生产后不足一年时间，就把身体积累下来的多余脂肪练掉，让人根本看不出她刚刚成为一个母亲，但是她绝不可能在分娩八个月后，就让自己的身体与精神恢复巅峰状态。

"在第五圈时，你的体力就开始不支。"龙雷望着瓦列里娅，诚心诚意地道，"一开始我很得意，觉得获得过'祖国功勋'勋章的所谓女战斗英雄也不过如此。可是你累成那样，却依然跟着，走了一圈一圈又一圈，我非常奇怪，可是后来我想明白了。你太坚强，太骄傲，无论身体有多累，你比钢铁更坚韧的意志都在强撑着你，只要没有追上我，你就会不停地走下去，到了最后一圈，你走的每一步都是在用生命去拼！"

记者们集体哗然，他们的目光齐刷刷集中到瓦列里娅身上。直到现在瓦列里娅都没有恢复过来，她的脸色苍白，皮肤上还在不断渗出冷汗。作为旁观者，记者们都能看出这场对抗的激烈，但是他们真的没有想到，在更深层次的意志对抗中，竟然已经激烈到以命相搏的程度！

瓦列里娅沉默着，就像龙雷是今天刚刚进入军营，但是不能回避她的挑战一样，解释，是弱者的行为，真正的强者，在任何时候都会勇于面对挑战。

让瓦列里娅意外的是，龙雷不但看出了她的身体现状，甚至当着媒体记者的面，坦然地说了出来："一个拥有比钢铁更坚韧意志的职业军人，绝不会这么弱，所以我可以确定，你一定因为某种原因，导致身体远远没有达到最佳状态，而这种隐患平时是看不出来的，直到你和我进行最激烈的对抗时才会爆发出来。"

已经推测到这一步，龙雷要是再没有猜出瓦列里娅刚刚生过孩子，她就是笨蛋蠢材猪小弟，面对摄像机，龙雷哂然道："这是一场非常精彩的对抗，只可惜它并不公平，所以我觉得，再继续下去也没有任何意义。"

站在不远处的杨干事低声道："傻缺！"

在杨干事看来，龙雷明明赢了，而且是赢得漂亮，赢得精彩，就连王正队长都会因此对她另眼相看，可是她却非要自己道出所谓的"内幕"，把已经到手的胜利推了出去，失去了大出风头、被上级另眼相看的机会，这样的行为，不是傻缺又是什么?!

"不，是你赢了。"瓦列里娅也开口了，"女人的上肢力量、下肢力量和负重能力，都是男人的百分之七十，反应速度是男人的百分之八十。据统计，如果一支部队全部由女兵组成，后勤压力就会增加百分之三十。特种部队深入敌后，在没有后勤补给的环境中，进行大纵深穿插作战时，男女负重差距会给战友带来负担，甚至会让他们付出血的代价，也就是因为这样，几乎所有特种部队战地指挥官都会排斥女兵，可是我在你身上，没有看到属于女兵的共性缺点。"

瓦列里娅脸上满是严肃，作为一名特种部队军官，她在认真地对自己和龙雷的对抗进行分析："没错，我是刚生完宝宝，体力还没有恢复，但就算是在巅峰状态，我大概也只能勉强和你拼成一个平手。龙，你有让我羡慕的天赋，你还很年轻，接受的训练也不足，体能还远远没有达到巅峰状态。我可以断言，在两年内，你就可以在体能方面将我远远甩开，甚至会比大部分男兵更强!"

面对远方来客的夸奖，按道理来说，龙雷应该赶快虚头巴脑地客气上几句，展现一下中国人的谦虚好客，但是龙雷没有。她同样认真思索了一番后，在众目睽睽下竟然点头了："嗯，你说得对。"

周围的记者朋友们心里有一万头羊驼轰轰烈烈地跑过，所有人都无言以对，一时间整个现场竟然陷入了一片诡异的寂静。

"咕噜……"

在这一片寂静中，龙雷肚子发出的叫声就显得特别响亮。

龙雷这才想起，自己已经有十几个小时粒米未进，她的脸垮了下来，捂着自己饿瘪的肚子，目光在人群中找到了赵海平。"准备的打卤面够不够，我觉得自己现在饿得能吞下一头牛。"

赵海平看向龙雷的目光中透着一丝宠溺。"西红柿打卤面、王致和豆腐乳、老干妈香辣酱，管够管饱。对了，今天中午有人在山上训练，徒手抓住一只野兔，又大又肥，我让他们炖了一大锅红烧兔肉，一直放在砂锅里小火炖着，就等着你去消灭呢。"

"嗯……"

面对摄像机和众多记者，龙雷很没形象地擦了擦流到嘴边的口水。没办法，她小时候挨饿挨怕了，最抵抗不住的就是美食的诱惑。

"呃……"

在龙雷身边传来了同样的"咕噜"声，龙雷顺着声响斜眼望去，竟然是瓦列里娅也在毫无形象地吞口水。在皎洁的月光下，她原本就碧绿色的眼睛里，竟然真的透出几缕绿油油的光芒。"龙，我们怎么说也算是不打不相识了吧。作为东道主，你难道不应该邀请来自异国他乡的好朋友共进晚餐，增进彼此间的友谊和了解吗？"

# 第八章　分支的路

晚上十一点钟，已经是万籁俱寂，在小卒突击队的军营中却有三个人并肩而行，他们的身形在军营的灯光下拉出长长的影子。

万立凯看着被他和赵海平簇拥在中间的龙雷，脸上的表情之诡异，犹如在看一头来自白垩纪的霸王龙。

说实话，一向天不怕地不怕的万立凯在餐桌上真的被两个女人吓到了。

一大锅红烧兔肉，一脸盆打卤面，五根万立凯私人珍藏版哈尔滨红肠，一只密封装北京烤鸭，大半瓶老干妈香辣酱，七个苹果，八个酥梨，两袋速冻水饺，七十只油炸知了猴，外加一整瓶王致和豆腐乳，半瓶山西老陈醋，十二瓶矿泉水……

天知道龙雷和瓦列里娅是真的饿狠了，还是体能对抗不能满足，又将胜负争夺战转移到餐桌上。她们从一开始就展开了两雄对峙的气势，相互对峙，彼此"激励"，硬是从晚上八点钟一直不停嘴地吃到了夜里十一点！

一开始万立凯还当喜剧看得不断偷乐，后面就纯粹是在看惊悚片了。那么多食物，就算分成两份，而且战线时间够长，如果让他吃，他估计自己都得被活活撑死。

最终的结果就是，瓦列里娅在同伴的搀扶下，毫无形象地离开餐厅，看她那小心翼翼捧着肚子的痛苦样子，这一场"激战"，只怕比生宝宝更加惨烈。

终克顽敌，取得胜利的龙雷，也只能说是杀敌一千，自损八百，已经是大半夜了，她还必须在万立凯和赵海平的陪同下，在军营中散步，一边熟悉地形，一边运动消食。

小卒突击队作为第五特殊部队的窗口单位，它肩负着向世界展现中国特种部队风采与力量的任务，浮出水面任由全世界关注，这使得小卒突击队有着比第五特殊部队更严格的防卫措施。

走在军营中的龙雷，第一个感觉就是大，真大，真是特别大！

在军营里，到处可以看到修剪得整整齐齐的松柏，它们不但是军营中的绿色点缀，它们顽强的生命力，以及万年常青的枝干，也是军营中最受欢迎的品质。宽阔的道路，能够同时容纳八辆以上的汽车并排行驶，巨大的操场，可以容纳上百辆坦克集结，无论怎么看，对一支加强营级编制的部队来说，都实在是太大了。

"这座军营原来驻扎着火箭军一个防空团，几年前他们调换驻地，这个空出来的军营就被我们给抢到手了。"万立凯提起几年前的"丰功伟绩"，脸上满是得意。"师父一直盯着这里，火箭军最后一辆汽车刚刚驶出，上方还在探讨争论究竟由哪支部队接手这个军营，军营就被我们派出小股精锐部队空降占领，在军营大门前直接挂上了第五特殊部队战旗，用师父的话来说，这叫造成既成事实。想向上级投诉抗议，请便；想动手，是单挑还是团战，您划下道来，赢的留，输的走，谁怕谁?！"

龙雷看着眼前这座不知道消耗了多少人力物力，才终于打造出来的军营，不停眨着眼睛，虽然这种土匪手段一听就是出自战侠歌之手，但，这样也行?！

在军营中，到处都可以看到有源相控阵雷达在不断转动，二十四小时全天候监控着天空，无论是战斗机、隐形高空侦察机还是导弹，都无法逃出这一双双"眼睛"；一旦发现敌情，或者遭遇精准打击，那些布置在军营中的四联装地对空飞弹，就会在短时间内发射，将致命打击消弭于安全距离之外。

数量不详的指挥车分散布置，每一辆指挥车旁边还跟着一辆军用供电车。

"特种部队最擅长的就是实施渗透突袭，在战斗甫一开始，就通过斩首行动锁定胜利。所以特种部队军营首先防范的也是敌方的斩首行动。"

万立凯向龙雷解释道："我们将多辆指挥车分散在军营各个位置，而且每隔四十八小时，都会重新调整，这样未来一旦大规模战争突然爆发，营地指挥部遭遇敌军外科手术式高精度打击被摧毁，或者被敌军特种部队渗透突击，这些指挥车会立刻接替被摧毁的指挥部，保持突击队和北斗卫星系统、高空侦察机、指挥系统、战场计算系统在内的接驳，使得部队能够得到信息支撑，立刻做出反应。"

龙雷停下了脚步仔细观察，在他们身边不远处，停着一辆外表看起来和真的几乎没有区别，但是走近了就会发现是用木板等材料制成的"指挥车"，以及相配套的"发电车"。如果她没有猜错的话，在军营中的地对空导弹发射架，以及有源相控阵雷达，也是真真假假虚虚实实，在肉眼看不到的地下，甚至隐藏着更多防御与攻击武器。只有当战争真的来临，这头处于半蛰伏状态的猛兽，才会彻底露出锋利的獠牙。

"在军营中到处都有身份自动扫描装置，如果没有得到回应，警通排就会收到警报，并对你展开全程监控。如果在战斗状态，一旦发现没有身份芯片回应的目标，军营内的自动防御系统就会对入侵目标展开攻击！"

万立凯将一个士兵名牌，也就是所谓的"狗牌"递给了龙雷，他的声音严肃起来："身份应答芯片就嵌在这个名牌里，记住，只要人在军营，无论干什么都必须随身佩戴，绝不能马虎大意，更不能遗失！"

龙雷接过那个看起来其貌不扬的名牌，上面刻着她的名字、血型等信息。龙雷将名牌小心地戴到脖子上，钛合金打造的名牌并不沉重，却让龙雷感到沉甸甸的。

万立凯和赵海平突然一起停下了脚步，望着面前一堵巨大的宣传墙，两个人同时挺直了身体，万立凯深深吸了一口气。"敬礼！"

在宣传墙上，一名全副武装，手持突击步枪的士兵，在画面正中央发出疯狂的呐喊，在他的身后，和平鸽在飞翔，在更高处，是高速冲刺的战斗机，以及象征中华民族文明的"华表"。宣传墙上写着一行特别醒目的红色大字：坚决听党指挥，能打仗，打胜仗！

整幅宣传画动感十足，苍劲有力，那名士兵面对死亡逼近时爆发出来的热情与勇敢，更是扑面而来，类似于此的宣传画，在任何一个军营中都能找到。

龙雷用并不标准却认真的动作，跟在万立凯和赵海平的身后敬了一个军礼。但是在同时，她内心深处又有些疑惑，怎么看这位万立凯哥哥都不像是一个会专门把她带到一幅宣传画前，带着她敬礼，并以此来宣传中国军人勇敢奉献精神的"政委"级角色。

敬礼完毕，万立凯又恢复了吊儿郎当的模样，向龙雷招了招手："小雷雷，你过来。"

跟着万立凯走到宣传墙后面，在万立凯的提示下，龙雷看到，宣传墙后面一个不起眼的角落，有人用毛笔蘸着红色油漆，在上面写了两行小字。写字的位置，被一排松柏挡住，不是有心寻找，或者有人带领，还真很难发现。

由于亲眼看过战侠歌给自己写的"入伍申请书"，龙雷一眼就认出，这两行字是战侠歌的"墨宝"。

"新兵入伍，去其娇气傲气再塑其呆气，扯淡！"

"小卒突击，能坑则坑能蒙则蒙赢就好，牛 × ！"

军队，是一个很奇怪的团体，它的天性和团队特质取决于第一代创造者，一旦定形就很难更改，会一代代薪火相传，直至成为一种传统。

比如说第五特殊部队，创建它的人是雷震，他是一位经历过强敌入侵，山河破碎，而奋起反抗的抗日战争，并在这段漫长的战争中一步步成长起来的卓越指挥官。他赋予第五特殊部队的特质是牺牲、奉献、无畏、忠诚！

第五特殊部队现在流传的队训都是：宁做战场亡魂，不做亡国之奴！

现在大半个世纪过去了，中国已经拥有足够强大的国力与军力，再也不用担心强敌入侵，山河破碎，身为一个职业军人，也不需要再去面对是战死沙场，还是当亡国之奴的选择。

现任第五特殊部队掌门人的战侠歌，在一手创建了"小卒突击队"后，给这支部队赋予的灵魂，就是面对死亡，都可以竖起中指放声大笑的放纵与不驯，是在战场上面对任何强敌，都会开动大脑，想方设法用尽一切手段赢得胜利的"必胜信念"！

他们用最好的武器，拿最高的薪金，接受最严格的训练，在战场上也必然会面对最强大的敌人！再加上有了战侠歌这样一位"幕后黑手"，他们这群惹祸的根苗、闹事的祖宗，百分之百已经被人扣上了"骄兵悍将"的头衔。

兵骄，则狂，则疯，则猛；将悍，则一往无前，则无坚不摧！一旦将他们投入战场，甫一出手必然就是侵略如火，倾尽全力，哪怕是以寡敌众，注定九死一生，他们也会将职业军人进攻进攻再进攻的天性发挥到极限！

他们原本就是一群猛虎，在战侠歌的带领下，又学会了狐狸的狡猾诡诈，请问，在战场上，有哪个指挥官愿意面对这样的敌人？！

"我一开始还在奇怪，师父把你塞进小卒突击队也就算了，为什么还要给你弄上一份申请书，让你成为小卒突击队正式编制作战人员。安排你当个卫生员、话务员，哪怕是在信息自动化处理中心，担任一个作战参谋，都不会像现在这么醒目，刚进军营就被人当面挑战。"

万立凯望着龙雷，脸上流露出前所未有的认真。"可是看到你和瓦列里娅的对抗，我明白了。你坚强、勇敢，有远超常人的强烈自尊，却又能不拘一格，这样的综合特质，让你面对任何强敌，都会骄傲得绝不低头，必然爆发出遇强则强的恐怖力量，用尽一切手段去赢得胜利。这样的人，就算是在人才济济的第五部队，我也只见过两个，一个是师父，一个是师叔风影楼。"

龙雷霍然抬头，就算是有足够的自信，万立凯这个评价依然让她内心受到不小的震撼。

"在知道你要来之后，我准备了一间军官宿舍，申请了一台连接着军网的计算机，并在硬盘里下了全套的大学自习资料；你每天可以睡到自然醒，缺什么，想干什么，就凭你今天获得的人气，只要开口，队里那些男兵会争着抢着帮你干，你可以这样一直等到师父把问题解决，再离开军营，去重新上大学找男朋友，过上正常人的生活。"

万立凯从口袋里拿出一枚亮晶晶的钥匙，在手中轻轻摇晃着，在他的背后，就是战侠歌亲笔"题词"的小卒突击队宣传牌。"现在我想给你第二个选择，你可以放弃这把钥匙，放弃所有优待，以一名新兵的身份接受训练。你也许一辈子都不会用到在这里学到的东西，但是假如在被师父消灭前，柳七又找到机会对你出手，就算我们不在你身边，你至少还有力量抵抗，殊死一搏，而不是像小绵羊一样，只能发出无助的哀鸣……"

万立凯的话打住了，看着面前这个坦坦荡荡，带着"虽千万人，吾往矣"大气概的女孩，他不需要再浪费口水去解说，就已经知道了龙雷的选择。

# 第九章　教官

凌晨三点钟，是正常人睡得最香的时间。在深度睡眠状态下，人类对危险的反应速度和反应能力都会变弱很多。

宿舍的门被悄无声息地推开了，一枚催泪瓦斯弹被人丢进了房间。身体极度疲劳，睡得正香的龙雷还没有搞清楚究竟发生了什么，就被瓦斯呛得眼泪鼻涕一起长流。

她的眼睛根本不敢睁开，因为一睁开，空气中的烟幕就会刺得她双眼像被针扎一样疼，眼泪更是像打开阀门的洪水般不停哗哗地流，只要吸上一口气，明明什么味也没有嗅到，她的鼻腔和口腔里就像是吸进了火焰一样，烧得她全身难受。

整间宿舍里都是烟幕，能见度几乎为零。龙雷跳下床，凭着记忆跌跌撞撞一路摸索着冲出宿舍门，她刚刚把肺叶里憋得太久的闷气吐掉，还没有吸到新鲜空气，就觉得天旋地转，被人用一记漂亮的过肩摔狠狠摔到地上。对方趁势下跪，用膝盖重重砸在龙雷的腹部，将她所有可能的反击全部压制，紧接着，一把格斗军刀对着她的头部狠狠扎下。

"噗！"

格斗军刀狠狠扎到了龙雷脸旁的水泥地面上，溅起的碎屑打得龙雷的脸皮生疼。高碳钢打造的锋利刀身紧贴着龙雷的脸皮，让她全身的汗毛都在同时倒竖而起。

脸上有温热的东西淌过，龙雷不知道那是自己流出的汗水，还是脸上皮肤真的被划破，流出的血。

在黑暗中，一双眼睛冷冷地盯着龙雷，眼睛里透出的气息让龙雷想到了旷野中的狼。

这个男人收起了格斗军刀，慢慢站了起来，望着被瓦斯呛得眼泪直流的龙雷，冷然道："你已经死了，士兵！"

龙雷爬起来，半跪在地上拼命吸气，对方的那一记膝撞，除了对她造成物理伤害，似乎还顺势压迫住她的肺叶，让她无法正常呼吸。而对方刚才那一刀中透出的杀机，更让龙雷整个人的灵魂都震颤起来。直觉告诉她，就算没有催泪瓦斯弹，只要对方愿意，也可以轻而易举地将她一刀击毙，而且不会有半点犹豫。

这是一台真正的杀人机器！

男人突然抬起穿着陆战靴的大脚，对着龙雷狠狠踏下来。龙雷猝不及防之下，被一脚踏得重新趴到地上，"砰"的一声，她的脸庞重重撞在水泥地面上，一阵火辣辣地疼，在她的眼前同时炸起几百朵金星。

"这是我给你上的第一堂课，面对敌人的时候，一定要让自己站着！"

男人踩在龙雷的肩膀上，森然道："否则，你就会像现在一样，放弃了抵抗的权利！"

龙雷咬着牙，一点点撑起自己的身体，重新站了起来。她瞪大了眼睛，就着月光试图看清这个半夜突然冲进她房间的男人。

这个男人看起来有三十多岁了，他的军装肩章是松绿色底色，上面有金色半环绕交叉步枪主图案和两条粗折杠，这说明他是一名加入陆军部队，已经有十几年军龄的四级军士长！

多年的军旅生涯，将军人的特质彻底刻进他的骨髓里，使他的一言一行，都带着职业军人特有的干练。他总是习惯性微微抿起嘴，唇角向下，让他透着拒人于千里之外的严厉。任何一个人看到他，都会立刻明白，这是一个根本不懂得变通，会把规则与命令彻底执行下去，绝不允许任何人偷奸耍滑的监督者。如果非要用一个词来形容这种人，那他们就是茅坑里的石头，又臭又硬！

男人突然一拳砸到龙雷的腹部，龙雷倒吸一口凉气，疼得猛然弯下了腰。

"知道我为什么打你吗？"

汗水从龙雷的额头上不断滚落，但她强忍着疼痛重新站直。"不知道！"

"因为你是一个兵，在特种部队的军营中，却穿了一身印着漂亮卡通花朵，还散发着香味的睡衣！"

男人上前几步，两个人的距离近得鼻息可闻。他盯着龙雷的眼睛，目光之锋利，让龙雷感觉到了刺痛！

"军装，不但是统一意志和行为的表现，更在提醒你的敌人，你是一名军人，就算是你失手被俘，按照《日内瓦公约》，你也应该获得战俘待遇！但是你穿的睡衣和身上的香味，却在告诉和提醒别人，你是一个女人！"

龙雷咬住了嘴唇。

"睡到半截，莫名其妙地被人闯进屋，先是被人用催泪瓦斯呛，又挨了一顿揍，是不是很不爽？"

龙雷："是！"

"我更不爽！"男人冷然道，"像你这种含着金汤匙出生，只要一开口要什么，就有一堆人帮你跑来跑去折腾的'天之骄子'，出国去啊，经商去啊，从政去啊，实在想穿军装，上国防大学去啊，跑到特种部队充什么大尾巴狼，这是你们该来的地儿吗?！"

"你要真想成为一个特种兵，就去老老实实参军入伍，从新兵开始，一步一个脚印地向上走，我也能高看你一眼。可是你没有，你利用家里的关系后台，强行加塞进入特种部队，发现自己连最基础的军事技能都没有，就要找'私人教官'给你进行特训，你当部队是夏令营，还是免费吃喝玩乐，还有枪可以打的游乐场?！"

听着这个老兵的呵斥，感受着他对自己发自内心的排斥与不屑，龙雷终于勉强听明白是怎么回事了。

她选择了第二条路后，万立凯不知道从哪一支部队硬给她拽来一个擅长教导新兵的教官，从时间上计算，这位不知道在哪支部队服役的军士长在接到命令后，就被人强行塞上直升机连夜赶到了小卒突击队。遇到这种情况，是个人都会憋一肚子火，更何况这位军士长一看就是个相当严厉，一切以纪律为先的职业军人！

放在地面上那个背包，说明这位军士长还没有去分配的宿舍，就先赶过来，给龙雷上了一堂震撼的教育课。

至于为什么小卒突击队人才济济，还要从外面给龙雷找一个教官……显然万立凯和赵海平都无法下狠手去操练龙雷，索性搬来一个外援！

从这个角度来说，龙雷必须感叹，不愧是小卒突击队，这办事效率可真不是盖的。

男人退后一步，站在龙雷面前，他的身体挺拔如剑，双手自然而然背负到身后。"我叫张学兵，是你的教官！我的任务是在三个月时间里，教会你身为一名士兵所有应该会的东西，要让你看起来至少像个兵，而不是一个睡觉还穿着小花朵睡衣的垃圾！"

龙雷："是！"

"你可以喊我教官，只要你自信能承受我的打击报复，当面喊我混账王八蛋也没有任何问题。在相处的时间里，我会以打击你为荣，看到你委屈得掉金豆子，会是我最大的快乐。要是你觉得受不了，哭着喊着要换教官，我求之不得。或者，你现在就可以去哭诉，让我连夜来，连夜滚！"

张学兵对龙雷的印象百分之百是负数，他讨厌极了像龙雷这种仗着家里有权有势，就在部队里为所欲为的"官二代"。在他看来，这些含着金汤匙出生的二世祖，全是惹事的根苗，闯祸的祖宗，这些特权子弟在部队，只会带坏部队风气，弄得人心浮动，一颗老鼠屎坏一锅粥。

他是真的希望龙雷去"投诉""抱怨"，说不定他今晚真的可以滚蛋回营，权当是玩了场免费的直升机一夜游。看到龙雷咬着牙挺立在那里，手指却因为过度脱力而微颤，张学兵在心里发出一声不屑的低哼："装，使劲装，我倒要看看还能在我面前装多久，才会哭着喊着回家找妈妈！"

"我不管你是谁，我也不想知道你有多么显赫的家世，刚进部队，你就是一个毛也不算的新兵蛋子，从这一刻开始，你的名字就叫毛蛋，听明白了没有？"

"是，教官！"

催泪瓦斯已经渐渐散去，张学兵大踏步走进只有龙雷一个人的士兵宿舍，他一挥手就将桌面上放的牙缸和牙刷一起扫落到地上。"牙缸和牙刷摆放角度不对！"

打开桌子的抽屉，张学兵一扬手，将第一个抽屉直接整个抽出来，将里面的东西全部倒在地上，又狠狠在上面踏了一脚，一只 Hi-Fi（高保真）随身听在张教官的皮靴下发出支离破碎的声响。"毛蛋，你是班长吗？"

"报告教官，不是！"

"新兵宿舍的桌子有两个抽屉，左边这个，是班长专用。"张学兵望着龙雷，森然道，"作为毛蛋，要有毛蛋的自觉！就算这间宿舍只有你一个人，你也依然是毛蛋！"

"是！"

张学兵又打开了右边的抽屉，他将龙雷放在里面的洗面奶和护肤霜拿出来，又一扬手，将剩下的东西全部倒在了地上。"这是一间八人宿舍，除了班长和班副，还有六名士兵和你共用这个抽屉，你凭什么一个人就把它塞满了？"

张学兵当着她的面，又抬起大脚，对着倒在地上的东西狠狠踏下去。在龙雷离开前，嫂子塞给她的一袋食物被踏得稀烂，真空包装的塑料袋被踏开，发出犹如爆竹般的爆响。

张学兵的目光一扫，又落到了龙雷的床铺上，他的脸上露出一丝毫不掩饰的嘲讽。"看来，你真是太想当班长了。"

张学兵大踏步走过去，将铺位上龙雷的所有被褥全部扯下来，丢到了地上，然后不出预料地又在上面踏了一脚。

"你睡的这个铺位，是房间的左排下铺，这个位置，在部队里叫作'班长床'，只有班长才能睡。不只是这个'班长床'你不能睡，所有的下铺你都不许睡。你给我记住，在部队里，只有兵才能睡下铺，像你这样的毛蛋，老老实实睡到上铺去！"

"是！"

"是不是觉得部队臭规矩挺多，并没有自己想象中那么美好？"

张学兵走到放置脸盆的洗脸架前，抓起龙雷叠好挂在上面的白色毛巾丢到地上，又是一脚踏上去，留下了一个醒目的鞋印。"部队发的毛巾，一面是粗毛，一面是细毛，细毛叠进去，粗毛向外，你叠反了，也不够整齐！"

转眼间，龙雷的私人物品，包括被褥，就被张学兵全部扫落在地，在这个过程中，龙雷没有做任何辩解，她只是认真地记着张学兵给她说的每一句话，挑的每一个刺。

张学兵转身走出宿舍，将他的行李带了进来，这些行李中，就有一床他自己的军被。

摊开被子，在将它重新叠起来的时候，张学兵告诉龙雷应该如何折痕、压棉花、抠被角……

很快，那张军被在张学兵的手中就重新变成了一个标准的"豆腐块"。

"在部队有句话，出门看队列，进门看内务。你是个毛蛋还是个合格的兵，通过这两样，一眼就能看出来。"

张学兵将一卷皮尺递给了龙雷。"以后你整理内务后，要用尺子去量，军被要叠得长宽各六十五厘米，高十五厘米，误差不得超过一厘米！"

龙雷接过皮尺，立刻走上去量张学兵叠的军被，最后的结果是，张学兵看似随意叠出来的军被，最大误差竟然是——两毫米！

一个能把叠被子精确到"毫米"级别的职业军人，在整理内务的过程中，已经将细心、毅力、忍耐等特质融入自己的日常行为当中，直至形成终身不变的习惯。在他们的字典里，已经没有了"差不多就行""马马虎虎即可"等词句，更磨掉了浮躁的边角，在部队这个集体中，无论做什么，都会近乎变态地追求最好。

这样的人，当他们拿起枪走上战场，纵然不是特种兵，无法成为战争的主角，他们的冷静、细心和忍耐，也会让他们在战场上迅速成长，变成可怕的狼！

# 第十章　一个人的新兵连

每天清晨五点钟起床，十分钟时间整理个人内务包括解决卫生问题；六点十五开始十公里负重越野；六点四十吃早饭，七点钟到十一点四十正课学习；十二点吃午饭；十二点到两点进行抗曝晒形体训练；两点到两点半休息；两点半到五点半正课，六点半吃晚饭，七点看《新闻联播》，七点半到八点半学习内务条例，八点半至九点五十正课学习，十点熄灯睡觉……

这就是张学兵临走时给龙雷制订的每一天训练时间表。

…………

早晨四点半，外面的天空还是一片惨淡的黑色，被折腾了一整天，只睡了不到一小时的龙雷就睁开了双眼。她迅速起床，看着贴在床头的训练表，她握紧拳头："加油，让那个扑克脸看看龙雷的厉害！"

五点钟，龙雷再次扫了一眼宿舍，一切都收拾得整整齐齐，就连毛巾都是按照标准，整齐地叠了四折，好好挂在脸盆架上。那床被子她用了整整二十分钟时间去伺候，叠得整整齐齐，就连数据也按照标准，误差精确到一厘米之内。

背起沉重的负重背包，龙雷走出了宿舍。

一到楼外，龙雷就看到了静静站在那里的张学兵。张学兵扫了一眼手表，也不废话，直接大踏步上楼，走进龙雷的宿舍，目光四下一扫，就落到了龙雷的铺位上。"重叠！"

三个小时后，龙雷终于离开了宿舍，在她的怀中还抱着那床军被。她爬上了军营中最高的一幢楼房，这幢办公楼足足有七层高。

从附近经过的老兵看到一个女兵抱着被子站到了天台上，摆出要跳楼的姿态，都下意识地停下了脚步。

龙雷深深吸了一口气，对着面前的空气放声喊道："我是毛蛋，我的内务太烂，烂到就连我的被子都不想理我了！"

喊完这句话后，龙雷双手一挥，将自己的军被华丽地抛下了楼，那床可怜的军被刚刚被抛到空中就散了开来，翻滚着落向地面。

看到这熟悉又陌生的一幕，小卒突击队的老兵们都瞪大了眼睛，这可是新兵连才会有的娱乐节目，怎么小卒突击队这支特种部队中的特种部队，也开始兼容新兵训练的活计了？

眼看着昨天和俄罗斯女特种兵正面对抗都丝毫不落下风的龙雷，风风火火地冲出来，捡起军被后又风风火火地往回跑，这些小卒突击队的老兵嘴角就齐齐露出了笑意。不用问他们也知道，那名不知道从哪儿请来的教官一定给龙雷设定了捡被子的时间，一旦超过，就会重罚。

而设定了捡被子的时间，这就代表着……

张学兵绷着脸站在天台上，看着抱着被子匆匆跑回的龙雷，沉声下令："重新整理！"

龙雷也顾不上天台的地面灰尘太多，她展开军被，跪在地上认真地折叠起来。

十分钟后，龙雷又抱着军被走到了天台边上。"我是毛蛋，我的内务太烂，烂到就连我的被子都不想理我了！"

一挥手，龙雷的军被又华丽地从七层楼上飞了下来。

从附近经过的万立凯和赵海平看着华丽飞坠的军被，两个人一起停下了脚步，万立凯微微皱起了眉头。"我只是给师父打电话说龙雷应该接受军事训练，掌握一些自保本领，师父怎么就连夜送过来这么一个货？！"

赵海平看着风风火火冲下办公楼捡起军被，又风风火火往回冲的龙雷，脸上却露出了一丝笑意。"木要见色，铁要发光，玻璃要净，地板要亮，下马威要狠，第一次叠军被，哪怕叠得比老兵还好，班长也一定会挑刺批评，不允通过……龙雷参加的，是只有一个人的新兵连，没有人替她分担火力，她这下可真惨了。”

就在这天早晨，龙雷站在军营最醒目的大楼上，整整抛了七次军被，彻底“享受”了一回万众瞩目的滋味。

当龙雷再次抱着被子爬到办公楼天台时，张学兵将他自己的被子递给了龙雷。“再叠一遍！”

张学兵的军被一拿到手上，龙雷就发现了不同。他的被子又薄又硬，里面放的仿佛不是棉絮，而是一张毛毯。把张学兵的军被在地板上摊开，在折叠的时候甚至不需要去做调整，军被的棱角就自然而然出现。她只是顺着被子长年累月被折出的“机械印痕”，一步步地照做，转眼间，一个横平竖直的“豆腐块”就出现在龙雷手中，简单得让龙雷觉得不可思议。

“想要整好内务，就要每天用板凳之类的东西，一点点将军被里的棉絮压紧压实，尤其是在折叠的位置，你必须用板凳碾压几百次，直到被套和棉絮都被压到一起，再加上三分叠七分修，才能叠成合格的‘豆腐块’。用你手中那床从来没有压过的军被，不可能叠得符合标准。”

听着张学兵的话，龙雷猛地瞪大了双眼，霍然站起。

“有一些没有进过军营的人认为，整理内务就是面子工程，完全就是在浪费军人的时间，其实内务只要干净整洁就行，要把更多时间和精力，用在提升士兵素质和军队整体战斗力上面。还有一些人认为，把军被的棉絮压得像毯子一样紧而薄，让军被失去了一部分保暖效果，盖在身上又冷又硬，只是叠起来放在那儿好看，是和平时期军队追求假大空的表现。”

张学兵指指两床叠好放在一起的军被问：“毛蛋，你怎么看？”

龙雷那床新军被，她用了近十五分钟去整理，为了折出棱角，她几乎使出了吃奶的劲儿去用力捏掐，就算是这样，也只能说是马马虎虎；张学兵那床军被，她只用了两三分钟去叠，几乎没有用什么力气，就叠得四四方方，有棱有角，只要她再稍加整理，哪怕是面对再苛刻的检查，也能顺利过关。

　　两者之间最大的差距就在棉芯上。老军被的棉芯已经"习惯"了有棱有角，新军被的棉芯依然保留着棉花的原始特质，松软、温暖而又膨胀。

　　那些从来没有进过军营却喜欢指手画脚的人，把整理内务当成面子工程，认为应该把更多时间用在提升士兵素质上，可是让他们说怎么提升，他们肯定也说不出个所以然来。因为，能够提高士兵素质，让士兵慢慢培养出耐心、容忍、服从、毅力、自控等良好习惯的，恰恰就是他们看不上眼，诸多鄙夷的整理内务！

　　"我曾经遇到过不少像你一样，带着一身关系后台外加臭毛病跑到军营的毛蛋，我的撒手锏就是让他们站在高处丢被子，耐性最好的一个，也不过就丢了三次，就和我急眼闹翻了。"

　　张学兵望着龙雷："你打破了我这里的纪录，所以，我对你这颗毛蛋突然真的有点兴趣了。"

　　"是，教官！"

　　"还愣着干什么，继续！"

　　"我是毛蛋，我的内务太烂，烂到就连我的被子都不想理我了！"

　　龙雷的喊声第八次在办公楼的天台上响起，在路过的老兵似笑非笑的注视下，一条军被第八次被龙雷抛了出去。

　　旋即，周围的人们听到了张学兵教官愤怒的吼声："毛蛋，你刚才丢的是谁的军被?!"

　　过了半晌，龙雷抱着张学兵的军被返回天台，面对张学兵阴沉如水的脸，龙雷惭愧地低下了头。"对不起，教官，我把您的被子给弄坏了。"

　　在龙雷怀里的军被上，赫然多了一条两尺多长的口子，龙雷解释着："被子掉到了楼下的栅栏上，被划出了这么一个大口子……要不，教官您先用我的？"

　　张学兵怒极而笑："手劲不小，准头也不错。"

　　办公楼下面的栅栏距离他们不近，想要把棉被丢到上面，再恰到好处地划出一条口子，还真不是一般人能做到的事。最关键的是，站在天台上的张学兵清楚地看到，龙雷并没有弄虚作假，军被是真的被她抛到了栅栏上面的尖刺上。

参军入伍十五年，从第三年开始，就以士官身份在新兵连带新兵的张学兵还真是头一次见到像龙雷这种，为了在内务方面过关，就连教官的军被都敢下手贪墨，而且还一脸理直气壮的浑球儿！

但是……不小心把别人的旧东西弄坏了，拿自己新的去赔，这理儿，放到哪儿去说似乎也挑不出个错来！

龙雷可以清楚地感受到周围气压有点低，她小心翼翼地对着张学兵露出一个笑脸。

"有特长，就要发扬。"张学兵开口了，"今天的战术课程，练习投掷手榴弹。"

# 第十一章　特战之父

当天下午，在训练场上，龙雷面前摆着整整一箱教练弹。

按照张学兵的命令，她需要站姿投掷三百枚，跪姿投掷一百枚，卧姿投掷一百枚。站姿低于三十五米，跪姿低于二十五米，卧姿低于二十米的，全部不列入计数。

"毛蛋，你应该庆幸，在四十年前，步兵站姿投弹达标标准为五十米，二十年前，是四十米，而不是现在的三十五米！

"毛蛋，你有没有想过，为什么步兵投弹标准越来越低？不就是因为你这种什么能力都没有，却非要往军营里钻的毛蛋越来越多，让部队整体素质都被拉得下降了？

"没吃饭啊，你连一床棉被都能抛得那么远、那么准，怎么给你手榴弹，就变软脚蟹了？！"

在张学兵的吼声中，龙雷咬着牙将手榴弹一颗颗投掷出去，在她将手榴弹捡回来重新排好时，小声回应了几句："现在打仗都是战斗机、直升机满天乱飞，地面上不是坦克就是装甲车，就算是步兵，也会用榴弹发射器和火箭筒，谁还会用手榴弹这么落伍的玩意儿啊。"

张学兵霍然转身，一声不吭地大步离开，几分钟后，张学兵去而复返，在他身后，跟着一名扛着整整一箱七七式手榴弹的安全员。

张学兵先从龙雷的面前拿起一枚六七式教练弹，他右手四指卷握，小指弯曲于手榴弹木柄尾端，右手拇指压于食指上，形成一个稳定的环状，将手榴弹并不是死死地而是相当稳定地握住。

张学兵先将手榴弹竖到眼前，目测瞄准远方目标。

在实战中，这样的动作当然没有意义，这是教导新兵使用手榴弹时的标准动作。安全员按照安全条例，就站在张学兵的身后，顺着张学兵目测瞄准方向望过去。这名安全员在心中迅速计算出这枚教练弹的着弹点，安全员脸上猛地扬起了浓浓的惊诧。

张学兵右腿后退一大步，右手将手榴弹经体侧引向后方，右臂自然伸直，身体左侧正对投弹方向，在完成这个标准的"引弹"动作后，张学兵右腿猛然蹬地发力，同时扭胯转体，将右手的手榴弹抛甩出去。

手榴弹在空中画出一道漂亮的弧线，翻滚着落向前方，轻而易举就越过了五十米红线，又向前飞出相当长一段距离才落到地面。

由于并没有报靶员，安全员自己跑过去，从五十米红线位置开始测量。"八十一米！"

作为一个军事小白级别的人物，龙雷对这个数字并没有特别感触，只是觉得张学兵投掷手榴弹的动作犹如行云流水，手榴弹在空中飞行时的弧线也很优美。但是当安全员的喊声在训练场传开，那些眼高于顶的小卒突击队队员的目光却齐齐扫了过来。

张学兵用的可是重达六百多克的六七式教练弹，比起现在军队通用的七七式手榴弹重了将近一半！

先不说手榴弹是不是真的像龙雷所想的那样，已经是要被现代战争淘汰的落后武器，放眼整个小卒突击队，大概都找不出一个没有做任何事先准备，一次性就能将手榴弹轻轻松松投出八十米大关的人。

跑回来的安全员看了一眼张学兵让他扛过来的那箱手榴弹，问道："需要人形靶还是气球？"

在张学兵的指挥下，安全员将十几只气球放到了训练场各个位置，其中有五只气球放在一起，摆成了一个Ｖ字形。精通特种作战的小卒突击队队员一眼就可以看出来，这五只气球模拟的是一支五人编制，以卧姿潜伏在战场上的特战小组。

剩下的气球分别悬挂在训练场诸如"机枪堡垒""房间""戒哨塔"等特殊地形内部。

张学兵走到了七十米外，他挥手将手榴弹掷出，眼看着手榴弹翻滚着即将从五只气球上方飞过，却在空中轰然炸响，手榴弹爆炸形成的三百多块碎弹片，以每秒钟一千米的初速，向方圆十几米范围进行了一次无差别覆盖攻击。

以 V 字形放置在地面的五只气球，面对这劈头盖脸飞溅下来的弹片，几乎在同时爆炸，发出几乎连成一线的爆响。

在计算好手榴弹引信的爆炸时间和飞行时间后，让手榴弹在敌人头顶爆炸，这样的"空炸"技术，小卒突击队人人能玩，但是像张学兵这样隔着七十米距离投掷手榴弹，进行高精度空炸，几乎已经是将力量与技术应用到极限，让他们不得不感叹一声"牛 ×"！

站在三十五米外，张学兵一扬手，将一枚手榴弹顺着射击孔抛进钢筋混凝土砌成的碉堡，手榴弹以惊人的精准度，先是砸破了挂在堡垒射击孔前的气球，才轰然爆炸。

张学兵继续移动，他每走到一个挂着气球的目标附近就会停下脚步，隔着大约三十五米，投出一枚手榴弹。

当张学兵进攻"戒哨塔"时，却向前多移动了十米，他迅速卧倒，向面前丢出一枚烟幕弹，白色的烟幕喷出，将四周的环境连带张学兵一起笼罩进去，烟幕中突然爆出一团亮光，这是张学兵又抛出了一枚闪光弹。

龙雷看得莫名其妙，越来越多的小卒突击队老兵却渐渐围了上来。他们都明白，如果这是一场真实战斗，张学兵在进攻敌人"戒哨塔"时，敌人必定会发现他，并动用哨塔上的重机枪对他进行压制性扫射。张学兵抛出烟幕弹，就是要利用烟幕阻碍敌方机枪手的视线，让自己脱离火力压制。但是在现代战争中，不乏安装了通用轨道，进行"魔改"的枪械，没有人能保证，敌人的重机枪上不会加装诸如热成像之类的瞄准组件，所以张学兵在烟幕中又抛出一枚高热能闪光弹，用这双重阻碍让敌人彻底失去了锁定他的可能。

烟幕还在翻滚扩散，一枚七七式手榴弹突然从烟幕中飞出，"啪"的一声砸破了挂在"戒哨塔"上的气球，落进"戒哨塔"里轰然爆炸。

远远地看到这一幕，小卒突击队军人当中不知道是谁脱口叫了一声："漂亮！"

张学兵走出烟幕，他站在"戒哨塔"下，对着远方最后一个悬挂了气球的目标"房间"竖起了大拇指，他用的是过去炮兵测量距离的"跳眼法"，来判定自己和"房间"之间的距离。

这样的动作看起来是很帅，一口报出距离，也非常拉风，但是说实话，这种测量技术，受到人为主观判断影响太大，用在"二战"时期还马马虎虎，到了二十一世纪，卫星定位、测光测距仪等新型技术装备的流行，使得这种误差太大的"跳眼法"相形见绌，正渐渐退出战争舞台。

但是还有一批身怀绝技的老兵，通过不断练习校正，再加上足够的天赋，就像是电视中那些伸手一拎猪肉，就知道有几斤几两的人一样，借助这种相当简陋的方法，在一定距离内，测算出相当精确的数字。

张学兵无疑就属于后者。

在测算距离完毕后，张学兵从口袋里取出一块手帕，用它蒙住了自己的眼睛。他深深吸了一口气，当他挺起胸膛时，整个人挺立如剑，以犹如天安门护旗兵升旗仪式般的动作，踢着正步，一步步向前走着。

中国军人，在进军营开始训练的第一天，接触的就是整理内务和站军姿、踢正步。整理内务，会让他们学会坚毅、忍耐和细心，让他们自内心完成从平民向军人的转变；站军姿、踢正步，是从一举一动上对他们进行重塑，让每一个士兵都拥有铁一样的气质和动作，再通过队列练习，让他们习惯融入集体，直至真正加入军队大家庭，成为里面密不可分的一分子！

中国职业军人踢正步，每一步踢出，脚掌距离地面是二十五厘米，每一步走出的距离都是七十五厘米，不许多，也不许少！在军营中待的时间够长的老兵，他们踢起正步，踏出来的距离，就像尺子量过一样精确，就算把他们的眼睛蒙上，他们走的路也会像尺子一样直！

只有在军营里历练出来的人，才会真正明白，什么叫作"进门看内务，出门看队列"，也只有不懂军营的人，才会自以为是地在网络上抨击，认为中国军队的整理内务和队列练习是在浪费时间！

张学兵踢着正步，向他事先确定的方向，笔直地走出了二百八十步，也就是整整二百一十米，他停下了脚步，霍然向左偏转了四十五度，当他做完这个动作，龙雷猛地瞪大了眼睛，发出了一声低叹："我的天哪！"

以张学兵现在站立的位置，面对的方向，向前延长三十五米远，赫然就是最后一个绑着气球的目标——"房间"！

在"房间"的窗户上，那只粉红色的气球正在微风的吹拂下轻轻摇晃，似乎在畏惧，又似乎在期待着什么。

张学兵慢慢扭开身上最后一枚手榴弹的保护盖，将拉环套在手指上，当他将手榴弹竖起，用并没有睁开的眼睛"瞄准"目标时，他的眼睛、手榴弹、"房间"窗户上挂的气球，形成了就连龙雷都能看懂的三点一线！

"啪！"

"轰！！！"

气球的碎响和手榴弹爆炸的轰鸣相继响起，在张学兵摘掉手帕时，犹如潮水般的掌声在训练场上响了起来。张学兵回头，他这才发现，不知道什么时候，在训练场上竟然聚集了一两百名小卒突击队特种兵。

有三名小卒突击队特种兵跑到了张学兵面前，他们一起立正，对着张学兵主动敬上了军礼。

这三名年龄差距至少有六七岁，军龄不同、级别不同、所属连队亦不同的特种兵，对张学兵的称呼都一模一样："教官好！"

他们竟然都曾经是张学兵一手带过的兵！

"小雷雷，师父给你找的这个教官，是个人物。"龙雷的身后传来了万立凯的声音，就算是万立凯，看向张学兵的目光中都透着一丝凝重，"我刚刚看过他的资料，十七岁入伍，现在已经有十五年兵龄，专门在基层部队带兵练兵。他在基层连队时，连队在师一级比武中碾压式赢了整整三年；他被调到营里，他所在的营，就连续四年在军一级大比武中蝉联第一。这些年他带出来的兵，前前后后有一百多个通过选拔加入了各级特种部队，他自己虽然从来没有进入特种部队，却因为这一点，被周围熟悉的人半认真半开玩笑地称为'特战之父'！"

龙雷真的没有想到，这个从一开始对她就没好气，不到一天时间就把她收拾得疲于奔命的教官，竟然还有这么不平凡的经历。在这位教官的身上，实际上并没有什么特殊的撒手锏，用《卖油翁》里的一句话来形容张学兵展现的技术应该很贴切："我亦无他，惟手熟尔。"

他把手榴弹投得熟得不能再熟，所以他能隔着三十五米远，用手榴弹直接"砸"到气球上，而且是百发百中；他不断练习"跳眼法"，不断修正自己的错误，一点点让身体和数字融为一体，所以用相同的测量方法，他就是比别人测得更准；把踢正步练到登峰造极，所以他能以自己的身体为尺子，在蒙住眼睛的情况下，硬生生走得笔直向前，步步相同！

张学兵只是把他还是新兵时，在新兵连学到的整理内务精神，贯彻到了整个军旅生涯当中，日复一日，年复一年，直至他的身体和灵魂都形成了近乎钟表齿轮般的精准。他更通过担任教官，将这种精神在更多士兵中薪火相传，也就是因为这样，他才能给中国特种部队输送出数以百计的优秀军人！

# 第十二章　逆向狙击

"你们两个谁厉害？"

面对龙雷的询问，万立凯臭不要脸地回应道："当然是我了。"

发现龙雷对他侧目而视，万立凯选择了类比法："你玩过《红色警戒2》没？盟军想生产特种兵，先得升级高科技中心，再用一千两黄金，好半天才能造出一个，就算刚出炉的新兵蛋子，也是花了大价钱、大精力才培养出来的高级货；张学兵和我们相反，他就是一百块一个的动员兵，属于人海战术的产物，就算练成三星满级，武器装备不同，战术不同，训练不同，后勤支援不同，造成的巨大差距，根本无法单凭经验和个人能力弥补，和我们相遇最终的结局肯定是输。正所谓，一分价钱一分货嘛！"

龙雷对着万立凯翻了一个白眼，以表达内心的不屑。

"不过这个张学兵，的确不错，别的'动员兵'撑死是满级三星，他却硬把自己变成了一个 bug 级的五星，甚至是七星！"

万立凯收起了笑脸。"如果是巷战，凭他这手出神入化的玩手榴弹技术，没有防备之下，就算是特种部队，也会吃上一记大亏。如果让我和他在一幢大楼里单对单生死对决，他至少有机会让我受伤。"

龙雷再次对着万立凯翻起了白眼，却看到和万立凯一起闻信赶来的赵海平在对她轻轻点头，示意万立凯的话并没有错。

龙雷可以把万立凯的话当成吹牛皮，但是赵海平，这位小卒突击队指导员的身上，有着一种犹如大山般沉稳不可撼动，让人一看就心生亲近的特质。这样的人，注定是有一说一，有二说二，绝不会满口跑火车。

龙雷真的震惊了，在内部结构复杂的大楼中对决，手榴弹这种武器投掷时没有声音，更灵活，更多变，杀伤力倍增不说，就连投掷距离不如现代支援武器这个短板，都因为处于封闭式战场环境而消失。有了这么多优势，和万立凯单对单对决，张学兵还只是"有机会"让万立凯受伤！

那么请问，小卒突击队的特种部队究竟有多强，又是强在什么地方，能让他们用俯视的眼光，来看待张学兵这样一个把基础军事技能已经磨砺到登峰造极的老兵?！

"任何一个合格的特种兵，都是从新兵开始，夯实了军事技能基础，再通过考核，一步步走进特种部队的。"

赵海平温声鼓励道："龙雷你刚刚开始接触军事知识，正处于学走路阶段，把基础知识和技术磨砺到极限的张学兵，就是最适合你的教官！有他的教导，我都开始期待三个月后你究竟能达到什么程度了。"

龙雷用力点头。

远方突然传来了张学兵的吼声："毛蛋！"

龙雷一路小跑到张学兵面前："到！"

"手榴弹有用吗？"

龙雷的回答诚心诚意，气势特足："有！"

"那就继续练习，五百次，一次也不能少！"

"是！"

当天晚上，右手就像抽筋了似的不停发颤，龙雷是用左手拿着勺子吃的晚饭，用左手开的房门，用左手洗的衣服，就算是上卫生间时，也是左手拿的卫生纸……

第二天早晨起来的时候，龙雷就发现，自己的右臂整个浮肿起来，至少"胖"了三圈。用左手手指在上面轻轻戳了一下，手指的触感就像是捅到了发糕一样，软绵绵的，她只是稍稍试着挪动了一下右臂，一股比吃了十斤老陈醋还要酸，比拿了锯子直接锯胳膊还要痛的酸痛，就以每秒钟一百米的速度，沿着痛觉神经直刺向大脑，猝不及防之下，疼得龙雷差一点一蹦三尺高。

穿衣服的时候，龙雷疼得是龇牙咧嘴，但咬着牙，总算是完成了这个任务，当她的目光落到床铺上时，龙雷突然有了一种欲哭无泪的感觉。

没错，她是耍心眼，把教官的"老军被"换了过来，似乎可以轻易解决整理内务的问题了。谁想到张学兵转身就给她来了个一天投掷五百次手榴弹，为了"鼓励"她做到，还当众表演了一手出神入化的手榴弹投掷技术，激得她热血沸腾的，硬是完成了这个理论上不可能完成的任务。结果就是，她的右手彻底"废掉"，这床军被已经"磨好"了，而且不知道用了多久，早已经有了"机械习惯"，很容易就能叠出符合标准的"豆腐块"，但是，龙雷真的没有信心用一只左手就完成这个任务。

第二天早晨八点钟，小卒突击队的老兵们又看到了喜闻乐见的一幕——龙雷妹子，再次爬到了七层高的办公楼天台上。

"我是毛蛋，我连一床别人用过的老军被都叠不好，从今天开始，我已经没有做毛蛋的资格，我改叫臭蛋了！"

"呼啦……"

军被再一次在空中翻滚飞舞。

两个月后……

"毛蛋！"

"到！"

张学兵打量了一眼经过两个月训练，举手投足之间已经有些"兵味"的龙雷。"今天练习实弹打靶！"

龙雷的眼睛一下亮了，她终于不用再每天枯燥地站军姿，对着一千张牛皮纸叠成的拳靶猛击，或者翻来覆去不停地做卧倒、持枪卧倒、端枪卧倒、低姿匍匐、侧身匍匐、高姿侧身匍匐、滚进之类的战术动作了。

在六百米外的靶场上，飘着几个直径大约有两尺，里面充满了氢气，用细绳拴住，飘浮在距离地面大约一点五米高的红色气球。

张学兵将一支调校好的 88 式狙击步枪交到龙雷手中。"打爆它们！"

对一个从来没有接触过枪的新兵来说，就算使用的是狙击步枪，这依然是一个不可能完成的任务，龙雷却毫不犹豫，直接趴在地上，架起了88式狙击步枪。

清脆的枪声在打靶场上响起，这款小口径狙击步枪的后坐力小得几乎可以忽略不计。

拿着望远镜负责报靶的张学兵淡然道："命中，继续。"

龙雷通过狙击镜观察六百米外的靶区，果然，十只红色气球少了一只，她真的打中了?!

"乒！乒！乒！乒！"

清脆的枪声接连响起，每次扣动扳机，红色气球就会有一只被打爆，第一次摸枪，第一次实弹射击的龙雷，竟然用了五发子弹就将六百米外的五只红色气球逐一打爆，枪枪命中，无一失手，面对这种近乎玄幻的成绩，就连龙雷自己都震惊了……难道她是一个天生的狙击手，在人枪合一后，就一遇风云便化龙?!

张学兵挥了挥手，在两三百米外一片看起来没有任何异状的小土坡上，站起了一个全身披着伪装网的士兵。这名士兵的手中同样拿着一支88式狙击步枪，他的脸上还涂着伪装迷彩，远远看过去，似乎就连他的面部轮廓都因为伪装油彩的缘故变得模糊起来。

"你每次开枪后，他都会计算好时间差，补射一枪，所以在旁观者，包括你自己看来，你弹无虚发，枪枪命中，这是部队为了应付考核，而产生的作弊手段，叫作'接力狙击'。"

龙雷脸上一副泰山倒而不变色的铁血军人形象，心中却早已经翻江倒海，部队也会考试作弊?!

张学兵从龙雷手中接过那支88式狙击步枪。"这款狙击步枪用来提供稳定支撑的两脚架，没有采用浮置式结构，而是直接连到了枪管上，这样当开枪时枪管受到震动，必然会影响射击精度；它的瞄准镜和枪身连接座之间有间隙，打上一千五百发子弹，瞄准镜就得报废；步枪口径小是优点，但弹头过轻，有点风就会打飘，虽然叫狙击步枪，实际上它连高精度步枪都不算。"

　　并不是中国军队已经学会了偷奸耍滑，不肯下苦功夫练习射击本领，而是拿着这样一支设计有缺陷、子弹太轻容易飘、品控严重不足的步枪，要在考核时打出狙击步枪的成绩，实在是强人所难了一些。也是因为这样，在一些部队甚至包括特种部队，才会催生出"接力狙击"这样一个作弊手段。

　　那名狙击手走过来，直到面对面龙雷才发现，这个披着吉利服、罩住了大半张脸，脸上还涂抹着伪装油彩的狙击手竟然是万立凯。万立凯将 88 式狙击步枪交给龙雷，展颜一笑，做出一个"加油"的手势就掉头离开了。

　　"他这种不需要观察员，可以独立完成猎杀任务的狙击手，被称为'狩猎者'。你在战场上遭遇炮击或者轰炸时，只要运气够好或者躲进掩体，就可能毫发无伤，但如果被一个'狩猎者'盯上，你生存的概率就无限接近于零。同样的道理，如果你在战场上被'狩猎者'锁定还能活下来，能要你命的东西就不多了。"

　　龙雷听着张学兵的话，看看手中的 88 式狙击步枪，再看看万立凯背在身上那支大口径反器材狙击步枪，怎么看都觉得，想用这种"鸟枪"打赢万立凯，难度不小。

　　"他不只是使用了更好的武器，枪法更好，你有没有发现，他刚才对你笑时，抿着嘴唇，没有露出牙齿？"

　　怪不得她一直觉得很怪异，却找不出原因，笑不露齿，这可是淑女才会有的特质，怎么看和万立凯的无赖模样都显得格格不入。

　　"狙击手经常要潜伏在丛林等自然环境中，为了不惊扰相当敏感的飞鸟，必须在脸上涂抹大量伪装油彩，破坏自己面部属于'人类'的轮廓特质，但他们不可能给牙齿也涂上伪装油彩，如果他们无法控制自己的表情，在潜伏的时候动不动就露出牙齿去笑，强烈的颜色对比，迟早会要了他们的命！"

　　张学兵沉声道："他在走过来的时候，我一直注视着他，他并没有刻意躲避，但是他的目光始终没有和我有过接触。目光也是一种'力量'，在被人窥探时，感应敏锐的人就可能发觉，所以越是优秀的狙击手，越不会轻易直接用眼睛去观察目标。"

龙雷有些明白什么叫作"狩猎者"了。他们有最好的武器，受过最严格的训练，更重要的是，他们已经将"狙击"融入骨髓当中，一旦拿起枪走上战场，就会变成教科书般精确而规范，几乎不会犯错的战争机器！

看万立凯的装备就知道，王牌特种部队已经装备了更先进的狙击步枪，而普通部队，哪怕是精锐部队，大面积列装的还是88式狙击步枪，张学兵教她的第一堂射击课，不是如何对着枪靶射击能够打出好成绩，而是在战场上，以普通士兵的技术，用普通步兵的装备，去对抗"狩猎者"！

张学兵从龙雷手中接过88式狙击步枪，拆下弹匣往里面填装了五发演习专用空包弹，又在步枪扳机位置安装了一个遥控击发装置。这个遥控装备很简单，应该是从某种电动玩具上拆下来的，又经过了局部改装，只要电动马达转动，就能用杠杆原理扣动步枪扳机。

张学兵将这支88式狙击步枪放到龙雷刚才卧姿射击的位置，用两根带着尖锐钢锥的U形刺，外加两根一米长的尼龙绳，就将步枪固定在地上，拥有了承受后坐力的稳定度。

将一些树枝盖在步枪上，只留下枪管探出，如果不是亲眼看到他布置，龙雷猛然看到这一幕，一定会认为在树枝下面有一名狙击手，正静静潜伏，等待着目标出现，对其一击必杀！

张学兵披上一件吉利服，走到刚才万立凯潜伏的位置趴下，立刻和周围的环境融为一体，再不分彼此。

"乒！"

地上装了空包弹的狙击步枪突然冒出枪焰，一枚亮晶晶的弹壳弹跳而出，在大约零点七秒钟后，六百米外的第六只红色气球被子弹凌空打爆。

当弹匣里的五发空包弹打完，靶场上剩下的五只红色气球也全部被打碎。

"告诉我，你学到了什么。"

龙雷思索着，她看到加装了电动击发装置的步枪，可以遥控射击；她看到了张学兵达到狙击手级的精湛伪装技巧；她还看到张学兵通过精确控制弹壳内的火药，使他在射击时，枪口没有喷出火焰，甚至没有发出枪声，就像是一个幽灵般的存在……

突然间龙雷懂了。世界各国狙击手都在研究超远距狙击，可是张学兵却反其道而行，跑到敌人眼皮子底下潜伏起来，利用他自制的组件，遥控在战场上随处可以捡到的步枪进行射击，让敌人以为他在几百米甚至上千米外，而他就可以在中近程距离，以"接力狙击"的方式，不断有效猎杀敌方目标！

部队里其他人都在抱怨手中的武器设计怎么不合理，使用如何不方便时，张学兵却反其道而行，用部队里一些"聪明人"为了应付考核而发明的"接力狙击"，研究出这种融合了暗度陈仓和金蝉脱壳双重谋略的狙击技巧。

在战场上和张学兵第一次相遇的敌方狙击手，哪怕是"狩猎者"级别的狙击手，一旦踏入他的陷阱，就会犯错，而在最残酷，生与死的距离只有一线之差的战场上，犯了错误，往往就代表着死亡！

在万立凯以中国最精锐特种兵的身份，居高临下打量着张学兵，并对他品头论足时，张学兵这个普通陆军部队中的老兵，正在不断地钻研，不断地寻找和创造着各种可能。如果万立凯在配合完"接力狙击"之后不是立刻掉头就走，而是选择留下的话，看到这里，他是会耸然动容，还是继续骄傲而自信地俯视着？

# 第十三章　考验

一个人的宿舍收拾得纤尘不染，地板都是用毛巾一点点擦干净的，就算是戴着白手套在墙角摸上一圈，手套也依然是原来的颜色。军被叠成了标准的"豆腐块"，长和宽都是六十五厘米，高十五厘米，用尺子量的话，误差绝对在半厘米之内。在军被旁放着的是同样叠得整整齐齐的军装。

如果打开宿舍里桌子的那个抽屉，你会发现，左边的抽屉里什么也没有放，右边的抽屉里，放着一支洗面奶和一支护肤霜，除此之外，还有一个笔记本。

翻开笔记本，上面密密麻麻写着龙雷的学习记录。随意翻到其中一页，慢慢地读着……

"如果在战场上遭到敌军战机空袭，无论面对的是武装直升机，还是战斗机、轰炸机，作为缺乏防空武器的步兵，都不要试图用手中的步枪去反击，武装直升机底部有装甲板，步枪打不穿，战斗机速度太快，轰炸机太高，打不着。面对敌机，远离己方坦克、装甲车、汽车或者永固工事，它们是敌军战机首要打击目标，而且会直接使用激光制导炸弹，或者空地导弹；在远离重装甲武器的同时，要尽量远离大部队，以防止敌机使用巢式火箭弹，对我方步兵实施高强度火力打击。在这种情况下，最好的选择是躲入已经被击毁，确保不会再发生弹药殉爆的车辆残骸下方，敌方飞行员不会为了残骸浪费宝贵的炸弹；次一级的选择是天然形成的沟渠之类的掩体，如果掩体边有尸体，拖下来放到身边，可以在爆炸时形成缓冲……"

整个笔记本里记载的文字，都在讲述一名普通步兵在面对敌方火炮、坦克装甲车、军犬、狙击手、特种部队、游击队、恐怖分子等目标的应对方法。这上面的内容绝不会印到军事教材里，因为怎么看它都像是一部"炮灰求生"手册，显得太过自损军威，但恰恰是这样，它才能让一名普通士兵在面对各种强敌、各种突发状况时，最大化生存下来。

龙雷有理由认定，这些内容并不是张学兵一个人拍着脑瓜子，连蒙带猜的产物，而是某支拥有光荣历史的部队在一次次战争洗礼后，不知道多少代军人凝聚出的集体智慧的结晶。

将笔记本翻到最后几页，上面印了两年的日历，看着那个专门用笔标注出来的日子，龙雷轻轻地嘘出一口长气。没错，今天她就接受训练满三个月了。只要能够完成张学兵教官给她布置的最后一个考核任务，她就可以顺利"毕业"，结束这段忙碌而充实的训练生活了！

回想着这三个月来接受的非人对待，就连龙雷都惊讶自己竟然挺了过来，而且渐渐习惯了几乎连成一线的高强度训练。这三个月下来，龙雷的皮肤晒得透出了古铜色的健康光泽，她脸部的轮廓更加鲜明，往那里静静一站，挺拔如松。任何一个人看到她，都会认为她是一个非常有力量的人。

一想到考核结束后张学兵就会离开，龙雷的心里甚至有了几分淡淡的不舍。

说句实在话，张学兵除了态度恶劣，对她经常鼻子不是鼻子，眼睛不是眼睛，而且喜欢体罚之外，他是一个好教官。他毫不藏私地将他懂的、会的，一股脑教给了龙雷，在短短三个月时间，让龙雷完成了其他人在军营至少要用两年才能走过的路。他更教会了龙雷，在身为弱者时如何在强者的潮水攻势下努力生存！

也许，这才是战侠歌看中张学兵，并把他请过来给龙雷当教官的原因。

清晨五点十分，正处于黎明前最黑暗的时候，似乎就连天空中的星星都被黑暗笼罩，只有最亮的启明星，依然在天空中眨着眼睛。起床号还没有响，整个军营都静悄悄的，只有几盏路灯勉强映亮了一片狭小的空间。

现在已经是初冬，一走出宿舍楼，一股山里的风就迎面吹来，足以让正常人猛打上几个哆嗦，但是龙雷却毫无反应，就连她自己都能清楚地感受到，她的身体综合素质在张学兵近乎变态的锤炼下，又增强了几分。

就像这三个月时间里每一天的早晨一样，张学兵静静站在宿舍楼前，不同的是，他今天竟然穿的是便装，在他的脚边，还放着一只军用背包。

"毛蛋！"

"到！"

"回去换便装！"

"是！"

虽然心中疑惑，但龙雷没有任何迟疑，立刻转身跑步返回宿舍。没过多久，换了一身运动服和运动鞋的龙雷就再次站立到张学兵面前。

张学兵看着手表，略略点头，龙雷从返回宿舍到重新报到，总共只用了五分钟，这其中还包括龙雷进入宿舍储藏室，打开皮箱，从里面取出衣服和鞋子的时间。她已经拥有了职业军人行动如风，绝不拖泥带水的特质。

张学兵将一部手机交给了她。"你的毕业考试，是'诚信测试'。缺乏诚信的人，缺乏自控的人，缺乏沟通能力的人，缺乏变通能力的人，都无法通过！如果中途受伤想要放弃，可以打电话求救！"

龙雷接过手机。"是！"

"打开背包！"

龙雷立刻照做，打开硕大的军用背包后，她不由得微微一怔，在军用背包里，放着满满一包……牛肉干？！

"你的任务，是在七天时间里，把这批战略物资运送到指定地点。第一站的地点坐标，我已经输入手机地图中，你必须在二十四小时之内赶到，取得第二个坐标。如果无法在指定时间赶到指定地点，坐标就会消失，考核失败；无论是丢失，自己偷吃，还是其他原因，只要这批战略物资产生损耗，即为失败！"

龙雷看了一眼手机上的地图，她的第一站整整有五十公里，这其中还包括她从小卒突击队所在的群山中走到外面的距离。地图上已经标注好了一条行动路线，这条行动路线远离公路，这代表她必须背着一包"战略物资"翻山越岭。

而张学兵这位教官，只需要待在军营，就能通过手机实时定位，确定她有没有偷懒耍滑。

"还愣着干什么？"张学兵一挥手，"军营里没有给你准备汽车！"

虽然心里已经隐隐感到不妙，龙雷还是小心翼翼地问了一句："那我的补给呢？"

张学兵拎起军用背包，将它送到龙雷手中，难得地和声道："这里装了整整三十公斤五香牛肉干，如果还不够，我那儿还有，再给你加点？"

龙雷的脑袋摇得犹如拨浪鼓，她想了想，觍着脸又问了一句："那我能不能吃了早饭再走？"

张学兵没有回答。

看着教官那愈发显得温和的脸，龙雷小心翼翼地咽了一口口水。"时间紧，任务急，我……我还是不吃了。"

门前的哨兵显然是事先已经接到通知，看到穿着便装，背着硕大行军包的龙雷，对着龙雷露出一个微笑。在龙雷和他擦肩而过时，哨兵耸了耸鼻子，目光落到龙雷的背包上，旋即脸上露出了浓浓的同情。就凭哨兵的态度变化，龙雷就可以确定，变态教官给她选择的"诚信测试"，在所有考核项目中百分之百是最困难、最变态的！

龙雷突然停下脚步，向后倒退一步，站在监视器死角对着哨兵道："强哥，有吃的没？支援点。"

小卒突击队常年处于三级战备状态，军营哨兵不但是枪弹结合，而且还会随身携带一些诸如巧克力、热能棒之类的高热能食品，甚至就连急救包和止血粉都会有。

被龙雷称为"强哥"的哨兵迅速左右看了一眼，一边往口袋里摸，一边低声问道："几天？"

"七天。"

"你这个教官够狠的，真把你个小姑娘当成特种兵练了。"强哥从口袋里取出两块用锡箔纸包裹的长条形军用巧克力，将它们塞到龙雷手里，"从基层部队参选特种部队，最怕的就是遇到这种'诚信测试'，我们参加考核还是春秋季，现在可是冬天了。前几天撑着点，再饿也别吃，如果实在扛不住了，弄两块棉花塞进鼻孔里就会好一些。"

这种长方形的军用巧克力，又厚又重，属于"袖珍"紧急口粮，它的大小、重量、能够给人体提供的热量，都经过专业计算。而且这种巧克力还耐高温，就算是在沙漠中携带，也不会融化变形，是特种部队，尤其是狙击手最喜欢携带的单兵口粮。

不过说真的，这玩意儿的味道真是不敢恭维，也就是勉强吃得还算顺口，之所以弄成这样，也是因为担心一些贪嘴的士兵还没有到紧急状况时，就把紧急口粮当成零食吃了。

两块沉甸甸的军用巧克力放进口袋，让龙雷的心里有了一点底，但是强哥的叮嘱和感叹，无不在提醒着她，此行的困难之重，风险之大。

强哥再次四下看了看，走近一步，暗中将什么东西塞到龙雷手中。龙雷借着灯光低头一看，差点失声惊呼……强哥塞给她的，是一枚手雷！

但是再仔细一看，龙雷就露出一个会心的微笑，这赫然是一个外形做得和手雷一模一样的酒壶。不用问也知道，这位强哥是个杯中君子，有事没事就会偷偷啜上一小口，但是中国特种部队有明文规定，除了节假日聚餐，不得饮酒，也不得吸烟，所以强哥就弄出这么一个伪装酒壶。

龙雷的眼睛眯成了弯月的形状。"谢谢强哥。"

龙雷在走出军营大门的时候，背包里多了两块军用巧克力，大半壶烈酒，除此之外，她还有一把格斗军刀，两钱盐，一部手机，一个带镁粉打火装置的伞兵绳手链，一个小型急救包，一个指南针，一只军用水壶，外加足足三十五公斤沉得要命，看起来就好吃，但是一碰就"死"的散装五香牛肉干！

至于钞票，对不起，一分也没有。

# 第十四章　诚信

龙雷不知道的是，她和强哥的私下交流，被军营正后方楼层天台上拿着望远镜的张学兵看得清清楚楚，但是张学兵并没有制止，只是打开记录簿，在上面写了一行字：沟通能力，优！

能在短短三个月时间里就和小卒突击队几百号成员混了个脸熟，甚至还能记住他们大部分人的名字，在考核开始后，还没有走出军营大门，就用没有违反规定的方法，为自己寻找到了食物，这本身就代表了一种能力。

在一些特种部队，招收新兵考核时，甚至还会把参加选拔者投入"敌占区"，让他们在"敌占区"和"当地土著"沟通交流，并想办法获得情报、物资方面的支持。就比如说美国四名海豹突击队队员在阿富汗执行猎杀基地组织成员的任务时，被发现后，遭到上百名恐怖分子追杀。他们最后一个特种兵身受重伤，就是借助当地部落的力量生存下来，并通过当地人向指挥中心发送了求救信号和坐标，这名幸存者根据自己的亲身经历写了一本小说，并据此拍出了一部军事电影——《孤独的幸存者》。

必须承认，长期处于和平时代，很少或者基本不执行境外作战任务的中国特种部队在这方面有所欠缺，已经成为特种部队的短板。

在走出军营后，龙雷按照地图指示，离开主干道，走进了一条人迹罕至的丛林小路，但是她并没有急着赶路，而是找到合适的木棍，用伞兵绳为弓弦，做了一把弓，又削出几支箭。

教官这摆明了是既要马儿跑，又要马儿不吃草。她这匹马儿就只能自己动手，丰衣足食了。

对没有接受过真正特种兵野外生存训练的考核者来说，这并不是一件容易的事情，好在龙雷从小就在大山里长大，早就学会了自己在大山中觅食。现在已经是冬季，丛林里已经找不到野果或者蘑菇之类的食物，但是山林夜冷风寒，而且露水极重，到了天亮太阳升起的时候，山鸡就会飞到山脊上去晾晒羽毛，那时候它们就是最好的箭靶。

在早晨八点多钟的时候，已经晒干羽毛的山鸡纷纷飞入草丛中，它们的羽毛和周围的植被混合在一起，形成了最好的伪装，稍不注意就会看漏。它们过于敏锐的听觉，更让猎杀变得困难起来。不过还好，在这个时候，龙雷的背包上面已经挂了四只随着她迈开大步前进，不停摇摇晃晃的山鸡。

在用弓箭打猎时，龙雷可以明显地感觉到，自己的臂力和稳定性明显增高，这是她一个多月来，每天端着枪管上挂一块砖头的自动步枪，一站就是一个小时的结果。

看到大树上有一只加上尾巴有一尺多长的大松鼠，在树梢上蹦来蹦去，龙雷停下了脚步，她在树丫上看到了松鼠的窝，看来这就是它的家。

龙雷就像是看什么有趣的东西般，仔细观察着这只大松鼠的跳跃距离，一直看了五分钟，她突然把手指放在嘴里，打出一声响亮的口哨，那只大松鼠"哧溜"一声，就窜得没影了。

龙雷走到大树下，以这棵大树为起点，以奇怪的节奏和轨迹移动了几步。她蹲下身子拔出格斗军刀，轻轻拨开了地表的杂草和浮土，一个有成年人拳头大小的地穴就出现在她面前，里面赫然藏了一个大大的松果。

龙雷将松果取了出来，里面都是颗粒饱满，一看就让人胃口大开的松子。

松鼠是一种很勤劳，很有忧患意识的动物。这些小家伙在食物最富足的季节，就开始四处忙碌，以自己的巢穴为起点，不断向四周挖掘地穴，或者寻找树洞甚至是夹缝，将食物藏起来，作为它们在冬季大雪封山的时候生存的口粮。

一只松鼠为了能够过冬，会准备上百个存储点，在专家学者们还在讨论松鼠究竟用什么方法，能够在严冬来临，地面全部被银色积雪覆盖的情况下，依然可以精确找到自己的储存室，并在论证松鼠是不是靠嗅觉完成了这一点时，一个只有几岁大，没有人和她沟通交流，无比寂寞，就算是看到天边的一抹白云，都能怔怔望上好久的女孩，已经将松鼠的所有行动规律都看在了眼里，甚至知道了如何去"掠夺"它们的劳动果实。松鼠之所以能够找到数以百计的储藏点，并不是因为它们的嗅觉够好，大雪封山，食物都压在了雪下，再好的嗅觉也是扯淡，也不是因为它们总是把食物放在同样的地点，形成了惯例，这样的话，只会便宜了大雪封山就会用鼻子拱开雪层，寻找食物的野猪，而是松鼠擅长用自己的跳跃节奏和距离，设定"生物地图"，到了冬天，它们只需用相同的跳跃方法和步数，就能轻而易举找到自己的过冬口粮。

龙雷就是在用相同的方法偷掠着那只大松鼠的食物。

松果、野蚕豆、胡桃、橡实……龙雷轻而易举地发掘出一个又一个大松鼠的储藏点，连续挖了二十几个后，龙雷停止了寻觅。

松鼠储藏的口粮会因为种种原因损失一部分，为了能度过漫漫长冬，它们总是会多准备很多食物，以应对不可预测的未来。龙雷只掘上二十几个，并不会影响它们的生存，但是如果再继续挖掘下去，那就不仅仅是贪心，更是谋杀了。

头顶的树梢上突然传来吱吱的叫声，龙雷抬头，就看到刚才那只大松鼠在树梢上气急败坏地蹦来蹦去，这个可怜的小东西对着龙雷不停地发出叫声。

"你是想告诉我，你今年储备的口粮也不多，我挖了这些，已经影响到你的生存了？"

大松鼠当然不知道龙雷在说些什么，它依然在树梢上蹦来蹦去，对着龙雷不停吱吱急叫，可是当龙雷做出一个动作后，它就安静了下来——龙雷将一小把刚刚挖出来的橡实放回土穴中，又将一抔土拨了上去，重新掩盖起来。

一连填回十个"储藏室"，龙雷抬头望着一直在树梢上跳动，跟着她一起移动的大松鼠，问道："这样够了吗？"

一人一松鼠，隔着十几米距离彼此对视，松鼠那圆溜溜的眼睛里对着龙雷透出了一丝亲近。龙雷这个外来者明明抢了它辛苦搜集的过冬口粮，仅仅是因为龙雷还回来一部分，它就对龙雷产生了喜欢，它可真是一个单纯又可爱的小家伙。

大松鼠似乎想要检查龙雷是不是真的将食物还了回来，它溜下树梢，走到了一个储藏点旁，一边观察，一边时不时抬头警惕地望着龙雷。这小心翼翼的可爱模样，足以触动任何一个女孩内心的萌点。

连续检查了四五个，它望向龙雷的目光更加亲近起来，但是在龙雷上前一步试图接近它时，它却受了惊吓般，连续向后蹿出四五米远，继续睁着它那双圆溜溜的小眼睛盯着龙雷。

龙雷不由得哑然失笑，刚想挥手向大松鼠道别，结束这场小小的偶遇，她脸上的笑容就凝滞了。"小心！"

龙雷的吼声又响又急，受到惊吓的鼠松下意识地想要逃跑，但是已经来不及了。在它身后的土穴里，一条不知道什么时候探出半截身体的蛇闪电般地向前一探，在大松鼠做出反应之前，已经一口咬住了大松鼠的身体，带着剧毒的锋利獠牙，更是在第一时间钉入了大松鼠的身体。

有些蛇直到十二月上旬才会开始冬眠，前几天也仅仅是处于入眠状态，一旦气温回暖，或者受到刺激，就会恢复清醒，而这条蛇显然就属于冬眠最晚的种类。它对松鼠发起袭击，就是要在冬眠前再捕捉一个猎物，让自己拥有更多的食物和热量，度过即将大雪封山的漫漫长冬。

也就是因为这样，这条蛇在咬住松鼠后，选择了将松鼠从下至上慢慢地吞下。

蛇毒在第一时间就注入大松鼠的身体，让它彻底麻痹，再无法挣扎，但是它依然活着，它可以清楚地看到自己半截身体被蛇吞入口中，而且随着蛇的吞咽，它全身正在一点点没入蛇的身体。

无力挣扎的大松鼠眼睛里流露出浓浓的绝望，面对这种最可怕的死亡，它现在唯一能做的就是发出几声绝望的低叫。

"砰！"

空气中响起什么疾颤发出的声响，一支树枝削成的箭带着惊人的精准度飞射过来，直接贯穿了毒蛇的身体，将它钉在了地上。

这就是最残酷的丛林，你永远都不知道，在这里每天会发生多少类似的事情。或者，我们应该庆幸自己是人类，是号称"万物之灵"，雄踞于地球食物链最顶端的人类！

十分钟后，龙雷离开了，这片丛林里多了一个小小的坟包，在坟包前，有一块用木板削成的"墓碑"，墓碑上，龙雷用笔写了这么一句话：我杀了要你命的蛇，我取走了你的食物。

拿松鼠食物，为松鼠报仇。这也属于诚信的一种！

# 第十五章　丛林法则

将一粒刚剥出来的松子抛入口中，咬碎外面坚硬的外壳，香甜而富有油脂的松子味随之在舌尖上回荡。在龙雷的背包上，又多了一条一米多长的蛇。

将那十个"储藏室"里的食物全部又重新挖了出来，不仅如此，龙雷又一口气连挖了十几个，让她一路上都有了零嘴，但是，她的心情却并不是很好。

那只大松鼠是很可爱，但是在优胜劣汰、适者生存的大自然中，它们能做的，也只是多储藏食物，以应对寒冬中其他动物的掠夺。它们处于食物链最底端，随时可能会成为别的野兽嘴中的猎物，它们就通过大量繁殖，来保证种族的繁衍不息。

"要做，就要做丛林的猎人，而不是被动等待死亡的猎物！"

一个近乎荒谬的念头，犹如雨后的杂草般，突然从龙雷的脑海中浮现。虽然她努力想要把这个念头抛开，可是这个念头真的像杂草一样，割了一茬又长出一茬，越割越长，而且是越长越快：如果，我能成为战侠歌、风影楼那样的强者，柳七还会不会对我展开报复？

当天晚上十点钟，天空中飘起了蒙蒙细雨，中间还掺杂着星星点点的雪片。有过野外露宿经验的人都会明白，这种环境，比单纯下雨或者下雪更加寒冷。

但是龙雷的全身上下都冒着腾腾热气，那些夹杂着雪片的细雨落在身上，反而让她觉得舒服。

龙雷现在处于一片荒无人烟的山区，她的身体疲惫到极点，心脏在胸膛里激烈跳动得几乎要蹦出来，在这种情况下，她还必须压下性子，四处寻找张学兵暗中布置的"提示"。这种高强度体能运动后，不经任何缓冲，就要立刻安静下来，进入观察与判断力应用环节的激烈断层，让龙雷额头上的血管都猛然暴起。

龙雷捏着手机，借助手机屏幕的光亮，整整找了半个小时，都没有找到任何线索，眼前突然一暗，赫然是手机电池用完，已经自动关机了。

没有月光，也没有手机屏幕照明，天与地之间黑蒙蒙的一片，纵然称不上伸手不见五指，能见度也低得令人发指。找得心烦意乱的龙雷一脚踢在一棵大树上。"真把我当成侦察兵还是特种兵了，一点线索都不留，要我怎么找?！"

发完了火，生完了闷气，但这又能怎么样，张学兵藏的东西也不会自己跳出来，龙雷最后还是在黑暗中开始一点点摸索。

整整找了一个多小时，龙雷才终于顺着一串并不显眼的脚印，一路摸索着找到一块大石头，并在它的下面翻找出一只密封性良好的铁盒。

在这只小铁盒里，放着一块新的手机电池，一张打印了"二维码"的纸，外加五克重的一包盐，除此之外，再无他物。看着铁盒里的"物资"，就算是龙雷的教养再好，还是忍不住爆了一句粗口："张学兵你个浑蛋，大浑蛋！"

一个多小时下来，高强度运动带来的热量已经消散干净，身上的运动服被雨水和汗水反复浸透，沾在身上，又潮又冷，迅速消耗着龙雷的体温与体力。强壮如龙雷，身体都开始不受控制地轻轻打战，这是一个非常危险的信号。她清醒的时候，还能勉强用意志抵抗，如果在这样的环境中无法抵挡睡眠的诱惑，陷入沉睡，明天她醒来的时候，可能已经感冒发烧，再也没有继续前进的力量。

龙雷绝不相信像张学兵这样的老兵会忽略天气变化，可就算是这样，他也没有给她留一点吃的，没有准备御寒的衣物，哪怕一块能够挡雨的塑料布都没有给她留，就这样把疲惫不堪的龙雷一个人丢进了荒无人烟的深山老林。

换上新的手机电池，龙雷用手机扫描了二维码，在手机地图上自动出现了第二个坐标。龙雷尝试着又用手机重新扫描了一遍那个二维码，果不其然，手机屏幕上浮现出"此二维码已失效"的提示。

在张学兵的手中，一定有一套相同的一次性二维码，每过二十四小时，他就会按照顺序去扫描其中一张，如果龙雷没有及时赶到指定地点，拿到的就是失效二维码，考核自然就会失败！

看着手机地图，龙雷这次是苦笑了。不愧是号称"特战之父"的教官，给她定的这个位置，距离最近的城镇也有二十多公里，而且还和明天的行军路线背道而驰，她就算是想要偷奸耍滑，也无从做起。

在雨雪交加的山区里，龙雷背起背包，沿着一条羊肠小道继续独自前行，她一边走，一边睁大了眼睛，仔细寻找着诸如山洞之类可以躲风避雨的场所。又走了两三个小时，脚下的土路似乎变宽了一些，龙雷抬头眺望，在黑暗的笼罩下，她竟然看到了一个小山村。

整个小山村都沉浸在黑暗当中，没有一点光亮。

龙雷慢慢走近这个小山村，在村口她看到了一根木制的黑色电线杆，这种要用整根木头才能制成，而且对木料要求非常高的电线杆，现在可真不多见了。电线杆上面，几个瓷制的转接器上，还挂着零星的线头，说明这个小山村曾经真的有过电源供应。

路边的小院墙壁上长满了已经枯萎的爬藤类植物，小院的木门紧闭着，门环上的铁锁早已经锈迹斑斑，不知道有多久没有再打开过。很显然，这座小院的主人已经离开了这片大山，搬到了外面。

这是一个已经废弃的小山村，它掩映在群山之间，少人问津，就算是当地地图上都找不到这个村子的标记。它就像是一个时代的见证者，默默向每一个经过这里的人，诉说着中国近几十年的变迁与发展。

只有一米多高的院墙，普通人都可以轻松跃过，那些木门上的铁锁其实也不堪一击，一脚就能踹开，但是龙雷并没有这么做。她钻进一家院子外面用来堆放木柴的柴房，由于年久失修，这个柴房四处漏风，但是至少它有屋顶，可以挡住雨雪。

脱掉身上湿透了的运动服，用力将它们绞干，挂在门框上，龙雷躺在堆放时间过长，散发着浓浓霉味的麦秸秆中间，嘴里嚼着已经放凉的烤蛇肉，嚼着嚼着，过度疲劳的龙雷就睡着了。

# 第十六章　三生石

有什么在脸上不停舔啊舔的，痒得厉害，就算是挥手去驱赶，用不了多久，这种被什么东西舔的麻痒感又会出现，几次三番的较量后，龙雷总算是慢慢睁开了眼睛。

她首先看到的就是一张凑到她面前，不停伸出舌头舔着她的脸，喉咙里还不停发出"呼呼"喘气声的大黄狗。

这条大黄狗可真够大的，卧在龙雷面前，都像是一头小牛犊子，如果站起来，会比一个成年男人还要高。只是这条狗明显已经很老了，它身上的皮毛色泽早已经不再光鲜，到处都可以看到脱毛后露出的斑块，就连它的眼睛都变得混浊起来，但是它望向龙雷的眼神，却透出亲切和善。

龙雷眯起眼睛，在适应了房顶透进来的阳光后，她看到在大黄狗的后面还站着一个白发苍苍的老妇人。

龙雷太年轻，根本无法判断，眼前这个腰深深弯下，再也不可能重新挺直的老妇人，实际年龄究竟有多大。老妇人的脸就像是风干的橘皮，上面刻满了岁月的印痕。她的头发已经白得再也看不到一点黑色，但是她用的那支木制发簪却是乌黑发亮，黑与白的搭配，显得分外醒目。而她拄着拐杖的双手，让龙雷在第一时间就想到了鸟爪，又干又瘦。

她穿着一身黑色的布夹袄，黑色的扎脚棉裤，外加一双黑色灯芯绒的布鞋，头上还包着一块黑色头巾，处处透着与时代格格不入的违和感。在这样一个远离尘世，荒废多年的小山村，突然被这样一个老妇人，外加一条大黄狗给惊醒，别说是女孩子，就算是男生也会吓一大跳。

老妇人对着龙雷露出一个比哭还要难看的笑容，就连她的声音都像是风刮过铁皮屋顶，带着铁皮颤动的质感："我老了，老黄也老了，耳朵都不好使喽，连你啥时候进的村都不知道，要不，咋也不能让一个闺女大晚上的睡柴房啊。"

说完这些，老妇人指了指龙雷挂在门框上的运动服，带着大黄狗退了出去。龙雷从稻草堆中钻出来，飞快地将衣服套到了身上，速度比她在军营听到张学兵吹起紧急集合哨更快！

老妇人就站在柴房外，看着走出来的龙雷道："闺女，饿了吧？"

龙雷刚想摇头，肚子就发出不争气的鸣叫声，老妇人明明耳朵不好使，却似乎听到了般，对着龙雷露出一个笑容，就连蹲在老妇人脚边的大黄狗也大大地咧起嘴角，似乎也在笑。

"这些年，也有人进过村子，一群小年轻到处乱闯，连大门都被他们踹坏了好几扇，就闺女你睡在了外面，懂事，我稀罕你，大娘请你吃疙瘩汤。"

龙雷摸着饿得扁扁的肚子，对着老妇人露出一个大大的笑脸："谢谢大娘。"

几分钟后，龙雷跟着走路颤颤巍巍的老妇人和同样走路颤颤巍巍的大黄狗，走到了村子最深处的一幢小院前。

院子的墙都是用黄土夯成的，在院墙的角落，还有一个两尺多高的土洞，那是大黄狗的专用通道。一大一小两间瓦房，加上一个用石棉瓦和木板搭建成的简易厨房，组成了这个家的主体。

这两间屋子一看就有相当久的年头了，它们属于青砖与土砖混合结构，就是用青砖打好地基，防止下雨后被雨水浸泡，剩下的大部分墙面都用掺着麦秸秆的土砖垒砌成。这种墙壁的坚固程度肯定受到影响，就算是在偏远山村都已经绝迹。

房梁上的木椽已经破破烂烂，不知道有些人看到这些拥有几十年历史的"老料"后，会不会产生拆下来车几个珠子的想法。屋顶上的瓦片更是多处碎裂脱落，有人将几块塑料布和蛇皮袋盖上去，又用砖头压紧，这种补救措施顶多是应急，一旦外面雨下得大了，估计房间里就会到处漏水。

大黄狗咬起一只小水桶，乐颠颠地跑了出去，不一会儿它就去而复返，小水桶里赫然是半桶清水。这里人迹罕至，人类的文明和繁华被群山与丛林阻拦，但在同时，人类文明带来的污染也被隔绝在外。大黄狗从附近小溪里打回来的水清澈得一尘不染，就算是直接灌到塑料瓶里当矿泉水卖，估计也没有任何问题。

老妇人接过水桶走进厨房，将水倒进一口黑色的大铁锅里，她又将几把麦秸秆塞进灶膛，划着一根火柴将麦秸点燃。龙雷赶紧上前几步，抓起了这种老式炉灶旁必配的长方形木制风箱手柄，用力拉了起来。

随着龙雷的用力推拉，炉灶里的火焰忽高忽低地舔着锅底，很快，锅里的水就冒起了袅袅蒸汽。

老妇人端出了一只粗瓷碗，里面盛了半碗白面，浇上一点溪水，用筷子把面粉调匀弄成面糊，再用筷子挑起它们，一次次放进翻滚的沸水里，筷子上沾的面糊就会自然脱落，成为一个个蚕豆大小的面疙瘩。

在这个过程中，大黄狗一直蹲在一边，对着龙雷不停地摇着尾巴，在这个人迹罕至的小山村，能来上一个客人，对它来说都是一种惊喜。

往锅里点了五滴胡麻油，又切了半根可以储存过冬的葱，将葱花撒上去，加了一小撮盐。老妇人抓起酱油瓶，发现里面已经空了。她从抽屉里翻出半块酱油膏，挑出豆粒大小的一块丢进了锅里，打了一颗鸡蛋，这样热气腾腾，让人闻着就食欲大开的疙瘩汤就出锅了。

老妇人给自己和龙雷一人盛了一碗，把那颗煮好的荷包蛋盛进了龙雷的碗里。

端着疙瘩汤走进主屋，和老妇人面对面坐在一张油漆都已经掉光，因为用得太久，磨得"包浆"了的木桌上，两个人就着隔年的老咸菜，慢慢地喝着。当两碗疙瘩汤下肚，龙雷手脚麻利地将锅碗都收拾干净，老妇人已经盘腿坐在了炕上，在她的手边，还放着一个小竹篮，里面盛着半篮子切好的烟丝。

"闺女，过来陪大娘聊聊。"

"哎！"

龙雷学着老妇人的样子，脱下鞋盘腿坐到了炕上。看到老妇人用一根两指宽的纸条将烟丝卷进去，弄成了一个"大炮"，龙雷从小竹篮里抓起火柴，帮老妇人点燃了香烟。老妇人深深吸了一口自制的香烟，突然弯下腰咳嗽起来，就连脸上都涌起一片潮红。龙雷伸手，在老妇人的肩头轻轻拍打着。

从始至终，龙雷的动作都自然得没有半点矫揉造作。

老妇人的眼睛眯成了弯月的形状。"一看就是大户人家出来的，模样周正，知规守礼，比那些一来就像鬼子进村似的，不是翻墙而入就是破门而入，进了屋子眼珠子四处乱转的后生、闺女强。"

龙雷微笑不语，心里却有些惊讶。这位老妇人言谈中，透着接受过教育的气息，从她的年龄上来推算，她年轻的时候可绝没有什么义务教育。

"闺女啊，帮大娘个事。"老妇人从小炕桌下面取出了一个画图本、一支铅笔和一块橡皮，"你们在学堂不都学过绘画吗，帮大娘画幅画，好不？"

龙雷真的庆幸，童年的经历让她太渴望获得赞美和认可，像快要渴死的鱼一样渴望。这样的心态，让她无论面对什么，都努力做到最好，这其中甚至包括被学校忽视的美术课。

尤其是素描，龙雷下过苦功，虽然不能和美院的学生相比，但是有谁坐在她面前，或者摆个物件，让她去临摹，她也能画个七七八八，差强人意。

老妇人深深地吸了一口烟，又慢慢吐了出去，房间中蓝色的烟幕随之袅袅升起，老妇人的脸上露出了追忆的表情。"我要请你画的，是我男人。"

龙雷这下真的有些抓瞎了，没有相片，没有真人，看样子老妇人是打算口述"她男人"的长相气质，再请龙雷画出来。

这可是刑警队专业人才才能具备的高端能力啊。

"我父亲是开纺织工厂的，一九三七年厂子被日本人给炸了，工人死了一多半。父亲为了躲避战乱，带着我和伙计阿福躲到了山里，那一年，我才十一岁。"

提起大半个世纪前的事，老妇人的眼神迷离了，她的声音有些干涩沙哑，龙雷必须仔细倾听，才能听清楚她说的话："父亲是一个很精明、居危思安的人，他在山里买下了这幢小院，提前在地窖里储备了大量生活用品，足够我们三个人活上三年的。在父亲看来，今天这个列强打进来，明天那个列强打出去的，时间都不会太长，就算是厂子被炸了，等仗打完了，不管坐江山的是谁，老百姓这衣服总还是要穿的。他凭手中的积蓄，以及多年经营积累下的人脉，厂子可以重建，有经验的工人也可以再招。"

龙雷在心里轻轻叹息了一声，她惊讶于眼前这位老妇人的年龄，更重要的是，作为后来者，龙雷当然知道那是一场持续了多年的战争。在那个就连地球都被战火打红、被鲜血渗透了的疯狂的战争时代，老妇人父亲那看似精明的打算，注定像肥皂泡一样，会被碰得支离破碎。

"我们躲在山里，陆续有山下面的人逃进来，我们断断续续知道了外面正在发生的事情。日本人大开杀戒；日本人管制的地方，就连白糖都被列为军事管制物资，中国人谁家偷吃白糖，就是'经济犯'和'国事犯'；日本人四处抓劳工，逮着了就往专列上送，谁也不知道那些男人被送到了哪里，到现在都没有一个回来的……外面不太平，我和父亲就一直躲在山上，这里太远太偏，只有几亩从石头里硬开出来的山田，勉强能种上点苞谷，日本人也不愿意来这里。父亲身边的阿福又是一个懂事、听话、勤快的，每天张罗着收拾屋子做饭，还在外面开出一小块菜地，养了一群鸡，让我们可以吃到新鲜的蔬菜和鸡蛋，过节还能吃到鸡肉。"

老妇人的脸上露出了幸福的微笑。山上的生活虽然枯燥而乏味，远远不能和一个"资产阶级"在县城的生活相比，但是在战乱年代，这里却是一个真正的世外桃源。龙雷听到这里已经可以猜到，她嘴里的"男人"应该就是那个叫阿福的伙计。

"我们在山上一躲就是四年，虽然有阿福每天种菜养鸡，后来又种上了苞谷，但是我们的粮食和生活用品还是越来越少。父亲决定派阿福带上二十块银圆下山一趟，去采购生活用品，再打听一下外面的世道，看看有没有重新建厂子的可能。阿福这一走，就是整整一个月。父亲很生气，认为阿福带着银圆跑掉了，每天都会骂阿福忘恩负义，可是我知道，他一定会回来的，他答应过我，要给我带一支县城那家老木匠铺子里出产的乌木发簪。"

龙雷的目光落到了老妇人头上，银白的头发中插着一支样式简单而古朴的乌木发簪。但是龙雷并没有提问，只是静静地坐在那里，认真地听着，她知道这对老妇人来说就是最好的回应。

"一个月后，阿福回来了，他进县城没多久，就被抓起来，送去给日本人修炮楼，稍有不对，监工手中的皮鞭就抽下来，每天都有人活活累死，被埋到后面的山里。有人想要逃跑，逮回来就枪毙。修完炮楼，日本人还不放他们走，又把他们送上了火车，阿福是半路跳车，又走了三天三夜才回到了山里。"

说到这里，老妇人伸手轻轻摸了一下头上那支乌木发簪。"我帮阿福擦药酒时，他背上全是伤，他将一支发簪悄悄塞到我手里，告诉我，他一进县城就先去买了这支发簪，在被抓去修炮楼时，他想办法将发簪藏了起来，逃跑后又将它找了回来。"

说到这里，老妇人的声音低沉下去，她永远也不会忘记，阿福向她诉说保住那支发簪时的眉飞色舞，一脸得意，仿佛他真的做了什么了不得的事情，成了大英雄似的。就是在那个时候，她抱着他，大哭了起来。

"阿福的伤好了，他却沉默了，在他的脸上再也看不到笑容。他又下了两次山，有了第一次的教训，他没有再被日本人抓住，还买回了家里最需要的油盐以及父亲的卷烟。第二次回来后，阿福要我把头发剪了，剪得越短越好，他说日本人可恨，但更可恨的是二鬼子，看到漂亮姑娘，就会告诉日本人，日本人祸害完了后，他们就会像跟着狼捡骨头的土狗一样往上扑。"

龙雷慢慢握紧了双拳，被迫当了伪军，穿上了二狗子皮，只要心系同胞，枪口该抬高两厘米时，不忘抬一抬，她可以接受。但就是有那么一种人，他们吃着中国的米，喝着中国的水长大，面对日本人比狗还要温驯，面对同胞时，却比狼还要凶残。龙雷真的无法理解，更无法明白这些"人"的内心。

"阿福第二次回来后，夜里和父亲闭门长谈。父亲很生气，拍着桌子大骂阿福翅膀硬了就忘恩负义，是白眼狼，后来我才知道，阿福要去参军打日本人。

"阿福是学徒，从八岁就跟着父亲，父亲真的把他当成了半个儿子，只要他留下，父亲愿意把阿福招入家门为婿，可是阿福还是拒绝了。阿福告诉父亲，外面已经打疯了，他不想娶了我后，天天担惊受怕，他不想有了女儿后，还是天天担惊受怕。他跪在父亲面前，重重磕了三个响头，鲜血从他的额头上不停地流出来。我听到声音不对冲了进去，急着帮阿福止血，我从来没见过这个样子的阿福，他的眼神，就像是一头狼！"

这些年看多了手撕鬼子，武林高手们飞天遁地，子弹怎么打都打不着，用把弓就能和几十名日本正规军对射，还能把对方全歼之类的抗日神剧，就连龙雷都对那段可歌可泣的历史，变得不以为意起来。

可是当龙雷坐在这位白发苍苍的老妇人面前，听她讲起一段在那个大时代太过平凡，只属于普通人的故事时，一股发自心灵的震撼，却让龙雷的身体轻轻颤抖起来。

阿福不像现在处于知识大爆炸时代的人们，有义务教育，有互联网，他也不懂什么"国家兴亡，匹夫有责"的大道理，就是因为亲眼看到侵略者的残暴，为了自己喜欢的女人和孩子将来可以活得堂堂正正，阿福选择了起而抗之！

"那天晚上，我把身子给了他。他答应我，等我的头发再长到原来那么长，"老妇人伸手在自己的腰间比画了一下，"他就会回来，用花轿把我抬回家，然后他这一走，就再也没有回来，是生是死，我现在都不知道。"

这个结局，龙雷并不意外。在那场敌强我弱，注定必须用无数烈士的尸体，去垒砌出新的长城的战争当中，中国抗战军民死伤惨重，付出了比侵略者多几倍的伤亡代价，终于赢得了胜利。英雄凯旋抱得美人归的故事，终究只是极少数而已。

身处大山的她，与外界隔绝，她不知道阿福加入的究竟是"国"还是"共"，如果阿福真的已经战死，她自然也不知道阿福究竟埋骨何方。

"我等啊，等啊，等啊，日子一天天地过去，我连他的相片都没有，我真的害怕，有一天他回来了，我都不认得他是谁了，那样的话，他会不高兴的。"

老妇人的声音低沉下去，说了这么多，她也累了。"我只能不停地想，每天都在心里反复地想着他的样子，可是想着想着，不知道什么时候，他在我心里的样子开始变得模糊了。"

一个九十岁的老人，时间侵蚀了她的健康，也模糊了她最美好、最悲伤、最委屈、最开怀的一切记忆。

"我想把他画出来，可是我怎么画都不像，每次有人来了，我都会请他们帮我画，可是我怎么说，他们也画不好。"

龙雷沉默着，老妇人自己的记忆都模糊了，纵然来的是刑警界专门负责通过口述去画通缉犯形象的绘图师，单凭她模糊的记忆和口述，又怎么可能画出那个大半个世纪前走向战场的阿福，那个普普通通，但是在她心中却顶天立地的男人?!

阿福也许早已经战死沙场，也许他活了下来，只是受了伤，一时无法回来……

就是抱着这样的希望，她一天天、一年年地等了下去。她早已经长发及腰，她期待着奇迹，坚守着等待他回来的承诺，希望那个因为她而走上战场的男人，同样能信守一定回来的诺言，在某一天突然出现在小山村，向她张开双臂。

这一等，她就等了七十年，等到了青春不再，白发苍苍。

她的父亲当然早已经埋入黄土。她没有亲人，没有朋友，孤独地在这个偏僻的小山村执着等待着。龙雷不愿意去想象，也不忍心去想象，老妇人用了多少时间，经历了希望、期盼、平静、绝望，直至麻木，把等待变成了生活的习惯与意义。

老妇人说累了，停止了叙述。龙雷也抓起了笔，她没有去问阿福长得是高是矮是胖是瘦，她也没有问阿福有什么面部特征，走的时候穿着什么样的衣服。

铅笔笔尖落到画图纸上，发出沙沙的声响，明明知道自己还在参加考核，如果不能在二十四小时内赶到指定地点，考核就会失败，龙雷依然画得很认真，很仔细。她慢慢勾勒着，时不时用橡皮擦掉一些什么，这是她唯一能够为眼前这个老妇人做的、她正努力做好的事情。

一个小时后，龙雷将画好的素描转过来，放到了老妇人的面前。

在用铅笔勾画出来的黑与白的世界中，一个男人正大踏步走向远方。因为无怨无悔，所以他的腰挺得很直；因为坦坦荡荡，所以他的步伐很大；因为心有所系，所以在他走过的路上，留下了一串长长的脚印。

在男人的正前方，代表希望与未来的朝阳正冉冉升起，往后倒斜的影子代表了他渴望归来的执着和魂牵梦绕。

虽然画得并不尽如人意，虽然好久没有练笔，再仔细修改，细节处也有点不伦不类，但是在心情激荡之下，龙雷却用一支铅笔，硬生生在这幅画中融入了"风萧萧兮易水寒，壮士一去兮不复还"的悲壮肃穆。

看着这样一幅画，老妇人用力点头。龙雷没有猜错，阿福留在她心中最美丽的一幕，就是她站在门前，凝望着阿福的背影渐渐远去，那一刻，担忧、自豪、依恋，外加委屈和悲伤，混合成人生百味！

也只有同样经历过失去亲人之痛，明白这种目光与心情的龙雷，才能捕捉到老妇人的心灵，并画出这幅不是画像的画像。

"谢谢，谢谢。"

老妇人紧紧地抱着这幅画，就像是抱着这个世界上最珍贵的瑰宝。她感激地望着龙雷，突然问道："闺女，饿了吧，我中意你，我请你吃疙瘩汤。"

龙雷怔住了。

足足过了一分钟，龙雷才明白过来。

老妇人真的太老了，老得只是过了一个多小时，她就能把刚才发生的事情忘掉，也许，她唯一还能记住的，就是她在等待那个叫阿福的男人，等着他回来，娶她回家！

龙雷没有提醒老妇人，她只是对着老妇人露出一个灿烂的笑容："好啊，谢谢奶奶。"

老妇人忙碌起来，大黄狗又叼着小水桶跑到外面打了半桶水，老妇人又往炉灶里填了几把麦秸，龙雷又主动抢上前，抓起了风箱手柄。在煮疙瘩汤时，老妇人又往里面打了一颗蛋，而最后，这颗蛋又盛到了龙雷的碗里。

这第二顿疙瘩汤，龙雷吃得食不知味，但是在老妇人的凝视下，她还是将整碗疙瘩汤都吃得干干净净。看到这一幕，老妇人的脸上露出了欣慰的笑容。

洗干净碗筷，龙雷走到了大黄狗面前，蹲下身子，伸手轻抚着大黄狗的脑袋，低声道："好好照顾奶奶。"

也不知道大黄狗听懂了没有，它伸出舌头，亲热地舔着龙雷的脸。龙雷将挂在军用背包上的那几只山鸡全部放到了大黄狗的身边，她又伸手抱住了这条大黄狗。还好，老妇人还有它的陪伴。

再次看了一眼这个破破烂烂的小院子，还有那位白发苍苍的老妇人，龙雷对着她弯下腰，深深地鞠了一躬，转身走了。走出很远很远，龙雷回头，还能看到一个老妇人带着一条大黄狗，站在村口的高地上目送自己离开。虽然，无论是她，还是它，都已经老得再也看不到远方的东西。

老妇人拔掉了那支乌木发簪，一头银色的头发随之飘散，一直垂到了她的腰部。山风吹拂，撩起了她的满头银发。

"你答应过我的，等到我的头发再次及腰，你就会回来娶我。"老妇人低下头，望着怀里那幅画，喃喃低语着，"我的头发，早就长到这么长了，你，人呢？"

"如果你没有死，哪怕已经在别的地方娶妻生子，回来告诉我一声，让我死心，好不好？

"如果你战死沙场，在天有灵，给我托一个梦，让我不再牵挂，好不好？"

混浊的老泪慢慢在老妇人的眼眶中聚集，慢慢顺着她那张犹如风干的橘皮般的脸庞流淌下来。"我等了你这么久，你为什么连是死是活都不让我知道，让我想要拜祭你，都找不到地方啊？"

"这么多年过去了，别人都搬走了，只有我坚持留在这里，就算是政府派人不断劝说，我也没有挪地儿，我就是想着，不管什么时候，你回来时还能找到我，你要是死了，过奈何桥经过'三生石'时，也许会想起我，会在三生石前喊我的名字，在望乡台看向这里的时候，还能找到熟悉的家，还能够看到我在等你！"

老妇人抱着画，喃喃自语着："你比我大八岁，我已经这么老了，现在的你，也应该上路了吧？"

回到了她生活了大半个世纪的家，或者说，回到了那个她心甘情愿画地为牢，束缚了自己大半个世纪的牢房，老妇人躺到了炕上，缓缓地，缓缓地，缓缓地闭上了她的双眼，她的心脏几乎在同时停止了跳动。

她真的很累很累了，她坚持不肯闭眼，就是因为她担心自己忘了阿福的样子，在地下见到他时，他会生气。可是今天，龙雷给她画了这样一幅画，如果人死后真的有阴曹地府，真的可以好人上天堂，恶人下地狱，那她最爱的男人，一定在等待着她，而她，也可以凭这幅画，找到那个梦中寻他千百度的他吧！

就算是闭上了眼睛，她的嘴角还是露出了一丝笑意，那微微挑起的弧度，透着一丝开怀，让人依稀可以看到她曾经的美丽。

半个月后，当政府工作人员按照惯例，带着慰问品，翻山越岭来探看老妇人时，他们看到了与世长辞的老妇人。天气寒冷，她的尸体并没有腐坏，她的脸上还带着走向死亡时的安详；在土炕边，一只大黄狗静静地趴在那里，也停止了呼吸。龙雷留下的那几只山鸡依然放在院子里，但这条大黄狗就算是饿死，也没有碰它们一下。

工作人员小心翼翼地将老妇人紧紧抱在怀里的画纸抽了出来，他们看到了那幅意义不明的画。在这幅画的下方，龙雷用铅笔认认真真地写了一段话，由于是写心中所想，言心中所言，她写的每一个字都笔走龙蛇，力透纸背："如果战争真的无可避免，请你早些来临，让我在年轻时拿起枪为命运而战，而不是躲在男人的背后，只能发出无助的哀叹；但是如果可以选择，我希望，这个世界永远不要再有战争，永远不要再有这种要让女人用一生写出来的，残酷的浪漫！！！"

# 第十七章　达摩克利斯之剑

第七天……

龙雷在手机地图的指引下，绕着周围的群山峻岭整整走了一圈，最终她走回了距离小卒突击队大本营最近的一个城市，这里就是她这场考核的终点。

树皮、草根；不知道谁丢了多久，已经风干得像石头，就连野狗都不会再去多看一眼的馒头；野山羊都不会去碰的干苔藓；早就干透了，挂在树枝上风一吹就可能掉落的酸枣……龙雷见到什么吃什么，就算是这样，随着一天天独自前行，她的体能还是在迅速减弱，每天早晨拖着累得酸麻、冻得几乎失去知觉的身体挣扎着重新爬起来，对龙雷来说，都是一场煎熬的酷刑。

更难挨的是，当龙雷饿得眼睛发绿，鼻子变得和狗一样灵敏后，背包里的牛肉干那香辣香辣的肉味，不停地飘进龙雷的鼻孔里，让龙雷的呼吸一直处于粗重状态。古时候曹孟德"望梅止渴"，激发了士兵们的斗志，可是今天龙雷这个"背牛肉干止饿"，却只能让她越闻越饿，越饿越闻！

在这个过程中，龙雷始终没有去碰背包里的牛肉干，她也没有用棉花之类的东西去堵住自己的鼻孔。她在体力极度透支，饥饿外加牛肉干的香味诱惑下，用自己的双脚硬生生走出了一条用极限体力与意志铺就的路！

看着手机地图，龙雷慢慢走进了一家星级酒店，站在吧台后面的服务生用怪异的目光打量着龙雷。这时候的龙雷浑身都散发着浓重的汗酸味，身上那套名牌运动服脏得看不出原本的颜色，在上面到处都是划痕，就算是睡在天桥下的流浪汉看起来都比龙雷要干净一些。但是绝对没有人会把龙雷当成流浪汉般的存在，她再累，身体都习惯性地挺拔如松，她的头没有骄傲地高高昂起，也没有垂头丧气。她的目光沉静而淡定，和他人相对，既不会针锋相对，也不会回避退缩，就那么自然而然地相遇，又会自然而然地各自偏开，自然而然地透出一种和她实际年龄不相符的宠辱不惊。

再迟钝的人看到龙雷，也能感受到在她疲惫不堪的身体里所蕴藏的强大。

从口袋中取出从第六只铁盒里找到的房卡，刷开了一间预订已久的客房。当龙雷将房卡插进取电盒里时，整个房间瞬间变得灯火通明。望着铺着雪白床单，显得温暖而柔软的床铺，再看看桌子上摆放的一伸手就可以取到的矿泉水和各种收费零食，龙雷终于有了重新回到人类世界的感觉。

但是她并没有去取矿泉水或者食物，她在房间里迅速搜索，最终在床头柜的抽屉里找到了熟悉的铁盒。

这次铁盒里除了有最后一张打印了二维码的纸、一块新电池、一把不知道什么用途的钥匙之外，竟然还有厚厚一沓钞票，粗略地扫了一眼，最起码也得有五六千块。

在扫过最后一个二维码后，龙雷的手机上收到了一条短信："龙雷，如果你想听夸奖的话，你可以听了。你很优秀，比我预期的更优秀，你在没有补给的情况下，一个人在七天时间里整整走了三百四十公里。在这期间，你没有偷吃一口背包里的食物。没有强健的体魄、比钢丝更坚韧的神经和自控力，绝对无法做到这一点！别说你只是一个刚刚接受三个月训练的女兵，就算是特种部队的士兵，也无法保证自己就一定能通过这种考核。"

相处了三个月时间，龙雷还是第一次得到张学兵的夸奖，而且一夸就是这么一大段话。

手机短信提示音响起，张学兵又将第二条短信发了过来："你现在的任务是放下手机，洗个澡，好好吃一顿，睡一觉。睡醒后，去车棚骑上我给你准备好的自行车，发挥女孩子的特长，逛街购物，把盒子里的钱都花掉，后天会有车来接你回部队。记住，这是命令，必须执行！"

龙雷快步走到柜台前，伸手抓起一根火腿肠，连火腿肠外面的塑料皮都没有剥，就一口狠狠咬了上去，硬生生将火腿肠连带外面的塑料皮给一起咬成了两半，淀粉混合着肉汁形成的浓郁香味随之在舌尖上回荡。这种饿得要死，终于获得食物补充的感觉，让龙雷整个人的灵魂都发出一声满足的叹息——活着，真好！

龙雷懒洋洋地躺进放满热水的浴缸，放松疲惫不堪的身体。水龙头还开着，整个浴缸里的水温一直保持在最高，在这样的环境中，她全身上下每一个毛孔都舒展开来。

在门外走廊的尽头，服务员正推着一辆工作车，一个房间接着一个房间地打扫，明明隔着墙壁，又有几十米距离，龙雷却可以清楚地听到工作车在铺着地毯的走廊里移动时，车轮转动发出的声响。龙雷尝试着伸手关闭水龙头，当浴室中安静下来后，龙雷惊讶地发现，自己竟然可以听到服务员走到某一间客房，掀开床上的被褥整理时发出的沙沙声响。当她听到"叮"的一声清脆声响后，在她的脑海中自然而然浮现出服务员收拾桌面玻璃杯的画面。

她明明只是懒洋洋地躺在浴缸里，明明并没有刻意去聆听，也没有刻意去观察，但是她却能听到墙外几十米处发出的声音。当她闭上眼睛，她可以在自己的脑海中轻而易举地"还原"出整个浴室的一切，包括最不起眼的角落里摆着的那台体重计因为某种原因而缺了一个边角。

在大山中挣扎生存，她每一天都在和风霜雨雪、饥饿、疲劳、寒冷作战，她还没有发觉，当她终于重新回到人类世界，并且放松下来时，可以清楚地感受到，自己的视力、听力、嗅觉，甚至是感觉，都比以前敏锐了几倍！

她独自一个人穿越丛林，没有伙伴，没有支援，一旦受伤，考核就会失败。这让她必须提高警惕，小心避开隐藏在平静表面下的种种危险；在这个过程中，她还需要在冬季的山林中寻找一切可以果腹的食物，让自己在高强度行军中保持必要的体力。如此恶劣的现实环境，逼得她的专注力高度集中。

一周的漫长行军，又让她学会了在精神高度集中时有效地放松调节，并终于找到了紧张与放松的临界点，让她可以始终保持这种半紧张状态，有效观察着周遭的一切，一旦突发事件来临，她在瞬间就能做出有效反应！

也许这样的习惯只能让她在意识层面比别人快上零点几秒，甚至是零点零几秒，但是对瞬间生死立判的特种兵来说，这零点零几秒的时间差就代表了生存与死亡的距离。将多个这种时间差叠加在一起，就会形成精锐与平庸之间那令人绝望的天堑。

第二天清晨五点钟。

陷入沉睡的龙雷自然而然就睁开了双眼，身体还是酸疼得要命。身体内名为"懒惰"的声音，在龙雷耳边不停地低语，提醒龙雷，今天没有任何训练项目，更不会再有张学兵站在宿舍楼前看着手表卡时间，但是龙雷却没有任何犹豫就霍然翻身而起，穿上晚上临睡时洗涤干净，挂在空调通风口下已经被吹干的运动服和运动鞋，整理内务、洗漱……很快，依然笼罩在黑暗夜幕中的城市街头，响起了龙雷轻快的脚步声。

当天色渐渐放明，路上晨练的人渐渐多起来时，他们看着身上背着一个硕大军用背包，已经跑得全身冒汗却越跑越精神的龙雷，无不对她侧目而视。

三个小时后，经过适量运动，又重新洗过一个澡，显得精神奕奕的龙雷走进了这个城市最大的购物中心，她可从来没有听说过哪支特种部队在考核完毕后会发放这么多的钱，让士兵去"放风"。

唯一的解释就是她的考核还没有结束，至于教官要她去购物，究竟想从中观察或者考核她什么，龙雷还没有想明白。但是没有关系，她首先给张学兵买了一份礼物，然后是队长的，副队长的，指导员的，就连那天看大门时悄悄塞给她两块巧克力的强哥也没落下，这就叫礼多人不怪！

抱着"花钱就是考核项目之一"念头的龙雷，在走出购物中心时手里拎着一大堆纸袋，里面装的全是要送出去的礼物，自己的一份也没有。将纸袋挂在车把上，就在龙雷跨坐在自行车上时，她身上的手机响了。

龙雷从口袋中摸出手机，打来电话的人并不是张学兵教官，而是一个陌生的号码。

龙雷按下了接听键，对方并没有说话，但是听着电话彼端传来的轻微的呼吸声，转瞬间龙雷脸上的笑容就消失了。

电话彼端的人根本不需要说话，龙雷就知道，柳七找到她了！

（未完待续）

**图书在版编目（CIP）数据**

弹雨 / 纷舞妖姬著 . -- 长沙：湖南文艺出版社，2021.10
ISBN 978-7-5726-0306-8

Ⅰ.①弹… Ⅱ.①纷… Ⅲ.①长篇小说—中国—当代 Ⅳ.①I247.5

中国版本图书馆 CIP 数据核字（2021）第 151190 号

上架建议：畅销·小说

**DANYU**
**弹雨**

作　　者：纷舞妖姬
出 版 人：曾赛丰
责任编辑：匡杨乐
监　　制：毛闽峰
项目支持：林岗峰　陈立凤
策划编辑：张园园
特约编辑：王　静
营销编辑：刘　珣　焦亚楠
装帧设计：潘雪琴
出　　版：湖南文艺出版社
　　　　　（长沙市雨花区东二环一段 508 号　邮编：410014）
网　　址：www.hnwy.net
印　　刷：三河市鑫金马印装有限公司
经　　销：新华书店
开　　本：680mm × 995mm　1/16
字　　数：369 千字
印　　张：25
版　　次：2021 年 10 月第 1 版
印　　次：2021 年 10 月第 1 次印刷
书　　号：ISBN 978-7-5726-0306-8
定　　价：49.80 元

若有质量问题，请致电质量监督电话：010-59096394
团购电话：010-59320018